2

장강명
장편
소설

은행나무

일러두기

인명 지명 등 외국어의 우리말 표기는 국립국어원 외래어 표기법에 따르되, 통용되는 일부 표기는 허용했습니다. 본문에 등장하는 도스토옙스키 소설의 문장은 열린책들에서 발행한 《죄와 벌》(홍대화 역) 《지하로부터의 수기》(계동준 역) 《백치》(김근식 역)를 참고하였습니다.

차례

65.

도덕철학자들이라면 기이한 사고실험을 제안할지도 모르겠다. 제동 장치가 고장 난 트롤리가 오고 있고, 옆에는 뚱뚱한 사내가 있는데, 선로에 묶인 인부들의 표정이 TV로 생중계되어 내가 그 모습을 볼 수 있을 때 나는 어떻게 해야 하느냐라든가.

나는 보다 생산적인 제안을 하려 한다. 신계몽주의에서 개인에게는 먼저 이웃과 함께 작은 규모로 상상의 공동체를 건설해야 하는 도덕적 의무가 있다고 말이다. 그에 따라 주변을 파악할 의무, 현대사를 파악할 의무도 발생한다.

트롤리가 다가오건 말건 당신은 옆에 있는 뚱뚱한 남자의 삶에 관심을 가져야 한다. 그가 당신 가까이에 있기 때문이다.

당신은 이웃에서 아동학대가 벌어지는지 감시해야 한다. 그것이 아동학대 방지 캠페인 스티커를 붙이거나 관련 단체에 돈을 기부하는 것보다 더 우선이다.

당신이 한국 국민이라면 아프가니스탄보다 북한의 인권 상황에 더 관심을 가져야 한다. 북한은 물리적인 거리도 훨씬 가깝고, 문화적으로도 그러하다.

아프가니스탄의 인권 문제는 기후변화 이슈에 우선한다. 시간적으로 훨씬 더 급박한 사건이기 때문이다.

빨대를 재활용하는 것보다 자신과 대화를 나누는 상대에게 무례하게 굴지 않는 것이 더 중요하다. 빨대 재활용의 효과는 공간적으로도, 시간적으로도 먼 곳에서 일어난다.

눈앞의 인권 문제를 외면하면서 동물권 향상에 힘을 쏟아서는 안 된다. 동물이 사랑스럽고, 인간이 꼴 보기 싫다고 해도 어쩔 수 없다. 인간에게 인간보다 더 가까운 동물종은 없다.

'동물의 공동체'와 '인간종의 공동체' 사이에 '유인원의 공동체', '영장류의 공동체'를 만들 수도 있을까? 같은 맥락에서 우리가 곤충이나 어류보다 포유류에 대해 더 도덕적 책임이 크다고 말할 수 있을까?

유전적 친연성과 관계없이, 코끼리, 돌고래, 까마귀처럼 자의식이 있는 동물을 '비인간 인격체'로 묶어 우리와 그들이 함께 하는 '인격의 공동체'를 건설할 수도 있을까? 그렇게 된다면 우리는 유전적으로 두더지와 더 가깝지만, 인격의 공동체 구성원인 앵무새의 안위에 더 책임을 져야 하는 걸까?

가까운 곳에서 벌어지는 일에 더 큰 도덕적 책임을 가져야 한다는 말은 먼 곳에서 발생하는 사건에 관심을 갖지 않아도 좋다는 의미가 아니다.

거대한 별이 멀리서도 지구궤도에 영향을 미치듯, 거대한 사건, 거대한 비극은 먼 곳에 있는 개인들의 삶에도 영향을 미친다. 역으로 말해 큰 참사와 부조리에 대해서는 내 주변 일이 아니더라도 관심과 책임을 가져야 한다. 사실 평범한 양식을 지닌 사람은 그다지 노력하지 않아도 저절로 그렇게 된다.

신계몽주의 세계관에서 먼 곳의 큰 비극과 가까운 곳에서 발생한 그보다 작은 고통은 서로 경합한다.

도덕적 책임의 원근법 원리는 무조건 규모가 큰 비극이 중요하다(공리주의)고 말하지 않고, 가까운 곳이 우선(지역주의)이라고 주장하지도 않는다. 큰 고통과 작은 고통이 똑같이 중요하며 비교할 수 없다(미국 독립선언문 정신)는 식으로 얼버무리지도 않는다.

폭탄 테러를 막기 위해 테러범을 고문해도 되느냐라는 질문은 신계몽주의 사회에서도 여전히 골칫거리일 것이다. 원근법 원리는 그런 상황에서 어떻게 하라는 일반적인 답을 보여주지는 않는다.

하지만 원근법 원리는 구체적인 상황에 적용할 수 있는, 정교하고 일관성 있는 도덕 가치의 측정 도구를 제공한다. 측정 방법과 척도의 실제적인 측면은 앞으로 연구되어야 한다.

인문학, 사회과학, 그리고 의학과 신경공학 같은 자연과학 및 공학 일부 분야를 아우르는 거대한 협력이 필요하다. 우리는 사회공학 버전 맨해튼 프로젝트를 추진해야 할지도 모른다.

66.

"그해 여름 계절학기는 7월 20일에 끝났어요. 그게 목요일이었고요. 그러면 민소림 씨를 7월 말에 뵌 걸까요?" 연지혜가 물었다.

주민음이 왼손 손가락을 접으면서 뭔가를 세더니 입을 열었다.

"어……. 그러면 7월 24일이겠네요. 월요일이었거든요. 계절학기 수업 마치고 첫 월요일. 학교 도서관에 나갔는데 사람이 하도 없어서, 아무리 계절학기 끝나고 진짜 방학의 첫 월요일이라지만 이렇게 사람이 없을 수도 있구나, 하고 놀랐던 기억이 나요. 평소에는 늘 자리가 모자라거든요. 민소림도 그날 도서관에서 만났고요."

"민소림 씨가 도서관에 있었다고요?"

"네. 텅텅 빈 중앙도서관 복도에서 딱 마주쳤죠."

"도서관에서 만나서 뭘 하셨나요? 혹시 기억나시나요? 자세히 듣고 싶은데요." 연지혜가 말했다.

주민음은 무척 인상적인 하루였다며, 그날 일을 잘 기억한다고 말했다.

"사람 마음이 간사해요. 도서관이 붐빌 때에는 이렇게 북적거리는 곳에서는 도저히 집중을 못 하겠다 싶은데 도서관이 한산하면 한산한 대로 마음 못 잡고 기분이 싱숭생숭해집니다. 일없이 신문철이나 읽게 되고. 학교에 괜히 나왔나 하는 생각이 들죠. 그런데 민소림도 표정을 보니까 딱 저랑 같은 상태인 거 같더라고요. 그때가 오전 11시였나, 아무튼 점심을 먹기에는 다소 이른 시간이었는데, 저였는지 소림이었는지 둘 중 한 사람이 다른 사람한테 점심을 먹으러 나가자고 했어요. 둘 다 같은 마음이었고요."

주민음은 민소림과 처음에는 학생식당에 갔는데 문을 열지 않았던지 메뉴가 내키지 않았던지, 밖으로 나갔다고 말했다. 학교 주변에 돈가스나 볶음밥 같은 걸 파는 경양식집들이 있었다. 그들은 거기서 밥을 먹으며 맥주도 한 병씩 마셨다. 그리고 편의점에서 맥주 몇 캔과 과자를 사서 캠퍼스 잔디밭으로 들고 왔다. 주머니 사정도 넉넉지 않았고, 아직 술집들이 문을 열 시간도 아니었다.

"그렇게 마시다가 술을 다 마셔서 또 편의점에 가서 맥주를 사 왔고, 그걸 잔디밭에서 마셨고, 그랬어요. 안주로 뭐 먹을까, 했는데 민소림이 자기는 술 마실 때 안주 잘 안 먹는다고 했던 말이 기억이 나네요. 정말 안주를 안 먹더군요. 그래서 날씬하구나 싶기도 했어요. 그러다 둘 다 비틀거리면서 일어나 도서관에 가서 가방을 챙겨 왔습니다. 저는 일본어 사전이랑 책 한 권, 공책이 전부였는데, 민소림은 전자사전이랑 토플인지 토익인지 책 두어 권, 그리고 노트 한 권을 들고 오더군요. 아직까지 스마트폰이 없던 시절이라서 외국어를 공부하려면 사전이 따로 있어야 했어요."

그들은 이번에는 가방을 들고 학교 밖으로 나갔다. 주민음은 그날 민소림과 정말 길게 많은 이야기들을 했다고 설명했다. 현대와, 고통과, 어느 일본 시인, 그리고 해방의 기획에 대해서.

2000년 7월 24일 오후 5시경에 주민음과 민소림은 '주다스 오어 사바스'에 갔다. 두 사람이 도착하니 바의 사장이 그때 문을 막 열고 있었다. '주다스 오어 사바스'가 매일 문을 여는 시각이 오후 5시였다.

'주다스 오어 사바스'는 2층에 있는 가게였다. 7월이라서 바깥은 아직 환했지만 가게는 창에 두꺼운 커튼을 드리워 내부가 어두컴컴했다. 다른 손님은 하나도 없었다. 자리에 앉은 민소림은 주민음에게 왜 일본어 공부를 하느냐고 물었다. 주민음은 일본어로 된 시를 읽으려고 한다고 대답했다. 민소림은 처음에는 주민음이 허세를 부리는 거라고 여겼지만 그게 사실임을 알고 놀랐다.

"무슨 시인데?"라고 민소림이 물었고 주민음은 노트를 펼쳐 이바라기 노리코의 시를 보여줬다.

이바라기의 시는 당시에도 문학을 좋아하는 젊은이들 사이에서는 잘 알려져 있었지만 책으로 출간이 되지는 않은 상태였다. 이바라기의 시에서 제목을 따온 공선옥의 소설 《내가 가장 예뻤을 때》가 나온 2009년까지도 정작 이바라기 본인의 시는 한국에서 출간되지 않았다. 이바라기의 시집이 한국에서 정식으로 책으로 출판된 것은 그 후로도 10년이 지난 2019년이었다.

이바라기의 시는 이해하기도 번역하기도 쉬워서 당시 대학 일본어학과에서 번역 숙제로 자주 내줬다. 그런 과제의 결과물들이 PC 통신과 인터넷 시대 초기의 웹사이트에 많이 돌아다녔다. 주민음은 그 시를 접하고 감동했다. 그는 이바라기의 시를 노트에 옮겨 적었고, 다른 시들을 스스로 번역하겠다고 마음먹었다. 주민음과 민소림은 '주다스 오어 사바스'에서 이바라기의 시를 함께 읽었다.

'내가 가장 예뻤을 때/ 우리나라는 전쟁에서 졌다/ 그런 어이없는 일

이 있을까/ 블라우스 소매를 걷어붙이고 비굴한 거리를 쏘다녔다······'

'자기 감수성 정도는/ 스스로 지켜라/ 이 바보야······'

민소림도 이바라기의 시를 좋아했다. 술기운 탓도 있었겠지만 눈에 눈물이 글썽해져서 시 몇 편을 되풀이해서 읽었다.

주민읍은 자신이 도스토옙스키 3대 소설에 그다지 끌리지 않았던 이유를 민소림에게 말했다. 인생을 살아가는 데 신의 존재든 신의 '존재하지 않음'이든, 그런 거창한 의미가 필요한 거냐고. 이바라기가 시에서 읊는 것들, '하루 일을 끝낸 뒤 한 잔의 흑맥주'라든가 '과일을 단 가로수들이/ 끝없이 이어지고 노을 짙은 석양'이 필요한 게 아니냐고. '가능한 한 오래오래 살아야지' 하고 결심하면 안 되느냐고.

세계에 왜 고통이 있는지 그 이유를 묻고 따지는 것이 무슨 소용이 있나? '삶은 왜 고통스러운가, 신은 왜 이런 세계를 만들었나, 왜 죄 없는 아이들까지 고통을 받아야 하는가'를 숙고해봐야 이반 카라마조프처럼 막다른 길에 몰릴 뿐이다. 스비드리가일로프도, 키릴로프도 제대로 삶을 살아내지 못했다. 그들은 삶을 버거워했다.

좋은 삶은, '좋은 삶이란 무엇일까'라는 질문에 과도하게 얽매이지 않는 삶이다. 우리가 해야 할 일은 고통을 피하고 없애는 것이다. 고통 없는 삶에 대한 욕망, 너도 나도 고통 없이 살 수 있는 사회를 설계하는 것, 그것을 이바라기의 말처럼 '좀 더 강하게' 추구해야 한다.

주민읍은 거기서 한 걸음 더 나아갔다. 그들 자신, 도스토옙스키 읽기 모임 멤버들이야말로 생생한 욕망을 가져야 할 사람들이라고, 지나치게 머리가 무거운 인간들이라고. 그들은 삶이라는 바다를 앞두고 뛰어들기를 주저하고 있다. 그래서 그 바다를 겪는 게 아니라 관찰하고 있다. 문학작품을 통해서 말이다.

"그건 너도 그렇잖아. 도스토옙스키 대신에 이바라기 노리코를 읽는 게 다르다는 것뿐이지. 넌 뭘 욕망해? 어떤 세상을 원해?"

주민음은 그 말에 자신이 별로 추구하는 게 없다고 인정했다. 그리고, 그래서, 멸세감(蔑世感)을 느낀다고 대답했다.

"멸세감? 그게 뭐야?" 민소림이 물었다.

멸세감이란 자신이 만든 신조어이고, 세상을 경멸하는 감정 상태를 말한다고 주민음은 대답했다. 세상에 공들여 추구할 만한 가치가 없어 보일 때 느끼는 기분이라고.

"그건 사춘기에 한창 앓는 증세지. 멸세감이 아니라 허세병(虛勢病)이라고 해야 할 거 같은데."

민소림이 이죽거렸다. 아직 중2병이라는 단어가 유행하기 전이었다. 주민음은 허세와는 다르다고 우겼고 그러자 민소림은 환멸감과 다른 점은 뭐냐고 되물었다. 이번에는 주민음도 잠시 생각에 잠겼다.

"환멸은 기대를 걸던 특정 대상을 향해 느끼는 거야. 하지만 멸세감은 세계 전체를 향해 느끼는 거지. 그래서 어떤 대상에 환멸을 느끼면 다른 대상으로 눈길을 돌리면 되지만 멸세감을 느낄 때에는 그럴 수 없어. 그리고 어떤 구체적인 대상에 대해서는 사람마다 기대를 걸 수도 있고 안 걸 수도 있지만 세계 자체에 대해서는 원칙적으로 누구도 예외가 없지. 세상에 대해 정말 아무것도 기대하는 게 없는 사람은 사실 자살해야 하거든." 주민음이 설명했다.

민소림은 주민음에게 《백치》를 추천했다. 그런 질문을 던지지 않고 삶을 추구하는 주인공이 나온다며. 주민음은 당시에는 그 말을 흘려들었다. 민소림은 주민음이나 도스토옙스키의 무신론자들이 던지는 질문을 톨스토이라면 한 줄로 반박할 수 있다고도 덧붙였다.

"어떻게?" 주민음이 물었다.

"인간은 자신에게 필요한 게 뭔지 모른다는 거지. 신은 그걸 알고 있고. 그래서 우리에게 고통을 준다는 거야."

주민음은 코웃음을 쳤다. 그리고 자신이 느끼는 감정은 허세병과는 다르다고 다시 한번 반박하려 했다. 사춘기 소년들은 자신만은 특별하다고 여기지만 나는 나마저 시시하다는 사실을 알고 있다고. 그러나 그런 말을 하기 전에 픽, 하고 웃음이 나와버리고 말았다.

"그러면 네가 바라는 건 뭔데?"

주민음이 웃으며 물었다. 민소림은 현대인이 앓는 심리적 질병과 새로운 금기들, 그리고 어떤 고통들을 한 세대 만에 없애는 법에 대해 말하기 시작했다.

민소림은 사람의 고통을 측정하는 기계를 상상해본 적이 있다고 했다. 그 기계를 초소형으로 만들어서 모두가 머리에 달고 다닌다면 어떨까. 그래서 어떤 사람이 견딜 수 없는 고통을 느끼게 되면 119 같은 곳으로 저절로 신호가 발송되게 하면 어떨까.

그런 기계로 한 사회의 행복 지수를 다른 사회와 비교할 수도 있을 것이다. 어느 사회가 시간이 갈수록 점점 발전하는지 아닌지도 알 수 있을 것이다……. 민소림은 처음에는 그렇게 생각했다고 한다.

"그런데, 아니야?" 주민음이 물었다.

그러자 민소림은 빅터 프랭클 박사와 안나 카레니나 이야기를 꺼냈다. 프랭클 박사는 아우슈비츠로 끌려가 갖은 고초를 겪었고 사랑하는 아내도 잃었다. 아우슈비츠에서 많은 유대인이 자살했다. 그러나 프랭클 박사는 살아남아 고통에서 의미를 발견하는 심리치료법인 로고테

라피를 창시했다.

그런데 안나 카레니나는 어떤가. 제정 러시아의 귀족계급으로 남부러울 것 없이 잘살던 여인 아닌가. 재미없고 뻣뻣하기는 해도 충실한 남편이 있고, 본인의 외모도 아름다우며, 건강하고, 주변 평판도 좋다. 젊고 잘생긴 애인이 나 좋다고 달려들어서 뜨거운 불장난을 벌이는데 남편은 그런 안나의 불륜까지 용서해준다.

한데 안나는 고통을 견디지 못하고 달리는 열차 앞에 뛰어든다. 그리고 우리는 빅터 프랭클 박사의 《죽음의 수용소에서》를 읽을 때만큼이나 《안나 카레니나》를 읽으며 깊은 감동을 받는다.

하지만 안나 카레니나가 빅터 프랭클 박사보다 더 고통을 받았다고 말할 수 있을까?

"과연." 주민음은 감탄해서 말했다. "그렇게 된다면 고통을 측정한다는 건 아무 쓸모도 없겠군. 고통이라는 건 철저하게 주관적이니까 말이야."

"철저하게는 아니지." 민소림이 말했다. "육체적 고통에 대해서는 측정하는 게 의미 있을 거야. 산 채로 불타는 고통은 누구에게나 큰 차이는 없을 거야. 하지만 모욕감이라든가 수치심이라든가 좌절감은 사람마다, 상황마다 제각각이겠지. 맥락에 따라서 말이야."

그러면 어떻게 하자는 것이냐, 하고 주민음은 민소림에게 물었다. 민소림은 고통만큼이나 고통을 견디는 힘이 중요하다고 대답했다. 마치 바이러스와 인간의 관계와 같다. 인류는 천연두 같은 치명적인 바이러스를 박멸했다. 다음 대상은 페스트나 소아마비일 것이다. 하지만 홍역처럼 어린 시절 제대로 한번 앓는 게 차라리 나은 바이러스도 있고 감기처럼 인류의 종말까지 함께 가야 할 녀석들도 있다.

"감기를 일으키는 바이러스가 100종류가 넘는대. 그리고 그것들의 치료제를 개발한다고 해도 금방 변종이 나타난다는 거야. 그 바이러스들을 다 없애고 멸균 상태의 세상을 만들겠다는 목표가 과연 바람직할까?" 민소림이 물었다.

"일정량의 고통은 세상에 꼭 있어야 한다는 거야?" 주민음이 되물었다.

민소림은 우리가 고통의 종류를 분류해야 한다고 주장했다. 전쟁과 고문, 가난의 고통은 박멸 대상이다. 하지만 실연의 고통은 없앨 수도 없고 없애서도 안 된다. 설사 그 고통이 어떤 사람을 지옥 같은 고통으로, 끝내 죽음으로 몰아넣는다 하더라도. 그것은 개인이 극복해야 하는 것이다. 안나 카레니나를 구할 사람은 안나 카레니나 자신뿐이다. 결국에는, 그렇다.

민소림은 술에 취해 횡설수설하며 현대를 진단하고 미래를 '예언'했다. 민소림은 현대인들이 점점 나약해졌으며, 계속해서 나약해질 것이라고 주장했다. 현대인들은 우리가 없애야 하는 중요한 고통을 사회적으로 줄여왔으며, 그 부분적 성공에 너무 고무되어 있다. 그러다 급기야는 고통의 종류를 분류하지 않고 모든 고통을 사회가, 혹은 국가가 없애주기를 바라게 됐다.

민소림은 자신이 미국에서 겪은 일이라며 한 일화를 소개했다. 머리를 빡빡 민 어느 백인 남성이 길을 걷는 자신을 지나치며 눈이 찢어진 모양을 흉내 내고 갔다. 민소림은 그것이 무슨 뜻인지 몰랐기 때문에 어리둥절했을 뿐, 기분이 상하지는 않았다. 나중에 친구들이 그것이 지독한 인종차별적 행동이라고 말해줬을 때에도 여전히 그랬다. 친구들은 그녀가 화를 내고, 그 사실을 주변에 알려야 한다고 주장했다.

'그 인종차별주의자는 너를 모욕했어.'

친구들이 말했다. 누구도 아시아인을 향해 찢어진 눈 흉내를 내지 못하는 사회를 만들어야 한다고 그들은 말했다. 그런 '사회적 해법'에 민소림은 반발했다.

'어떤 미친놈의 찢어진 눈 흉내에 내 감정이 휘둘려야 한단 말이야? 내가 화를 낼수록 오히려 그자들이 더 강한 무기를 손에 쥐게 되는 거 아니야?'

민소림은 찢어진 눈 흉내가 무엇을 뜻하는지 모르는 어린아이들에게도 그 동작의 의미를 가르쳐야 하느냐고 되물었다. 그것은 오히려 아이들에게 공격당하기 좋은 약점을 심어주는 셈 아닌가. 아이들은 쌍꺼풀이 없는 눈을 비하당할 수 있는 것, 열등한 것으로 여기게 되지 않을까. 그럼으로써 오히려 콤플렉스를 만들어 물려주는 셈이 되지 않을까. 그런 식으로 대응한다면 사회는 암묵의 금지 규정과 콤플렉스가 더 많아지게 될 것이다.

반대로 한 세대만 찢어진 눈 흉내에 대한 반응을 참는다면, 그런 조롱은 다음 세대에 존재하지 않게 될 것이다. 그런 진짜 해방의 기획이 필요하다. 민소림은 20년 뒤에 진지하게 논의될 정치적 올바름과 정체성 정치의 문제에 미리 반박한 셈이었다.

주민음도 이미 민소림이 말한 것과 반대 방향으로 어떤 운동이 시작되었음은 감지했다. '흑인'이라는 단어 대신 '아프리카계 미국인'이라는 말을 써야 한다는 압력은 점점 커질 것이다. 그것은 억압과 해방을 논하기 전에 간단한 산수의 문제였다. '흑인'은 모욕적이며 잘못된 용어라고 열렬히 주장하는 소수가 있고, 그런 견해에 반대하지만 논쟁을 벌이지 않는 사람들이 얼마간 있고, 나머지 사람들은 방관자라면, 결국 열렬한 소수의 뜻대로 된다.

"우리는 타인의 존중을 요구할수록 타인에게 의지하게 돼. 그리고 그만큼 더 나약해지게 되는 거야." 민소림이 말했다.

"웃기지 마." 주민음이 말했다.

"뭐가 웃겨?"

"넌 미국에 가본 적이 없잖아. 몇 시간 전에 그렇게 말했잖아. 영어 공부하는 이유를 설명하다가."

"그랬나?"

"그랬어. 그리고 나는 네 말에 동의하지도 않아. 개인은 도저히 극복할 수 없지만 사회적으로는 간단히 해결할 수 있는 모멸감 같은 것도 있어. 외모 같은 게 그래. 그냥 다 같이 외모 이야기를 안 하면 그게 제일 편한 거야."

"편한 게 옳은 거야?" 민소림이 따졌다.

"그러면 너는 김상은 앞에서 걔 얼굴 반점 이야기할 수 있어?" 주민음이 물었다.

"할 수 있어. 하고 싶은 마음이 들면 언제든." 민소림이 혀가 꼬부라진 목소리로 끝까지 우겼다.

67.

도덕적 책임의 원근법 원리는 일부 사람들을 민족주의나 인종주의, 혹은 특정 문화 코드를 중심으로 뭉친 진영에 대한 맹목적인 충성심으로 이끌 가능성이 있다. 그게 완전한 오독임에도 불구하고.

당신이 멀리 있는 사람보다 가까이 있는 사람에게 도덕적으로 더 책임이 있다는 말은, 당신과 비슷한 사람이 당신과 비슷하지 않은 사람보다 우월하다는 의미가 결코 아니다.

인간이 모두 평등하게 태어났으며, 생명과 자유와 행복 추구는 양도할 수 없는 권리라는 말은 신계몽주의에서도 여전히 옳다.

하지만 개인의 판단과 행동은 그가 속한 주관적 현실 안에서 일어나며, 도덕적 판단과 도덕적 행동 역시 그러하다. 그러므로 개인에게 주어지는 도덕규범은 한 사회가 사회 차원에서 추구해야 할 윤리적 가치와는 순서와 형태가 달라질 수 있다. 여기에 모순은 없다.

그렇게 해서 원근법 원리는 개인들에게 윤리의 길잡이가 되고 삶의 방향성을 제시한다. 동시에 한 사회가 전체적으로 계몽주의의 이상을 실현할 수 있게 한다.

하지만 사람들이 이 사고 도구를 제대로 사용하려면 훈련을 받아야 한다. 신계몽주의 이전, 계몽주의 세계관에서 자란 이들이라면 특히 더 그렇다.

도덕적 책임의 원근법 원리를 능숙하게 사용하기 위해서는 먼저 자신을 중심으로 상상의 공동체를 만들 줄 아는 능력이 필요하다.

필요한 훈련: 자기 눈으로 세상을 바라보는 법, 사람들에게 이미 익숙한 상상의 공동체의 논리 구조를 파악하고 응용하는 법.
관련 학문 분야: 문학, 철학, 신학, 사학, 법학, 정치학, 언어학…….

다른 사람이 만든 상상의 공동체를 이해하고 협력하거나 비판할 줄도 알아야 한다.

필요한 훈련: 의사소통 기술, 상상의 공동체들 사이 위계를 구분하는 법, 상상의 공동체와 현실 세계를 연결하는 법, 두 세계 사이 단층선을 간파하는 법.
관련 학문 분야: 심리학, 사회학, 인류학, 경제학, 경영학, 행정학, 지리학, 통계학, 물리학, 생물학…….

근대 이전 사회에서도 개인은 여러 상상의 공동체에 속해 있었고, 각각의 장소에서 다양한 역할을 수행해야 했다. 하지만 그 공동체들은 수가 많지 않았고, 물리적 거리라는 요소에 강하게 제한된 만큼 현실 세계와의 연결도 튼튼했다. 공동체 안에서의 역할도 정형화되어 있어 롤 모델을 찾기 힘들지 않았다.

계몽주의 시대가 되면서 세상은 전과 비교도 할 수 없을 정도로 복잡해졌고, 각종 원거리 통신 기술도 발전했다. 개인은 의식적으로, 또 무의식적으로, 지리적 위치가 중요하지 않은 많은 상상의 공동체에 소속되었다. 떠맡은 역할이 엄청나게 늘어나고 동시에 자유라는 막막한 힘을 갑자기 움켜쥐면서 많은 사람들이 분열의 압박을 받았다. '나는 누구인가?'라는 질문은 이제 농담이 아니었다.

하필 그 시기에 신도 죽어버렸다. 창조주가 없는 우주, 가치의 원천이 사라진 세계에서 모든 사람이 길을 잃은 듯한 기분에 잠겼다. "누군가 삶의 의미를 묻는 순간, 그는 병든 것"이라고 프로이트는 말했다. 현대인은 모두 병이 들었다.

세상은 점점 심연과 비슷한 장소가 되어갔다. 내면에 대해서도, 외부에 대해서도 통제력을 발휘하기 어려워졌다.

아이러니하게도 상상의 공동체가 그렇게 많음에도 불구하고 모두가 외롭다. 깊은 소속감을 제공하는 공동체가 전보다 더 드물어졌기 때문이다.

신계몽주의 사회 구성원들은 더 큰 압력을 받는다. 그들은 상상의 공동체를 수시로 발명해야 하고, 여러 상상의 공동체를 오가며, 가입하고 탈퇴해야 한다. 그리고 그 상상의 공동체와 현실 사이의 접점과 간극을 늘 인식해야 한다.

도덕적 책임의 원근법 원리를 능숙하게 다루려면 현실에서, 또 상상의 공동체 안에서 '나'의 지리적 위치를 잘 잡고 잘 파악해야 한다. '나'는 폭풍 치는 바다를 뚫고 나아가는 군함처럼 파도의 충격에 유연하게 대처하면서도 무게중심을 잃지 말아야 한다. 자아는 유연하면서도 단단해져야 한다.

즉 신계몽주의는 정체성을 다루는 기술을 개발해야 한다.

놀랍게도 그것은 몇 단계를 거쳐 신의 재발명으로 이어진다고 나는 생각한다.

68.

"수사 잘되고 있나요? 형사님, 주민음 애 좀 수상하지 않아요?"

영화감독 구현승이 공방 상담실 문을 벌컥 열고 들어왔다. 한 손에는 검은 비닐봉지를 들고 있었다.

"아니, 여긴 어떻게……." 연지혜가 당황해서 자리에서 일어났다.

"뭘 그렇게 놀라세요. 저 형사님 스토커 아니니까 안심하시고요. 주민음이 형사님이랑 오늘 만난다고 저한테 연락을 했었어요. 그래서 이때쯤 오면 두 분 대화 끝나지 않았을까 생각했고요. 주민음한테 얘기 못 들었어요?"

구현승은 그렇게 말하며 검은 비닐봉지에서 맥주 네 캔을 꺼내 책상에 올려놓았다. 구현승의 질문에 연지혜는 고개를 저었다. 주민음은 덤덤한 표정이었다.

구현승이 맥주를 한 캔 따더니 그대로 한입 들이켰고, 연지혜와 주민음에게도 권하는 시늉을 했다. 연지혜는 다시 고개를 저었지만 주민음은 자기 앞으로 한 캔을 가져갔다. 구현승은 남은 두 캔을 구석의 냉장고에 넣고 자리에 앉았다. 익숙한 솜씨였다.

"저희 원래도 이 공방에 모여서 가끔 맥주 한잔씩 해요. 제가 김상은 도 불렀어요. 형사님도 합석하고 싶으시면 합석하세요. 같이 얘기하다 보면 옛날 일들이 더 잘 기억이 날지 모르잖아요. 수사에도 도움이 될지 누가 알아요? 참, 그 전에 저한테 빚부터 갚으시고." 구현승이 말했다.

"무슨 빚이요?"

"서로 이야기 교환하기로 해놓고 지난번에 제 얘기만 실컷 듣고 가셨 잖아요. 형사님 얘기도 들려주셔야죠."

구현승은 그때 연지혜가 한 얘기는 까맣게 잊었다는 듯 그렇게 채근 했다. 연지혜가 뭐라고 답하기도 전에 구현승은 주민음에게 "조사는 잘 받았어? 다 끝났어?" 하고 물었다. 주민음은 "나야 모르지"라고 대꾸하 면서 연지혜를 바라봤다.

사실 주민음과의 대화는 그만하면 충분한 상태였다. 22년 전 도스토 옙스키 독서 모임 멤버들이 한자리에서 이야기하다 보면 과거를 더 정 확하게 복원하거나 놓친 일화를 떠올릴 수 있을지도 모른다는 구현승 의 말에도 일리가 있어 보였다. 연지혜가 아무 말도 하지 않았는데도 구 현승은 상대의 표정을 읽고 짓궂은 미소를 지었다.

"그러면 여기서 해도 되나? 공방 사장님, 우리 이 방에서 얘기 좀 해 도 돼?" 구현승이 물었다.

"나 컴퓨터로 작업할 게 좀 있는데. 30분 정도." 주민음이 덤덤하게 말했다.

"그러면 우리 밖에서 얘기할게. 그건 괜찮지?"

구현승이 물었고 주민음은 고개를 끄덕였다.

주민음을 상담실에 놔두고 작업장으로 나온 구현승은 한 손으로 맥 주를 마시면서 다른 한 손으로 능숙하게 작업대 뒤에서 의자를 두 개 가져왔다. 그녀는 "녹음, 괜찮죠?"라고 말하며 윙크를 하더니 연지혜 앞에 자기 휴대폰을 두었다. 휴대진화기는 이미 녹음 모드였다.

"그리고 나 그거 봤어요! 「집념의 여형사, 절도범 자전거를 달려서 붙잡아」! 연지혜 경사라고 검색하니까 기사가 우르르 나오던데요?"

구현승이 말했다. 연지혜는 입술을 깨물며 웃는 것도 우는 것도 아닌 표정을 지었다. 오늘은 여기서 아주 한나절을 보내야겠네, 하고 그녀는 생각했다.

"제가 강력계에 처음 발령받았을 때 일이에요. 일선 서에서는 사건이 돌아가면서 배당이 돼요. 당시에 저희 팀장님이 저한테 첫 사건을 주시면서 '다른 형사들 하는 거 보고 베끼지 마라, 네 머리로 생각하고 고민해라' 하셨어요. 반장님이나 사수 선배한테도 저한테 조언하지 말라고 하시면서요. 저더러 밥도 들어와서 먹지 말고 혼자 먹으면서 범인 잡아보라고 하시더라고요. 그때 저는 보고서도 제대로 못 쓸 때였는데." 연지혜가 말했다.

"그분은 왜 그러셨을까요?" 구현승이 물었다.

"글쎄요, 모르겠네요. 수사 기법 제대로 배우는 게 얼마나 중요한지 일깨워주려고 그러셨는지, 기존 수사 관행들을 못마땅하게 여기셨는지. 신참이 들어오면 늘 그렇게 하신대요. 제가 오기 전에도 남자 신입 형사가 한 명 있었는데 교육이 이게 뭐냐며 엄청 욕하고 다른 팀으로 나갔다고 들었어요."

"연 형사님이 그렇게 받은 사건이 상가 침입 절도 사건이었던 거예요?"

"네."

"좀 더 자세하게 얘기해주세요오오. 그렇게 단답형으로 말하지 말고."

구현승이 익살스럽게 코맹맹이 소리를 냈다. 그런 행동은 연지혜에게 거부감만 불러일으켰지만 구현승은 그 사실을 알지 못하는 것 같았다. 연지혜는 자신은 절대로 저러지 말아야겠다고 다짐했다. 그리고 내키지 않는 마음으로 설명을 시작했다.

"처음 신고를 받은 곳은 작은 상가 건물 1층의 수제 햄버거 가게였어요. 앞문에는 제대로 자물쇠를 달았는데 뒷문이라고 해야 하나? 주방 쪽으로 문이 하나 더 있고, 거기에는 제대로 잠금장치가 없었어요. 그냥 안에서 빗장을 걸 수 있는 문이었는데 나사가 헐거워서 장도리로 세게 때리면 부숴서 열 수 있었어요. 범인이 그렇게 문을 부수고 안에서 돈을 훔쳐 나오는 게 골목 CCTV에 다 찍혔더라고요. 머리가 좋은 녀석은 아니었어요, 복면을 쓴 것도 아니었고. 인상착의는 처음부터 있었어요."

"그래서요?"

"팀장님이 저한테, 일주일 준다, 주변 CCTV 뒤져서 이 녀석 이동 동선 파악해라, 그렇게 지시하셨어요. 제가 그래서 그 일대 CCTV를 다 깠어요. 공공 기관에서 설치한 CCTV 말고도 건물 입구나 편의점, 식당에 설치된 CCTV들이 많거든요. 수사하기 위해서라고 영상 좀 보여달라고 하면 대부분은 보여주세요. 그런 걸 'CCTV 깐다'고 해요. 그러다가 용의자가 찍힌 부분이 있으면 들고 다니는 하드디스크에 복사하죠. 물론 주인 허락 받고요."

"CCTV에 그 범인이 나왔어요?"

"네. 그런 걸 신경 쓰는 범인도 아니었으니까요. 자전거를 타고 이리저리 돌아다니더라고요. 그리고 조사를 하다 보니까 그 근처 상가에서 동일범 소행으로 보이는 절도 사건도 한 건 더 나왔고요. 나중에 잡고 보니까 행동반경도 넓었고 피해자도 꽤 많았어요. 한강에서 자꾸 CCTV를 놓쳤는데 나중에 잡고 보니 집이 있는 게 아니라 다리 아래서 그냥 노숙을 하는 사람이었어요. 그때는 며칠 동안 사건에 몰두하다 보니 범인이 꿈에도 나왔어요. 퇴근하는 척하다가 다시 수사하기도 하고. CCTV 사진 지갑에 넣고 다니면서……. 형사들 중에 그런 사람 많아요."

그렇게 말하고 나서 연지혜는 지금 쫓고 있는 사건의 범인도 꿈에 나왔다는 사실을 떠올렸다. 범인 꿈을 꾼 것은 오랜만이었다. 게다가 이번에는 범인을 잡는 꿈도 아니었다.

"어떻게 잡으셨어요오오?"

"범인이 지하철역 옆에 자전거 주차장에 자전거를 뒀는데, 거기에 버린 줄 알았거든요. 그때그때 자전거를 훔쳐 타는 녀석인 줄 알았어요. 그런데 아니더라고요. 자전거 두 대를 번갈아 쓰고 있었어요. 그래서 자전거를 둔 곳에 가서 기다리면 나타나겠지 했는데 길에서 딱 마주친 거예요. CCTV에 찍힌 거랑 똑같은 옷차림으로 자전거를 타고 제 앞을 지나갔어요. 생각할 것도 없이 쫓아갔죠. 제가 달리기를 잘하거든요. 사람이 달려서 자전거를 잡을 수 있겠느냐 싶으실 텐데, 거기가 여의도공원이었어요. 이 범인이 서강대교를 건너려고 자전거를 세워서 계단을 올라가더라고요. 거기서 잡았어요. 뉴스에 나온 추격전은…… 좀 많이 과장이에요."

"격투 같은 건 없었고요?"

"그런 건 없었어요. 좀 어눌한 사람이었어요. 제가 붙잡고 지금 우리가 쫓는 사건 용의자랑 인상착의가 닮았는데 같이 경찰서로 임의동행하지 않겠느냐, 그렇게 물었죠. 그랬더니 애가 갑자기 영장 있느냐고 물어보더라고요. 집이 어디인지도 말 안 하니까 그 자리에서 긴급체포를 했어요."

'일은 피의자를 잡아와서부터 시작'이라고 연지혜는 설명했다. 당시에는 피의자 신문을 하는 법도 몰랐다. 반장이 이번 기회에 다 털고 새 삶을 시작해보라고 용의자를 설득했고, 사수 선배가 조서를 받았다. 팀장이 보도자료를 만들어 언론에 뿌렸다.

경찰 기자들은 그 자료를 아주 좋아했다. 여러 방송사에서 인터뷰 요청을 받았다. SBS와 인터뷰를 할 때에는 한강에서 추격전을 재연하기도 했다.

범인은 연지혜보다 나이가 한 살 많았다. 어릴 때부터 고아로 자라나 제대로 된 직업을 가진 적이 한 번도 없었다고 했다. 한쪽 눈이 보이지 않아 군대에 갈 수도 없었다. 한강에서 노숙하다가 돈이 떨어지면 상가 털고, 술 마시고, 그렇게 교도소를 들락거리는 삶이었다.

반장이 설득할 때에는 새 삶을 살아보겠다고 고개를 끄덕이던 범인은 막상 사건을 검찰로 송치할 때가 되자 어린아이처럼 울었다. "이번엔 진짜 감옥 가기 싫은데"라며 울었다. 사수 선배가 그 모습을 보고 피식 웃으며 "겨울에 한강에서 노숙하는 것보다는 교도소가 훨씬 낫지 않나?" 하고 동의를 구하듯 연지혜를 팔꿈치로 툭 쳤다. 그때까지 고맙기민 했던 사수가 갑자기 싫어졌다.

구현승이 범인에 대해 묻지 않아 연지혜는 마음을 놓았다.

처음부터 강력팀을, 강력범죄수사대를 지망했던 것은 아니었다. '수사하는 경찰'에 대한 동경은 있었다. 처음에는 고소 고발, 사기 사건을 다루는 경제팀에 운 좋게 배치됐다. 경제팀은 혼자서 일을 하고 정시 퇴근이 가능해 여자 경찰들에게는 인기가 높은 부서였다. 그러나 연시혜는 경제팀 근무를 딱 반년 한 뒤에 '이건 나랑 안 맞는다'고 결론을 내렸다.

"경제팀에 들어오는 사건을 보면 누가 나쁜 놈인지 헷갈리는 때가 많거든요. 고발한 사람은 늘 자신이 속았다고, 자기가 선량한 피해자라고 주장하고, 고발당한 사람은 억울하다고, 자기야말로 진짜 피해자라고 반박해요. 실은 양쪽 모두 돈에 욕심을 부리다 그 지경에 이른 것일 때가 많아요. 경찰을 심부름센터처럼 여기고 '내 돈 왜 빨리 안 찾아주냐'고 닦달하는 진상들도 있고요. 투자 이익을 몇 퍼센트 더 뜯어내기 위해 고발장을 접수하는 파렴치한도 있어요. 하루 종일 그런 이야기를 듣다 보면 차라리 거리에 나가 순찰을 돌고 과속 차량을 단속하는 게 더 경찰이 할 일이고 국민에게 도움이 될 거라는 생각이 들어요."

그에 비하면 강력팀에서 다루는 사건들은 늘 누가 나쁜 놈이고 누가 피해자인지가 딱 떨어져서 좋을 것 같았다. 당직을 하며 밤을 새우고 험한 현장, 거친 인간들을 보게 되더라도 나쁜 놈들을 잡는다는 게 보람찰 거라고 생각했다.

"그러면 경제팀 다음이 강력팀인가요?" 구현승이 물었다.

"그 전에 기동대에 갔어요."

"기동대?"

"시위 현장에 배치되는 여경 인력들이요."

"아, 그거…….많이 힘든가요?"

"운이 중요해요. 촛불 시위 같은 게 몇 달 내내 이어지면 기동대도 쉬지 못하고 계속 출동해야 하거든요. 특히 여경 기동대는요. 근무 기간에 그런 사태가 벌어지지 않기만을 바라야죠. 그리고 시위대에 있는 여자분들 중에 여경 팔 꼬집는 사람이 되게 많아요. 때리거나 침 뱉으면 카메라에 찍히니까 몸싸움 벌어질 때 몰래 꼬집거나 발로 차는 거예요. 나중에는 온몸이 멍투성이가 돼요."

때리거나 꼬집는 것보다 더 싫은 건 욕설이었다. 연지혜는 씨발년, 쌍년, 미친년, 창녀, 개년이라는 욕은 참고 넘길 수 있었지만 '짭새년'이라는 말을 들으면 피가 거꾸로 솟는 것 같았다. 그 말은 아무리 들어도 적응이 되지 않았다.

시위대 구성원의 맑은 눈을 보고 놀란 적도 많다. 자기들끼리 있을 때 그들은 무척 순하고 선한 사람들로 보여서 당혹스러웠다. 그들에게는 자신이 인간이 아니라 공권력의 상징처럼 보이는 것일 테지. 하지만 경찰도 인간이고, 그들은 공권력을 공격한다고 생각하겠지만 실제로 상처를 입는 것은 늘 개인들이다.

그런 이야기들까지 구현승에게 다 털어놓고 싶지는 않았다. 구현승은 미리 기사를 검색하고 왔는지 자치경찰제나 수사권 조정, 검찰과의 갈등에 대해 물었다. 연지혜로서는 별로 할 말이 없는 화제였다. 남자친구에 대해서도 마찬가지였다.

"아무래도 같은 경찰과 연애하거나 결혼하는 경우가 많죠. 글쎄요, 네 명에 세 명 정도? 그 정도까지는 아니려나."

"그건 왜 그래요?"

"같이 일하다가 정드는 거겠죠. 당직 같은 걸 다른 입세 사람들에게 설명하기도 힘들고요. 여자 경찰들한테도 경찰 만나는 게 편해요. 여자 경찰 만나면 무릎 들고 팔굽혀펴기 몇 개 할 수 있느냐고 물어보는 남자들 꽤 많거든요. 블라인드 앱으로 경찰이나 공무원을 찍어서 미팅하는 경우도 있어요.”

구현승이 블라인드 앱이 뭐냐고 묻는 바람에 연지혜는 당황했다. “직장인 익명 게시판이요”라고 말했지만 구현승은 그 커뮤니티 앱에 대해 전혀 모르는 것 같았다. 연지혜는 블라인드 앱이 뭔지, 그게 젊은 직장인들 사이에 얼마나 인기인지, 거기서 어떻게 미팅이 이뤄지는지를 설명했다. ‘셀프 소개’ 문화에 대해서 말하자 구현승은 외국 문화에 대해 듣는 사람처럼 감탄사를 연발했다.

“연 형사님은 남자친구 있으세요?”

“아니요.”

“혹시 경찰이랑 사귀어보신 적 있으세요?”

“아니요.”

“경찰에 불륜 커플도 많다고 들었어요.”

“글쎄요. 경찰은 10만 명이 넘고 여자 경찰도 만 명이 넘거든요.”

연지혜는 문득 구로구청 팀장인 윤주영의 말을 떠올렸다. 경찰 행세를 하면서 취재를 하려 했던 영화 시나리오작가가 있었다고 했다. 그게 구현승 아니었을까? 경찰 사칭은 가볍지 않은 범죄다. 3년 이하의 징역에 처해질 수도 있다.

그때 문이 열리는 소리가 나더니 김상은이 작업장으로 내려왔다. 긴 치마를 입고 계단으로 내려오는 김상은의 발걸음은 흑백영화의 여주인공처럼 우아했다. 얼굴의 커다란 반점도 잠시 동안은 그냥 그늘처럼 보였다. 이마를 드러낸 올백 머리는 이번에도 헤어스프레이로 단단히 고정되어 있었다.

“안녕하세요.”

연지혜와 김상은이 인사를 나눴다. 구현승은 "조금만 더 하면 돼, 안에서 맥주 마시면서 기다려" 하고 김상은에게 말했다. '안'은 상담실을 가리키는 말이었다. 김상은은 구현승에게 "왜 네가 조사를 하고 있어, 조사를 받아야지" 하고 싱거운 농담을 건넸다. 김상은은 연지혜에게 눈인사를 하고 상담실로 들어갔다.

"여자 형사라서 겪는 차별 같은 건 없나요?" 구현승이 물었다.

"글쎄요."

연지혜는 어떤 이야기를 던져줄까 고민했다. "그런 건 없다"고 말하면 상대가 믿지 않을 게 분명했다. 그러나 경찰을 욕보이는 이야기를 영화감독에게 털어놓고 싶지는 않았다. 남자 형사들보다 더 고생한다는 듯 굴고 싶지도 않았다.

"마약 수사를 할 때 진술을 받기 어려운 점이 있죠. 보통 피의자들은 마약을 하면서 성관계를 맺거든요. 그런데 그런 이야기를 여자 형사한테 말하기는 부담스러워하죠. '그런 거 있잖아요, 그거' 그런 식으로 말하는 사람도 있고요. 그리고 강력팀은 당직을 서야 하는데 밤에 남자 형사랑 있으면 서로 은근히 불편하죠. 새벽에 소파에서 자거든요."

"범인들이 여자 형사라고 무시하지는 않나요?"

"제가 갑인데 그러지는 못하죠. 지구대나 파출소에서는 여경들을 무시하는 주취자들 많이 있지만요. 참고인 조사할 때는 여자 형사라서 더 편한 점도 있어요. 새벽에 주택가에서 일반 가정집 돌아다니면서 뭘 물어보거나 CCTV를 확인해야 할 때 남자 경찰들은 거절을 많이 당해요. 게다가 강력팀 형사들은 덩치도 좋다 보니까. 특히 여자 혼자 사는 집이면……. 그래서 그런 거 조사할 때 제가 많이 나갔어요."

"일반 가정집에도 CCTV가 있나요?"

"빌라촌에는 많아요. 주차장에 CCTV를 설치한 분들도 꽤 있고요."

"성범죄를 수사하신 적은 없나요?"

"성범죄는 여성청소년계라고, 따로 하는 팀이 있어요. 저는 강력이랑 마약 수사를 주로 했기 때문에……."

'성범죄는 내가 수사할 자신이 없어서 일부러 피해 다녔다'는 말은 굳이 하지 않았다. 마약 수사가 좋았던 이유 중 하나는 딱히 피해자가 없고 잡아야 할 상대만 있는 것처럼 보이기 때문이기도 했다. 구현승은 '너무 몸 사리는 것 아니냐'는 표정으로 연지혜를 바라보았다. 연지혜는 '이 정도면 충분하지 않으냐'는 의미의 미소를 지어 보였다.

"인생에서 바라는 게 있다면 뭘까요? 원하는 것. 욕망하는 것. 캐릭터를 만들 때 그런 걸 알아둬야 하거든요." 구현승이 물었다.

"뭔가 심오한 걸 말씀하시는 거죠? 글쎄요, 저는 대체로 지금 생활에 만족해요. 경찰 업무도 좋아하고요. 자동차 부품회사를 그만둔 건 잘한 결정이었어요. 가족들이 건강했으면 좋겠고, 제가 다치지 않으면 좋겠고, 은퇴할 때까지 현장에서 형사 일을 하고 싶네요. 유혹에 빠지지 않고."

"유혹?"

"특진하려고 욕심을 부린다든가, 브로커의 꾐에 빠진다든가, 그런 거요."

"최초의 여성 경찰청장이 된다든가 하는 소망 같은 건 없어요?"

"승진 생각도 있고 고과도 신경 쓰죠. 그런데 수사 파트에서 고위직에 올라가기는 힘들어요. 강력팀에서 오라는 전화를 처음 받았을 때에도 승진 생각이 있었다면 안 갔을 거예요."

연지혜는 그렇게 답하면서 자신에게 삶의 목표가 없는 걸까 하고 한

번 더 자문했다. 구현승은 계속해서 질문을 던졌다.

"강력팀에서 오라는 전화는 어떻게 받게 된 거예요?"

"기동대를 마칠 때 전화가 왔어요. 동작경찰서 강력팀에서요. 경찰서에 1년에 두 번 정기 인사가 있거든요. 그런데 강력팀 지원자가 없어서, 거기 반장님이 기동대원들한테 일일이 다 전화를 돌린 거예요. 동작 강력1팀인데 올 테냐. 저 말고 다른 사람한테도 다 돌린 거죠. 다른 사람은 안 간다고 했는데 제가 갈게요, 해서 가게 된 거고요."

"여성인 걸 알고도 오라고 전화를 한 건가요?"

"그럼요. 명단에 여성이라고 적혀 있고, 제 이름도 보면 여자 이름이고요. 통화를 했을 때도 목소리 듣고 바로 아셨을 테고요. 그 팀도 여성 형사를 받는다는 데 대해 거부감이 없었고, 그만큼 남자 지원자도 없었던 것 같고요. 요즘은 강력팀 형사를 선호하는 사람이 거의 없으니까요. 그리고 아까도 말씀드렸지만 막상 일을 해보면 여자 형사가 남자 형사보다 더 유리한 것도 있어요. 탐문수사를 할 때에도 여성분들이 말을 더 잘해주고, 작전을 펼칠 때에도 제가 앞에 서 있으면 피의자들이 의심을 덜 하고요."

"인생에서 두려운 건 뭐예요?"

"그런데 이제는 제가 물어야 하는 시간 아닐까요?" 연지혜가 물었다.

"내가 좀 질문이 많았죠?" 구현승이 헤헤 웃었다. 기분 나쁜 웃음은 아니었다.

"괜찮으시면 다른 두 분이랑 함께 말씀 나눌 수 있으면 좋을 거 같은데요. 기억이 더 잘 날 수도 있으니까요."

"불러올게요. 음악 좀 틀고 해도 되죠? 맥주도 마시면서."

구현승이 물었다. 연지혜가 연지혜표 미소를 지었다.

69.

사람들에게 강렬한 정체성과 소속감을 제공하지만 신계몽주의 사회에서 몰아내야 할, 실패한 상상의 공동체들을 먼저 살펴보자.

예를 들어 사이비 종교는 어떨까. 사이비 종교 신도들은 새로운 정체성을 부여받는다. 그들은 우주의 비밀을 알고 미래를 준비하는, 가끔은 그 때문에 핍박을 당하기도 하는 선택받은 자가 된다. 그들에게는 구원이라는 삶의 목표와 방향성이 생기고, 전도와 수행이라는 과업도 얻는다. 이런저런 의식 속에서 다른 신도들과 일체감을 맛본다.

하지만 사이비 종교라는 상상의 공동체 중심에는 신도 개인이 아니라 교주가 있다. 사이비 종교에서 제시하는 도덕규범은 사회가 추구하는 윤리적 가치와 크게 모순된다. 가정, 회사, 지역사회, 국가와 같은 다른 상상의 공동체들과도 충돌한다. 그래서 사이비 종교는 그런 공동체들을 마음에서 다 지워버리라고 지시한다.

사이비 종교의 세계관은 현실 세계와도 합치되지 않는다. 교리들은 과학과 통계로 우습게 논파된다. 그래서 교단은 신도들의 비판적 이성을 마비시키기 위해 의심하지 말라고, 무조건 믿고 따라야 한다고 강조한다. 외부인과의 접촉도 막는다. 신도들은 인식 편향과 동조 압력, 매몰비용의 오류 속에서 현실을 부정하게 된다.

계몽주의 사회도 이런 공동체가 잘못됐으며, 구성원을 불행과 결핍으로 이끈다는 사실을 안다. 하지만 그 앞에서 어쩔 줄 모르는 것처럼 보인다.

한 가지 이유는 상상의 공동체를 만들고 가입하거나 탈퇴하는 것을 개인의 자유라고 보기 때문이다. 계몽주의 사회에서 나쁜 공동체에 가입하는 것과 거기서 빠져나오는 것은 개인의 몫이 된다.

또 다른 이유는 현대사회가 상상의 공동체를 다루는 데 서툴기 때문이다. 현대사회는 간신히 법인이라는 개념을 만들었고, 국가와 지방정부, 기업, 공공 기관, 학교, 협회, 재단, 협동조합에 법적으로 권리와 의무를 부여한다.

그러나 상상의 공동체는 그보다 훨씬 많으며 다양하고 폭도 넓다. 법인이 아닌 공동체들은 여론이라는 형태로 사회에 의견을 표명하고 행동할 수 있지만 집단의 이름으로 별다른 책임을 지지는 않는다. 사회는 그 상상의 공동체 구성원 개개인이 실정법을 어겼을 때 거기에 대해 각각 대응할 수 있을 뿐이다.

그렇다면 폭력을 사용하지 않는, 온건한 백인우월주의 단체는 어떻게 대해야 할까?

바이러스 백신을 맞지 않겠다는 믿음을 지닌 사람들의 집단에 대해서는?

연예인 팬덤, 정치인 팬덤은 사이비 종교와 많이 다를까?

오히려 누구도 이들에게 '해롭다'는 딱지를 함부로 붙이지 못하기에 더 넓은 피해를 개인과 사회에 입히는 건 아닐까? 합법적인 약물인 알코올이 불법 마약보다 훨씬 더 큰 사회경제적 비용을 발생시키는 것처럼 말이나.

이른바 '취향의 공동체'는 어떨까? 그곳에서 각 개인의 지리적 위치와 거리는 어느 정도로 중요한가? 취향 공동체는 현실 세계와 얼마나 밀접하게 관계를 맺고 있나?

대체로 무해하다면 그걸로 괜찮은 것일까? 현실과 관계없는 취향에 몰두해서 그게 현실을 앞서게 된다면 온라인 게임을 탐닉하는 것과 어떤 점에서 차이가 있을까?

현실과 접점이 적은 고립된 취향 공동체 안에서 인정투쟁을 벌이는 것은 온라인 게임에서 자기 캐릭터의 레벨을 높이기 위해 애쓰는 일과 다를까?

70.

"이 가게 주인은 좀 괴짜지만(김상은은 그렇게 말하며 주민음을 가리켰다) 음향 시스템은 정말 좋아요. 우리 여기 모여서 음악 자주 들어요. 작년에는 자주 모였죠. 코로나 때문에 갈 곳이 없어서. 우리들끼리는 여기, 이 시간을 '주다스 오어 사바스 2'라고 불러요."

김상은이 공방의 오디오 세트를 조작해 음악을 틀더니 잠시 뒤 조명을 껐다. 창문 하나 없는 지하 공방은 1, 2초가량 한 치 앞도 볼 수 없을 정도로 깜깜해졌다. 잠시 뒤 천장에 달린 꼬마전구들에 불이 들어왔다. 밤하늘에 별이 떠 있는 것 같았다.

김상은은 작업장을 가로질러 걸으며 벽에 붙은 갓스탠드 조명을 여러 개 켰다. 은은한 빛이었다.

"'주다스 오어 사바스'가 딱 이랬어요. 천장에 꼬마전구들이 가득했고, 바에 스탠드가 몇 개 있었어요. 거기서 음악 크게 틀어놓고 놀았죠."

김상은이 연지혜에게 설명했다.

"그리고 이렇게 하면…… 짜잔"이라고 김상은이 말하더니 벽에 붙은 스위치를 하나 더 켰다. 그러자 천장 가운데 있는 전구가 여러 개 켜졌다. 백열등처럼 생겼지만 백열등이 아니라고, 광원 부분을 필라멘트처럼 보이게 만든 LED 전구라고 김상은이 설명했고, 연지혜는 자신의 집에도 저런 걸 달아두고 싶다고 생각했다.

"이런 조명은 '주다스 오어 사바스'에도 없었죠." 김상은이 말했다.

"그리고 '주다스 오어 사바스'는 천장이 이렇게 높지도 않았지. 난 여기서 있다가 집에 가면 천장이 낮아서 마음이 답답하더라. 한국 아파트 천장 높이가 다 똑같거든. 2.3미터. 그래서 장롱 주문받을 때 높이를 물어볼 필요가 없어." 주민음이 말했다.

"볼륨 좀 키워줘. 요즘은 음악을 크게 틀어주는 바들이 없어. 요즘 젊은 애들은 음악 안 들어?" 구현승이 옆에서 구시렁댔다.

"이제 음악은 음악이 아니야. 아이돌 산업이야." 주민음이 말했다.

구현승은 꼰대라는 지적을 들어본 적이 없는 게 분명했다. 옛날 얘기를 늘어놓기 시작했다.

"우리 때는요, 대학교 주변에 음악 크게 틀어주고 병맥주 한 병 시키면 아무리 오래 앉아 있어도 뭐라고 하지 않는 어두컴컴한 바들이 있었어요. '주다스 오어 사바스'가 그랬고, 그 근처에 '벨벳 언더그라운드'라는 곳도 있었고, '폴리스'라는 곳도 있었고……. 이제 다 문 닫았죠. 우리들은 그런 데서 무라카미 하루키 소설 주인공 흉내를 내면서 몇 시간이고 시간을 보냈어요. 어려운 소설책을 들고 가서 허세를 부리면서 읽기도 하고, 친구들이랑 일부러 어려운 용어 써서 아는 척하면서 문학이며 철학이며 같잖은 토론을 벌이기도 하고요."

주민음이 "어우, 아줌마, 구린 이야기 좀 하지 마" 하고 핀잔을 주자 김상은이 작게 웃음을 터뜨렸다. 구현승은 신경 쓰지 않고 말을 이었다.

"그런데 그러면서 머리가 굵어지는 거예요. 진짜 아이디어도 그런 데서 나오는 거고요. 청년들의 상상력을 북돋워주는 공간이니 창의성을 키워주는 프로그램이니 하는 것들 다 쓸모없어요. 나 무슨 공기업에서 젊은 영화학도들 위해서 만들었다는 공간들 많이 가봤거든요. 그런데 가보면 일단 조명이 너무 밝아. 그리고 거기서 뭘 할 건지 계획서를 보내래. 그런 데서는 시시한 것들만 나와요. 젊은이들한테는 돈 걱정 안 하고 성과물에 대한 압박 없이, 죽치고 앉아서 시간을 보낼 수 있는 공간이 필요해요. 그런 곳이 요즘 젊은이들한테는 없어요. 미국 젊은이들한테는 집에 차고가 있어서 그게 돼요. 미국 젊은이들은 차고에서 애플 컴퓨터도 만들고 얼터너티브 록도 작곡하고 수제 맥주도 만들고 그러는데 한국 청년들은 그러지 못하죠. 저는 대학가에 있는 스몰비어 가게들 가면 슬퍼져요. 빨리 마시고 나가라는 곳이잖아요. 자리는 다닥다닥 붙어 있는데…….”

'그래서 자기들 세대는 생각에 깊이가 있었지만 이후 세대는 그렇지 않다는 얘기를 하고 싶은 건가' 하고 연지혜는 생각했다. 그 생각을 차마 입 밖으로 내지는 못하고 부드럽게 연지혜표 미소만 지어 보였다.

그녀는 고개를 돌려 김상은을 바라보았다. 김상은은 냉장고와 간이 주방을 오가며 맥주잔을 꺼내고 물과 안주를 내놓는 등 부지런히 상을 차리고 있었다.

“익숙하시네요.” 연지혜가 말을 걸었다.

“제가 이 공방을 1년이나 다녔거든요.” 김상은이 대답했다.

“목공을 배우셨던 건가요?”

“네. 친구 특전으로 공짜로 배웠어요. 재료비만 내고. 제가 만든 서랍장도 집에 몇 개 있어요. 저 제법 손재주 좋아요.”

김상은은 자신이 진지하게 목수가 되어보려고 했다고 말했다. 국제기구에서 일하는 것은 외국계 기업 마케팅 부서에서 일하는 것과 다르지 않다고 느꼈을 때였다.

"주민음이가 그 말을 듣더니 비웃더라고요. 공방을 하는 건 소기업 영업 담당자가 되는 것과 다를 바 없다고. 손으로 물건을 만드는 일은 극히 일부에 불과하다고."

손으로 하는 직업은 이제 거의 사라진 것 같다, 뭐든지 서류와 컴퓨터 작업뿐이다, 하고 김상은은 말했다. 그러자 구현승이 "무슨 소리, 영화판에 한번 와봐" 하고 반박했다. 그렇게 말하며 구현승은 사람들에게 맥주를 한 캔씩 돌렸다. 연지혜도 한 캔을 받아들었다.

스피커에서 빠른 비트의 걸그룹 노래가 나오자 구현승이 과장된 표정으로 "으으"라고 말하며 치를 떨었다. 흘러나오는 노래에서는 소녀들이 '누가 뭐라 해도 나는 나'라고 주장하고 있었다.

"왜 아이돌그룹 노래 가사는 20년째 그대로야? '나는 나, 암 쏘 배드', 저거 X세대 표어였잖아."

구현승이 빈정거렸다. 그 말에 김상은도 픽 웃었다. 그러면서 작게 노래를 따라 흥얼거렸는데 가사를 전부 다 외우고 있는 듯했다. 1, 2분 정도 노래를 듣고 있었는데 구현승이 "아이고, 못 들어주겠네"라고 말하며 자리에서 일어났다.

"우리 인간적으로 아이돌 노래는 듣지 말자. 나이가 있잖아. 좀 괜찮은 거 없어? 이거 음악은 어떻게 바꿔?"

"직원들이 듣던 거야. 무슨 곡을 원하시는데? 트로트?" 주민음이 물었다.

"한국 노래 말고, EDM 말고, 라운지 음악 말고, 너무 경박한 거 아니면 돼."

주민음은 "그냥 네가 틀어, 나 유튜브 뮤직 쓰니까" 하고 말했다.

구현승은 잠시 작업장에 설치된 주민음의 또 다른 데스크톱컴퓨터를 붙들고 있더니 연지혜가 그들을 '심문'하는 동안에는 일단 재즈를 듣겠다고 선언했다.

"형사님이 녹음을 할지도 모르니 볼륨을 크게 높일 수 없잖아? 그리고 다들 취조를 받으면 신경이 날카로워질 테니까. 혹시 이 중에 범인이 있다면……."

구현승은 말을 거기에서 멈췄다. 부적절한 농담이라고 생각한 모양이었다. 김상은이 "취조는 무슨 취조야, 그냥 청취라고 해야지" 하며 구현승의 말을 점잖게 받았다. 김상은이 말을 마치자 스피커에서 음악이 울려 퍼졌는데 사람 마음을 잔잔하게 가라앉히는 곡은 결코 아니었다. 시작부터 트럼펫이 정신없는 속주를 뿜냈다. 구현승은 잘 아는 곡인 듯 박자에 맞춰 상체를 흔들었다. 춤을 못 춘다고 했던 말과 달리, 그녀는 리듬을 썩 잘 탔다.

"취조도 아니고 청취도 아니에요. 녹음도 안 할 거고요. 그냥 민소림 씨에 대해 생각나는 게 있으면 아무 얘기나 들려주세요." 연지혜가 말했다.

"최면 수사 같은 건 안 하나요?" 김상은이 걱정스러운 표정으로 물었다.

"할 줄 모르는데요." 연지혜가 대답했다.

"형사님이 할 줄 모르시는 거예요, 아니면 현장에서 최면술을 안 쓰는 거예요?" 구현승이 물었다.

"제가 형사 생활 하면서 최면 수사를 하는 걸 본 적이 없어요." 연지혜가 애매하게 답변했다.

"맥주 마시면서 해도 되는 거죠?" 구현승이 물었다.

"이미 마시고 있잖아." 주민음과 김상은이 동시에 그렇게 말하더니 자기들도 우스웠는지 얼굴을 마주 보았다.

"그럼요." 연지혜가 구현승에게 대답하며 미소를 지었다.

"저는 민소림 하면 떠오르는 게 걔가 쓰던 노트북이에요. 소니 바이오라는 제품 아세요? 2000년 즈음에 지금 맥북 정도 대우를 받던 노트북이에요. 얇고 예쁘고 비쌌죠. 민소림이 그걸 썼어요. 연보라색 제품이었죠. 수업 시간에 가지고 와서 그걸로 필기를 해서, 안 그래도 눈에 띄는 애가 다른 사람들 눈길을 끌었어요. 걔도 참."

구현승이 말했다. 그들은 1층 편의점에서 맥주를 여덟 캔 더 사 왔고, 배달 앱으로 피자와 뼈 없는 치킨도 주문했다. 피자는 주문을 하기도 전에 배달 기사가 출발한 게 아닌가 싶을 정도로 빨리 도착했다.

"그때는 노트북이라는 물건 자체가 지금처럼 흔치 않았어요."

김상은이 고개를 끄덕이며 덧붙였다. 주민음이 "나도 기억나, 민소림이 쓰던 그 얇은 노트북"이라고 말했다. 연지혜는 민소림의 집에서 사라진 노트북이 바로 그 제품이었겠구나 생각했다. 신촌의 전당포와 근처 중고 전자제품 매장에서도 끝내 발견되지 않았다는 그 노트북.

그 순간 별안간 구현승이 폭소를 터뜨렸고, 사람들이 모두 그녀를 쳐다봤다.

"아, 나. 갑자기 생각났어. 주민음이 너, 그때 도서관에서 노트북 도둑 맞았지? 얘가 범인 잡는다면서 도서관에서 잠복수사랍시고 며칠 처박혀 있었던 거 기억나? 너 그때 수갑도 가지고 돌아다녔지?"

구현승의 말에 김상은도 맞장구를 치면서 손으로 입을 가리고 웃었다. 주민음은 혀로 입 안을 훑으면서 화가 난 건지 웃음을 참는 건지 모를 표정을 지었다.

"그거 산 지 몇 달 되지도 않은 물건이었어. 얼마나 화가 났다고. 아르바이트를 몇 달이나 해서 산 물건이었는데. 게다가 도서관 사무실인가 운영실에 신고를 했더니 엄청 기분 나쁘게 응대하는 거야. 자기들은 어쩔 수 없다고, 왜 노트북을 자리에 놔두고 화장실에 갔느냐면서. 도난 사고가 얼마나 많이 발생하는지 아느냐고 묻더라. 그런데 그 얘기를 듣다 보니까 아무래도 거기 전문 절도범이 있는 것 같았단 말이지."

"도서관에 전문 절도범이 있는 거야 당연하지. 한 명만 있었겠어? 한 다스는 있었을걸." 구현승이 끼어들었다.

"몰라, 그때 우리 다 순진했었잖아. 난 꼭 내가 그 절도범을 잡을 수 있을 것만 같았어. 그래서 남대문에 가서 수갑을 사고 도서관에 미끼를 놔뒀지." 주민음이 말했다.

"미끼요?" 연지혜가 물었다.

"제가 공학용 전자계산기도 한 대 있었거든요. 그걸 제 옆 빈자리에 놔두고 제 물건이 아닌 척했죠. 그러다가 모르는 사람이 그걸 들고 가면 쫓아가서 수갑 채워서 경찰에 넘기려고 했어요. 시민들도 현행범은 체포할 수 있지 않아요? 그래서 수갑 채우는 연습도 했어요. 영화에서처럼 내리칠 필요 없이 그냥 손목에 가볍게 갖다 대기만 해도 채워지더라고요." 주민음이 말했다.

"순진한 게 아니라 미친놈 같은데."

구현승이 손가락을 관자놀이에 대고 빙빙 돌리는 시늉을 하며 말했다.

"그 수갑 아직도 여기 어디 있을걸? 내가 전에 물건 찾다가 한번 봤어." 김상은이 말했다.

"진짜 미쳤나, 수갑을 왜 아직도 갖고 있어? 아, 그거 혹시 침대에서 사용하는 거야? 위험한 장난?"

구현승이 그렇게 말하고 혼자 웃음을 크게 터뜨렸다.

"그런 취미가 있었어? 난 네가 남자고 여자고 간에 도통 관심이 없기에 얘는 무성애자인가 보다 했었는데."

김상은이 주민음을 바라보며 말했다.

"그게, 버리기도 애매하잖아. 오해 사기 좋고……."

주민음이 얼버무렸다. 과거에는 일반인이 수갑을 가지고 있어도 괜찮았지만 이제는 관련법이 생겨서 경찰이 아닌 사람이 경찰 제복이나 장비를 갖고 있으면 안 된다. 연지혜는 그런 이야기를 하려다가 말았다.

김상은은 그 여름에 왜 민소림이 진주에 내려가지 않고 서울에 남아 있었는지 궁금했다고 말했다.

"한여름에 서울에 있을 이유가 없잖아요. 집세는 몰라도 고향에 내려가면 생활비는 확 줄일 수 있지 않겠어요? 게다가 지방 애들은 방학 때가 대목이거든요. 소림이도 당연히 진주에 내려가 있을 줄 알았어요."

"대목이라니요?" 연지혜가 물었다.

"과외요. 지금은 학원 산업이 공룡이 됐고 인터넷 강의도 많지만 2000년까지는 그렇지 않았어요. 아마 메가스터디나 이투스나 다 2000년에 생겼을걸요? 2000년대 초까지는 중고생들이 대학생 과외를 많이 받았단 말이죠. 그런데 서울에서는 명문대생 과외 교사가 그리 드문 게 아니잖아요. 명문대가 전부 서울에 있으니까. 지방에는 드물어요. 그때가 외환위기 여파가 아직 남아 있던 때라서 과외 교사 일자리 구하기가 전만큼 쉽지 않았어요. 지방 아이들은 방학 때면 자기 동네에서 두 달 동안 바짝 벌고 온다고 했어요. 부산에 사는 아이들도 그랬으니 진주는 더했을 거예요."

"민소림 씨는 부잣집이라서 그러지 않아도 됐던 것 아닐까요?"

"아니에요. 언젠가 자기 씀씀이에 대해서 변명하듯 말한 적이 있었어요. 휴학했을 때 진주에서 과외를 엄청 했다고. 영어 가르치면서 영어 배우는 6개월이었다고 그랬어요. 특히 애는 여학생이잖아요. 남자 대학생에게 여고생이나 여중생 과외를 맡기지는 않지만 여자 대학생한테는 남고생, 남중생 과외를 쉽게 맡기죠. 자기 원하는 만큼 과외 일자리를 구할 수 있었을걸요. 어학연수비까지 모았다는 말도 들은 적이 있어요. 그게 실제로 어학연수를 갈 거라는 얘긴지, 그 정도 돈을 모았다는 얘긴지는 잘 모르겠지만."

22년 전 수사 기록에는 그런 내용이 없었다. 8월이면 고등학교도 보충수업이 끝난 방학 기간이다. 진주에서 과외를 받았던 남학생이 민소림을 잊지 못하고 1년 뒤 서울에 올라와 범행을 저지른다는 시나리오가 전혀 불가능할 것 같지는 않았다. 연지혜는 수첩에 '진주, 1999년, 과외, 남학생'이라고 적었다.

"당시 민소림 씨에게 과외 지도를 받았던 학생들을 찾으려면 어떻게 해야 할까요? 인터넷으로 과외 중개하는 서비스는 없던 때죠? 민소림 씨가 전단지를 자기 집 주변에 붙이고 다녔을까요?" 연지혜가 물었다.

"저 같으면 소림이가 나온 고등학교를 찾아가볼 것 같은데요. 고등학교 선생님을 통해서 소개를 받곤 했으니까요." 김상은이 말했다.

"여학생들은 그런가? 나는 내가 나온 고등학교는 두 번 다시 가고 싶지 않은데." 주민웅이 말했다.

"돈 벌려고 가는 건데, 뭐." 김상은이 대꾸했다.

"친척들을 먼저 찾아보세요. 민소림보다 어린 사촌들. 아니면 어머니 친구의 자식들. 틀림없이 거기서부터 시작했을 거예요." 구현승이 말했다.

연지혜가 그 말을 받아 적으려고 한 순간 구현승이 고개를 푹 숙이더니 스피커에서 나오는 음악을 따라 몸을 흔들었다. 이제 재즈가 끝나고 올드 록의 시간인 모양이었다. 한 시대를 풍미했던 곡이 나왔다. 구현승은 기타를 치는 시늉을 하며 입으로 "뚱 뚱 뚜뚱 뚱뚱뚱 뚱" 하고 소리를 냈다. 김상은은 '또?'라는 표정을 지으며 작게 한숨을 쉬었다.

주민음이 히죽이며 맥주 캔을 들어 내용물을 입에 털어넣었다. 그러고는 그 역시 노래를 따라 부르기 시작했다. 그 유명한 기타 디스토션 대목에 이르자 구현승, 주민음, 김상은은 모두 얼굴에 힘을 주면서 고개를 흔들었다. 그 모습이 연지혜에게는 약간 우습게 보이기도 하고 짠하기도 했다.

난 등신이야, 난 이상한 놈이야…… 내가 지금 여기서 뭘 하고 있는 거람…… 난 여기 어울릴 수 없어…….

김상은도 노래를 따라 불렀다. 구현승이나 주민음은 가끔 가사를 기억하지 못해 머뭇거릴 때가 있었는데 김상은은 막힘이 없었다.

구현승이 연지혜를 바라보며 양 손바닥을 하늘로 향해 띄워 올리는 시늉을 했다. 연지혜도 마지못해 입을 벙긋벙긋하며 후렴구를 몇 소절 불렀다. 노래 가사대로였다.

내가 지금 여기서 뭘 하고 있는 거람. 달아나…… 달아나…….

라디오헤드의 곡이 끝나자 다 같이 잔과 캔을 부딪치며 건배를 했다. 다음 곡도 1990년대 후반 즈음에 나온 록발라드인 것 같았다. 세상이 날 보길 원치 않아…… 사람들은 이해하지 못할 거야…… 내가 누구인지 알아줬으면 좋겠어……. 갓 사춘기에 접어든 소년 소녀들이나 진지하게 여길 만한 글귀들이었다. 익살맞게 몸을 비틀며 노래를 부르던 구현승이 연지혜에게 또 같이 부르자며 손짓을 했다.

연지혜는 잘 모르는 노래라고 고개를 저었고, 나머지 세 사람은 그 노래를 모르냐며 놀랐다. 니콜라스 케이지가 나왔던 그 영화 주제가잖아요! 맥 라이언도 나왔던! 아니, 혹시 니콜라스 케이지나 맥 라이언도 모르는 거 아냐? 1990년생이래! 연지혜는 니콜라스 케이지와 맥 라이언의 이름을 모르지는 않았지만 그 이름들에 큰 감명을 받지는 않았다.

그들은 어느 순간 함께, 갑자기 취했다. 일단 선을 넘자 그다음은 순식간이었다. 구현승은 편의점에 올라가서 소주를 사 왔다. 뜻밖에도 그중 가장 상식인 같았고 말도 행동도 조심스러웠던 김상은이 자리에서 일어나 춤을 추기 시작했다. 박자가 하나도 맞지 않는 그로테스크한 춤이었다. 그럼에도 매력적이었다. 연지혜는 민소림과 유재진이 췄던 춤에 대해 구현승이 했던 이야기를 떠올렸다.

'이상한 막춤을 췄어요. 원시인들이 췄을 거 같은. 허리를 숙였다 펴고 팔꿈치를 구부리고 팔을 휘젓고 흐느적거리며 빙글빙글 돌다가 허리나 어깨를 뒤틀고 방방 뛰기도 하고…….'

"아이고, 아이고." 연지혜가 작게 중얼거렸다.

주민음은 자신이 요즘 등산에 빠졌다며 밑도 끝도 없이 국내외 산에 대해 떠들어댔다. 그 이야기를 듣는 사람은 아무도 없는 것 같았다.

구현승은 소주를 마시다가 주민음에세 "난 네가 성발 게이, 아니 바이인 줄 알았다고"라고 말했다. 주민음이 한창 지리산 종주 코스와 반달가슴곰에 대해 말하던 중이었다. 김상은은 춤을 추다 말고 오디오 시스템을 조작했는데, 그러자 몇 분 전에 들었던 록발라드가 다시 나왔다. 세상이 날 보길 원치 않아…… 사람들은 이해하지 못할 거야…… 내가 누구인지 알아쳤으면 좋겠어……. 옛 독서 토론 모임 멤버들은 또 노래를 따라 불렀다.

"이 노래가 아까 나왔던 아이돌 음악이랑 뭐가 달라요?"

연지혜가 물었다. 김상은이 춤을 멈추고 선 채로 연지혜를 빤히 쳐다봤다.

"다 똑같잖아요? '누가 뭐라 해도 난 나야, 난 그냥 내가 되고 싶어' 그러는 타령이나 '진정한 내 모습을 봐줘' 하는 말이나 다 그 말이 그 말이 잖아요……?"

연지혜는 이어서 '의무라든가, 사명이라든가, 과업이라든가, 바깥세상에 대해서 그렇게 할 말이 없는 거예요?'라고 물을 뻔했다. 그런 단어들은 그녀에게 경찰이 되기 전부터 중요한 문제였다. 어쩌면 그런 단어들 때문에 경찰이 된 것인지도 몰랐다.

그런 질문을 삼킨 것은 차가운 분별력 때문만은 아니었다. 말하던 중에 자기 혀가 살짝 꼬여 있음을 깨달았던 것이다. 연지혜가 말을 얼버무렸을 때에는 김상은뿐 아니라 구현승과 주민음도 연지혜를 바라보고 있었다.

"그러면 형사님은 무슨 음악을 들으세요?" 구현승이 물었다.

"저는 음악 잘 안 듣는데요."

연지혜가 조금 망설이다가 대답했다.

"에이, 음악 안 듣는 사람이 어디 있어요?"

구현승이 다소 빈정대듯이 물었다.

"형사님 블루스 들으시는 거 아니에요?"

김상은이 물었고 연지혜는 깜짝 놀랐다. 표정을 감출 겨를도 없었다. 김상은이 웃으며 음악 볼륨을 줄이고 설명했다. 전보다 약간 빠르고 들

뜬 목소리였다.

"전에 저 찾아오셨을 때 테이블에 휴대폰을 두셨잖아요? 그 휴대폰 첫 화면에 음악 플레이어 앱이 있었는데, 거기에 제가 아는 곡이 재생 중지 상태로 떠 있더라고요. 일부러 훔쳐본 건 아니고 그냥 보여서 봤어요."

"무슨 곡이었는데?" 구현승이 옆에서 물었다.

"로이 뷰캐넌. 〈구세주가 다시 올 거예요(The Messiah Will Come Again)〉."

김상은이 말하자 구현승이 컴퓨터로 곡을 찾아 틀었다. 흐르던 음악의 템포가 확 느려졌고, 사람들은 흥분이 가라앉은 듯 다소 조용해졌다. 오르간 반주가 흐르고 로이 뷰캐넌이 한 마을과, 그 마을에 찾아온 이방인에 대한 이야기를 읊었다. 연지혜는 김상은이 그 부분의 가사마저 외우고 따라 부르는 걸 보고 속으로 꽤 놀랐다.

"노래 좋네. 요즘 젊은 분들 사이에서는 이런 노래가 유행이에요?"

긴 전주와 로이 뷰캐넌의 독백이 끝나고 본격적으로 곡이 시작되자 구현승이 물었다. 한동안 모두 입을 다문 데다 김상은이 갑자기 오디오 볼륨을 줄이는 바람에 생긴 묘한 긴장감이 여전히 가시지 않은 상태였다.

"다른 사람들은 잘 모르겠고, 저는 이런 곡을 좋아해요." 연지혜가 대답했다.

"그러면 다른 젊은 분들은 뭘 들어요? 힙합?" 구현승이 물었다.

"글쎄요, 제 또래에서는 비슷한 나이라고 다들 좋아하는 그런 노래나 음악 장르는 없는 거 같아요." 연지혜가 말했다.

"우리 직원들 보면 아이돌그룹 좋아하는 것도 서른부터더라고. 이십대 직원들은 삼십대 선배들이 틀어놓으면 그냥 들어준다, 이런 태도인 거 같아. 아이돌 업계도 전체적으로 하락세라던데?"

주민음이 말했다. 반시간쯤 전에 '이제 음악은 음악이 아니라 아이돌 산업'이라고 선언한 사실은 그사이 까맣게 잊은 듯했다.

"그러면 이십대는 아이돌 말고 누굴 좋아하는 거야?" 구현승이 물었다.

"글쎄, 유튜버?" 주민음이 말했다.

"우리는 젊을 때 우리가 불만을 제대로 터뜨리지 못한다고 생각했는데, 꼭 그렇지도 않았나 봐. 록은 불만을 터뜨리는 음악, 분노의 음악이었어. 서툰 가사로나마 기성세대를 욕하고 요구 사항을 외치는 음악이었다고. 그에 비하면 블루스는 남한테 뭐라고 하는 음악이 아니지. 슬픔을 삭이는 선율인 거야."

김상은이 말했다. 연지혜는 그 설명에 언뜻 마음이 움직이면서도 그것만으로는 어딘지 부족하다는 느낌을 받았다. 하지만 그런 인상을 명료하게 말로 풀어낼 수 없었고, 머리도 어질어질했다.

"서툴었다는 게 포인트였던 거 같아. 요구 사항은 늘 명확하고 구체적이어야 하는데……." 주민음이 말했다.

"그러면 힙합은 뭐야?" 구현승이 물었다.

"우리보다 더 서툴고 가난한 세대의 음악. 내가 불만에 차 있고 무서운 놈이라는 걸 욕설로 전달하기." 김상은이 말했다.

"야, 야, 넌 힙합이 뭔지 몰라. 힙합이 뭔지 1도 모른다고."

구현승이 자리에서 일어나더니 "노래가 좋은데 좀 기네"라고 말하며 로이 뷰캐넌의 노래를 끊고 힙합 음악을 틀었다. 주민음이 "이건 뭐야?"라고 물으니 구현승은 "켄드릭 라마"라고 짧게 대답했다. 연지혜는 김상은이 눈을 가볍게 감고 이 노래마저 몇 소절을 따라 부르는 걸 보고 깜짝 놀라지 않을 수 없었다. 반면 주민음은 켄드릭 어쩌고가 누구인지도 모르겠다는 반응이었다.

구현승은 스피커의 음량을 높였지만, 10여 분 전만큼 소리를 크게 하지는 않았다. 그녀는 다시 자리에서 일어나 뻣뻣하게 춤을 추기 시작했다. 김상은은 아무래도 상관없다는 듯 눈을 감고 몸을 흔들었다.

"우리가 젊었을 시절부터 사회가 병이 든 거지. 나르시시즘의 시대가 시작된 거야, 그때부터. 한국에서도, 미국에서도. 이제 모든 사람의 관심사는 나, 나, 나야. SNS에 포스팅 하나 올리는 짧은 시간에 약삭빠르게 계산들을 하죠. 내가 얼마나 멋져 보일지, 내가 얼마나 공감 능력이 많은 사람처럼 비칠지, 내 사진이 얼마나 잘 찍혔는지, 그래서 그 모든 게 나한테 얼마나 이익이 될지…… 보다 심오한 걸 찾는 사람들의 시야도 '나'를 벗어나지 않아. 만날 찾아다니는 게 고작 '진정한 나'잖아."

주민음이 그렇게 말하며 웃었다. 그들은 왜 아이돌그룹의 가사가 20년째 '나는 나'인가를 토론하는 중이었다. 힙합 음악이 이어지는 중이었고, 구현승은 선 채로 계속해서 뻣뻣한 춤을 추고 있었다.

"왜 그렇게 된 걸까……?"

김상은이 마른 목소리로 물었다. 그녀도 여전히 눈을 감은 채 재즈와 힙합이 섞인 음악에 맞춰 몸을 좌우로 흔들고 있었다.

"시간이 많고 한가해지고 몸이 편해져서 그래. 먹고살 만해졌다 이거지. 바쁘면 인스타그램에 올리는 셀카 사진 각도 같은 거 생각 못 해. 지금은 다들 조금이라도 상처를 받는 걸 참지 못하는 시대야."

구현승이 그렇게 말하며 한쪽 눈을 찡긋 감아 보였다.

"종교와 거대 담론들이 사라진 다음에 자연스럽게 오게 된 현상 아닐까? 이제 몸과 마음을 바쳐 헌신할 대상이 없는 거야. 그러니까 자연히

'나'한테로 관심이 온통 쏠리게 되는 거지. 이슬람 근본주의 같은 데 관심 갖는 것보다 얼마나 좋아." 주민음이 말했다.

그러자 김상은이 눈을 번쩍 뜨더니 테이블에 양손을 얹고 횡설수설처럼 들리는 말을 쏟아냈다.

"이게 질병이라면…… 이게 질병이라면…… 그렇다면 우리는 변화할 기회를 얻게 된 거야. 병에 걸리지 않은 사람은 자기 일상을 달리 보지 못해. 병에 걸린 사람만이 일상과의 연결을 끊고 거기에서 벗어나 병과의 대화를 통해 니체가 말한 '위대한 건강'에 이를 수 있지.《지하로부터의 수기》첫 대목 기억나? 유재진이 공고문에 썼던 그 문장들 말이야. 우리를 불러 모았던 그 문장들. '나는 병든 인간이다……. 나는 악한 인간이다. 나는 호감을 주지 못하는 사람이다.' 하지만 병에 걸린 사람만이 건강이 뭔지 알 수 있어."

그러자 구현승이 그때까지와는 다른 자못 진지한 표정으로 자기 경험을 이야기하기 시작했다. 〈흰손 청년단〉 개봉 전에 우울증에 걸려서 정신과 상담을 받았다는 것, 그리고 그 과정에서 '허우적거리며 버티기'의 의미를 깨달았다는 얘기였다. 연지혜에게 말했을 때보다 더 살이 붙어 있었다. 연지혜는 다소 건성으로 그 얘기를 다시 들었다.

구현승이 말을 마치자 이번에는 주민음이 도스토옙스키의 악인과 니체의 초인에 대해 뭐라 떠들기 시작했다. 김상은이 한 말보다 더한 횡설수설이었다. 연지혜는 그의 말을 거의 듣지 않았다. 20년 전에 그들이 어두컴컴한 바에 죽치고 앉아 시간 걱정 없이 술을 마시며 어떤 분위기에서 머리가 굵어졌는지는 알 것 같았다.

연지혜는 사십대가 된 그들의 이야기가 어딘지 공허하다고 느꼈다. 그들은 자신들이 무엇을 찾는지 모르면서 뭔가를 찾으려는 사람들처럼 보였다. 그들은 여전히 헤매는 것 같았다. 이십대에는 그러는 것이 자연스럽지만 사십대에는 그렇지 않다. 그들이 모두 결혼을 하지 않았다는 사실도 단순히 우연의 일치로 보이지만은 않았다.

도스토옙스키니 니체니 떠들어보았자 그들의 삶이 충만하거나 만족스러워 보이지는 않았다. 영화감독, 국제기구 직원, 공방 주인처럼 연지혜의 또래들에게는 외견상 그럴싸해 보일 직업들을 가졌기에 그런 빈틈이 더 도드라지게 드러나 보이는지도 몰랐다. 또는 그들이 자신들의 다음 세대에 대해 은근히 우월감을 드러냈기 때문에 더 그런지도.

구현승, 주민웅, 김상은이 왁자지껄 떠드는 모습을 멍하니 지켜보며 연지혜는 두 시간쯤 전에 받은 질문에 대해 생각했다. 인생에서 바라는 게 있다면 뭘까요? 인생에서 두려운 건 뭐예요? 문득 자신에게 그 두 가지가 같은 물음이라는 생각이 들었다.

그녀는 자신에게 삶을 어떤 식으로 살고 싶다는 막연한 지향성은 있다고 생각했다. 단순히 살아내는 것 이상의 삶을 원했고 대강 방향도 알 것 같았다. 하지만 그 끝에 무엇이 있었으면 좋겠는지, 다시 말해 어떤 목표가 있는지에 대해서는 알지 못했다. 그 지향점이 좀 더 뚜렷해지고 구체적인 모습을 갖추길 원했다.

그리고 그것을 잃어버리는 것이 두려웠다. 연지혜가 더듬더듬 걸어가는 길은 앞이 명확히 보이지 않았다. 모든 길에 다 엉뚱한 방향으로 향하는 교차로가 있었다. 그곳에서 종종 급작스러운 선택을 내려야 했다.

김상은이 자신에게 가까이 다가와 귀에 대고 뭔가를 속삭이려 하는 바람에 연지혜는 상념에서 벗어났다.

"유재진 혈액형…… 그거 어떻게 됐어요?" 김상은이 물었다.

"확인했는데 아니었어요. 병무청에 유재진 씨의 혈액형 기록이 남아 있었어요. 범인 것과 달라요." 연지혜가 김상은에게만 들리도록, 작은 목소리로 대답했다.

김상은은 자기 가슴에 손을 얹더니 갑자기 울음을 터뜨렸다.

"난…… 난, 그런 줄도 모르고…… 몇 년이나…….'

구현승과 주민음이 그런 김상은과 연지혜를 번갈아 쳐다보았다. 구현승도 주민음도 눈이 풀려 있었다.

"왜? 왜? 아, 뭔데에?"

구현승이 팔을 붙잡고 흔들며 집요하게 물었지만 김상은은 고개를 젓기만 했다. 구현승은 연지혜에게도 같은 질문을 몇 번이나 던졌다. 연지혜도 쓸쓸하게 미소만 지었다. 힙합 뮤지션이 속사포 같은 랩을 쏟아내고 있었다.

71.

    현대철학자들은 상상과 사실의 연결점을 경시한다. 내 안의 스타브로긴은 그렇게 불평을 터뜨린다. 현대철학자들은 의미를 다루면서, 그게 사실과 동떨어진 것마냥 군다.

    그들은 현상을 당위로 착각하는 자연주의 오류를 너무나 경계하느라, 현상과 당위가 긴밀히 연결되어 있음도 부정하려는 듯하다. '자연은 잔인한 곳이다, 그러므로 인간 세상도 잔인할 수밖에 없다' 혹은 '인간에게는 공격 본능이 있다, 그러므로 인간이 공격적인 일을 저지르는 것은 당연하다' 따위의 비논리적인 주장을 시작부터 물리치고 싶어서일까.

    하지만 상상과 현실, 의미와 사실, 당위와 현상은 서로 분리될 수 없다. 트롤리 딜레마를 예로 들어보자.

사람이 트롤리에 치이면 죽거나 크게 다친다: 사실

내 앞에서 곧 사람이 트롤리에 치여 죽거나 크게 다칠 예정이다: 현상

죽거나 크게 다치는 것은 일반적으로 매우 안 좋은 일이다: 의미

만약 지구 인구의 4분의 1가량은 트롤리에 치여도 아무렇지도 않으며, 또 다른 4분의 1은 오히려 가끔 트롤리에 치여야 건강이 좋아진다면 트롤리 딜레마는 성립하지 않는다. 죽거나 다치는 것을 반기는 이들이 상당수 있어도 트롤리 딜레마는 성립하지 않는다. 그때 트롤리 딜레마의 상황은 전혀 다른 의미를 지니게 될 것이며, 우리가 해야 할 일도 달라질 것이다.

삶의 목적과 방향성은 현실에서 나온다. 그리고 주관적이든 객관적이든, 현실은 사실과 불가분의 관계에 있다.

상상은 사실에서 나오며, 당위는 현상에 구속된다. 우리가 무엇을 해야 하는가, 무엇이 의미 있는가 하는 문제는 현실과 깊은 관련을 맺는다.

그러므로 신계몽주의 사회에서 과학이 차지하는 위치는 사뭇 달라질 것이다. 그곳에서는 우주론과 생물학에 무지한 사람이 윤리와 가치를 제대로 말할 수 없다.

나는 유치한 환원주의를 펼치는 게 아니다. 삶의 목적을 천문학과 생화학으로 설명할 수 없다. 트롤리 딜레마도 물리학과 뇌과학으로 해결할 수 없다. 하지만 삶의 방향성과 도덕적 책임, 물리학, 천문학, 생화학, 뇌과학은 모두 단단하게, 심오하게 연결되어 있다.

내가 찌른 칼은 민소림의 심장을 뚫었다.

민소림은 무척 고통스러웠을 것이다. 민소림은 그런 죽음을 원하지 않았을 것이다. 민소림은 더 살고 싶었을 것이다.

위 문단의 진술이 사실인지, 혹시 민소림이 내 망상 속의 존재가 아닌지, 데카르트식으로 무한히 의심하는 것은 쓸모없는 일이다. 그것은 충분히 사실일 것이고, 틀림없이 현실이다.

마찬가지로 민소림이 던진 말은 내게 깊은 상처를 주었다.

나는 무척 고통스러웠다. 내 안의 중요한 것이 무너지는 기분이었다. 그 또한 틀림없는 현실이었다. 그 붕괴를 막기 위해 나는 칼을 휘둘렀다.

내가 휘두른 칼은 민소림의 몸에 영원히 흔적을 남겼다. 민소림이 나를 공격한 말도 내게 상흔을 남겼다.

현대사회는 전자는 눈으로 쉽게 확인할 수 있지만 후자는 보이지 않는다는 이유로 후자를 경시한다. 하지만 신계몽주의는 두 공격과 상처를 구분하지 않을 것이다. 인지 세계에서 벌어지는 폭력도 물리 세계에서 벌어지는 사건만큼이나 중대하게 다뤄져야 한다.

신계몽주의 사회에서 모멸은 중범죄가 된다.

72.

곧 대전역에 도착한다는 안내 방송이 나올 때 연지혜는 책을 덮었다. 막 미시킨 공작이 자신이 스위스에서 겪었던 일에 대해 일장연설을 마친 참이었다.

스위스의 한 마을로 요양을 하러 간 미시킨 공작은 그곳에서 마리라고 하는 가엾은 여인을 알게 된다. 지지리도 가난한 집안에서 태어난 그녀는 그다지 아름답지도 않고 폐병마저 앓고 있는 신세다. 그녀는 떠돌이 상인의 유혹에 빠져 마을을 떠났다가 일주일 뒤에 누더기만 간신히 걸치고 거지꼴로 돌아온다. 마을 사람들은 그 이후부터 이루 말할 수 없이 잔인하게 그녀를 괴롭히고 학대한다. 심지어 그녀의 어머니조차 거기에 가세한다.

마리는 온 마을의 놀림감이 되어, 남의 소 떼를 치며 목동으로부터 먹다 남은 빵과 치즈를 얻어 간신히 연명한다. 그 사실을 알게 된 미시킨 공작은 자신이 가진 물건 중 유일하게 값어치가 나가는 다이아몬드 핀을 팔아 그 돈을 마리에게 준다. 미시킨은 마리를 위로하기 위해 키스까지 한다.

미시킨은 마리에게 욕을 하고 오물을 던지는 아이들을 천천히 설득한다. 마리를 불쌍하게 여기게 된 아이들은 서서히 태도를 바꾸고 마침내 미시킨과 마리를 따르고 사랑하게 된다. 그러나 마을의 어른들은 아이들이 마리를 만나지 못하게 막으면서 미시킨을 비난한다. 병이 깊어진 마리는 아이들의 돌봄을 받으며 눈을 감는다.

미시킨은 스위스를 떠나며 생각한다. '사람들은 나를 백치로 여기고 있지만 나는 현명한 인간이다. 저들이 그걸 깨닫지 못하고 있는 거다…….' 요양 생활을 마치고 러시아로 돌아온 미시킨은 그런 경험담을 소설에 등장하는 두 절세 미녀 중 한 사람인 아글라야 앞에서 말한다.

500페이지 가까운《백치》상권에서 초반에 있는 에피소드였다. 독자도, 소설 속 인물들도, 미시킨이라는 사람이 어떤 사람인지, 왜 그에게 백치라는 별명이 붙어 있는지 궁금해하는 단계에서 이 일화가 나온다. 주민음이 이야기했던 부분이 바로 여기였구나, 연지혜는 생각했다. 과연 간음하다 잡힌 여인과 예수그리스도를 노골적으로 떠올리게 하는 이야기였다.

연지혜는 민소림이나 주민음이 이 부분에 끌렸을 거라고 생각했다. '나는 다른 사람보다 현명하다, 다른 사람들은 그걸 모른다'는 생각을 분명히 했겠지. 주민음이나 김상은은 여전히 그렇게 믿고 있을지도 모른다. 하지만 미시킨은 작품 마지막 부분에 이르면 철저히 실패한다고 했어…….

연지혜는 KTX를 타고 부산에 가는 중이었다. 부산외국어대학교에는 '러시아터키중앙아시아학부'라는 긴 이름의 학부가 있었고, 그곳 학부장을 맡은 교수가 민소림의 이모였다. 그녀를 찾아가 민소림이 1998~1999년에 진주에서 학생 과외를 했는지, 했다면 어떤 학생들을 가르쳤는지 물어볼 참이었다.

유연희 부산외대 교수는 언지혜의 진화를 받고 민소림이라는 이름을 듣자 "아아……" 하고 감탄사인지 신음인지 모를 소리를 냈다.

뜸을 들이던 유연희 교수는 20년도 더 된 일이라 별로 기억나는 게 없고, 그다지 떠올리고 싶지도 않은 기억이라며 자기가 도움이 안 될 것 같다고 말했다. 지친 목소리였다. 연지혜는 자신이 부산외대 학부 사무실로 찾아가겠다며, 잠시만 시간을 내달라고 사정했다. 유연희는 그 요청을 마지못해 승낙하는 것 같았다.

민소림의 1990년대 후반 행적을 조사해보겠다는 연지혜의 아이디어에 대해 정철희는 "뭐, 그래, 뭐가 나올지 모르지"라며 한번 해보라는 정도로 고개를 끄덕였다. 박태웅은 좀 더 회의적인 분위기였다. "그거 참 모래사장에서 바늘 찾는 일이겠다." 박태웅은 그렇게 말했다.

민소림이 1999년에 어떤 일을 겪었다 하더라도 그걸 이모인 유연희가 알았을지, 지금까지도 기억하고 있을지, 의미 있는 이름을 내놓을 수 있을지는 분명 또 다른 문제였다. 하지만 연지혜는 그녀대로 계획이 따로 있었다. 가능성은 높지 않을지 몰라도, 시험해볼 만한 가치는 있다고 생각했다.

수사팀에는 초조한 기운이 내려앉은 상태였다. 민소림 사건을 다시 들여다본 지 두 달이 지났지만 성과라 할 만한 것은 뾰족이 없었다.

정철희는 이미 두 번이나 강력범죄수사1계장실에 불려갔다. 두 번째로 계장실에 갔다가 나왔을 때 정철희는 "뭐, 상황 보고인 듯 상황 보고 아닌, 뭐, 상황 보고였어"라고 웃으며 설명했다.

연지혜가 부산으로 간 날은 수사팀 전체가 지방 출장을 가는 날이기도 했다. 정철희와 박태웅은 함께 원주로 가고 있었다. 박태웅이 만나고 다닌 성범죄 전과자 중 한 명이 그럴싸한 제보를 했기 때문이다. 교도소에서 다른 성폭행범으로부터 '2000년 즈음에, 신촌 원룸에 혼자 사는 엄청나게 미인인 여대생을 강간하고 잡히지 않았다'는 자랑을 들은 적이 있다고 했다. 살인에 대한 언급은 없었지만 시기와 장소가 맞아 떨어졌다.

박태웅은 그렇게 자랑을 했다는 성폭행범의 근황을 추적한 끝에, 그가 원주에 있는 한 자동차공업사에서 일하고 있다는 사실을 발견했다. 박태웅도 정철희도 연지혜의 '과외 제자 스토커설'보다는 그 성폭행범 쪽이 좀 더 가능성이 있다고 여기는 분위기였다.

한편 정철희와 박태웅은 민소림 살해 현장과 소설《백치》결말의 유사성은 거의 난센스로 여기는 듯했다. 특히 유재진의 혈액형이 확인된 뒤로는 더 그랬다. 연지혜는 그래도《백치》를 읽어야겠다고 생각했고, 부산 출장 전날 교보문고 광화문점에 들러 책을 샀다. 상·하 두 권으로 되어 있었는데, 두 권 모두 아주 두툼한 하드커버였다. 합치면 1000쪽이 넘었다. 다 읽고 나면 연지혜가 읽은 책 중 가장 긴 책이 될 예정이었다. 연지혜는 상권만 구매했다.

책을 꼼꼼히 읽을 생각은 없었다. 살인사건과 관련이 있을 듯한 부분 위주로 대강 훑어볼 마음이었다. 그런데 책 내용이 예상보다 어렵지 않았고, 은근히 재미도 있었다. 다만 인물들이 각자 대사를 읊을 시간이 오면 추상적인 장광설을 너무 길게 늘어놓는 것이 좀 웃겼다. 이게 도스토옙스키의 특징인지, 아니면 당시 러시아에서는 정말로 사람들이 이렇게 말했을지 궁금했다. 그러고 보니 도스토옙스키 독서 토론 모임에 참여했던 연세대 졸업생들도 다들 그렇게 말이 길었다.

연지혜가 산 《백치》는 출판사 열린책들에서 나온 전집의 일부였다. 그러나 민소림의 책장에 꽂혀 있던 전집과는 표지 색상이 달랐다. 민소림의 책장에 꽂혀 있던 도스토옙스키 전집은 연보라색 톤이었는데, 연지혜의 책은 흰 바탕에 뭉크의 그림이 그려져 있었다. 아마 그사이에 출판사에서 개정판을 낸 모양이었다.

과거 기사를 찾아보니 열린책들에서 도스토옙스키 전집이 처음 완간된 것이 2000년 6월 중순의 일이었다. 민소림은 그 전집을 방에 들여놓은 뒤 채 두 달이 되지 않아 세상을 떠난 것이었다. 그녀가 전집 중 몇 권이나 읽었을지 궁금했다.

2000년에 열린책들이 발간한 도스토옙스키 전집은 첫 러시아어 완역이어서 당시 출판계에서는 꽤 화제를 모은 모양이었다. 관련 기사를 읽다가 연지혜는 아는 이름을 발견했다. 젊은 러시아어 전문가 20여 명이 번역에 참여했다고 나와 있었는데, 그중 한 사람이 민소림의 이모와 이름이 같았다. 유연희.

지금 만나러 가는 유연희가 러시아터키중앙아시아학부 교수인 걸로 봐서, 동명이인일 가능성은 거의 없을 것 같았다. 이것은 뭔가 의미심장한 단서일까, 아니면 단순한 우연의 일치일까?

연지혜는 때때로 눈을 돌려 창밖을 내다보았지만 경부선 선로 주변에 목가적 경치라고는 전혀 없었다. 특히 역 주변은 온통 고층 주상복합건물이었다. 마음을 가라앉히는 풍경은 절대 아니었다. 연지혜는 주머니에서 이어폰을 꺼내 귀에 꽂고 블루스 음악을 들었다. 며칠 전 김상은, 구현승, 주민음과 함께 들었던 록발라드와 아이돌 음악이 잠시 떠올랐다.

"생각나는 대로 말씀은 드리겠지만 큰 도움이 될지는 잘 모르겠네요. 소림이도, 저희 언니도, 형부도, 다 그렇게 됐잖아요. 한 가족이 다. 그 뒤로는 가급적 언니네 가족에 대해서는 생각하지 않으려 해요. 물론 범인을 잡으면 좋겠지만…… 마음 깊은 곳에서는 그보다는 그 사건이 더 이상 남은 사람들한테 영향을 끼치지 않고 사라져줬으면 하는 생각이 더 컸던 것 같아요."

유연희 교수는 양 볼에 팔자 주름이 깊게 파여 있기는 했지만 육십대로는 보이지 않았다. 자세가 꼿꼿했고, 흰 머리카락이라고는 한 올도 보이지 않았다. 연구실은 책으로 가득했지만 책상에 대충 놓여 있는 책은 한 권도 없었다. 책장을 관리하듯이 자기 주변도 철저하게 관리할 것 같았다.

연지혜가 뭐라고 대답하려는 순간 누군가 교수실 문을 세게 노크하더니 대답을 기다리지도 않고 홱 열었다. 고개를 돌려 보니 콧수염을 기른 중년 백인 남자가 몸은 밖에 둔 채 머리만 방 안으로 들이밀고는 아마도 러시아어인 듯한 언어로 유연희에게 뭔가를 말했다. 원어민 교수인 듯했다. 유연희가 같은 언어로 뭐라고 대답하자 상대는 대꾸도 없이 문을 닫고 사라졌다.

"아무 이야기나 해주시면 됩니다. 민소림 씨에 대해 떠오르는 것 아무거나요. 민소림 씨는 어떤 분이었나요?" 연지혜가 물었다.

"영특한 아이였죠. 옆에서 보고 있으면 막 반짝반짝 빛이 나는 것 같았어요. 어릴 때에도 그랬고, 나이가 들어서도 그랬고요. 원래도 예쁜 애였는데 사춘기가 지나니까 미모가 한두 차원을 뛰어넘어서……. 아, 이거 위험하다는 생각까지 들었죠. 언니네 부부가 그 애를 얼마나 예뻐했는지 몰라요. 눈에 집어넣어도 안 아프다는 말 그대로였어요."

유연희는 상대가 자신의 딸뻘인데도 연지혜에게 깍듯하게 존대를 했다.

"민소림 씨가 고등학교 졸업 전까지는 몸이 통통한 편이었다는 이야기를 들었는데요. 수능을 친 다음에 다이어트를 하고 쌍꺼풀 수술도 했다고……."

김상은에게 들었던 이야기를 떠올리며 연지혜가 물었다.

"전혀 아닌데요. 그 아이는 태어나서 죽을 때까지 한 번도 몸이 통통했던 적이 없었어요. 쌍꺼풀도 어릴 때부터 있었고요."

유연희가 말도 안 된다는 얼굴로 대꾸했다. 민소림이 김상은에게 거짓말을 했던 걸까?

"교수님은 민소림 씨랑 많이 가까우셨나요?"

"글쎄요. 저도 그 아이를 예뻐했고……. 제가 그 집에서 2년 정도 살았어요. 그때 소림이는 자기 어머니보다 저랑 더 말이 잘 통한다고 생각했던 거 같아요."

"조금 더 자세히 말씀해주실 수 있을까요?" 연지혜가 물었다.

"사실 소림이가 초등학생일 때는 거의 보지 못했어요. 유학을 가 있었으니까요. 저는 러시아어 전공자인데 러시아가 아니라 독일에서 학위를 받았어요. 그때는 러시아가 아니라 소련이라는 나라가 있었고, 거기서 유학을 할 수는 없었죠. 하여튼 제가 한국에 돌아왔을 때 소림이가 중학교 2학년이었나, 3학년이었나 그랬어요. 한창 머리가 굵어질 때죠. 제가 한국에 와서 이 근처 대학들에 강의를 다니고 있을 때 언니 집에서 살았거든요."

유연희는 거기서 말을 멈추고 잠시 망설이는 것 같았다. 연지혜는 재촉하지 않고 기다렸다. 유연희는 그때서야 생각난 것처럼 연지혜에게 차를 마시지 않겠느냐고, 어떤 차를 마시겠느냐고 물었는데 시간을 벌기 위해 하는 말 같았다. 연지혜가 아무 차나 괜찮다고 대답하자 유연희는 러시아 홍차를 마셔보지 않겠느냐고 권했다.

유연희가 찻물을 내리는 동안 연지혜는 상대의 얼굴이 상당히 심한 비대칭인 것을 알아차렸다. 그게 이상하게 보인다기보다는 오히려 지적으로 보였다. 고집 세어 보이는 입매가 민소림을 조금 닮은 것 같기도 했고, 차분하고 우아한 분위기가 왠지 김상은을 연상시키기도 했다. 김상은보다는 좀 더 고요한 슬픔 같은 것이 어려 있는 듯도 보였다.

유연희가 홍차가 담긴 찻잔과 러시아 잼을 함께 내밀었다. 차를 입에 머금고 잼을 스푼으로 떠서 입에 넣은 뒤 맛을 함께 음미해보라고 했다. 연지혜가 가르쳐준 대로 따라하며 고개를 크게 끄덕이고 미소를 짓자 유연희가 기쁘다는 듯이 웃었다. 유연희는 다시 말을 이었다.

"저는 유학 중에 남자를 만났어요. 부모님 반대를 무릅쓰고 현지에서 결혼식을 올렸죠. 임신을 하는 바람에. 아이도 독일에서 낳았어요. 글쎄, 처음에는 운명적인 만남이라고 생각했는데 그게 아니었다는 걸 나중에 깨달았죠. 학위를 마치고 한국에 돌아올 때쯤 갈라섰고, 아이는 제가 키우기로 했어요. 아이가 열 살쯤 됐을 때였어요. 한국에 돌아오니까 너무 막막하더라고요. 아이는 한국말도 제대로 못하고, 저는 직장을 +해야 하고, 돈도 없고……. 어린이집도 변변히 없던 시절이었죠. 그런데 마침 강의를 하게 된 학교가 언니네 근처에 있었어요. 언니가 자기 집에 들어오라고 했어요."

"그때도 민소림 씨네 가족은 진주에 살았던 거지요?"

"네, 맞아요. 제가 처음 출강한 곳이 경상대랑 경남대였어요. 경상대는 진주에 있고 경남대는 창원에 있어요. 저는 부산 출신이고, 언니도 그래요. 진주나 창원에 제가 아는 곳도 없었고 두 대학 강의도 얼마나 오래 하게 될지 알 수가 없으니까 같이 살자는 언니 제안이 감사했죠. 언니가 큰 방을 하나 내줬어요. 거기에 책장을 여러 개 들여놨는데 제가 읽는 책 중에 독어나 러시아어 원서도 많으니까, 소림이가 거기서 강한 인상을 받았나 봐요. 제 방에 들어와서 책 얘기를 많이 하고 가곤 했어요. 아이하고도 잘 놀아줬고요. 제 아이도 학교에 적응을 못해서 고생하고 있었는데, 소림이만큼은 무척 따랐어요. 소림이는 의외로 저를 별로 어려워하지 않았는데, 집 안에서 위계 서열이 비슷한 처지여서 그랬던 것 아니었을까 하는 생각도 들어요. 저는 더부살이 중이었으니까요."

쓸 만한 청소년 소설이 많지 않던 시기였고, 민소림의 부모는 아동용 혹은 청소년용 도서를 미심쩍게 여겼다. 어릴 때부터 글자를 좋아했던 민소림은 이미 중학생 때 부모님 책장에서 두꺼운 세계문학전집 서적들을 제법 읽은 상태였다. 그런데 또래 친구들은 그런 책들을 아예 펼치지도 않았고, 부모님은 그녀가 어떤 감상을 말하건 그저 감탄하며 칭찬할 뿐이었다. 유연희는 중소 도시의 중학생이었던 민소림에 대해 '자신이 외롭다는 사실조차 모를 정도로 외로웠던 아이'라고 평했다.

"요즘 같으면 인터넷에서 그런 감상을 나눌 사람을 찾을 수 있겠죠. 아니면 세계문학전집보다 훨씬 더 재미있는 것들을 찾든지. 그런데 그때는 아직 대부분의 사람들이 인터넷이라는 단어를 들어본 적조차 없던 시절이었어요. 소림이는 그런 이야기에 무척 목말라 있었던 것 같고, 저를 자기와 말이 통하는 대화 상대로 여겼던 것 같아요. 저도 소림이랑 이야기하는 게 지루하지 않았고요. 물론 설익은 의견들이 많았지만 꽤 독창적이기도 했거든요. 무엇보다 무엇이 사람들의 눈길을 끄는지, 상대를 어떻게 하면 자극할 수 있는지 날카롭게 파악하는 본능 같은 게 있었고요. 학교에서 만나는 문학 전공 대학생들보다 소림이가 낫다 싶은 적도 여러 번 있었어요. 소림이한테 제가 한 수 접고 뭔가를 가르쳐준다는 생각은 한 번도 하지 않았어요."

그들은 어느 날은 쥘리앵 소렐에 대해 떠들었고, 어느 날은 왕룽의 자식들을 평가하기도 했다. 문학을 논하기도 하고 철학을 얘기하기도 했다. 민소림은 그즈음부터 러시아문학을 탐독하기 시작했는데, 유연희의 표현에 따르면 민소림은 그게 이모 때문이라는 걸 인정하느니 차라리 혀를 깨물었을 것이라고 했다.

민소림은 일상생활에서는 거의 쓰지 않는 단어를 입에 종종 올렸다. '대관절', '백일하에' 같은 예스러운 표현이라든가 '은원(恩怨)' 같은 어려운 어휘까지. 그런 말투가 어색한 줄도 모르는 것 같았다. 유연희는 민소림이 또래들뿐 아니라 자기 부모와도 별로 대화를 많이 나누는 편이 아님을 깨달았다.

"소림이, 제 아들, 그리고 저, 그렇게 셋이서 시간을 많이 보냈어요. 저는 저대로 한국어로 하는 수준 높은 이야기를 많이 듣는 게 제 아이한테 도움이 될 거라는 얄팍한 생각도 했어요. 러시아 고전소설 표지를 보고 제목을 맞추는 놀이도 하고, 제가 소림이한테 키릴문자 필기체를 가르쳐주기도 했어요."

"아까 민소림 씨가 너무 예뻐서 위험하다는 생각이 들 정도였다고 하셨죠? 그게 어떤 의미인가요? 민소림 씨를 쫓아다니는 남자가 있었나요?" 연지혜가 물었다.

"아, 그런 뜻은 아니에요. 뭐랄까……. 제가 어릴 때 할머니가 하셨던 말씀이 있었어요. 예쁜 여자아이가 가난한 집에서 태어나는 건 불운이라고요. 어려서부터 사람들 손을 타게 된다고. 요즘 어디서 이런 얘기하면 욕먹겠죠? 그런데 저도 옛날 사람이라서 이런 생각을 하는 거겠지만, 저는 거기에 약간의 진실이 있다고 생각해요. 집안이 가난하지도 않았고, 그 아이가 사람들 손을 탔다는 얘기도 아니지만, 미모가 소림이한테 도움이 되기만 했는지는 잘 모르겠어요."

연지혜는 홍차가 맛있다고 말했다. 유연희는 연지혜에게 "말을 잘 들어주시는 분이네요, 자꾸 이야기를 하고 싶게" 하고 말했다.

"미모라는 건 복잡한 힘이에요. 사람들에게 큰 영향을 끼쳐요. 그 사람들에는 미모를 지닌 본인도 포함됩니다. 때로는 치명적인 무기가 되기도 하고 가끔은 큰돈이 되기도 해요. 하지만 부서지기도 쉽죠. 가만히 있어도 언젠가는 필연적으로 사라져버리고요. 그 힘을 갖고 있다고 해서 다른 힘, 예를 들어 물리력이라든가 지혜라든가 평판 같은 것들이 저절로 따라오는 건 아니에요. 사용법이 극히 까다로운 힘이에요. 경험이 없을 때에는 제대로 사용할 수 없어요. 그런 경험은 책을 많이 읽는다고 해서 쌓이는 게 아니죠. 특히 고전문학은 그런 데에는 쓸모가 없어요."

그 말에 연지혜가 알겠다는 미소를 짓자 유연희도 따라서 우아하게 미소를 지었다. 그녀는 "차라리 자기계발서 같은 게 더 낫지 않나 싶을 정도예요"라고 덧붙였다.

"민소림 씨가 그런 힘을 잘 통제하지 못했다는 말씀이신가요?"

"그 나이에 그런 힘을 잘 통제하면 그게 이상한 거죠. 그래도 미모라는 힘을 갖고 태어나는 아이들이 모두 그 힘에 도취되지는 않아요. 대개는 학교라는 예비 사회에서 다른 아이들과 어울리고 부딪히면서 자신의 모자란 구석을 깨닫게 되니까요. 얼굴이 예쁜 아이들, 공부를 잘하는 아이들, 부자 부모를 둔 아이들, 인기가 좋은 아이들이 서로 경쟁하다가 자기가 가진 패가 어떤 건지, 남의 카드는 어떤 건지 알게 돼요."

"와, 정말 시니컬한 견해인데요." 연지혜가 웃었다.

"냉소적이지만 살아가는 데 꼭 필요한 견해라고 생각해요. 몇 년 전에 미국에서 어느 고등학교 교사의 졸업식 축사가 화제가 된 적이 있었어요. 명문고를 졸업하는 학생들에게 너희들은 특별하지 않다, 너희들이 세상의 중심이라는 생각을 버리라고 말했죠. 요즘 교육법이 아이들을 응석받이로 키우고 있다고 믿는 사람들이 거기에 뜨겁게 호응했죠. 아이들한테 어른들이 하는 말은 돌고 도는 거 같아요. 제가 어렸을 때에는, 자식들한테 네가 특별하다고 가르치는 부모는 한 명도 없었어요. 그때는 엄한 부모가 좋은 부모라고들 생각했죠. 잘못한 일이 있으면 부모님한테 회초리나 몽둥이로 다리가 부르트도록 맞는 것도 흔한 일이었고요. 그러다가 다음 세대가 되어서야 아이의 자존감을 키워주고, 특별하다고 가르치는 교육법이 유행하기 시작한 거 같아요. 그리고 거기서 또 한 세대가 지나니까 '너희는 특별하지 않다'는 말이 환영을 받네요. 아이들의 본성은 그대로일 텐데, 양육법만 돌고 돌아요. 사람들은 어른이 되면 부모님이 그들에게 했던 방식과 정반대되는 방식으로 자기 아이들을 가르치고 싶어 하는 경향이 있는 것 같아요. 부모님이 나를 잘못 대했어, 그래서 내가 이 모양 이 꼴이 됐어, 다들 그렇게 생각하는 것 아닐까요?"

유연희는 홍차를 따르면서 말을 빙빙 돌렸다. 연지혜는 단도직입적으로 물었다.

"민소림 씨가 응석받이로 자라났나요?"

"아니요, 그랬다는 이야기는 아니에요. 응석받이는 절대로 아니었어요. 하지만 본인이 아주 특별한 존재라고 믿기는 했을 거예요. 걔 부모님들도 그렇게 믿었고요. 실제로도 평범한 아이는 절대로 아니었고요."

"그리고 그게 민소림 씨한테 좋은 영향만 끼치지는 않았다고 보시는 거죠?"

"소림이는 누군가가 자기보다 지적으로 못하다고 판단하면 그 사람을 철저히 무시했어요. 명절 때면 그 아이 친가 쪽 친척들과 함께 식사를 하는 자리에 저도 따라가곤 했죠. 그런데 소림이는 자기보다 나이가 많은 사촌들은 물론이고 삼촌이나 고모들한테도 아주 가차 없었어요. 경멸감을 감추는 기색이 전혀 없었죠. 그런데 그런 모습들이 언니 부부한테는 전혀 보이지 않았나 봐요. 소림이가 재치를 부려 어른들을 무안하게 하면 그걸 나무라기는커녕, 오히려 그 광경에 흡족해하는 거예요. 그 아이가 학교에서 동급생들에게는 어떻게 대할지 안 봐도 훤히 보이는 듯했어요. 형사님은 여학교를 나오셨나요?"

연지혜는 중학교는 남녀공학을, 고등학교는 여고를 나왔다고 대답했다. 유연희가 말을 이었다.

"아이들이 잔인하잖아요. 지방에서는, 같은 지방 출신인데 사투리를 안 쓰고 서울말을 고집하는 애가 있으면 다들 재수 없다고 여겨요. 제가 어렸을 때는 그랬어요. 소림이가 중학교에 다닐 시절 진주도 다르지 않았을 거예요. 그런데 소림이는 절대로 사투리를 쓰지 않았어요. 오만했던 거예요. 자기는 특별하다고 믿었던 거고. 저는 제 아이한테는 계속 자신감을 불어넣어줘야 했어요. 아버지 없이, 낯선 환경에 적응해야 하는 아이였으니까요. 하지만 소림이한테는 그 부모가 자신감을 북돋울 게 아니라 다른 걸 가르쳤어야 했어요."

"민소림 씨가 친구들에게 인기가 없었나요? 혹시 괴롭힘을 당했나요?"

'대학 3학년 때쯤 민소림은 거의 고립된 거나 마찬가지였다'고 했던 강예인의 말을 떠올리며 연지혜가 물었다.

"거기까지는 모르겠어요. 괴롭힘까지는 아니더라도 은근한 따돌림을 당하지는 않았을까요? 그래봤자 제 추측이지만. 문제는 소림이가 거기에 전혀 신경을 쓰지 않았다는 거예요. 자기가 너무나 특별하다고, 자기한테는 특권이 있다고 믿었던 거예요. 그런데 이런 얘기들이 수사에 도움이 되나요?"

"정말 사소한 이야기가 실마리가 되어 사건을 해결한 적이 수도 없이 많아요. 아무리 하찮은 이야기라 해도 도움이 됩니다." 연지혜가 눈을 크게 뜨고 대답했다.

"소림이가 중학생 때 이야기 같은 게 도움이 된다는 말씀이시죠?"

"네."

연지혜가 고개를 끄덕이자 유연희가 별로 믿지 않는다는 얼굴로 이야기를 시작했다.

73.

나는 우리가 상상과 사실이 섞인 우주에서 살고 있다고 말하고 있다. 그러므로 그 우주를 이해하기 위해서는 상상과 사실 어느 한쪽만 알아서는 안 된다는 것이다.

우주는, 거대한 우울증과도 같다. 그것은 물리 세계와 인지 세계가 동시에 빚어내는 현상이다. 물리 세계와 인지 세계는 모두 현실의 원인이다.

이원론은 우스운 궤변이다. 물리 세계와 인지 세계는 서로 영향을 미치는 정도를 넘어, 한 덩어리다. 누구나 그 사실을 안다. 사람들은 맛있는 음식을 먹으면 기분이 좋아지고, 화가 나면 손을 움직여 책상을 내려칠 수 있다.

현실은 물리 세계와 인지 세계에 걸쳐 있다. 현실은 사실과 상상의 결합이다.

내 안의 스타브로긴은 현실의 이러한 특성을 설명하기 위해 '사실-상상 복합체'라는 개념을 제안한다.

돈은 사실-상상 복합체다. 지폐에서 상상이 빠지면 종잇조각이 남는다. 기업도 사실-상상 복합체다. 페이퍼 컴퍼니처럼 사무실이나 직원

같은 몇몇 물리적 요소 없이도 기업은 존재할 수 있다. 하지만 관련 물리적 요소를 한자리에 모았다고 해서 저절로 기업이 생기지는 않는다.

국가는 사실-상상 복합체다. 돈과 마찬가지로 국가가 존재하려면 그 존재 자체에 대한 믿음이 있어야 한다. 민족도 사실-상상 복합체. 역사도 사실-상상 복합체다. 수학을 제외한 모든 학문이 사실-상상 복합체이며, 수학 역시 사실-상상 복합체일 가능성이 있다.

우리 우주 전체, 총체적 현실도 하나의 거대한 사실-상상 복합체라고 말할 수도 있다. 우리의 지각을 통해서 인지하는 세계는 어떤 식으로든 사실과는 차이가 있다. 우리는 현실을, 총체적 현실을 포함한 모든 현실을 창조한다. 하지만 총체적 현실에 대해서는 특별한 사실-상상 복합체라고 할 수도 있다. 이에 대해서는 뒤에서 다시 다루도록 하자.

개인 정체성도 상상과 사실의 복합체다.

우리 역시 한 발을 물리 세계에, 다른 한 발은 인지 세계에 딛고 선 존재다. 우리의 정체성은 바람에 흔들리는 불꽃과 같은 자아상(自我像)에 근거하고 있다.

피부색은 사실이다. 유색인종이라는 개념은 상상의 산물이다. 그렇다 해도 유색인종이라는 개념은 국가나 돈처럼 단단한 집단적 상상이고, 짙은 피부를 지닌 사람은 사실도, 그런 상상도 바꾸지 못한다. 그렇게 인종차별이라는 힘에 휘둘리고, 유색인종이라는 상상이 그의 자아상, 정체성에 녹아든다.

기실 유색인종이라는 상상은 너무 강력해서 문제다. 피부색이 짙든 옅든 그 상상에 사로잡히면 피부색과 무관한 정체성, 피부색과 무관한 다른 상상의 공동체를 만들지 못하게 된다. '피부색 공동체' 때문에 옆

집 사람들과 '이웃 공동체'를 이루지 못한다.

신계몽주의는 사람들에게 자신의 지리적 위치를 기반으로 상상의 공동체를 발명하는 방법, 자신의 관점으로 상상의 공동체들을 비교하는 기술, 상상의 공동체와 주변 현실의 연결선을 파악하는 능력을 가르친다.

74.

"소림이가 중학교 3학년이었을 때 이런 일이 있었어요. 그때까지만 해도 연합고사라는 게 있었어요. 일반계 고등학교를 들어가려면 그 시험에 합격해야 했죠. 그래서 중학교에서 3학년들을 상대로 여름방학 기간에 보충수업을 했어요. 소림이가 다니던 학교에서 학생들에게 보충수업에 참가하겠다는 동의서를 작성해 오라고 시켰어요. 그런데 소림이가 그걸 작성하지 않고, 자기는 보충수업에 가지 않겠다고 우긴 거예요. 전교생이 다 받는 수업인데 말이죠. 학교에서 선생님 앞에서 그렇게 말했대요. 강제로 시키는 게 아니라면 나는 하지 않겠다. 강제로 시키는 거라면 내 동의서를 받지 말고 그냥 시켜라." 유연희가 말했다.

"배짱이 대단했네요." 연지혜가 대답하며 미소를 지었다.

"그 학교가 오래 된 사립학교라, 학풍도 아주 구식이고 그때 소림이 담임 선생님도 깐깐한 양반이었어요. 담임 선생님이 소림이 부모님한테 상담을 하자고 요청했어요. 한 학생이라도 보충수업을 빠지면 교실 수업 분위기가 망가질 수 있다나. 언니와 형부가 설득했지만 소림이는 콧방귀도 뀌지 않았죠. 자기는 보충수업을 듣지 않아도 충분히 연합고사를 통과할 텐데 무엇하러 한여름에 냉방시설도 갖춰져 있지 않은 학교에 가서 시간 낭비를 해야 하느냐는 거예요. 게다가 이건 정규 수업도 아니고 학교가 멋대로 짠 커리큘럼 아니냐. 그 시간에 도서관에 가서 책을 읽든지, 자기한테 필요한 공부를 알아서 찾아서 하겠다. 말은 다 맞는 말이었죠. 언니가 마지막으로 '너는 그래도 얘기가 좀 통하지 않느냐'면서 소림이를 제 방으로 보내더군요."

'설마 이모도 저를 설득하려는 건 아니죠?' 중학교 3학년인 민소림이 물었다.

'네가 설득이 될 애도 아니잖니. 그래도 네 어머니 부탁이고 나는 너희 집에 얹혀사는 처지니까, 하는 시늉은 해야 돼. 이 방에서 한 시간쯤 있다가 나가렴.' 사십대 초반인 유연희가 대답했다.

'막 우리가 큰 소리로 싸우는 척 할까요? 밖에서 들리게?'

'그럴 필요는 없고.'

유연희의 아들은 거실에서 민소림의 어머니가 깎아주는 과일을 받아먹으며 TV를 보고 있었다. 유연희가 민소림과 이야기를 둘이서 편히 나눌 수 있게 한다며, 유연희의 언니가 거실로 데리고 나간 것이다. 유연희는 자기 아들이 인질로 밖에 잡혀 있는 것 같다는 허황된 생각을 했다.

'학교를 상대로는 왜 그런 요령을 부리지 못하니?' 유연희가 물었다.

'그게 무슨 말이에요?' 민소림이 되물었다.

'그냥 보충수업을 듣겠다고 해도 되잖아. 그리고 막상 보충수업이 시작됐을 때 다리가 부러졌다든가, 어학연수를 가게 됐다든가 하는 핑계를 대고 안 가도 되잖아. 너희 어머니나 아버지가 그 정도 일은 해주실 거 같은데. 네가 부모님을 설득하지 못하지도 않을 테고 말이야. 그게 학교를 화나게 하는 것보다 훨씬 쉽고 편하지 않니?'

'하지만 그러면 거짓말을 하는 셈이 되어버려요.'

'우리가 여기서 싸우는 척을 하는 건 거짓말이 아니고?'

'아, 그거. 그 말은 농담이었죠.'

'아까는 그렇게 들리지 않았는데.'

민소림은 입술을 질끈 씹으며 '걸렸다'는 표정을 지었다.

'정말 예쁜 아이야. 똑똑하고.' 유연희는 생각했다. 그 거침없는 모습을 바라보고 있자면 정교한 유리 세공품이 탁자 끝에 아슬아슬하게 놓인 상황이 저절로 떠올랐다.

유연희는 자기 조카가 20년이나 30년쯤 뒤에 대단한 성취를 거둘지도 모르지만, 그전에 몹시 위태로운 시기를 몇 번 겪을 수도 있다고 생각했다. 그녀는 언니네 부부가 왜 그런 예감을 전혀 갖지 못하는지 궁금했다.

민소림이 입을 열었다.

'이모, 만약에 제가 나중에 커서 강연장에서 이 일화를 이야기한다고 생각해보세요. 제가 어릴 때부터 할 말을 하는 아이였다고, 옳다고 믿으면 주장을 굽히지 않았다고 청중들에게 말하는 상황을요. 그때 제가 이렇게 말하면 울림이 있을까요? 여름방학에 보충수업을 듣기 싫어서 어학연수를 가게 됐다고 학교에 거짓말을 하고 부모님께 허락을 받았다고? 그보다는 난 강제로 하는 보충수업 듣기 싫으니 동의서를 쓸 수 없다고 선생님께 당당히 말했다고 소개하는 편이 더 멋지지 않겠어요?'

언젠가 자신이 그런 강연을 하게 될 것임을, 남들의 찬탄을 받는 대단한 존재가 될 것임을 민소림이 확신하고 있다는 사실을 유연희는 깨달았다.

'하지만 방학이 끝나면 학교에 다시 나가야 하지 않니. 2학기에 선생님이나 다른 아이들이 너를 미워하게 되지 않을까?' 유연희가 물었다.

'신경 안 써요. 그 애들 중에 중학교를 졸업하고 나서 제가 다시 만날 사람이 몇이나 있겠어요? 선생님도 마찬가지고요.'

결국 민소림은 자기 뜻을 관철했다. 민소림의 부모는 자기 딸의 고집을 염려하기는커녕 반대로 거기에 은근히 자부심을 느끼는 것 같았다. 유연희는 나중에 그 사실을 알고 퍽 놀랐다.

"그 아이가 교활했다는 얘기는 아니에요. 오히려 그 반대였어요. 너무 순수하고…… 어렸어요. 정이 없는 건 절대로 아니었어요. 중학교 내내 가장 가까이 지냈던 친구도 뇌성마비 장애인이었어요. 나중에 그 친구가 소림이한테 집착하는 바람에 좀 힘들어하긴 했지만. 중학교를 졸업하고도 몇 년이 지나서 이야기인데, 그 친구가 너무 소림이를 보고 싶어 한다며 그 집 어머니가 소림이네 어머니한테 연락을 해온 적도 있었죠. 그게 고3 때였나. 그래서 한번 만났죠. 나중에 소림이가 대학생이 되어서도 진주에 내려와서 그 뇌성마비 친구를 몇 번 만났던 거 같아요." 유연희가 말했다.

"민소림 씨가 다녔던 중학교가 남녀공학이라고 하셨었죠? 그러면 혹시 그 뇌성마비 환자분이……." 연지혜가 말했다.

"네, 남학생이었어요. 하지만 그 학생이 형사님이 추적하려는 사건이랑 관련이 있을 거 같지는 않아요. 몸이…… 그랬으니까요."

유연희의 말에 연지혜도 동의했다. 뇌성마비는 눈에 잘 띄는 외부적 특징이다. 뇌성마비 장애인이 사건 당일에 뤼미에르 빌딩에 와서 민소림을 찾았다면 분명히 목격자 증언이 나왔을 거라고 연지혜는 생각했다. CCTV를 살핀 형사도 놓치지 않았을 것이다.

그래도 연지혜는 그 뇌성마비 장애인의 이름이나 연락처를 혹시 기억하느냐고 유연희에게 물었다. 유연희는 고개를 저었다. 다만 그 장애인 친구가 민소림의 장례식에 와서 눈물을 줄줄 흘리며 유가족에게 인사를 했다는 이야기는 들려주었다. 소식을 뒤늦게 접하고 발인 전날 찾아왔다고 했다.

연지혜는 십대 시절에 민소림을 쫓아다녔던 다른 남학생은 없었느냐고 물었다.

"있기야 있었을 테죠. 소림이를 보러 남학생들이 소림이가 다니는 학교에 찾아온다는 소문도 있었어요. 소림이가 학원을 다닐 때 그 학원에 남학생들이 몰렸다고도 했고요. 과장이 있었는지는 몰라도 아주 근거 없는 얘기는 아니었을 거예요. 대학을 갓 졸업한 학원 강사 한 사람이 소림이와 단둘이 만나 피자를 사주고 편지를 보내기도 했죠. 소림이 부모님이 그 얘기를 듣고 질겁해서 학원을 더 다니지 못하게 했어요. 그 부모님은 그런 문제에 대해서만큼은 엄격했어요."

그 학원 강사의 이름을 기억하느냐고 연지혜는 물었다. 유연희는 이번에도 고개를 저었다.

"아예 이름을 듣지도 못했는걸요. 학원 이름도 잘 모르겠네요. 진주시에 단과학원이 그리 많지는 않았을 것 같지만요."

유연희는 민소림의 부모가 어린 딸의 이성 교제 문제를 얼마나 심각하게 걱정했는지에 대해서 더 설명했다. 그런 부모가 서울로 유학 간 딸에게 원룸을 사줬다. 그래도 민소림이 미국으로 어학연수를 가겠다는 건 반대했다고 했다.

민소림네 가족이 '그렇게 된' 뒤로는 가급적 그들에 대해 생각하지 않으려 한다던 사람치고는 굉장히 생생한 기억들이었다. 유연희가 이야기하는 동안 연지혜는 상대의 보디랭귀지를 관찰했다. 민소림에 대한 기억들은 유연희에게 큰 고통인 게 분명했고, 미묘한 죄책감의 분위기도 느껴졌다.

연지혜는 FBI에서 프로파일러 연수를 받았다는 범죄심리학자의 특강을 들은 적이 있었다. 그때 강사는 앉아 있는 사람이 책상 위에 팔을 올리고 손바닥을 모은다든가 깍지를 낀다든가 해서 자기 얼굴을 상대의 시선으로부터 가리는 동작을 한다면 뭔가 감추려는 게 있다는 의미라고 설명했다. 정확히 지금 유연희의 행동이었다.

"소림이는 독립심이 강한 아이이었어요. 그래도 남자를 만나는 것에 대한 부모의 간섭에는 별다른 이의가 없어 보였어요. 제가 알기로는 청소년기에 진지하게 남학생을 사귄 적도 없고요. 아마 주변 남자애들을 시시하게 여기지 않았나 싶어요. 게다가 그 시절 여고에 다니는 학생들한테는 남학생을 만날 길 자체가 막혀 있었죠. 유일하게 가능성이 있었던 것은 성당 주일학교였는데, 그것도 소림이는 고등학교 1학년 때 그만뒀어요."

주일학교를 언급하면서 유연희는 손깍지를 콧잔등에 대고 턱 아랫부분을 가렸다.

"어른들이 모르는 교우 관계나 이성 접촉이 있지는 않았을까요? 청소년 범죄가 벌어지면 가해자나 피해자 부모 모두 자기 자녀에 대해 자신들이 아는 게 너무 없었다며 놀라곤 하거든요." 연지혜가 물었다.

"어른들이 모르는 대인관계요? 글쎄요. 그런 게 있었을까요? 행동반경이 빤했는데."

"인터넷으로 누군가와 연락을 하고 있었던 건 아닐까요? 미인으로 유명했으니까 얼짱 카페 같은 데서 활동을 했을지도 모르고요."

"하지만 그 시절에는 인터넷이 없었는걸요. 제가 인터넷이라는 단어를 처음 들어본 게 1998년이에요. 소림이한테는 휴대폰도 없었어요."

그렇게 말하며 유연희는 짧게 웃음을 터뜨렸다. 손깍지도 턱 아래로 내려왔다. 연지혜도 실수를 깨닫고 머쓱하게 웃었다.

"형사님이 짐작하시는 것과는 조금 다른 방향으로 언니네가 걱정을 하기는 했어요. 애가 어떤 면에서는 정말로 순진했거든요. 이것도 중학교 3학년 때 일인데, 한번은 소림이가 집에 걸인을 데려온 적이 있었어요. 발달장애가 있는 척하면서, 서울에서 아는 친척을 찾아 진주까지 내려왔는데 지갑을 잃어버렸다며 행인들한테 손을 벌리는 뻔한 수법 있잖아요. 그런데 소림이가 그 말을 철석같이 믿고 급기야는 그 사기꾼을 집까지 데려온 거예요. 그 사람의 친척을 찾아줘야 한다면서. 그 친척 이름이 뭐냐, 연락처를 아느냐고 묻는데 상대가 횡설수설하고, 경찰서에 가자니까 안 된다고, 자기가 시설에 잡혀갈 거라고 손을 내젓는 모습을 보고 더 도와줘야겠다고 생각했다나. 온 가족이 다 화들짝 놀랐죠. 사기꾼 본인도 곤혹스러워하며 도망갈 틈만 엿보고 있는 눈치가 역력했어요. 소림이네 부모님이 그 인간에게 만 원짜리 몇 장 쥐여주고 돌려보냈죠. 나중에 소림이가 없을 때 언니가 답답해하면서 하소연하더라고요. 중학교 3학년이면 저런 속임수는 간파할 줄 알아야 하는 것 아니냐고."

유연희의 목소리가 말하는 사이에 갑자기 작아졌다. 그런 순진함이 민소림을 죽음으로 몰고 갔다고, 민소림의 죽음에는 그녀 본인의 책임도 얼마간 있다고 암시하는 듯한 기분이 든 것이다. 유연희가 촉촉해진 눈을 닦는 것을 연지혜는 못 본 척했다. 다시 입을 열었을 때 유연희는 목에 힘을 주어 말했다.

"나비 중에 수천 킬로미터를 날아가는 종이 있대요. 철새처럼. 소림이가 그런 나비 같은 존재였다는 생각이 들어요. 사람이 붙잡아 키우기 어려운, 아주 섬세한…… 하지만 시간만 충분히 주어진다면 누구의 도움도 받지 않고 자기 날개로 바다를 건너 다른 대륙으로 날아가는. 그런 사고만 없었더라면 그 아이는 분명히 대단한 일을 해냈을 거예요. 확신해요."

"민소림 씨가 주일학교를 고등학교 1학년 때 그만뒀다고 하셨죠. 이유가 뭐였나요?" 연지혜가 물었다.

"제가 한국에 돌아왔을 때 소림이가 중학교 2학년이었나 3학년이었나, 아까 제가 헷갈렸었지요?"

유연희가 되물었다. 그녀는 이제 오른손으로 관자놀이를 문지르고 있었는데, 그 모습 역시 어느 정도는 제 얼굴을 가리는 행위로 보였다.

"네." 연지혜가 대답했다.

"이제 기억이 정확히 나네요. 소림이가 중학교 2학년이었을 때였어요. 제가 그 집에서 2년을 살았거든요. 그러고 나서 지금 이 학교에서 전임교원이 됐지요. 운이 좋았어요. 소련이 무너지고 한국 기업들이 러시아로 진출하면서 러시아어를 하는 사람들이 필요하다고, 노어노문학과가 뜬다고 했거든요. 전임이 되면서부터 언니 집을 나와서 부산에 따로 집을 구했어요. 그게 1995년이에요."

"그게 민소림 씨가 고등학교 1학년일 때인 거지요?"

"네. 그때 소림이가 가출을 했어요. 소림이가 가출한 다음날 언니가 반쯤 정신이 나간 채로 저한테 전화를 걸었어요. 혹시 소림이가 저한테 연락을 하거나 저희 집에 찾아오면 즉시 알려달라고요. 당연히 그러겠다고 했죠. 아이 고집을 아니까 큰일 났다는 생각도 들었고 워낙 예쁜 아이니까 거리에서 위험한 상황에 빠지는 것 아닐까 겁이 나기도 했어요. 경찰에는 신고했지만 납치가 아니라 가출이라고 하니까 그리 심각하게 받아들이는 것 같지는 않다고 했지요."

"그게 학기 중이었나요?"

"네. 고등학교 1학년 1학기였어요. 5월이었나 그랬을 거예요. 언니는 아이가 왜 집을 나갔는지는 설명하지 않으려고 했어요. 그냥 의견 충돌이 있었다고만 말했죠. 말하기 어려운 사연이 있나 보다, 하고 더 묻지는 않았어요. 저는 솔직히 그때 소림이가 임신을 한 것 아닐까 하고 걱정했어요. 그래서 소림이는 낳겠다고 고집하고 그 부모들은 아이를 지우라고 하는 그런 상황 아닌가 멋대로 짐작했었어요."

"아니었나 보죠?"

"아니었어요. 차 더 드실래요?"

유연희가 물었고 연지혜는 괜찮다며 사양했다. 유연희가 자리에서 일어나 자기 잔에 뜨거운 물을 받고는 말을 이었다.

"가출한 지 사흘째 되던 날에 저희 집에 소림이가 왔어요. 학교에서 퇴근해서 집에 가니까 거기에 소림이가 있더군요. 제 아이랑 같이 있었어요. 저희 아이한테도 혹시 소림이한테 연락이 오거나 집에 소림이가 찾아오면 즉시 제 사무실로 전화를 걸라고 신신당부를 해놨거든요. 그런데 아이가 그 말에 따르지 않았던 거예요. 소림이가 제 아이를 설득했겠지요. 그때 그 아이한테는 소림이가 우상 같은 존재였으니까, 어머니나 이모의 당부는 가볍게 던져버렸을 테고요. 소림이는 저도 설득하려고 하더군요."

1995년, 갓 전임교원이 된 유연희가 부산의 20평대 아파트에 들어갔을 때, 민소림은 거실 소파 앞에 서 있었다. 얼굴이 붉게 상기되어 있었다.

'저희 어머니나 아버지한테 연락을 하면 바로 여기서 나갈 거예요. 그리고 돌아오지 않을 거고, 평생 동안 두 번 다시 이모를 만나지도 않을 거예요. 제가 그럴 수 있다는 거 아시죠?' 민소림이 말했다.

'알아.' 유연희가 대답했다.

'약속해주세요. 안 그러겠다고.'

'오늘은 연락하지 않을게. 오늘은 여기서 우리랑 같이 자자. 네가 원하지 않는 일은 어떤 것도 하지 않을 테니 안심하렴. 내일 일은 내일 가서 상의하고.'

'이모가 내일 새벽에, 제가 자는 사이에, 우리 집에 연락하는 것도 싫어요.'

'내일 정오까지, 아니 점심을 다 먹기 전까지, 아무한테도 연락하지 않을게. 마침 나도 내일 오전에는 수업이 없구나.'

유연희가 그렇게 달래자 민소림은 조용히 고개를 끄덕이고 소파에 앉았다. 유연희는 안도했으며, 그 순간 자기 조카 역시 자기만큼이나 안도했다는 사실을 알아차렸다. 유연희는 비로소 조카를 찬찬히 뜯어보았다.

민소림의 머리는 물기가 다 마르지 않은 상태였다. 유연희의 집에 와서 샤워를 하고 머리를 감은 것이었다. 얼굴은 마지막으로 만났을 때보다 훨씬 말라 보였고, 옷차림도 꾀죄죄했다. 평소에 조카를 생각하면 떠오르던 '부티'가 나지 않았다. 이틀 동안 제대로 먹지도 자지도 못한 게 틀림없었다.

'그동안 어디 있었니? 잠은 어디서 잤어? 밥은 어떻게 먹었니?'

물어도 민소림은 대답하지 않았다. 같은 질문을 몇 번 더 던졌더니 '이모, 그냥 그런 건 대답하지 않으면 안 될까요?'라고 대꾸할 뿐이었다.

부엌 식기 건조대에는 냄비와 국 그릇 두 개, 수저 두 쌍이 깔끔하게 설거지된 채로 놓여 있었다. 유연희의 아들이 '누나가 라면을 끓여줬다'고 말했다. 민소림은 어깨를 으쓱했다. 이모의 집에 오자마자 배가 고파서 라면을 끓여 먹은 것이 틀림없었다. 어쩌면 배가 고파서 온 것이 었을까……?

유연희는 처음으로 그 아이의 약점을 제대로 본 듯한 느낌이 들었다. 민소림의 부모들은 영리하고 고집 센 자기 딸이 야생에 너무 잘 적응해서 한 달이고 두 달이고 거리에서 살면서 아예 집에 돌아오지 않을 가능성을 우려했다. 그러나 그것은 가능성이 없는 시나리오였음을 유연희는 깨달았다. 민소림은 온실 속의 화초였다.

민소림은 친구들의 신세조차 지지 않은 것 같았다. 아니면 신세를 질 정도로 가까운 친구가 없었거나. 물론 그 어머니나 학교 선생님이 민소림의 친구들에게 샅샅이 연락을 했을 거라고는 유연희도 짐작했다. 민소림은 자기 위치가 발각되는 게 두려워 일부러 친구들을 피한 건지도 몰랐다.

하지만 그렇다 하더라도 자기를 위해 기꺼이 어른들에게 거짓말을 해줄, 그 정도 신뢰를 쌓은, 그런 특별한 친구 하나 만들지 못했단 말인가? 유연희는 그 점이 다소 실망스러웠다. 잠은 공중화장실 같은 데 숨어서 잔 걸까? 설마 진주에서 부산까지 걸어온 건 아니겠지?

몇 가지 의문점은 민소림과 대화를 하면서 풀렸다. 민소림은 부모님과 차를 타고 있다가 갑자기 내려서 집을 나왔다고 했다. 그래서 돈을 챙기지도 못했고, 집 밖 생활을 제대로 준비하지도 못했다. 가족이 함께 성당에 갔다가 집으로 돌아오는 길에 차 안에서 아버지와 언쟁이 벌어졌다. 교차로에서 차가 정차했을 때 그냥 차 문을 열고 거리로 나와 차로의 반대 방향으로 달렸다는 것이었다.

'아버지랑 뭐 때문에 싸웠는데?'

온화한 성격의 형부를 떠올리며 유연희가 물었다.

'제가 더 이상 성당에 나가지 않겠다고 했거든요. 그랬더니 아버지가 자기 집에서 사는 동안에는 절대 안 된다는 거예요. 그러면 집을 나가겠다고 하니까 아버지가 그러라고 하시더라고요. 그래서 그 말을 듣자마자 그대로 행동한 거예요.'

'성당에는 왜 나가지 않겠다고 한 건데?'

유연희가 예상치 못했던 가출 사유에 어리둥절해하며 물었다. 언니네 가족은 모두 독실한 천주교 신자였고, 민소림은 모태 신앙이었다.

'더 이상 하느님을 못 믿겠어서요. 거기에는 이모 책임도 있죠.'

'내 책임?'

'이모가 저한테 도스토옙스키를 소개해줬잖아요? 제가 《악령》을 읽고 얼마나 충격을 받았다고요. 아무리 생각해도 키릴로프의 말이 옳아요. 신이 있으면 우리는 제대로 살 수 없어요.'

민소림이 《백치》의 캐릭터인 나스타샤를 좋아했고, 나스타샤를 흉내 내느라 유치한 일들을 벌인 것 같다고 김상은은 말했었다. 유연희도 비슷한 이야기를 했다. 원래 성정이 얌전하고 새침한 편인 민소림이 러시아 소설의 극적인 인물들을 흉내 내려고 애쓰는 것 같았다고. 그리고 그 모습은, 적어도 그때는 민소림에게 맞는 옷처럼 보이지는 않았다고.

부모님이 성당에 나가라고 해서 가출을 하는 것, 그것도 아무런 준비

없이 달리던 차에서 뛰쳐나가는 식으로 일을 저지른다는 것은 유연희에게는 도저히 이해가 되지 않았다. 민소림이 가출이라는 행동을 그만의 부조리한 이유로 오래전부터 동경하고 있었고, 부모에게 자기 힘을 보여주고 싶어 했던 것이라고 유연희는 이해했다.

더 듣고 보니 민소림이 종교 문제로 부모님하고만 갈등이 있던 것은 아니기는 했다. 주일학교에서도 민소림은 이미 골칫덩어리였다.

'마르틴 루터가 수녀와 결혼하고 싶어서 종교개혁을 일으켰다고 설명하더라고요. 그건 아니잖아요. 가톨릭교회가 그때 부패해서 면죄부를 팔았다는 건 엄연한 사실이잖아요. 왜 그런 뻔한 걸 감추고 우기려고 해요? 몇백 년 전 잘못을 인정하는 게 그렇게 힘들어요?'

민소림의 이야기에 유연희는 쓴웃음을 지었다. 주일학교 교사들이 난처해하는 모습이 눈에 훤했다. 그런 발언을 한 대학생 교사가 실언이었다고 사과하고, 부제(副祭)까지 와서 타일렀지만, 민소림은 주일학교 교사가 그 말을 들은 모든 학생들 앞에서 정정을 해야 한다고 주장했다고 했다. 아주 가차 없는 아이였다.

'마르틴 루터가 전직 수녀와 결혼한 건 사실이야.'

'루터는 종교개혁운동을 시작하고 나서 몇 년 뒤에야 그 여자를 만났다고요.'

'정말로 신에 대한 믿음이 사라졌다면, 성당에 있는다고 해서 딱히 달라질 것도 없잖아? 주일학교 교사들이 뭐라고 떠들든지 신경 쓰지 말고, 효도하는 셈 치고 일주일에 몇 시간 마음에 없는 장소에 가서 앉아 있다 올 수도 있는 거잖아? 어차피 네가 고등학교를 졸업하면 서울에 있는 대학에 다니게 될 테고, 그러면 부모님이 간섭을 하려야 할 수도 없을 텐데. 고작 그 몇 년을 참을 수는 없을까?'

유연희가 물었다.

'하지만 그러면 거짓된 행동을 하는 셈이 되잖아요.'

유연희는 민소림이 1년 전에도 그와 비슷한 말을 했음을 기억했다. 그러나 유연희가 보기에 민소림은 남을 속이는 일을 아무렇지 않게 여기는 아이였다. 1년 전에는 자기 부모에게 들리도록 큰 소리로 말싸움을 벌이자고 제안하지 않았던가? 지금도 그녀가 이 집에 온 사실을 자기 부모에게 알리지 말라고, 자기 부모를 속이라고 유연희에게 요구하는 것 아닌가?

유연희는 조심스럽게 그 사실을 지적했다. 그러자 민소림은 잠시 생각하더니 기절초풍할 답을 내놨다.

'저는 구도자예요, 이모. 저 자신에 대해서는 정직해져야 해요.'

'구도자라고? 네가 추구하는 게 뭔데?'

'그건 아직 모르겠어요. 조금 더 경험을 쌓고 세상을 더 둘러봐야 할 거 같아요. 지금으로서는 제가 추구하지 않는 게 뭔지만 알고 있어요. 저는 쾌락을 추구하지 않아요. 돈이나 권력에도 관심 없고요, 안전이나 평화 따위를 구하지도 않아요. 외국에 나가서 살아보고 싶어요. 한국은 너무 좁으니까. 진주는 진저리나고요.'

민소림은 자신이 나중에 뭐가 되든 장애인 운동은 꼭 할 거라고 했다. 사람이 외적인 이유로 차별을 받는 건 너무 끔찍하다면서. 유연희는 한숨을 쉬고 조카를 재웠다. 소녀의 마음에 고지식함과 교활함이 이상한 형태로 섞여 있었다. 자기 아들은 그렇지 않아서 얼마나 다행인가! 유연희는 민소림의 미래에 뭔가 무서운 것이 있을지도 모른다는 불안감을 이전보다 훨씬 더 크게 느꼈다.

다음날 민소림의 부모가 와서 딸을 데려갔다. 그전에 민소림과 '협상'을 마친 상태였다. 물론 민소림은 그 뒤로 성당에 나가지 않아도 괜찮게 되었다. 민소림이 무엇을 더 요구했는지는 유연희는 알지 못했다. 그러나 요구한 것을 거의 다 얻어냈음은 분명했다. 이 소동을 민소림이 승리로 간주하는 걸 보면서 유연희는 다시 불안해졌다. 그녀가 보기에는 이 사건은 민소림의 승리라기보다는 그 부모의 실패였다.

"소림이는 그 뒤로 고등학교를 졸업할 때까지는 얌전히 지냈어요. 그래도 아이를 서울로 보낼 때 언니가 걱정이 많았죠. 어쨌거나 그 부모나 저나 소림이를 서울로 보내지 않을 도리가 없다는 것은 알고 있었어요. 소림이도 알고 있었어요. 아이러니한 것은, 그런 언니 부부가 신촌에 소림이더러 살라고 원룸을 구입했다는 거예요. 욕심 때문이었죠. 저라면 소림이를 혼자 살게 두지 않았을 것 같아요. 일이 이렇게 되어버리고 났으니 하는 말인지도 모르겠고, 소림이가 뭘 잘못했다는 얘기도 아니에요. 그래도 그 아이를 믿을 만한 하숙집에 살게 했어야 했다는 생각을 뒤늦게 해요." 유연희가 말했다.

"욕심 때문에 원룸을 구입했다는 게 무슨 말씀이세요?"

"소림이가 대학에 입학한 게 1998년이었잖아요. 외환위기 때라서 서울 시내 건물값이 다 쌌어요. 소림이네 부모님은 보수적으로 약국을 운영하다 보니 현금이 있었고, 그래서 괜찮은 투자 기회라고 생각해서 딸이 다니게 될 대학 근처에 원룸을 한 채 구입한 거예요. 그렇게 비싼 원룸도 아니었어요. 언론에서는 언니네가 엄청난 부자인 것처럼 기사를 써댔죠. 글쎄, 소림이네가 지역 유지면 지금 서울 강남 사는 사람들은 다 재벌이에요. 그리고 그때는 외환위기라서 기숙사에 들어가기 위한 경쟁도 치열했어요. 기숙사 요금이 하숙보다 훨씬 쌌으니까요. 소림이도 당연히 처음에는 기숙사에 지원했다가 떨어졌죠. 경쟁률이 4대 1인가 그랬죠. 연세대 기숙사 들어가는 게 연세대 들어가는 것보다 몇 배 더 어렵다고 농담을 했던 기억이 나요. 매 학기 그 전쟁을 치르면서 이사를 다니느니 원룸을 하나 사는 것도 나쁘지 않다고 생각했던 거죠."

"민소림 씨 친구들은 소림 씨가 풍족하게 생활하는 것처럼 보였다고 했어요. 부잣집 딸인 줄 알았다고."

"과외를 열심히 했으니까요. 휴학했을 때에는 부산에서 과외를 몇 개씩 했어요."

"부산에서요? 진주에서가 아니라?" 연지혜는 흥분을 감추며 물었다.

"진주에서도 했고, 부산에서도 했지요. 진주에서는 학생을 모으기 어려웠던 것 같아요. 걔가 그때 작심하고 돈을 모았죠. 반년 동안 부산에 일주일에 세 번씩 다녀가곤 했어요. 그렇게 와서 하루에 세 팀씩 가르쳤던 거 같아요. 대학생 과외비가 20년 전이나 지금이나 그대로인 거 아세요? 부산에서 세 팀을 주 3회, 진주에서 또 두세 팀을 주 2회나 3회 가르쳤다면 그 시절 웬만한 월급쟁이보다 월수입이 높았을 거예요. 제가 '너 한 학기 등록금은 벌었겠다'라고 농담을 던졌더니 소림이가 '그거밖에 못 벌었을 것 같으냐'고 대꾸한 적도 있었어요."

연지혜는 얼른 암산을 해보았다. 한 팀에 월 30만 원을 받고 여섯 팀을 가르쳤다면 한 달 수입이 180만 원이었을 것이다. 민소림은 1999년 2학기를 휴학했다. 여름방학이 7월부터 시작됐다고 치고, 다음해 3월까지 9개월간 매달 150만 원에서 180만 원씩 벌었다면 거의 1,500만 원에 가까운 돈이 된다.

당시 물가를 감안하면 상당한 돈이다. 그 돈은 어디로 갔을까? 민소림의 부모에게로 갔을까? 이 사건이 돈을 노린 범죄일 가능성이 있을까? 연지혜는 잠시 생각해보고 고개를 저었다. 사건의 다른 측면과 잘 맞아떨어지지 않는다.

민소림이 서울 출신, 특히 외고 졸업생들에 대해 자격지심이 있었다는 강예인의 말도 문득 떠올랐다. 어쩌면 민소림이 백화점 브랜드 옷만 고집했던 이야기도 그런 맥락에서 받아들여야 할지 모른다. 그 정도로 돈을 모았다면 소비 수준을 과시해서 자존심을 지키려고 했을 수도 있겠다고 연지혜는 생각했다.

"왜 그렇게까지 돈을 모았을까요?" 연지혜가 물었다.

"미국에 가기 위해서였죠. 다른 나라도 아니고 콕 집어서 미국이었어요. 영어 공부도 열심이었고요. 소림이 부모는 그 아이를 서울에 보내는 데까지는 허락했지만 어학연수나 교환학생을 보내는 데 대해서는 어정쩡한 태도를 보였죠. 저 때문이기도 했을 거예요."

"교수님 때문이라뇨?"

"제가 유학 중에 남자를 만나 결혼했으니까요. 부모님 반대를 무릅쓰고. 그리고 결과도 안 좋았죠."

유연희는 픽 웃었다가 이내 표정을 고쳤다. 언니 부부에 대한 미안한 마음이 든 모양이었다. 그녀는 급하게 덧붙였다.

"언니네 부부가 소림이를 속박하려고 했다는 이야기는 아니에요. 당시에는 자녀를 어학연수나 교환학생을 보낸 경험이 있는 부모가 거의 없었어요."

"민소림 씨가 진주나 부산에서 가르쳤던 학생들 중에 기억나는 사람은 없으신가요?"

"글쎄요, 거기까지는…… 잘 모르겠는데요. 워낙 오래전 일이고, 소림이랑 그런 이야기를 나눠본 적도 없는 거 같고요."

유연희가 그 질문에 갑자기 손깍지를 끼더니 코 옆에 가져다댔다.

"민소림 씨가 가르쳤던 학생들은 주로 고등학생들이었나요?"

"고등학생도 있고 중학생도 있었을 거예요."

유연희의 손깍지가 코에서 조금 멀어졌다.

"남학생들이 많았는지, 여학생들이 많았는지 같은 것도 혹시 기억이 나지 않으시나요?"

"제가 잘 모르는 사안이에요."

이제 유연희의 손은 코를 완전히 가리고 있었다. 연지혜는 자신이 상대의 눈에서 두려움을 읽었다고 생각했다. 그 두려움을 직접 확인하고 싶어서 전화로 묻지 않고 부산까지 내려왔다.

연지혜는 옆을 둘러보는 척하면서 자연스럽게 유연희에게서 시선을 돌렸다. 연구실 책장에 꽂힌 도스토옙스키 전집을 바라보며 연지혜가 말했다.

"저 도스토옙스키 전집이 민소림 씨의 원룸에도 있었어요. 그런데 표지 색이 저것과는 달랐어요. 연보라색이었어요."

"제가 보낸 거예요. 초판 표지 색이 연보라색이었지요. 표지 색은 그 뒤로 몇 번 바뀌었어요. 빨간색이 되기도 했다가, 흰색이 되기도 했다가……. 출판사와 젊은 번역자 여러 사람이 몇 년을 준비한 프로젝트예요. 그전까지는 국내에 제대로 된 도스토옙스키 전집이 없었지요. 저도 번역자로 참여했어요. 번역을 하는 내내 첫 번째 독자로 소림이를 생각했죠. 그런데 저 전집이 나오고 나서 두 달도 되지 않아서 그 사건이 일어났어요."

도스토옙스키 전집에 대해 말하는 동안 유연희는 손깍지를 끼고는 있었지만 얼굴을 가리지는 않았다. "생각나는 게 있으면 연락해달라"

고 연지혜가 말하자 유연희는 열없는 목소리로 "네"라고 말하며 고개를 까닥했다. 앞으로 연지혜에게 연락할 마음은 전혀 없는 듯 보였다.

몇 시간 뒤, 연지혜는 울산고속버스터미널에 있었다. 그녀는 서울에서 파악한 번호로 전화를 걸었다. 신호음이 몇 번 울리고 나서 가는 목소리의 사내가 전화를 받았다.

"한은수 선생님이시죠? 서울경찰청 강력범죄수사대의 연지혜 형사라고 합니다. 이거 보이스피싱 아닙니다. 선생님께 여쭤보고 싶은 게 있는데요. 제가 지금 울산에 내려와 있습니다. 잠시 만나 뵐 수 있을까요? 제가 그쪽으로 찾아가겠습니다."

연지혜는 단도직입적으로 나가기로 했다.

"무슨…… 일이신데요?"

"2000년에 있었던 민소림 씨 살인사건을 수사하고 있어요. 한 선생님의 사촌누나 되시는."

"그런데요?"

남자의 목소리가 살짝 갈라지는 듯했다.

"어머니 되시는 유연희 교수님과 막 면담을 마친 참입니다. 한 선생님, 1999년에 민소림 씨로부터 과외를 받으셨죠? 그때 이야기를 듣고 싶습니다. 2000년에 있었던 일들도요."

자신이 한 말에 거짓이 전혀 섞이지 않았다는 사실에 연지혜는 조금 놀랐다. 상대는 침묵했고, 연지혜는 자신의 도박이 통할지 실패할지 결과를 기다렸다.

연지혜는 민소림이 휴학 기간 중에 자기의 사촌인 한은수를 가르쳤을 거라고 처음부터 추측했다. 유연희의 얼버무리려는 태도를 보고 그 추측은 거의 확신으로 굳어졌다.

유연희는 아들을 보호하려고 했다. 그러나 유연희가 뭔가를 감추려 한다는 사실만 짐작할 뿐, 그것이 무엇인지는 연지혜도 몰랐다. 한은수가 얼마나 진술에 협조적일지도 알 수 없었다. 그래서 이렇게 대뜸 묻는 수밖에 없다고 생각했다.

"용케 잘 알아내셨네요. 22년이나 지났는데."

잠시 뒤 한은수가 말했다.

75.

우리는 사실과 상상의 복합체 속에서 살고 있는 사실과 상상의 복합체다.

우리는 의미 속에서 살고 있는 의미다.

기실 거의 대부분의 사람들이 이를 알고 있다.

신과 내세를 믿지 않는 사람도, 삶의 목적을 숙고하지 않는 사람도, 자신이 죽음 뒤에 남길 유산에 대해서는 신경을 쓴다.

자식을 남기는 데 집착하는 이도 있다. 생물학적 후손을 통해 가문이라든가 민족, 인류라고 하는 커다란 이야기의 일부가 될 수 있다고 여기기 때문이다.

위대한 작품이나 업적으로 인류의 기억 속에 남기 위해 목숨을 거는 사람도 있다. 자신이 단순한 유전자 묶음 이상임을, 자신의 본질 일부가 인지 세계의 의미이며, 그 의미가 더 큰 의미와 자연스럽게 연결될 수 있다고 확신하기 때문이다.

명예를 얻은 개체가 번식에 유리하기에 우리가 그런 식으로 진화했다는 해석은 운명교향곡의 위대함을 공기의 진동으로 설명하려는 시도만큼이나 조잡하다. 아킬레우스는 자신의 죽음을 알면서도 영광을 추구했다. 아킬레우스는 생물학적 후손을 남기는 일에 관심이 없었다.

돈이 의미인 것처럼 법도 의미이고, 돈이 현실인 것처럼 법도 현실이다.

음악이 의미인 것처럼 영광도 의미이고, 음악이 현실인 것처럼 영광도 현실이다.

모든 현실은 사실-상상 복합체이며, 거기서 상상을 빼면 사실이 남는 게 아니라 조각난 비현실이 남는다.

우리는 왜 평판에 신경을 쓸까? 평판이 현실이기 때문이다.

'다른 사람이 생각하는 나'는 '나'의 일부다. '살아 숨 쉬는 나의 몸뚱이' 역시 '나'의 일부다. 우리는 평판이 더럽혀지는 일을 신체에 대한 공격만큼 아프게 받아들인다. 실제로 인간의 뇌는 그 두 가지 고통을 구분하지 않는다. 그래서 인터넷에서 조리돌림을 당한 사람에게 진통제가 위안이 될 수 있다.

'나'는 과거와 미래에 걸쳐진 사실-상상 복합체다. 그것은 영원하지는 않다. 그러나 '살아 숨 쉬는 나의 몸뚱이'보다는 더 오래 산다.

'내가 죽고 난 뒤 남들이 생각할 나' 역시 '나'의 일부를 이룬다. "죽기 전에 꼭 하드디스크를 포맷해야 한다"고 말하는 젊은 남자들은 그런 '나'의 크기를 제대로 이해하는 셈이다. 하드디스크를 포맷할 때, 그들은 문자 그대로 자신을 지키는 것이다.

심지어 '내가 죽고 난 뒤 남들이 생각할 나'는 '나'의 확장과 성공을 둘러싸고 '살아 숨 쉬는 나의 몸뚱이'와 경쟁하기도 한다. 제임스 딘이나 커트 코베인이 불멸의 아이콘이 된 것은 살아 숨 쉬는 그들의 몸뚱이가 일찍 사라져서다.

'나'는 개체라기보다는 일종의 기업에 가깝다. '나'에게 브랜드는 엄연한 현실이다.

인스타그램에 몰두하는 사람들과 명예살인을 저지르는 이들은 모두 인간이 몸뚱이를 넘어선 형이상학적 구조물임을 잘 이해하고 있다.

한데 계몽주의의 근간을 이루는 인본주의(人本主義, Humanism)에서 인(人, Human)은 무엇을 말하는가? 몸뚱이인가, 사실-상상 복합체인가? 몸뚱이가 아닌, 사실-상상 복합체에 대한 공격에 대해 계몽주의는 어떤 보호 장치를 제공하나?

76.

"저녁에 무슨 펌프가 한 대 들어오기로 돼 있는데, 그게 오는 걸 제가 기다려야 합니다. 아마 중요한 제품이니까 제가 그걸 기다려야 하는 거겠죠?"

한은수가 듣기 싫은 가는 목소리로 말했고, 연지혜는 '그걸 왜 나한테 물어봐'라고 대꾸하고 싶은 마음을 참았다. 그냥 평이하게 서술하면 될 문장을 "그런 거겠죠?"라고 의문형으로 바꾸어 말하는 게 한은수의 말버릇인 듯했는데, 두 번밖에 듣지 않았는데도 벌써 기분이 나빠졌다. 대화 상대와 그 자신이 하는 일을 동시에 깔보는 느낌이었다.

"저는 늦게까지 기다릴 수 있습니다. 공장 앞에 카페 같은 데를 찾아볼게요. 기다리시는 제품은 몇 시쯤 들어올까요?" 연지혜가 물었다.

"그걸 알았으면 제가 이미 말씀드렸겠죠?" 한은수가 반문했다.

원래 이렇게 불쾌한 인간인가, 아니면 오늘 뭔가 안 좋은 일이 있어서 속이 뒤틀렸나, 궁금해하면서 연지혜는 대화를 이어갔다. 한은수는 물건 반입을 마무리하는 대로 퇴근할 계획이며, 공장 문을 나서기 전에 연지혜에게 전화를 걸겠다고 약속했다. 이미 오후 5시가 넘은 시각이었다.

"그러면 시장하실 텐데, 같이 간단히 식사라도 하면서 얘기할까요? 제가 사겠습니다." 연지혜가 말했다.

"형사님이 어려운 거 물어보실 듯한데, 그러면 제가 소화가 잘 안 되겠죠."

"아이고, 그렇겠네요."

연지혜는 전화를 끊으며 "아이고"라고 한 번 더 중얼거리며 고개를 저었다. 통화를 마친 연지혜는 버스 터미널 한구석에 있는 분식집에서 우동을 한 그릇 먹었다. 그날 첫 끼니였는데, 공복에 들이켜서인지 무척 자극적으로 느껴졌다. 마지막 한 숟갈을 입에 넣자마자 바로 자리에서 일어나 계산을 하고 나왔다.

한은수는 자신이 일하는 공장 근처에는 찻집이 없다며 울산 KBS 근처의 프랜차이즈 카페에서 만나자고 했다. 터미널 건물 옆에서 전자담배를 피우며 휴대폰으로 지도를 찾아보니 한은수의 집 근처였다. 연지혜가 자기 집 주소를 알고 있다는 사실을 한은수는 모를 테지만.

한은수가 말한 카페까지 연지혜는 걸어서 갔다. 몇 블록 정도 거리였고, 일찍 가봤자 딱히 달리 할 일도 없었다. 카페에서는 아메리카노를 한 잔 주문하고 한은수의 연락이 오기를 기다리며 《백치》를 읽었다.

미시킨 공작이 스위스에서 가엾은 여인을 구하는 에피소드가 지나고 얼마 뒤에 이기언이 말한 '고백 게임' 에피소드가 나왔다. 자신이 저지른 가장 못된 죄를 정직하게 고백하자는 게임을 제안하는 이는 나스타샤가 아니라 그녀의 손님들이었다. 게임을 진행하면서 불편한 상황이 벌어지지만 이기언처럼 쫓겨나는 손님이 나오지는 않았다.

그 파티장에서 김상은이 말한 일화가 바로 이어진다. 나중에 나스타샤를 죽이게 된다는 로고진이라는 사내가 술에 취한 채 일행과 함께 나타난다. 그는 신문지와 노끈으로 포장한 뭉치를 하나 들고 있는데, 그 안에 10만 루블이 들어 있다. 로고진은 그 돈으로 나스타샤를 자신의 것으로 만들 수 있다고 믿는다.

그 상황에서 미시킨은 자신이 거액의 유산을 물려받았다는 사실을 밝히며 나스타샤에게 청혼한다. 자신은 평생 그녀를 존경하며 살겠다고 하며, 그가 받은 유산은 150만 루블이 넘는다고 한다. 나스타샤는 잠시 동안 감격한 것처럼 보인다. 그러나 이내 공작의 청혼을 거절하고 로고진을 선택한다. 사람들은 깜짝 놀란다.

나스타샤는 공작을 향해 "당신에게는 (좋은 집안 출신인) 아글라야가 어울린다, 결혼해봤자 당신은 나를 깔보게 될 것"이라고 말한다. 그리고 로고진이 들고 온 10만 루블을 벽난로에 집어넣어 태워버린다.

아닌 게 아니라 《백치》는 대단한 막장 드라마였고, 다소 늘어지는 대목은 있어도 기본적으로는 재미있었다. 문제는 상권을 반 이상 읽었는데도 한은수에게서 전화가 오지 않았다는 점이었다. 오후 8시에 연지혜는 화장실에 다녀오면서 아메리카노를 한 잔 더 주문했다. 그 뒤로는 책이 눈에 들어오지 않아 휴대전화기만 만지작거렸다.

오후 9시에 연지혜는 한은수에게 전화를 걸었다.

"아직도 기다리고 계세요?"

전화를 받은 한은수가 대뜸 대꾸했다. 그러면 그냥 갔겠냐, 연지혜가 소리 나지 않게 헛웃음을 터뜨렸다.

"지금도 공장에 계신가요?" 연지혜가 물었다.

"네……. 그런데요."

아무래도 상대가 말하는 품이 수상했다. 그냥 퇴근해서 집에 간 게 아닌가 싶었지만 섣불리 몰아세울 수도 없는 노릇이었다. 식사는 안 하느냐고 연지혜가 물었더니 한은수는 공장 안에 있는 식당에서 먹었다고 대답했다.

"계속 기다리셔야 하는 건가요?"

"아니, 사실 그 펌프가 오늘 세관을 통관하지 못할 거 같다고 막 연락이 와서 이제 나가려는 참이에요. 그런데 지금은 시간이 너무 늦은 거 같은데…… 저희가 꼭 오늘 만나야 하나요?"

"저는 괜찮습니다."

"저는 안 괜찮은데요. 제가 밤에 일찍 잡니다."

한은수가 믿음이 안 가는 어투로 얄밉게 대꾸했다.

"한 선생님 말씀 들으려고 서울에서 내려왔는데 잠시라도 시간 내주시면 안 될까요?"

"그러게, 그렇게 무작정 내려와서 만나달라고 하면 어떻게 합니까? 제 전화번호도 알고 계셨으면 먼저 전화를 거시지 그러셨나요."

아무래도 한은수의 반응은 이상했다. 범죄자가 아닌 보통 사람들 대부분은 경찰의 연락을 받으면 겁을 먹는다. 간혹 경찰에 대한 반감이나 피해의식으로 과잉 대응을 하는 사람도 있다. 그러나 이렇게 태연한 경우는 드물다. 아니, 처음이다.

한은수는 혹시 이 상황을 오랫동안 예상하고 대비한 걸까? 그런 생각이 스멀스멀 들었다. 한번 그 방향으로 생각이 드니 멈출 수가 없었다. 이자가 범인일까? 도주할 계획을 짜놓은 것은 아닐까? 이대로 자취를 감추는 것 아닐까?

작전을 잘못 짠 걸까? 일단 한은수를 요주의 인물로 놓고 잠복을 하며 생활 패턴을 파악했어야 했나? 베테랑 형사들은 이런 때 어떻게 할까? 지금 한은수를 압박할 수단이 뭔가 없을까? 공장으로 찾아갈까? 아니면 집 앞에서 기다릴까?

"내일 만나시죠. 내일 저녁에." 한은수가 말했다.

"한 선생님, 20년도 더 지난 사건인데 웬 말이냐 하시겠지만 사실 저희 수사팀은 시간에 쫓기고 있어요."

결국 사정하게 됐다. 연지혜는 이 사건을 다시 수사하게 된 경위와 수사팀 상황을 간략하게 설명했다. 한은수는 '그게 나와 무슨 상관이냐'고 되묻지는 않았다. 연지혜는 너무 구리다고 생각해서 평소에는 잘 하지 않는 대사까지 읊었다.

"피해자가 사촌누나였잖아요. 어렸을 때 각별한 관계였다고 유 교수님으로부터 들었습니다. 피해자의 원통함을 풀 수 있게 도와주세요."

"범인을 잡으면 피해자의 원통함이 풀리나요?"

전화기 건너편에서 한은수가 콧방귀를 뀌는 모습이 눈에 보이는 듯했다.

"비극적인 일을 당했는데 그런 일을 일으킨 범인이 벌을 받지 않으면 누구나 화가 나고 억울하잖아요. 고인도 그런 심정일 거라고 생각합니다."

"저는 사람은 죽으면 그걸로 끝이라고 생각하는데요."

어쩐지 한은수는 연지혜와의 대화를 조금 즐기는 것 같았다. 연지혜는 뭐라고 대답해야 하나 잠시 망설였다.

"죽으면 끝이라고 생각한다면 제대로 살 이유도 없죠."

"그래요?"

"제가 종교를 믿는 사람은 아니지만, 다들 뭔가 자기가 죽고 나서 남을 것들을 신경 쓰며 살지 않나요? 가족을 걱정하는 사람도 있고, 이름을 남기고 싶어 하는 사람도 있고요. 남자분들 중에서는 죽기 전에 꼭 자기 하드디스크 포맷해야 한다고 농담처럼 말씀하시는 분도 계시잖아요."

하드디스크 이야기를 하자 한은수가 웃음을 터뜨렸다. 짧기는 했어도 일그러진 데 없는, 수긍한다는 뉘앙스의 웃음이었다.

"하지만 그건 희생자의 원통함과는 상관없는 문제 같은데요."

한은수가 웃음을 멈추고 말했다.

"제 말씀은, 인간인 이상 자기가 누리는 쾌락 이상의 다른 것들을 신경 쓸 수밖에 없다는 거예요. 무의식중에 평판을 고려하게 되고 행동의 일관성도 지키고 싶어 해요. 저희 팀원들 전부 민소림 씨 사건 수사 기록을 꼼꼼히 읽었어요. 당시에 한 선생님이 경찰 조사를 받지는 않으셨더라고요. 하지만 저희에게 도움이 될 만한 내용을 알고 계신 게 있지요? 어머님께서는 말하지 말라고 말렸던. 지금이라도 그걸 말씀해주시면 분명히 기분이 가벼워지실 겁니다."

이번에는 한은수가 잠시 침묵했다.

"어머니랑 통화를 했는데……. 형사님과 면담했을 때 제 얘기는 안 나왔다던데요."

"다른 데서 들었습니다."

"그럴 리 없을 텐데……. 그냥 넘겨짚으신 거죠?"

연지혜는 망설이다가 "네"라고 인정했다.

"제가 용의자인가요?"

"아닙니다. 지금 저희가 용의자로 특정한 사람은 없어요. 사건 관계자들을 만나서 이런저런 정보들을 수집하는 단계를 벗어나지 못하고 있어요. 어쩌면 이러다 수사가 끝날 수도 있고요. 아시는 게 있으면 꼭 말씀해주셨으면 합니다."

이번에는 침묵이 길었다. 한참 뒤에 한은수는 입을 뗐다.

"제가 오늘 늦게 퇴근하니까 내일 오전에 반차를 낼 수 있을 것 같아요. 내일도 아무래도 야근을 하게 될 거 같고. 내일 오전 10시에 아까 말씀드렸던 커피점에서 만나시면 어떨까요. 두 시간 정도면 시간 충분하겠죠?"

연지혜는 감사하다고 몇 번이나 말하며 전화를 끊었다. 그리고 상대에게 왜 이렇게 형편없이 휘둘렸는지 의아해했다. 자신이 형사로서 재능이 없다는 생각이 들었다. 한은수가 이대로 도망가는 것이 아닐까 하는 불안한 마음을 지울 수 없었다.

연지혜는 카페에서 나와 한은수의 아파트가 있는 방향으로 걸었다. 10분을 채 걷지 않았는데 건물이 보였다. 위에서 내려다봤을 때 ㄱ 자 형태인, 오래된 한 동짜리 아파트였다. 경비실도, 지하주차장도 없었다. 누가 들어오고 나가는지 외부에서 확인하기 퍽 쉬운 구조였다.

연지혜는 고개를 들어 한은수가 사는 702호에 불이 꺼져 있는 것을 확인했다. 전자담배를 찾으려고 가방을 뒤적거리는 사이 정면으로 승용차가 다가왔다. 설마? 멈칫하는 사이 연지혜는 차 안에 있는 운전자와 눈이 마주쳤다. 둥그런 얼굴, 벌써 반쯤 벗겨진 머리, 처진 눈, 얇은 입술. 뺨 한쪽은 깊게 그늘이 진 것처럼 보였다.

연지혜는 "아이고"라고 중얼거렸다. 그때서야 차종을 확인했다. 은색 구형 쏘나타. 차량번호도 맞다. 차 안에 있는 사람은 한은수였다. 한은수는 아파트 입구에 가까운 자리에 주차하고 차에서 내리더니 제자리에 서서 연지혜가 있는 방향을 물끄러미 바라보았다. 꽤 비대한 몸집이었다. 연지혜는 눈길을 돌려 전자담배를 피우는 척했다.

한은수는 고개를 갸우뚱하며 연지혜가 있는 방향을 한동안 주시하더니 건물 안으로 들어갔다. 1분쯤 뒤에 702호에 불이 켜졌다. 연지혜는 그 불이 꺼질 때까지 한 시간 남짓 동안 고지식하게 아파트 주차장에 서 있었다. '바보 같다'는 생각과 '나답다'는 생각이 함께 들었다. 앞으로 지방에 출장을 갈 때는 무조건 차를 가져가야겠다는 다짐도 했다.

그녀는 한은수의 집 실내조명이 꺼진 다음에도 두 시간 가까이 자리를 지켰다. 한은수가 짐을 챙겨 달아나지 않을까 감시하기 위해서였다. 아파트는 점점 어두워졌고 한은수는 나오지 않았다. 책을 읽으려 해도 어두워서 볼 수가 없었다. 연지혜는 휴대폰으로 관심 없는 기사들을 한참 읽으며 서성이다가 자정이 다 되어서야 가까운 모텔로 발걸음을 옮겼다.

모텔은 시설이 꽤 호화로웠다. 거대한 벽걸이 TV로 넷플릭스를 볼 수 있었고, 제법 좋은 PC와 스타일러, 공기청정기까지 있었다. 조명도 어두침침하지 않았고 더블베드는 푹신했다.

그러나 연지혜는 잠을 잘 이루지 못했고 새벽 5시쯤 눈을 떴다. 그렇게 30분가량 누워 있다가 뜨거운 물로 샤워를 하고 머리를 말린 뒤 객실에 비치된 인스턴트커피를 한 잔 마셨다. 리모콘을 들고 채널을 이리저리 돌리다가 TV를 끄고 《백치》를 마저 읽기 시작했다. 그렇게 모텔을 나서기 전에 《백치》 상권을 다 읽었다.

화끈했던 전반부에 비해 뒤로 갈수록 사연들이 복잡해지고 연지혜의 집중력도 옅어졌다. 게다가 이게 민소림 살인사건과 과연 상관이 있는지 자신할 수가 없어, 연지혜는 하권을 구해 읽어야 할지 망설였다.

《백치》 상권 마지막 부분에서 절세 미녀 아글라야는 '당신이 우리 별장에 와도 나는 반가워하지 않을 거다'라는 내용의 편지를 보내고, 미시킨 공작은 순진하게도 그 말을 곧이곧대로 해석한다. 공작으로부터 그 이야기를 들은 아글라야의 어머니는 기막혀하며 그를 당장 딸에게 데려간다. 거기서 책이 끝난다. 그런데 솔직히 그다음이 그리 궁금하지는 않았다.

울산 KBS 옆 프랜차이즈 커피숍에 들어간 것은 약속 시간보다 30분 이른 오전 9시 반이었다. 뜨거운 아메리카노를 홀짝이는 동안 연지혜는 한은수가 약속을 어기고 끝내 나타나지 않을 것 같다는 예감에 시달렸다. 오전 10시가 다 되어 태연하게 미안하다며 급한 회사 일이 생겨서 어쩔 수 없다는 문자메시지를 하나 보낼 인간처럼 느껴졌다. 한은수에 대한 적대감이 하루 사이에 그만큼 커져 있었다.

그러나 한은수는 오전 9시 59분에 카페 문을 열고 들어왔다. 연지혜는 깜짝 놀랐는데, 상대가 약속을 지켰기 때문만은 아니었다. 한은수의 얼굴 한쪽에는 진하지는 않지만 퍼런 반점이 퍼져 있었다. 김상은에게도 있었던 오타 모반이었다. 점이 좌우대칭이면 후천성이고 한쪽에만 있으면 선천성이라고 했던가? 그 반대였나? 수사하다가 오타 모반을 가진 사람을 두 명이나 마주치게 될 확률이 얼마나 높을까?

한은수의 신분증 사진에는 오타 모반이 없었다. 포토샵으로 점을 지운 듯했다. 전날 밤 어둠 속에서 봤을 때 얼굴에 그늘이 졌다고 생각한 것이 실은 점이었구나, 연지혜는 생각했다. 어쩌면 한은수의 방어적인 자세도 그런 외모에서 비롯된 것인지 모르겠다는 생각도 했다. 그는 비만을 걱정해야 할 몸집이었고, 얼굴도 신분증 사진보다 훨씬 통통했다.

한편 한은수는 연지혜가 자신을 보고 몸을 멈칫한 것을 알아차린 모양이었다. 짧은 순간이었지만 얼굴에 굴욕감과 못마땅함, 체념, 허세가 복잡하게 피어올랐다가 사라졌다. 1초쯤 뒤에는 사무적인 무표정만 남았다. 그는 엄지와 검지로 거칠게 자기 코를 한번 쥐어짜더니 물었다.

"연지혜 형사님?"

연지혜는 자리에서 일어나 상대에게 인사하고 그에게 차를 뭘 마실지 물었다. 한은수는 고맙다는 연지혜의 말에 건성으로 고개를 끄덕이고 캐러멜마키아토를 주문했다. "톨 사이즈로요." 그가 덧붙였다. 연지혜가 주문을 하러 카운터로 가는 동안 한은수는 일어서지 않고 당연하다는 듯 자리에 앉았다. 고개를 한쪽으로 기울인 채였다.

연지혜가 테이블로 돌아오자 한은수가 질문을 툭 던졌다.

"형사님, 어제 저희 아파트 앞에 찾아오지 않으셨나요?"

당황해서 머뭇거리는 사이 한은수가 다시 물었다.

"저희 집 앞에서 한참 서 계시지 않으셨어요? 제가 집에 들어간 뒤에도?"

그렇게까지 말하니 달리 둘러댈 수도 없었다. 연지혜는 "네, 그랬습니다" 하고 시인했다.

"제가 좀 궁금해서 여쭙는 건데, 그렇게 밤늦게까지 일하시면 뭐 시간외수당 같은 게 나옵니까? 형사님들은 잠복수사 많이 하실 거잖아요."

연지혜는 쓴웃음을 지으며 "아니요"라고 짧게 대답했다. 그런 명목의 수당이 있기는 하지만, 실제로 일한 시간에 비하면 턱없이 부족하게 받는다. 공무원에게 인정되는 최대 상한액만큼만 받는다. 초과근무수당만 현실화되어도 젊은 경찰관들이 그렇게 강력팀 형사를 기피하지 않을지도 모르겠다.

정작 강력팀 형사들은 자기 수당이 얼마인지도 대부분 잘 모른다. 하지만 그 돈 안 받고 밤에 쉴 수 있다면 다들 그 길을 택하리라 확신한다. 생활비가 모자라 이혼하거나 빚을 지는 형사도 드물지 않다. 연지혜는 지구대에서 일할 때에도 현장 업무가 길어지면 오히려 초과근무수당을 포기하곤 했다. 초과근무수당을 신청하려면 지구대로 돌아가 지문인식기에 퇴근 시간을 등록해야 했기 때문이다.

"아니면 범인을 잡으면 인사고과에 반영되나요? 특진을 한다든가? 그런데 형사님이 고생해서 중대한 단서를 얻었는데 체포는 다른 사람이 하면 어떻게 되는 겁니까? 축구처럼 1 어시스트, 뭐 이렇게 계산을 해줍니까?"

한은수는 여전히 고개를 한쪽으로 기울인 채 물었다. 그건 초과근무수당보다 더 입에 올리기 싫은 화제였다. 그때 주문한 커피가 나왔다고 진동벨이 울렸다.

한은수는 일어날 기색을 보이지 않았고 연지혜 혼자 자리에서 일어나 한은수가 주문한 캐러멜마키아토를 가져왔다. 머그잔에서 흘러넘칠 듯한 크림과 그 위에 뿌려진 시럽을 보고 연지혜는 '이거 열량이 밥 한 공기 분량은 되겠네' 하고 생각했다. 한은수의 흰 얼굴이 조금 전보다 더 통통하게 보였다.

"불쑥 집 앞까지 찾아가고, 밖에서 지켜봐서 죄송합니다. 저희 일이 이렇습니다."

연지혜는 테이블에 머그잔을 놓으며 고개를 숙이고 그렇게 말했다. 한은수는 약간 당황한 눈빛이었다.

"형사님은 음료 안 드세요?"

연지혜가 자신은 아까 커피를 마셨다고 답했더니 한은수는 "저 혼자 마시려니 죄송한데……"라며 멋쩍어했다. 그는 연지혜에게 형사들에게 지급되는 활동비 같은 것으로 캐러멜마키아토를 계산했는지 물었다. 연지혜가 자기 카드로 값을 치렀다고 하니 한은수는 짧게 휘파람을 불었다.

"그런 줄 알았으면 제 돈으로 마시는 건데……. 그리고 저 화난 거 아닙니다. 제가 형사님한테 어제 일로 사과를 받고 싶었다면 사과하라고 말씀드렸겠죠?"

"네?"

한은수는 듣기 싫은 가는 목소리로 말을 이었다.

"저 정말 궁금해서 여쭤보는 거예요. 제가 며칠 전에 TV 뉴스 한 꼭지를 인상적으로 봤거든요. 공장을 빌려서 거기에 불법 폐기물을 버리는 사기단이 있는데, 자비를 털어서 그런 사기 조직을 쫓아다니는 남자가 나왔어요. 앵커가 그분을 '쓰레기 열사'라고 부르더군요. 범죄 조직으로부터 협박을 받으면서 그런 일을 하더라고요. 그런데 세상에 저런 사람이 정말 있을까, 저 사람은 보상도 못 받는데 왜 저런 일을 하는 걸까, 무슨 원한이라도 있는 걸까, 그런 생각을 했죠. 그러고 보니 옛날에 사이비 종교를 연구하고 고발하던 분도 생각났어요. 그분도 협박과 테러 위협을 무릅쓰면서 그런 일을 하셨는데, 이후에 그 아들들이 아버지의 유지를 이어받았다고 들었어요. 어린 마음에 '저 사람은 왜 위험하고 돈도 안 되는데 저런 일을 저렇게 열심히 하는 걸까' 궁금했었죠."

"네……."

"어제 형사님이 제 집 앞에 서 있는 걸 보면서 그분들 생각이 나더라고요. 형사님은 거기가 제 주소가 확실한지, 제가 도망가지는 않는지 감시하려고 거기 그렇게 서 계셨던 거겠죠? 아, 대답하지 않으셔도 괜찮습니다. 기분 나쁘지 않습니다. 제가 집의 불을 끈 다음에도 한참 서 계셨죠? 언제까지 그렇게 서 계시나 궁금해서 밤에도 침대에 누워 있다가 불을 켜지 않고 거실에 나와봤죠. 자정 넘어서도 그 자리에 계속 서 계시더라고요. 그래서 다음날 만나 뵈면 꼭 물어야지 생각했습니다. 그렇게 야근을 하면 시간외수당이 나오는지요."

연지혜는 대체 이 대화가 어디로 흘러갈지 궁금해하며 수사를 하거나 범인을 검거하는 경찰관들의 초과근무수당이 어떻게 산정되는지에 대해 짧게 설명했다. 최근에 몇몇 수사 담당 경찰들이 일한 시간만큼 수당을 달라고 집단소송을 냈다가 재판에서 졌다는 이야기도 소개해주었다.

"아아, 그럴 거 같았어요."

한은수가 목을 빼고 턱을 올린 채로 고개를 끄덕였다. 그러더니 불쑥 "저는 야근 수당을 꽤 후하게 받습니다"라고 말했다. 연지혜는 딱히 긍정적으로도 부정적으로도 표정을 바꾸지 않고 차분히 상대가 이야기를 늘어놓기를 기다렸다.

"외국계 기업들 중에는 야근 수당이 없거나, 심지어 야근을 부정적으로 보는 회사도 있어요. 저희 회사는 안 그렇죠. 좋은 회사인 거겠죠? 한국에 진출한 지 오래된 외국계 회사들 보면 현지화를 하면서 한국 회사의 단점과 외국계 회사의 단점을 다 갖추게 되는 회사도 있고 드물게 양쪽 장점을 다 지니는 회사도 있는데 저희 회사는 후자예요."

"그렇군요."

"저희 회사 인사팀이 직원들한테 유리하게 임금 체계를 잘 만든 거지요. 저희 회사 본사는 역사가 200년이 넘었고, 규모도 엄청나게 큰 다국적기업입니다. 세계 최대의 화학 기업이라고들 하더라고요. 한국에는 어마어마하게 큰 화학 공장이 두 곳 있어요. 하나는 여기 울산에 있고, 다른 하나는 여수에 있죠. 이 회사가 한국에 진출한 것도 1970년대예요."

"오래되었네요."

"오래됐죠. 40년이 넘었으니까. 그런데 그동안 한국 지사 사장은 전부 외국인이었어요. 대부분 독일인들인데, 코스가 있습니다. 동남아시아나 남미 지사 사장을 하던 양반이 한국에 부임하고, 여기서 잘하면 유럽이나 미국으로 가겠죠? 조정에서 임명장 받고 내려오는 원님 생각하시면 됩니다. 사장이 서울에서 온 원님이고, 한국인 임원들은 그 동네 출신 아전들입니다. 아전들 입장에서는 적당히 원님 비위 맞춰주면서 하자는 거 하다 보면 그 원님 가고 새 원님 오는 겁니다. 사실 뭘 새로 개척하거나 신상품을 만들어내야 하는 곳도 아니고, 늘 실적 좋고, 세계 기준으로 보면 한국 사람들 다 일 잘하잖아요? 그러다 보니까 외국인 사장 중에 한국인 임직원들과 맞서 싸워야겠다는 사람은 없어요. 다들 자기 임기 중에 사고나 나지 않길 바라죠. 그러니까 똑똑한 인사 담당 임원이 '야근 수당은 한국에는 꼭 필요한 제도다, 한국 특유의 기업 문화다'라고 설득하면 굳이 바꾸려 들지 않겠죠?"

"그렇겠네요."

"네, 그렇게 다들 공기업 직원 비슷하게 되어가요. 이런 회사에는 고인 물이 많이 생기겠죠? 저도 고인 물이죠. 제가 하는 일 별로 어렵지 않거든요. 구매 업무잖아요. 제가 갑이죠. 그렇다고 갑질을 할 수도 없는 게, 어차피 주요 구매 물품이 빤합니다. 공급업체도 다 정해져 있고요. 소모품이나 제가 고를 수 있지 원료나 기계 부품은 제가 손도 못 댑니다. 혹시 엔지니어링 폴리머 콤파운딩이 뭔지 아십니까?"

"모르는데요."

연지혜가 대답했다.

"플라스틱 펠릿은요?"

한은수가 캐러멜마키아토를 홀짝홀짝 마시며 물었다.

"그것도 잘 모르겠습니다. 무슨 재료 이름인가 보지요?"

"다른 공장에서는 그럴 수도 있겠죠? 저희한테는 재료가 아니라 완성품입니다. 저희 공장이 엔지니어링 폴리머 콤파운딩 공장입니다. 여기서 만들어내는 게 플라스틱 펠릿입니다. 플라스틱 알갱이예요. 포대자루에 담아서 하루에도 몇 트럭씩 공장에서 나갑니다. 그게 뭔지 모르셔도 괜찮습니다. 저도 모르니까요. 어떤 건 흰색이고, 어떤 건 빨간색이고, 어떤 건 파란색이고, 하지만 그게 어떻게 다른지는 몰라요. 재료도 제가 주문하는 물건들인데 그게 뭔지 제가 몰라요. 이름들만 알 뿐이죠. 무슨 안료니 용해제니 분산제니 하는 것들. 그런 재료를 가지고 알갱이를 만드는 게 우리 공장 일인 거겠죠? 제가 이 회사에서 일한 지가 10년이 넘었는데 그 과정에 대해서는 아는 게 없어요. 제가 관심이 없어서 그런 거겠죠?"

"워낙 전문적인 영역의 일이라서 담당 기술자 아니면 알기 어려운 일인 듯싶네요."

"그렇게 말씀해주시니 감사하네요. 그런데 저는 우리 회사가 뭐 하는 회사인지도 몰라요. 세계 최대의 화학 기업이라고 해서 그런 줄 알았는데, 얼마 전에 인터넷을 검색하다가 저희 글로벌 본사 매출 절반 정도는 농업 부문에서 나온다는 걸 알게 됐어요. 어디에서 무슨 농사를 짓는지는 모릅니다. 막상 저희 회사 제품 중에 유명한 건 따로 있어요. 19세기부터 폭약을 만들었고 20세기에는 고엽제를 만들었습니다. 그래서 회사 별명이 '죽음의 상인'인 거겠죠?"

이 남자가 이렇게 위악을 떠는 이유가 도대체 뭘까? 두 가지 가능성이 연지혜의 머릿속을 스쳐 지나갔다. 하나는 상대가 이렇게 빙빙 화제를 돌리며 시간을 최대한 끌다가 연지혜가 물으려는 질문에는 불성실하게 대답하고 회사에 출근해야 할 시간이라며 자리에서 일어날 꿍꿍이를 품었을 가능성이었다.

다른 하나는, 이 사내가 실제로 뭔가를 털어놓고 싶어 한다는 것이었다. 뭔가 적어도 그에게는 중요한 것, 그리고 꽤나 켕기는 것을. 그런 고백을 한 다음에 자신이 받을지 모를 비난을 미리 차단하기 위해서 밑밥을 깔아두려 하는 것 아닐까? '내가 원래 이렇게 한심한 일을 하는 한심한 인간인데 뭐 어쩌라고'라고 둘러대려고?

그 '뭔가'가 바로 그의 어머니, 유연희 교수가 감추려 했던 사실일까?

"이렇게 회사 욕을 해도 저는 잘릴 걱정을 안 합니다. 충성심 같은 거 강요하는 회사가 아닙니다. 쿨해요. 그렇다고 저한테 구매 담당자로서 비용 절감을 요구하지도 않아요. 저한테 필요한 능력은 그보다는 의사소통 능력이죠. 사장이랑 외국인 임원들, 그리고 본사 담당자들이 궁금해하는 것에 대해 매끄럽게 외국어로 대답할 수 있는."

마치 연지혜의 마음을 들여다보기라도 한 것처럼 한은수가 말을 이었다. 연지혜는 고개만 끄덕였다.

"한데 저는 어릴 때 독일에서 자랐고 고등학교에서 제2외국어도 독일어였고, 학부 전공도 독어였어요. 이런 회사에서 일하기에 아주 유리한 조건이겠죠? 특히 영어나 독일어 능력 보유자 중에 울산에서 근무하겠다는 사람을 찾기는 어렵거든요. 저희 회사만 봐도 대졸 사무직들은 전부 다 서울 사무소에서 일하고 싶어서 치열한 경쟁을 벌이죠. 본인은 괜찮다 해도 자녀 교육하려면 서울 올라가야 한다면서 배우자가 성화죠. 울산을 젊은 도시라고 하던데, 마냥 자랑할 일이 아니겠죠? 젊었을 때 일자리를 찾아 왔다가 아이들이 중학교에 입학할 나이가 되면 울산을 떠나 서울로 올라가는 부부가 많아서 그런 거니까."

"그런가요?"

"그렇습니다. 그런데 저는 울산에서 근무하는 게 괜찮습니다. 아이도 없고, 연애 계획도 없습니다. 결혼도 한 번 했었습니다. 형사님이 이미 다 조사하셨겠죠? 이 회사는 계속 울산 공장에 상주하는, 독일어 잘하는 구매 담당자가 필요하고, 저는 계속 울산에 있을 거고, 그래서 저는 회사 생활에 별걱정이 없습니다. 그런데 저희 어머니 만나보시니까 어떻던가요? 좀 꼬장꼬장하지 않던가요?"

77.

이 점에 있어서도 고대인들이 현대인보다 더 현명했다. 그들은 인간이 물리 세계와 인지 세계에 걸쳐 있는 존재임을 이해했고, 어느 쪽으로든 인간에게 치명타를 가할 수 있음을 알았다.

그리고 그래야 할 때 그들은 망설이지 않았다. 고대인들은 피의자를 고문했고, 신체 훼손형을 집행했고, 재판 없이 수많은 사람을 처형하고, 민간인을 학살했다. 계몽주의는 이에 대한 환멸이자 반발이기도 하다.

그런데 고대 이집트와 그리스, 로마에서 가장 큰 범죄에 대한 처벌은 사형이 아니었다. 특히 지도층 인사가 사회에 대한 중범죄를 저질렀을 경우에 그러했다. 화형이나 십자가형보다 더 가혹하고 치욕스러운 형벌이 있었다. 기록말살형이다.

고대 이집트에서는 유일신 사상을 도입한 이크나톤과 그 후계자들이 이 형을 받았다. 고대 그리스에서는 아르테미스 신전을 불태운 방화범 헤로스트라토스가 기록말살형에 처해졌다. 로마에서는 네로, 도미티아누스, 콤모두스, 카리누스 같은 폭군 황제들, 메살리나, 파우스타 같은 악명 높은 황후들, 리빌라, 마마이아 같은 황족이 대상이 됐다.

아이러니하게도 기록말살형에 처해진 인물들은 그들에게 그 형벌을 내린 당대 권력자들보다 훗날 더 유명해졌다.

이크나톤은 현대에 단순한 파라오로서가 아니라 인류 역사에서 처음으로 일신교를 도입한 인물로 평가받고 있다. 이크나톤의 아들로 역시 기록말살형을 받은 투탕카멘은 현대인에게 가장 익숙한 파라오다.

네로와 콤모두스는 끊임없이 대중문화의 악역으로 등장하며 불멸성을 얻었다. 메살리나에 대한 가십거리는 대중에게 너무 흥미롭고 재미있어서 그 시대에도 통제할 수가 없었다. 메살리나라는 단어 자체가 이탈리아어에서 '아무 남자와 자는 여자'를 가리키는 일종의 보통명사가 되었다.

헤로스트라토스는 더 희한한 경우다. 그는 유명해지기 위해 아르테미스 신전에 불을 질렀고, 기록말살형에 처해졌음에도 불구하고 자신의 목적을 달성했다. 아마 철학자도, 정치인도, 군인도 아니면서 수천 년 동안 회자되는 유일한 고대 그리스인일 것이다. 현대에도 그의 이름은 헤로스트라토스 증후군이라는 용어로 계속해서 언급된다.

현대사회는 어느 사실-상상 복합체를 유명하게 만드는 방법은 깊이 연구했지만, 유명하지 않게 만드는 방법에 대해서는 놀랍도록 무지하다. 자신들이 다루는 대상에 사람들의 상상이 깊이 얽혀 있음을 잘 인식하고 있는 대중문화 분야의 홍보 전문가들조차 그렇다.

2002년 미국 캘리포니아 주정부는 침식되는 해안 사진을 찍어 인터넷에 올리는 프로젝트를 지원했다. 바브라 스트라이샌드는 자신의 말리부 저택 사진이 노출되는 것을 막기 위해 거액의 손해배상 소송을 제기했다.

스트라이샌드가 소송을 걸기 전까지 해당 사이트에서 그녀의 집 사진을 본 사람은 열 명도 되지 않았다. 하지만 소송 사실이 언론을 통해 알려지면서 수십 만 명이 스트라이샌드의 집이 찍힌 사진을 찾아보게 되었다.

오늘날 헤로스트라토스의 후예들은 인터넷에서, 유튜브에서, 온갖 자극적인 게시물과 음모론을 올리고 사람들의 격렬한 반응을 이용해 돈을 번다. 그런 '관심 경제'(Attention Economy)에 우리는 철저히 무력하다.

현대사회는 사실-상상 복합체를, 인간을 잘 이해하지 못하는 것이다.

78.

"저희 어머니가 아닌 것 같으면서 아주 보수적인 분이세요. 예를 들어 어릴 때부터 저한테 밥 남기지 말라고 하셨죠. 밥을 한 톨이라도 남기면 엄청 야단을 치셨어요. 먹을 것 귀한 줄 알아야 한다면서. 그 외에도 그때그때 다른 이유를 둘러댄 것 같은데, 그 쌀을 키운 농부를 상상해보라고 하시기도 하셨고, 다른 나라에서 굶주리는 아이들을 떠올려보라고 하시기도 하셨죠. 저는 어렸을 때는 밥을 남기는 게 아주 큰 죄인 줄 알았어요."

한은수가 말했다.

"저도 어릴 때 그런 얘기 듣고 자랐어요."

슬슬 대화의 방향을 돌려야겠다고 생각하면서 연지혜가 맞장구쳤다.

"아, 형사님도요? 요즘 분들은 그런 소리 안 듣는 줄 알았는데. 어쨌든 그거 되게 웃긴 얘기 아닙니까? 제가 밥을 남긴다고 해서 농부들이 그 사실을 알 수 있는 것도 아니고, 설사 안다 한들 그런 소리에 일일이 실망할 리 없잖아요. 오히려 제가 먹을 수 있는 양 이상으로 쌀을 사서 그렇게 버려주면 자기네들 판매량이 늘어난다고 좋아하지 않을까요?

그리고 제가 다른 나라에서 굶주리는 아이들 음식을 뺏어 먹는 것도 아니잖습니까? 제가 밥을 덜 먹거나 남기지 않으면 그 아이들이 더 많이 먹게 됩니까?

반대로 제가 이미 배가 불렀는데 밥을 남기지 말아야겠다는 이유로 억지로 과식하면 저는 저대로 기분이 안 좋아지고, 제 건강도 해치게 됩니다. 제가 성인병에 걸려 병원에 가게 되면 건강보험 재원을 그만큼 축내게 되고, 다른 사람에게도 피해가 가죠. 그러니까 잔반이 생기면 억지로 먹지 말고, 보관할 수 있으면 보관하고 아니면 버리는 게 맞겠죠? 저한테 이런 주장을 처음 들려준 게 소림이 누나였습니다."

마지막 문장이 반가웠다. 연지혜는 속내를 드러내지 않고 자연스럽게 대화를 이어가려 애썼다.

"민소림 씨가 밥을 남기면서 그런 말을 했나 보죠?"

"네, 그랬어요. 저희 집에서 밥을 자주 먹었거든요. 어느 날 저희 어머니가 소림이 누나더러 밥 남기지 말라고 한마디 하셨죠. 그랬더니 지금 제가 형사님께 말씀드렸던 대로 대꾸하더군요. 논리 정연하잖아요? 저희 어머니도 뭐라고 반박 못 하셨겠죠? '너를 누가 말로 이기겠니'라고 한 말씀 하셨던가?"

"그게 언제쯤 일인가요? 민소림 씨가 대학생 때 일인가요?"

"네. 누나가 진주에서 부산으로 과외 아르바이트를 하러 왔죠. 낮에 다른 집을 두 곳 간 다음에 오후 5시쯤에 저희 집에 왔어요. 진주에서 아침을 든든히 먹고, 점심은 거르고, 저희 집에서 저와 제 친구를 가르친 다음에 저희 어머니가 차려주시는 저녁을 먹고 시외버스를 타고 진주로 돌아갔습니다. 대신에 저한테는 과외비를 반값만 받았어요. 소림이 누나가 그런 면에서는 굉장히 고지식한 사람이었습니다."

"무슨 과목을 배우셨나요?"

"영어하고 수학을 배웠죠. 다른 학생들한테도 그 두 과목만 가르친 걸로 압니다. 과학탐구나 사회탐구 과목들은 준비하는 데 드는 시간을 생각하면 가성비가 떨어진다나. 어쨌든 그 두 과목은 굉장히 잘 가르쳤습니다. 준비도 철저히 해 왔고요. 인터넷 강의 강사 같은 걸 했으면 아주 잘했을 겁니다. 얼굴도 엄청 예뻤잖아요. 분명 스타 강사가 됐을 겁니다, 했다면. 본인이 거기에 만족했을지는 모르겠지만요."

"한 선생님은 독일에서 자랐고 영어도 잘한다고 하셨잖아요. 그런데 학생 때 민소림 씨한테서 영어를 배우셨다고요?"

"아, 영어 회화는 제가 소림이 누나보다 더 잘했을 거예요. 그런데 저는 학교에서 영어 성적이 그다지 좋지 않았어요. 시험 문제들이 뭘 묻는 건지 잘 이해가 안 갔거든요. 지금 생각해보면 학교에서 선생님들이 만들었던 문제 자체들이 영어 실력하고는 상관없는 엉터리였던 거 같습니다. 어쨌든 소림이 누나가 그런 문제들을 푸는 요령을 가르쳐줬습니다. 성적이 확 뛰었죠. 원래 영어를 못하지는 않았으니까요. 수학 성적도 드라마틱하게 올랐습니다. 소림이 누나만큼 쉽고 요령 있게 가르치는 사람이 없었어요. 학교 선생님들하고는 비교가 안 됐고. 저도 그전에 과외나 학원 경험이 없지 않았는데도요. 소림이 누나는 제가 뭘 모르는지, 어디서 막히는지를 금세 알아차렸고, 원리를 이해할 수 있게 가르쳤어요. 수학은 거의 포기 상태였는데, 좀 더 일찍 이 누나한테서 과외를 받았으면 좋았겠다는 생각을 했어요. 특히 같이 과외를 받았던 친구가 전학을 가는 바람에 한 달 정도 저 혼자 과외를 받은 기간이 있었는데, 그 기간에 실력이 아주 향상됐습니다. 소림이 누나가 저한테는 과외비를 반값만 받는다는 것도 그때 알게 됐지요."

"민소림 씨가 가르쳤던 학생들 중에 기억에 남는 분이 있으신가요? 남학생도 있었을 테죠?"

연지혜가 물었다.

"아, 이제 본격적으로 조사를 시작하시는 거군요. 제가 난데없이 회사 욕하고 어머니가 꼬장꼬장하다는 등, 밥을 남기는 게 뭐가 잘못이냐는 등 엉뚱한 이야기를 길게 늘어놓으니 답답하셨죠? 그런데 조금만 기다려주십시오. 듣고 싶어 하시던 이야기도 결국엔 할 테니까요."

한은수가 얼굴에서 손을 떼며 말했다. 김상은의 오타 모반은 짙은 검은색이었는데 한은수의 점은 그에 비하면 훨씬 연했고 색도 푸른 편이었다.

한은수의 눈과 관자놀이 주변에 자잘하게 박힌 푸른 점을 보면서 연지혜는 주민음의 공방에서 봤던 그림을 떠올렸다. 푸르스름하게 얼굴 피부가 변색되어가던 죽은 그리스도의 모습.

먹기 싫은 밥을 억지로 다 먹는 건 바보짓이라는 민소림의 주장을 듣고 나서 고교생이던 한은수의 밥상 앞 자세가 바뀌었다. 이전과 달리 자신이 얼마나 먹을지 미리 가늠하지 않고, 고민 없이 대충 밥솥에서 밥을 퍼서 먹다가 배가 부르면 남겼다. 양이 충분치 않다 싶으면 더 퍼서 조금 먹다가 또 남겼다. 편했다.

어머니는 그런 모습을 꾸중했지만 한은수도 그때쯤에는 어린애가 아니었다. 홀몸으로 자신을 키운 어머니에 대한 미안함과 애틋함도 청소년기의 반항 기질 때문에 옅어진 상태였다. 민소림이 펼쳤던 논리를 다시 입에 담으니 어머니도 논리적으로는 반박하지 못했다. 처음에는 그것이 약간 통쾌하기도 하고, 밥 먹을 때 잔반 신경 쓰지 않아도 되어

홀가분하기도 했다.

"그런데 그게 이후의 제 식사 습관에 예상치 못한, 미묘한 영향을 끼쳤습니다. 그때는 몰랐죠. 한참 나중에야 깨닫게 됐습니다."

"어떤 영향이었나요?"

연지혜가 물었다.

"식사를 대하는 자세에 성의가 없어졌습니다."

한은수가 대답했다.

유연희가 정의한 식사는 단순히 영양분을 섭취하는 행위가 아니었다. 농부들에게 감사를 표하고 제3세계 빈민들의 삶에 대해 책임감을 느끼는 의식이기도 했다. 그것을 민소림은 단순히 영양분을 섭취하고 미각과 후각의 관능을 즐기는 자리로 축소했다. 식사는 이제 온전히 세속적이고 개인적인 일이 되었다.

한은수는 그다지 맛을 따지는 편이 아니었으므로 식사 자체에 무심해졌다. 그러면서 식사량은 오히려 늘었다. 이전까지 '밥을 남기면 안 된다'는 명령이 과식을 막아주고 있었던 것이다.

"그 시절에는 소림이 누나가 하는 뻐딱한 말들이 멋지고, 다 옳게 들렸어요. 어른들의 진부한 훈계에 그런 날카로운 비판 정신으로 맞서야 한다고 여겼지요. 그게 그 시절 제 성정하고도 잘 맞았겠죠? 외국에서 나고 자라서 한국 생활에 제대로 적응 못 하는 사춘기 소년인데, 얼굴에 이렇게 퍼런 점까지 크게 나 있잖아요. 놀림거리가 되지 않으려고 매사를 방어적이고 냉소적인 시선으로 바라보는 게 제 기본적인 태도였습니다."

내가 원하는 것은 무엇인가? 내게 필요한 것은 무엇인가? 나는 이 일을 왜 하는가? 그 일을 비용 면에서나 정신적인 부담 면에서나 가장 효율적으로 처리하는 방법은 무엇인가? 그런 질문들이 고독하고 내성적이었던 소년 한은수를 사로잡았다. 그 질문들은 곧 습관이 되었다.

타인과 외부 세계는 점점 의미를 잃었다. 한은수는 자신의 바깥에 있는 우주 전체를 단순히 쾌락과 고통의 재료로 보는 태도에 익숙해졌다. 농부와 가난한 아이들을 포함해서, 그곳 혹은 그들에게 한은수의 내면과 동떨어져 존재하는 별개의 가치는 없었다. 그것은 외부 세계를 무서워하던 심약한 소년이 자신을 지키는 방법이기도 했다.

"그 결과 저는 세상 전체에 무심하고, 무성의한 인간이 되었습니다. 그 모든 변화가 잔반 처리를 둘러싼 해프닝에서 비롯되지는 않았을 테고, 잠시 뒤에 다른 에피소드도 하나 더 말씀드리겠습니다. 그게 아마 형사님이 듣고 싶어 하시는 이야기일 겁니다. 하지만 저한테는 이 사소한 사건이 시작이었던 것처럼 느껴집니다."

다국적기업에서 구매 담당자가 신경 써야 할 일들은 가격 협상이 아니라 설비와 절차의 표준화였다. 이는 그가 실제로 사람을 만날 일이 많지 않으며, 업무가 대단한 지적 능력을 필요로 하지 않음을 의미했다. 노동강도가 높은 것도, 스트레스가 큰 것도 아니었다. 야근을 할 일은 간혹 있었지만 대부분 앉아서 기다리는 종류의 일이었다. 주문한 부품이 늦게 들어온다고 해도 그는 화를 내지 않았다. 기다리는 만큼 야근 수당이 나오니까

그런 업무 성격과 근무 환경은 조용하지만 자존심 센 성격에도 잘 맞았다. 그는 자신이 이 일을 왜 하는지 답할 수 있었다. 들이는 노력에 비해 보수가 가장 높은 일이었다. 그 일을 비용 면에서나 정신적인 부담 면에서나 가장 효율적으로 처리하는 방법에 대해서도 알고 있었고, 그 방식대로, 무성의하게 일을 처리했다. 굳이 정성을 더 기울일 필요가

없었다. 최소한의 노력으로 같은 결과를 낼 수 있는데 굳이 왜?

그는 승진이나 도시의 문화생활에 큰 관심이 없었으므로 울산에서의 단조로운 삶에도 불만이 없었다. 울산은 세련된 문화시설이 부족한 대신 생활체육이 발달한 도시였고 곳곳에 체육관과 축구장, 테니스장, 탁구장, 당구장이 있었다. 다른 남자 직원들은 체육 활동을 즐겼다. 한은수는 휴대폰으로 이런저런 웹툰을 보는 데 돈을 썼으며 가끔 태화강변에서 자전거를 탔다.

그는 자신의 회사가 폭탄과 농약, 독극물을 생산한다는 사실에 대해서도 자신이 평가할 수 없는 사안이라고 결론 내렸다. 뿌듯하지는 않지만 부끄럽지도 않았다. 칼은 살인 무기가 되기도 하지만 주방 도구로 쓰일 수도 있다. 폭탄과 농약과 제초제 역시 마찬가지 아닐까? 무엇보다 그가 다니는 공장이 그런 물질을 제조하는 데 얼마나 관련이 되어 있는지를 알 수 없었다.

이미 그런 걸 고민하는 사람들이 만들어낸 관련법들이 있을 테고, 그것을 지키는 한 나쁜 회사라고 할 수는 없다고 그는 생각했다. 그거면 족하지 않은가? 노동법을 무시하고 협력 업체를 쥐어짜며 폐수를 무단방류하고 대리점에 불법 리베이트를 제공하는 악덕 기업들이 얼마나 많은가?

그에게 22년 전 사건에 대해 이야기를 듣겠다며 서울에서 무작정 찾아온 젊은 형사는 처음에는 우스웠고 나중에는 신기했다. 다음날 만나주겠다는데도 그 형사는 아파트 앞으로 찾아와서 자정이 넘을 때까지 주차장 한구석에 서 있었다. 영화에서 본 것처럼 차 안에 편히 앉아 잠복을 하는 것도 아니었다. 형사도 그래봤자 공무원 아닌가? 야근 수당이라도 많이 받나? 나를 놓치면 상관한테 크게 야단을 맞나?

자신이 도망칠까 봐 상대가 우려한다는 사실을 알았고, 그렇다면 자신이 용의자 후보라는 얘기였다. 겁이 나지는 않았다. 그는 범인이 아니었으니까. 아무런 물증도 없을 테니까. 한국 경찰도 예전처럼 막무가내는 아닐 테니까.

22년 전에 경찰에 하지 못한 이야기가 있기는 한데……. 그런데 그 얘기를 지금에 와서 한다고 해서 달라질 게 있을까?

"그 시절에는 소림이 누나를 정말 좋아했습니다. 저 말고도 소림이 누나한테서 과외를 받았던 남학생들은 전부 다 짝사랑에 빠졌을 겁니다. 같이 과외를 받던 친구가 전학을 가는 바람에 한 달 정도 제가 혼자 과외를 받으면서 수학 실력이 확 늘었다는 이야기는 아까 했지요?"

"네, 아까 들었습니다."

"그때 정말 좋았습니다. 제가 어려운 문제를 풀어서 맞히면 소림이 누나가 저를 '점박이'라고 부르면서 기뻐했는데, 저는 그게 그렇게 설렜어요. '와, 점박이 대단한데? 오, 점박이 한 건 했는데?' 그런 소리를 들으려고 더 열심히 공부했습니다. 학생 둘을 가르칠 때에는 아무래도 그렇게 감정을 드러내기 어렵죠. 어느 한쪽을 편애하는 느낌을 주면 곤란할 테니까요."

소년 한은수는 점박이라는 표현도 좋아했다. 민소림이 가볍고 유쾌하게 그 단어를 입에 올리는 것이 좋았다. 학교에서 친구들은 그를 '눈탱이' 혹은 '눈탱이 새끼'라고 불렀다. 좋아하는 별명은 아니었지만 엄청나게 거슬리는 것도 아니었다. 그보다는 그의 얼굴을 보고 움찔 놀라는 표정이나 말없이 외면하는 시선, 혹은 호기심에 차서 관찰하려는 눈빛이 훨씬 더 견디기 어려웠다.

동정을 받는 것은 최악이었다. 무관심이 훨씬 나았다. 그가 진정으로 원했던 것은 그 푸른 점이 가벼운 개성으로 받아들여지는 것이었다. 민소림은 그렇게 여기는 것 같았고, 소년 한은수는 그것을 특별한 교감의 결과로 해석했다. 다른 과외 교습 학생은 물론이고 그의 어머니가 있을 때조차 민소림이 점박이라는 말을 쓰지 않는 게 그 증거였다.

"2000년 8월 1일에 가출을 했어요."

한은수가 그렇게 말했을 때 연지혜는 잠시 숨을 멈췄다.

"가출한 이유는 뭐…… 시시한 거였겠죠? 고등학생이었으니까요. 아무튼 그건 별로 중요하지 않습니다." 한은수가 말했다.

"서울에 올라가셨나요?" 연지혜가 물었다.

"올라갔죠. 속옷이랑 통장 하나 달랑 넣은 가방을 메고 고속버스를 탔습니다. 휴게소에서 핫바를 하나 사 먹은 게 기억나네요. 굉장히 맛이 없었습니다. 말라비틀어져서는……. 서울고속버스터미널에 도착한 게 오후 8시쯤인가 그랬습니다. 배가 고팠는데 터미널 근처에 있는 식당에 들어가지 않았죠. 고등학생은 아직 어린애예요. 그걸 그때 알았죠. 저는 핫바 때문에 마음이 위축되어 있었어요. 식당에 들어갔다가 또 엉망인 음식에 헛돈을 쓰게 될 것 같았죠. 그래서 그냥 지하철을 타고 신촌역에 갔어요."

언제까지 집에 돌아가지 않겠다든가, 가출 기간에 뭘 하겠다든가, 어머니에게 어떤 요구를 할 것인지 같은 계획은 없었다. 그저 빌어먹을 감옥인 울산에서 벗어나고 싶었고, 무작정 서울로 올라왔다. 서울에서 몸을 맡길 곳을 떠올리다 보니 자연스럽게 민소림이 생각났다. 게다가 그녀도 고등학생 때 그의 집에 와서 며칠 자고 가지 않았던가? 이제는 그녀가 사촌동생을 하룻밤 재워줄 차례였다. 무엇보다 그녀가 보고 싶었다.

민소림이 사는 집 주소를 정확히 알지는 못했다. 그러나 신촌 지하철역 근처에 있는 극장 옆 오피스텔 건물이라는 것까지는 알았다. 밤에 잠이 안 오는 날이면 바로 옆에 있는 극장에 가서 제일 마지막에 상영하는 심야 영화를 혼자 보고 새벽에 돌아오곤 한다고 민소림이 말한 것을 기억했다.

소년 한은수는 신영극장까지 제대로 찾아갔다. 그리고 극장 입구에 있는 공중전화로 민소림에게 전화를 걸었다. 한은수는 그때까지 휴대전화기가 없었다.

민소림은 전화를 받았고, 한은수는 자신이 집을 나와 서울에 왔음을 알렸다. 소년 한은수는 민소림에게 자신이 신영극장 앞에 왔다고 밝히고 자기 어머니 유연희 교수에게 연락하지 말아달라고 부탁했다. 그리고 민소림의 집에 자신이 올라가면 안 되겠느냐고 물었다.

민소림의 목소리에는 난감한 기색이 역력했다. 민소림은 자신이 지금 집에 없다고 대답했는데 한은수는 그게 거짓말이라고 느꼈다. 한은수는 민소림에게 "그러면 언제 돌아오느냐"고 물었고 민소림은 "오늘 늦는데…… 어쩌면 집에 안 들어갈 수도 있어. 대학원에서 프로젝트를 하고 있거든"이라고 대꾸했다.

소년 한은수는 민소림이 자신을 집에 들일 의사가 없음을 알았다. 그러나 전화를 끊지는 못했다. 민소림은 한은수를 설득하려 들었다. 무슨 사연인지 잘은 모르겠지만 그런 행동이 그에게 도움이 되지 않을 거라며, 울산으로 돌아가라고 종용했다. 한은수는 거의 코웃음을 칠 뻔했다. 민소림은 그런 말을 할 자격이 없었다.

그때 전화선 건너편에서 다른 남자의 목소리가 들렸다. 남자의 입은 민소림의 휴대폰에서 약간 떨어져 있었고, 적당히 남성적이면서 부드럽고 달콤한 목소리였다. 그런데 한국어가 아니라 영어로 말하는 것 같았다. 짧은 두세 마디 단어였는데 내용이 정확히 들리지는 않았다. 남자의 말은 한은수에게 이렇게 들렸다.

"후 이즈 잇(Who is it)?"

약간 투정 부리는 투였다. 그 순간 소년 한은수에게 떠오른 이미지는 이러했다. 민소림은 뤼미에르 빌딩의 자기 집에 있다. 그 집에 외국인 남자가 민소림과 같이 있다. 둘은 사귄 기간이 오래지 않은 연인이다. 상대의 통화가 길어지자 사랑에 빠져 있는 남자가 그녀를 껴안으며 귀에 대고 말한다. '후 이즈 잇?'

그런 상상을 하느라 소년 한은수는 민소림이 하는 말의 앞부분을 제대로 듣지 못했다. 한은수가 들은 내용은 이러했다.

"……할 거지, 점박아?"

'엄마한테 전화할 거지?'라든가 '집에 내려갈 거지?' 같은 말이었던 것 같다. 그게 중요한 문제가 아니었다. 점박이라는 말은 그들만의 암호 아니었나? 다른 사람이 있는 데서 그를 점박이라고 부르면 안 되는 것 아니었나? 한은수의 마음을 눈치채기라도 했는지 민소림이 다시 물었다.

"은수야, 그럴 거지?"

그 말을 듣고 한은수는 수화기를 내려놓고 말았다. 그리고 신촌 지하철역으로 달리듯 걸었다. 신영극장으로부터, 뤼미에르 빌딩으로부터, 민소림의 원룸으로부터 1분 1초라도 빨리 멀어지고 싶었다. 2000년 8월 1일 오후 9시경이었다.

79.

네로의 이름이 적힌 책을 모두 불태우고, 네로의 모습을 그린 초상화를 다 찢어버리고, 네로의 얼굴이 새겨진 주화를 전부 회수해 녹이고, 네로를 기념하는 조각상과 건물을 깡그리 부숴버린다 해도 네로라는 역사적 존재를 소멸하기는 어렵다.

부분적으로는 네로가 물리 세계와 인지 세계에 걸쳐 있는 사실-상상 복합체여서, 물리 세계의 공격만으로는 완전히 사라지지 않기 때문이다.

부분적으로는 네로라는 사실-상상 복합체가 다른 사실-상상 복합체들과 겹쳐 있거나 연결되어 있기 때문이다.

예를 들어 빈덱스의 반란이라는 사건은 로마 5대 황제인 네로와 6대 황제인 갈바라는 두 사실-상상 복합체의 정체성을 구성하는 핵심적인 요소다. 네로를 없애기 위해서는 빈덱스의 반란도 지워버려야 하는데, 그러면 갈바의 존재도 치명타를 입는다. 당연히 갈바는 이를 허용하지 않고, 네로도 완전히 사라지지 않는다.

말하자면 네로라는 사실-상상 복합체는 일정 부분 갈바라는 사실-상상 복합체 안에 있다.

네로는 율리우스-클라우디우스 왕조라는 사실-상상 복합체와 공유하는 요소도 많다. 네로를 없애려면 율리우스-클라우디우스 왕조 역시 크게 훼손해야 한다.

네로는 자신이 한 번도 보지 못한 사실-상상 복합체들과도 단단히 연결되어 있다. 예를 들어 그는 '로마의 폭군'이라는 사실-상상 복합체의 일부이며, 그렇게 네로는 칼리굴라, 콤모두스 같은 선대·후대 황제의 일부도 된다.

네로는 초기 기독교 역사라는 사실-상상 복합체에서도 비중 있는 인물이다. 초기 기독교 역사는 훨씬 거대한 사실-상상 복합체인 기독교의 일부이며, 네로는 그렇게 기독교라는 이야기의 일부도 된다.

상상은 접착제와 같다. 사실-상상 복합체들은 상상을 매개로 다른 사실-상상 복합체와 결합한다. 사실-상상 복합체들은 다른 사실-상상 복합체와 사슬처럼 연결된다. 레고 조각처럼 더 거대한 사실-상상 복합체를 만들기도 한다. 이때 물리적 거리를 훌쩍 뛰어넘는다.

이러한 사실-상상 복합체의 특성 때문에 도덕의 원근법은 복잡한 양상으로 적용된다. 공감은 공동체의 벽을 뛰어넘을 때 강도가 큰 폭으로 줄고, 속도가 현저히 느려진다.

공동체들 역시 큼직한 사실-상상 복합체다. (이제부터 '상상의 공동체'라는 말 대신 그냥 공동체라고 쓰겠다. 모든 공동체는 상상의 산물이다.) 개인과 사회는 상상을 공유한다. 개인을 다른 개인과 묶어주는 힘은 상상에서 나온다.

인간의 정체성은 매우 깊은 차원에서 다른 인간과, 여러 공동체들과, 묶여 있다. 우리는 입자라기보다는 일종의 장(場, Field)이다.

계몽주의는 인간을 입자처럼 다루는 경향이 있다. 그래서 다른 인간의 자유와 권리를 침해해서는 안 된다고 한다. 개인들에게 독립적으로, 주체적으로 판단해서 행동하라고 한다. 그런 책임을 지운다.

하지만 인간은 애초에 다른 인간과 중첩되어 있는 존재다.

80.

한은수는 그날 신촌로터리의 신영극장 반대편에 있는 24시간 찜질방에서 잤다. 어두컴컴한 굴 같은 곳이었다. 찜질방에 들어가기 직전 순댓국을 사 먹었다. 다음날 아침에 찜질방에서 나와 고속버스터미널로 돌아갔다. 거기서 속초행 버스를 탈까 잠시 망설이다가 울산으로 돌아왔다. 바다는 울산에서도 실컷 볼 수 있는걸, 뭐.

그렇게 그의 가출은 하루 만에 막을 내렸다. 어머니는 집에 돌아온 그를 냉담하게 대했다. 그 1박 2일 동안 어디에 갔는지, 무엇을 했는지 묻지도 않았다. 문을 열어주는 유연희의 눈에는 깔보는 듯한 기색이 서려 있었다. '네가 그러면 그렇지.'

한은수는 자신이 완패했다고 느꼈고 방에 들어가 문을 걸고 나오지 않았다. 그는 그날 저녁도, 다음날 점심도 굶으며 무의미한 단식 시위를 벌였다. 너무 배가 고파서 화장실에 가서 수돗물을 마셨다.

8월 3일 저녁, 드디어 유연희가 한은수의 방문을 두드렸다. 노크 소리가 너무 다급해서 뭔가 이상하다 싶기는 했다. 그래도 최대한 시큰둥한 표정으로 문을 열면서 한은수는 자신이 작은 승리를 거뒀다고 생각했다. 큰 착각이었다.

"너 어제 그제 어디 갔었어?"

유연희가 물었다. 무엇 때문인지 몹시 흥분한 기색이었다.

"그건 알아서 뭐 하시게요?" 한은수가 뚱한 말투로 되물었다.

그러자 유연희가 한은수의 뺨을 세게 때렸다. 눈앞에 불꽃이 보일 정도로 강력한 스윙이었다. 한은수가 정신을 차리고 항의하기도 전에 유연희가 한은수의 어깨를 붙잡고 다급하게 물었다.

"너 서울 갔었어? 서울에서 민소림 만났어?"

한은수는 그렇게 민소림의 죽음을 알게 되었다. 어머니조차 자신을 의심한다는 데 경악했고, 자신이 유력 용의자로 보이는 정황이라는 사실을 깨닫고는 겁에 질렸다. 지독한 함정에 빠진 듯한 기분이었다. 민소림에게 일어난 비극을 슬퍼할 겨를도 없었다.

유연희는 한은수에게 민소림을 만난 게 아니냐고 몇 번이나 물었다. 한은수는 자신은 민소림을 만나지 못했고, 절대로 사촌누나를 죽이지 않았다고 강변했다. 나중에는 고래고래 소리를 지르며 벽에 머리를 찧기까지 했다.

"나 아니라고! 내가 안 그랬다고!"

그러자 유연희는 자기보다 키가 큰 아들을 안으며 동시에 상대의 입을 틀어막았다.

"조용히 해. 옆집에서 다 듣겠다."

유연희가 속삭였고, 한은수는 바로 목소리를 낮췄다.

"정말 제가 한 짓 아니라니까요……."

한은수는 2000년 8월 1일과 2일에 있었던 일들을 유연희에게 상세하게 털어놓았다. 신촌 지하철역에 몇 시쯤 도착했는지, 왜 신영극장 옆 뤼미에르 빌딩에 민소림이 산다고 생각했는지, 자신이 어떤 공중전화기를 이용했는지, 대학원에 있다고 한 민소림의 말이 왜 거짓말이라고 생각했는지에 대해.

그리고 민소림의 귀에 대고 '후 이즈 잇?'과 비슷한 말을 한 수수께끼의 남자에 대해.

하지만 유연희는 거기에는 관심이 없었다. 유연희는 아들에게 8월 1, 2일에 서울에 갔다는 것을 다른 사람에게 알리지는 않았는지, 신촌에서 눈에 띌 만한 행동을 하거나 흔적을 남기지는 않았는지를 캐물었다. 그리고 앞으로도 그 기간에 가출을 했다는 이야기는 누구에게도 하지 말라고 한은수에게 신신당부했다.

"그래도 경찰에 알려야 하는 거 아닐까요?" 한은수가 쭈뼛대며 물었다.

"왜?"

도끼눈을 한 어머니 앞에서 한은수는 땀을 뻘뻘 흘리며 대답했다. 그러다 나중에 경찰이 알게 되면 더 의심스러워 보이잖아요…… 그리고 제가 알고 있는 사항들이 소림이 누나 수사에 도움이 될 수도 있잖아요…….

"네가 뭘 알고 있는데?"

유연희가 물었다. 그 시각에 민소림이 뤼미에르 빌딩의 자기 원룸에 있었다는 사실? 자신할 수 있어? 너도 그냥 느낌일 뿐인 거잖아. 그리고 어차피 그 정도는 경찰이 다 밝혀낼 거야. 소림이가 그때 대학원에서 프로젝트를 하고 있었다면 함께 있었던 대학원생들이 증언해주겠지. 그 말이 거짓말이었다면 그 역시 대학원생들이 증언할 테고.

'후 이즈 잇?' 같은 말을 한 남자가 있었다고? 그 말을 들은 건 확실해? 그런 말인지 아닌지도 정확히 모르는 거 아냐? 그냥 잠음 아니었어? 어차피 소림이 주변 사람들은 경찰이 조사할 거야. 남자친구라면 더욱 더.

어머니의 강경한 태도에 한은수는 놀랐고, 왜 그렇게까지 경찰을 불신하는지 의아해했다. 한은수는 어머니가 흥분을 가라앉히기를 기다려 조심스럽게 물었다. 그러자 유연희는 한은수의 아버지에 대해 처음으로 이야기했다.

그가 1980년대 학생운동 지하조직의 간부였다고. 경찰에 불법체포돼 국가보안법 위반죄로 복역하고 사상전향서를 쓰고 풀려났다고. 그 과정에서 혹독한 고문을 받았고, 결혼 생활 내내 그 고문 후유증에 시달렸다고. 그러다 독일에서 베를린장벽이 무너지고 소련이 붕괴하는 걸 목격하면서 정신이 이상해졌다고.

한은수는 처음 듣는 이야기였다. 그때까지는 막연히 아버지가 바람을 피웠을 거라고 짐작하고 있었다. 유연희는 한국 경찰의 수준이 어떤지 너는 제대로 알지 못한다며 한은수를 으르고 달랬다. 경찰이 네 말을 순순히 믿어줄 것 같아? 형사 한두 사람이 너를 의심스럽게 보기 시작하면 사태가 어떻게 흘러갈지 몰라.

"너희 아버지와 갈라서게 된 데에는 한국 경찰 탓도 커. 아들까지 경찰한테 뺏기고 싶지 않다." 유연희가 말했다.

한은수는 어머니의 논리에 설득되기보다는 공포심에 감염되었다. 그는 십대 소년에 불과했고, 한국에서 산 지 몇 년 되지도 않았다. 시간이 한참 흐른 뒤 한은수는 그때 자신이 다른 선택을 했더라면, 곧장 경찰에 달려갔더라면 어땠을까 종종 생각해보게 되었다.

유연희는 그런 한은수의 마음을 눈치챈 것 같았다. 그녀는 이후 10년이 넘도록 잊을 만하면 아들에게 메일을 보냈다. 다른 내용은 아무것도 없이 기사 링크만 적은 메일이었다. 제목은 늘 '참고'였고, 기사 내용도 대동소이했다.

서울 어느 경찰서에서 피의자 폭행 파문, 고문 의혹 경관 검찰에 소환, 피의자에게 수갑 채우고 구타, 검찰 수사 받던 피의자 투신……

그런 메일을 받다가 한은수는 어머니를 증오하게 되었다.

민소림의 시신이 발견되고 나서 며칠 뒤인 2000년 8월 10일 전북의 한 택시 기사가 강도의 칼에 찔려 사망한다. 경찰은 목격자인 16세 소년을 범인으로 몰아가고, 소년은 아무 죄 없이 교도소에서 10년을 복역한다. 뒤에 '익산 약촌오거리 택시 기사 살인사건'으로 알려지는 사건이다.

나중에 진범이 잡혀 소년은 결국 누명을 벗었다. 하지만 옥살이를 하며 인생의 꽃다운 시기를 보내고 난 뒤였다. 가혹 수사를 벌이며 소년에게 죄를 뒤집어씌운 경찰관 중 한 사람은 재심 재판에 증인으로 출석한 뒤 자살한다.

2017년 이 사건을 소재로 한 영화 〈재심〉이 개봉했을 때 한은수는 한참 망설이다 혼자 극장에 갔다. 울산 메가박스에서 심야 상영으로, 팝콘과 콜라를 먹고 마시며 보았다. 경찰이 소년을 모텔로 데려가 폭행하고 잠을 재우지 않는 장면을 보며 그는 몸을 움찔움찔 떨었다. 여전히 그런 폭력이 두렵다는 사실이 부끄러웠다.

같은 해 같은 달에 일어난 살인사건. 칼에 찔려 죽은 피해자. 사건 당시 정황을 가까이에서 보거나 들은 십대 소년. 약촌오거리 택시기사 살인사건과 신촌 여대생 살인사건에는 그 외에도 또 한 가지 공통점이 있었다. 그 소년들에게 아버지가 없었다는 사실이다.

처음 몇 달 동안 한은수는 경찰이 찾아오지 않을까 겁이 났다. 사이렌 소리만 들어도 몸을 움찔했다. 그러다 소방차, 구급차, 경찰차 사이렌 소리를 구분하게 되면서, 경찰이 어떤 때 사이렌을 울리며 출동하는지 알게 되면서부터 그 소리를 겁내지 않게 됐다…….

그는 만약 형사들이 민소림이 살해당할 당시 그녀의 집 근처에 갔던 일을 왜 사실대로 말하지 않았느냐고 취조한다면 어떻게 대답해야 할지 고민했고, 마침내 해법을 찾아냈다. 어머니 탓을 하는 것이다. 자신은 어렸고, 한국어가 서툴렀으며, 대한민국의 공권력에 트라우마가 있는 어머니의 설득에 넘어갔다고.

처음부터 그렇게 대답하는 게 가장 나을 듯했다. 여기에까지 생각이 미치자 조금 안도할 수 있었고, 한편으로는 어머니를 팔아넘긴다는 생각에 죄책감이 들었다. 그리고 어머니는 자신만큼 번민하는 것 같지 않다는 사실에 다시금 그녀가 미워졌다.

그때 내가 다른 선택을 했더라면, 곧장 경찰에 달려갔더라면 어땠을까?

한은수는 언론 보도를 통해 사건 해결이 미궁에 빠져들고 있음을, 그리고 점차 영구 미제 사건이 되어가고 있음을 알았다. 민소림이 8월 1일 저녁에 (한은수의 짐작대로) 자신의 원룸에 있었음은 기사를 통해 알게 되었다. 그 점에서는 유연희가 옳았다. 그런 정도까지는 경찰이 쉽게 파악했다.

민소림의 집에 그때 아마도 외국인인 듯한 다른 남자가 있었다는 사실도 경찰이 알아냈을까? 알아내고서도 중요 정보라서 언론에 공개하지 않는 것일 수도 있고, 거기까지 조사하지 못했을 수도 있다.

한은수는 만약 자신의 방관으로 인해 경찰 수사가 제대로 이뤄지지 않았다면 그가 어떤 도덕적 책임을 져야 할지에 대해 생각했다. 그리고 설사 그런 경우라도 자신의 책임은 경찰의 책임보다는 덜하다는 결론에 이르렀다. 결국 범인을 잡는 것은 그가 아니라 경찰의 일이니까.

각자에게는 각자의 할 일이 있다. 업무를 나눈 시스템 안에서 우리의 도덕적 책임은 그 범위를 크게 벗어나지는 않는다. 먼 나라에서 벌어진 학살이나 다른 도시에서 일어난 아동학대, 혹은 기후변화와 같은 문제에 대해서도 그의 도덕적 책임은 그 나라 정치 지도자와 국민, 복지기관과 정부 부처, 기업들보다는 훨씬 덜하다.

이런 생각은 그를 조금 자유롭게 했고, 조금 좌절케 했다. 이런 시스템 안에서 한 개인이 이룰 수 있는 미덕은 매우 좁은 영역에 한정되어 있다. 기실 현대인은 미덕이 거의 불가능한 사회를 살고 있다.

학대 아동을 돕는 것이 업무인 사람이 학대 아동을 돕는 것은 칭찬할 일이 되지 않는다. 학대 아동을 돕는 것이 일이 아닌 사람에게는 그보다 먼저 해야 할 일이 있다. 그가 학대 아동을 돕는다면 미덕을 실행한 것일 수도 있지만, 단순히 남들보다 시간적으로나 경제적으로 여유로운 업무가 그에게 떨어졌기 때문인지도 모른다.

그럼에도 불구하고 양심의 가책이 완전히 사라지지는 않았고, 그는 어느 날 충동적으로 경찰에 제보 편지를 썼다. 추리소설 흉내를 냈다. 일회용 비닐장갑을 끼고 신문에서 글자를 오려내어 '외국인을 조사하라'는 문구를 만들어 편지지에 붙였다. 수신자는 서대문경찰서 민소림 살인사건 수사본부였다. 편지를 담은 봉투는 부산에 가서 우체통에 넣었다.

달라지는 일은 없었고, 여전히 민소림을 죽인 범인은 잡히지 않았다. 소년 한은수의 마음은 둘로 갈라졌다. 그만하면 자신이 할 수 있는 일은 한 셈 치자는 쪽과, 자신이 부도덕하게 살고 있다고 자책하는 다른 쪽으로. 무엇이 도덕인지에 대해 다른 방식으로 생각하게 된 것은 몇 년이 지나서였다.

만약 그가 경찰에 가서 수수께끼의 남자에 대해 말하고, 그런데도 어머니의 말대로 경찰이 그를 범인으로 몰아 누명을 씌우고 구금했다면 어땠을까? 그때는 그가 과연 현명한 선택을 했는지를 두고 새로운 번민에 빠지겠지. 그러나 그건 도덕적 갈등은 아니리라. 그런 경우 그는 적어도 자신이 정직했다는, 신실하다는 자부심을 얻을 수 있을까?

한은수는 너무나 정직했기에 사형선고를 피하지 못한 소설 속 캐릭터에 대해 생각했다.《이방인》의 뫼르소. 뫼르소는 한은수와 달리 실제로 살인을 저질렀지만. 어쨌든 뫼르소가 사형선고를 받은 것은 어머니 장례식에서 울지 않았고, 거기에 더해 법정에서조차 그 사실을 숨기려들지 않았기 때문이다.

뫼르소는 살인자이며 불효자다. 그럼에도 그는 교도소를 찾아온 가톨릭 신부보다 자신이 더 나은 인간이라고 생각한다. 왜냐하면 신이 없다는 사실과 죽음 앞에 자신이 그 신부보다 더 정직하다고 여기기 때문이다. 신부에게 분노를 터뜨린 뒤 그는 행복감을 맛본다.

뫼르소의 통찰처럼, 교도소 안에 있건 밖에 있건 모든 인간은 사형선고를 받았다는 점에서 다르지 않다. 한은수 역시 마찬가지다. 교도소 안에 들어간다고 해서 정직함에 대한 자부심을 저절로 획득하는 것은 아니다. 그 자부심은 교도소 안에 있건 밖에 있건, 정직하게 살 때 비로소 얻을 수 있는 것이다.

그래서 한은수는 정직하게 살기로 했다. 세계는 성의를 기울일 가치가 없는 대상이다. 거기에 억지로 의미를 부여하지 말자. 그 무가치함,

공허, 부조리를 직시하자. 식사는 영양분을 섭취하고 미각과 후각의 관능을 즐기는 자리다. 마음의 위안을 얻기 위해 거기에 억지로 영성을 불어넣지 말자. 농부도, 제3세계 빈민도 생각하지 말자.

일 역시 마찬가지다. 플라스틱 알갱이를 만드는 과정에 대해 공부하면서 주인 의식을, 일터에 대한 어떤 애정을 품지 말자. 그는 주인이 아니다. 그에게 주어진 일, 그가 대가로 돈을 받는 업무를 정직하게 매뉴얼대로 수행하자. 온다던 부품이 늦어지면 불평하지 말고 기다리자. 그게 구매 담당자가 할 일이다.

그는 자신을 혐오했으므로 세상 다른 것들도 좋아하지 않았다.

그럼에도 불구하고 어떤 작은 소망 하나는 20년 넘는 세월 동안에도 사라지지 않았다. 언젠가, 어느 날, 한 경찰이 찾아와 그에게 민소림에 대해 꼬치꼬치 묻는 것이었다. 형사사법시스템이 그를 참고인의 자리에 앉힌다면, 거기에 정직하게 응하리라. 유리하건 불리하건 간에, 뫼르소처럼 말이다.

단, 그에게 찾아오는 형사 역시 자신의 직무에 신실해야 했다. 그리고 그 형사가 질문을 제대로 던져야 했다. 형사가 묻지 않은 것에 대해서는 굳이 나서서 답하지 않을 생각이었다.

"경찰은 파악하고 있었습니까? 2000년 8월 1일 저녁에 소림이 누나네 집에 영어 발음이 유창한 남자가 있었다는 사실을?"

한은수가 물었다. 연지혜는 수사팀 내부 정보를 함부로 공개할 수 없다며 얼버무렸다. 바보 같은 대응이었다. 그날의 목소리에 대해 꼬치꼬치 물으면서 경찰이 그에 대해 아는 게 전혀 없음을 곧바로 드러내게 됐으니.

한은수도 금방 눈치를 챈 모양이었다. 그 사실이 그에게 죄책감을 더해주는지 아니면 조금이나마 위안을 주는지 연지혜로서는 알 수 없었다. 연지혜가 같은 질문을 거듭하는 동안 한은수의 얼굴은 점점 무표정해졌다.

중요했지만 워낙 단편적인 정보였다. 연지혜는 사소한 기억이라도 되살리게 해보려 애썼지만 한은수의 답변은 같은 내용을 되풀이할 뿐이었다.

그때 누군가 '후 이즈 잇?'처럼 들리는 어떤 말을 휴대전화기 근처에서 했다는 것. 적당히 낮은 남자 목소리였고, 듣기 좋게 부드러웠고, 그게 영어였다면 발음이 아주 매끄러웠다는 것. 그렇게 옆에서 누가 입을 대고 속삭이는데도 민소림은 뭐라고 항의하지 않았다는 것. 하지만 잠시 동안 분명히 당황하는 분위기였다는 것.

최면 수사라도 시도해야 하나? 주민음의 공방에서 누가 최면 수사를 하지 않느냐고 물어봤었지. 김상은이었던가, 구현승이었던가.

"한은수 선생님, 선생님께서 이 문제를 20년 넘게 고민하셨을 거라고 생각합니다. 이런저런 가설 같은 것도 세워보셨겠지요. 허황되다 싶어도 괜찮으니 아무 이야기라도 들려주실 수 있을까요? 아무리 작은 고려 사항이라도 저희한테는 큰 도움이 될 거 같습니다."

연지혜가 솔직히 털어놓았다. 그러자 한은수의 얼굴에 묘한 빛이 떠올랐다. 조금 놀란 것 같기도 하고 당황한 것 같기도 했다. 그는 뜸을 들이다 입을 열었다.

"지금부터 제가 드리려는 말씀은…… 아무 근거도 없는 얘기겠죠? 근거 있는 중요한 얘기였으면 이미 말씀드렸을 테니까."

"괜찮습니다." 연지혜가 대답했다.

"저에게 처음 영어를 가르칠 때 소림이 누나가 한국 학교의 영어 시험문제들을 욕한 적이 있었어요. 물론 저를 위로하려고 한 얘기였죠. 네가 영어를 못하는 게 아니다, 이 문제들이 엉터리 같은 거다. 너는 외국에서 살다 왔으니까 요령만 익히면 금방 실력이 늘 거다. 일단 영어 점수를 높여서 자신감을 얻고, 그다음에 딱 두 달만 수학을 중학교 1학년 과정부터 다시 시작하자. 두 달 아니면 두 달 반, 그 정도면 될 거다. 네가 이해를 못하는 단원들이 있는데 그런 부분만 짚어주면 된다. 지겨운 문제풀이는 나중에 시간 싸움이 필요한 단계에서 해도 된다. 그걸 자기 전략이라고 부르더군요."

"그래서요?"

또 이야기가 옆길로 샐 것을 우려하며 연지혜가 물었다.

"처음에는 무슨 소리인가 했지만 그런 로드맵을 말하니 정말로 길이 있는 것처럼 느껴졌겠죠? 그런 것도 과외 교사로서 소림이 누나의 재주였지요. 초반에 그렇게 저한테 의욕을 불어넣어주려고 여러 가지 이야기를 했어요. 저는 그때 제가 멍청이라고 생각하고 있었어요. 소림이 누나는 그에 대해서 저랑 논쟁하려 들지 않더군요. 대신 이렇게 말했어요. '그건 난 모르겠고, 이건 확실히 하자. 너는 영어 잘해. 그 사실을 명심하라고.' 너한테 영어 가르치고 시험 문제 내는 영어 선생님이 과연 너보다 영어를 잘할 것 같으냐. 아닐 거다. 지금 너한테 영어를 가르치는 나는 너보다 영어를 잘하는 사람이냐. 절대 아니다. 나 미국 사람 만나면 말 못한다. 속으로 네가 얼마나 부러운지 모른다. 어쩌면 너희 학교 영어 선생님도 너를 부러워할지 모른다……."

연지혜는 본론만 이야기해달라고 말하고 싶은 마음을 꾹 참으며 잠자코 한은수의 일장 사설을 들었다. 확실히 과외 교사로서 민소림의 능력은 뛰어난 것 같았다. 단순히 교과 내용을 잘 전달하는 수준 이상이었다. 학생의 심리 상태를 파악하고, 공부하고자 하는 의욕을 불러일으켰다. 학습 전략은 현실적이었고 또 효과적이었다. 한국 교육제도에 대해서도 그 특징과 모순을 날카롭게 간파했고, 그럴싸한 대처법을 냈다.

"자기가 가르치는 학생들을 위해서도 쉽게 장기 학습 계획과 전략을 짜줄 정도인데, 당연히 자기 자신을 위해서도 그런 걸 만들어두지 않았을까요?"

한은수가 물었다. 연지혜는 정신이 번쩍 들었다. 한은수가 말을 이었다.

"저에게 용기를 북돋우려고 한 말이겠지만, 한번은 소림이 누나가 영어 회화 학원을 욕한 적이 있어요. 원어민 강사가 있다고 선전하는 곳에 가봐도 실제로 원어민과 대화할 수 있는 시간은 아주 짧다고요. 원어민 강사 수가 적으니 학원들도 어쩔 수 없었겠죠? 한 반에 학생이 스무 명 가까이 되기도 했는데, 강사가 그 학생들과 일일이 일대일 대화를 나눌 수는 없는 노릇이겠죠? 그래서 그런 학원에 가면 처음 30분 정도는 강사가 혼자 떠들고, 남은 시간에는 한국인 학생들끼리 짝을 지어 영어로 이야기하라고 했겠죠? 소림이 누나가 비웃더군요. 비싼 돈 내고 등록해서 자기랑 똑같은 수준의 한국인과 더듬더듬 말도 안 되는 영어를 한다고요."

영어를 배워야 한다, 영어를 배워야 한다. 지금까지의 영어 교육은 잘못됐다, 영어책을 읽고 문법을 익히는 공부가 아니라 외국인 앞에서 틀린 표현이라도 떨지 않고 입 밖으로 말하는 훈련을 해야 한다. 온 나라가 그렇게 말하던 시절이었다. 그런데 그런 영어 회화를 가르칠 수 있는 원어민 강사는 턱없이 부족했다.

아직 초고속 인터넷이 널리 보급되기 전이었다. 화상 영어는 고사하고 전화 영어 수업도 많지 않은 데다 가격이 비쌌다. 대학가와 젊은 직장인들이 몰리는 업무중심지구에 영어 학원들이 우후죽순 생겼다. 영어 강사, 특히 젊은 백인 선생님의 몸값은 금값이나 다름없었다. 학원들이 자격 없는 외국인들을 강사로 채용한다는 사실은 공공연한 비밀이었다.

영어 강사 자격증이 없다거나, 대학 졸업자가 아닌 정도는 양호한 편이었다. 성범죄자나 마약 관련 전과가 있는 사람이 학원에서 영어를 가르치다 적발됐다는 언론 보도가 잊을 만하면 터져나왔다. 영어를 제대로 하지도 못하는 이란이나 파키스탄 출신 외국인을 채용하는 학원도 있었다.

수강생과 부적절한 관계를 맺거나 학원에 무리한 요구를 하는 질 나쁜 강사도 적지 않았다. 몇몇 강사들은 한국인 노동자들과 달리 개인 사정이 생기거나 다른 곳에서 조금이라도 더 좋은 조건을 제시하면 주저하지 않고 직장을 옮겼다. 다니던 학원에 말도 하지 않고 어느 날 갑자기 나오지 않는 사람도 있었다. 그런 경우가 하도 흔해서, 학원 원장이나 수강생들은 거기에 이름도 붙였다. '야반도주.'

민소림은 야심이 있었고, 그 야심을 위해서는 영어 회화를 원어민처럼 잘해야 했다. 그런데 원어민 강사와 일대일 대화를 할 시간이 부족했다. 학원에서 다른 학생들의 눈총을 받았다는 이야기도 얼핏 들었다. 강사와의 대화 시간을 독점하려 들지 말라고. 민소림은 젊고 예뻤으니까 남자 강사가 아무래도 그녀에게 좀 더 관심을 보였을 테다.

그런 상황에서 민소림은 어떻게 했을까?

"제 생각에 소림이 누나라면," 한은수가 느릿느릿 말했다. "학원에서 제일 영어를 잘 가르치는 강사를 자기 애인으로 만들었을 것 같습니다."

그런 일은 자기가 대학을 다닐 때에도 그리 드물지 않았다고 한은수는 덧붙였다. 심지어 얼굴에 오타 반점이 있는 그에게조차 호감을 표시하는 여학생들이 있었다. 물론 그가 영어를 잘한다는 사실을 전해 듣고 나서.

러시아 출신 귀화 한국인인 박노자 씨가 1999년에 한겨레신문에 친구의 의미를 묻는 칼럼을 실었다. 지하철에서 자신에게 다가와 '친구'가 되자며, 대신 영어 회화 실습을 도와달라고 요청한 한국 젊은이에 대한 내용이었다. 이후에 발간한 에세이집에서 그는 그런 경험을 한국에서 여러 번 겪었다고 밝혔다.

2000년에 민소림에게도 그런 '미국인 친구'가 있었던 것 아닐까? 생각할수록 그럴듯한 추리 같았다. 민소림의 성격이라면 그럴 것 같다. 그녀는 자신에게 눈총을 준 다른 수강생들을 경멸하면서 그들에게 복수하고 싶었을 것이다. 이 근방에서 가장 실력 좋은 강사가 내게 봉사하게 만들어주지. 너희들이 알지도 못하는 사이에.

어쩌면 민소림은 그 '미국인 친구'에게도 단단히 입단속을 시켰을지 모른다. 나한테 큰 기대 걸지 말라고. 난 그냥 영어를 익히려고 너랑 만나는 거니까. 우리는 뭐랄까, 비즈니스 파트너인 거지. 너의 비즈니스는 섹스, 나의 비즈니스는 영어. 아니, 난 조금도 부끄럽지 않은데?

"아무 근거도 없는 얘깁니다. 그냥 다 제 상상이겠죠?"

하지만 무자격 영어 강사가 적발되었다는 기사를 볼 때마다 그 상상은 점점 단단해졌고 살이 붙었다.

그 이야기를 듣는 연지혜에게도 마찬가지 현상이 일어났다. 연지혜는 뤼미에르 빌딩 CCTV에 찍힌 남자의 넓은 어깨에 대해 생각했다. 재미 교포였을 수도 있어. 미식축구 많이 하면 체형이 그렇게 되잖아. 그리고 외국인이라면 한국 공공 기관들의 데이터베이스에 개인 정보가 등록되어 있을 가능성이 낮지.

"제 얘기는 여기까지입니다. 경찰에서 찾아와서 물어보면 답하려고 기다리고 있었습니다. 더 필요하신 게 있을까요?"

한은수가 무덤덤한 얼굴로 물었다. 그는 일관되게 매사에 같은 정도의 무심함을 유지해야 비로소 간신히 자기 삶에 신실해질 수 있다는 기묘한 역설 속에 있었다. 그래도 반점 주변 피부가 좀 달아오른 듯 보이기는 했다.

"한 가지 있습니다. 혹시 선생님의 DNA를 얻을 수 있을까요? 저희가 가지고 있는 용의자 DNA와 비교하면 선생님 증언에 힘이 실릴 겁니다."

연지혜가 DNA 채취 키트를 꺼내며 물었다.

"용의자 DNA가 있나요? 22년 전 사건인데?"

한은수는 조금 놀란 표정이었다.

"아직 있답니다. 신기하죠." 연지혜가 대답했다.

입 안쪽을 면봉으로 훑는 동안 한은수는 큰 고통이나 모욕을 참는 사람처럼 눈을 감았다.

"이제 다 끝난 거죠?" 눈을 뜨고 한은수가 물었다.

"궁금한 게 생기면 또 연락드릴 수는 있어요."

연지혜가 기어들어가는 목소리로 말했다.

"형사님이 찾아오는 상상을 제가 얼마나 여러 번 했는지 모르실 겁니다. 경찰의 연락을 받으면 어떻게 반응해야 할지 고민도 많이 했습니다. 이렇게까지 자세하게 말씀드리게 될 줄은 어제까지도 몰랐습니다. 이제는 더 드릴 말씀이 없을 거 같네요."

연지혜도 고개를 끄덕였다. 한은수는 '성실하지 않게 삶으로써 진실하게 살기'를 계속 추구할 모양이었다. 오후 1시가 거의 다 된 시각이었다. 점심식사를 어떻게 할 거냐고, 자기 때문에 식사 시간을 다 쓴 것 아니냐고 연지혜가 물었다.

그러자 한은수는 어깨를 으쓱하며 대답했다.

"밥은 처음부터 거를 각오를 하고 나왔습니다. 얘기가 길어질 것 같아서. 그래서 열량 높은 음료를 시킨 거겠죠?"

81.

상상이라는 접착제는 기이한 성질이 있다.

우리는 네로를 연산군과 연결할 수 있다. 황제의 아내였다가 자발적으로 매춘부가 되었다는 점에서 메살리나와 무성황후 호씨를 연결할 수도 있다. 유일신으로부터 계명을 받았다는 점에서 파라오 이크나톤과 모세를 연결할 수도 있다. 기록말살형에 처해졌다는 점에서 네로와 메살리나, 이크나톤을 연결할 수도 있다.

적절한 키워드를 찾으면 무성황후 호씨와 모세를 연결할 수도 있다. 그러나 두 인물 간 연결의 강도는 강하지 않으며, 그들이 이루는 사실-상상 복합체는 사실의 농도가 높지 않다. 사실-상상 복합체는 사실의 농도가 비슷한 무리끼리 뭉치는 경향이 있다.

다시 말해 사실-상상 복합체에는 모호하나마 층위가 있다. 그 층위를 정하는 중요한 변수 두 가지는 사실-상상 복합체의 규모와 사실의 농도인 것 같다. 자본주의와 공산주의는 비슷한 정도로 크고, 사실의 농도도 비슷한 정도로 짙은 사실-상상 복합체다. 현대라는 개념은 자본주의나 공산주의보다 더 큰 사실-상상 복합체다. 국가자본주의나 트로츠키주의는 보다 작다.

비슷한 층위의 사실–상상 복합체가 모종의 질서를 갖추고 연결된 모습은 우리에게 큰 즐거움을 준다. 그 질서의 규칙이 쉽게 파악 가능한지 그렇지 않은지에 따라 우리는 대상을 '논리적'이라거나 '예술적'이라고 표현한다.

그런 연결은 횡적으로도 종적으로도 가능하다. 현대–자본주의–국가자본주의, 현대–공산주의–트로츠키주의–마오쩌둥주의라는 연결은 둘 다 논리적으로 들린다. 국가자본주의–무성황후 호씨–예술이라는 연결은 그렇지 않다.

이런 범주화와 유추는 지성의 본질이기도 하고, 인간이 세상을 보는 방식이기도 하다. 그것은 인간이 삶을 사는 방식이기도 하다. 우리는 보다 높은 층위의 사실–상상 복합체와 직접적인 관계를 맺고 싶어 한다. 보다 큰 사실–상상 복합체의 일부가 되고 싶어 한다.

우리는 우리의 참여로 크고 높은 층위의 사실–상상 복합체가 발견되거나 완성될 때 '삶의 의미'를 얻는다. 그 작업에 성공하지 못하더라도, 삶이 그런 방향이어야 할 것 같다고 느낀다. 기실 많은 사람들에게 혁명이 완성된 사회에서 사는 것보다 혁명의 과정 속에서 사는 것이 더 의미 있게 다가온다.

그런 면에서 신계몽주의는 강한 인본주의다. 모든 사실–상상 복합체는 인간이 있어야만 가능하기 때문이다. 달에는 사실만이 있고, 사실–상상 복합체가 없다.

가치판단의 척도가 인간이라면 인간의 인지 세계 밖에서 어떤 활동에 의미를 부여해주는 가치의 원천은 없다.

이는 삶의 의미가 주관적이라는 뜻일까? 우리는 삶에 객관적인 의미가 있기를 영영 기대할 수 없는 걸까?

82.

연지혜의 보고 내용에 정철희와 박태웅은 반색했다. 세 명짜리 미니 수사팀에도 모처럼 활기가 돌았다. 수사에 돌파구를 찾은 것도 시원했지만 무뚝뚝한 두 선배가 칭찬을 해주는 것이 연지혜는 그렇게 기뻤다.

정철희는 "잘했어, 아주 잘했어"라는 말을 여러 번 되풀이했다. 박태웅은 눈을 1, 2초 정도 감았다가 뜨더니 씨익 웃으며 말했다.

"연 형사 한 건 했는데? 울산까지 가서 뭘 물어오나 싶었는데……."

박태웅은 웃으니까 좀 바보 같아 보였다. '선배는 안 웃는 게 훨씬 더 어울려요.' 연지혜는 속으로 생각했다.

그들은 98학번인 민소림이 다녔을 만한 신촌 일대의 영어 회화 강습 기관을 추렸다. 모두 다섯 곳이었다. 연세대학교 외국어학당, YBM 신촌 ELS, 파고다 신촌, 박정어학원 신촌캠퍼스, 브로드웨이 잉글리시 신촌점. 그 학교나 학원들에 찾아가 1998~2000년에 민소림이 그곳에 등록했는지, 친하게 지낸 강사가 있었는지 알아본다는 계획이었다.

사망 당시 민소림은 어떤 학원에도 다니지 않고 있었던 것 같았다. 도스토옙스키 독서 토론 모임 회원들도 그에 대해서는 잘 모르겠다고 대

닦했다. 민소림의 신용카드 사용 내역이나 은행 계좌에서도 학원비로 보이는 정기적인 인출은 없었다. 확실히 이상한 일이었다. 민소림은 어떤 식으로든 영어 회화 실력을 키우려 노력했으리라.

정철희가 영어 회화 기관 한 곳을, 박태웅과 연지혜가 각각 두 곳을 맡아 조사하기로 했다.

"뭐, 연 형사가 먼저 두 곳 골라봐. 연 형사가 알아낸 단서니까."

정철희가 말했다. 연지혜는 연세대 외국어학당과 브로드웨이 잉글리시 신촌점을 찍었다.

"알짜배기를 가져가네." 박태웅이 투덜거렸다.

연세대 외국어학당은 교수진과 커리큘럼이 좋아 당시 진지하게 외국어를 배우려는 학생들에게 가장 인기가 높았다고 했다. 연세대 재학생에게는 할인 혜택도 있었고 연대생만을 위한 특별반도 운영했다.

브로드웨이 잉글리시는 1999년에 출범해 공격적으로 마케팅을 벌인 영어 회화 전문 학원 프랜차이즈다. 외국인 '친구'들을 사귀는 듯한 분위기를 연출해 사업 초기 젊은이들 사이에서 큰 인기를 끌었다고 한다. 원어민 강사와 코스튬 파티를 열고, 함께 요리를 하고, 간단한 연극이나 뮤지컬 공연을 하는 식의 프로그램을 운영했다. 무엇보다 민소림이 살던 뤼미에르 빌딩에서 가깝다.

정철희가 파고다 신촌을, 박태웅이 YBM 신촌 ELS와 박정어학원 신촌캠퍼스를 알아보기로 했다.

이번에도 연지혜 혼자 성과를 냈다. 자신이 맡은 두 학원에 민소림이 등록했는지는 알 수 없었다. 하지만 연세대 외국어학당에서는 1998년부터 2000년까지 학생들을 가르친 교수진의 명단과 사진을 복사해 왔다. 브로드웨이 잉글리시 신촌점에서는 그만큼은 아니었지만 2003년

이전 학원에서 운영한 옛 게시판 백업 자료를 빌릴 수 있었다. 그 자료들이 CD에 담겨 있었기에 이번에도 제대로 내용을 읽어낼 수 없는 게 아닌가 하는 불안은 있었지만.

"연 형사 혼자 수사 다 하는구만."

정철희가 그렇게 말하며 웃었다. 박태웅은 머리를 긁적였다. YBM 신촌 ELS, 파고다 신촌, 박정어학원 신촌캠퍼스에서는 아무 소득도 없었다. 과거의 강사나 수강생 정보까지 보관하지는 않는다고 했다.

"그래봤자 22년 전인데. 무슨 200년 전도 아니고 말이야."

박태웅이 툴툴거렸다.

"브로드웨이 잉글리시에서는 학원 안에서는 한국어를 한 마디도 쓰면 안 된대요. 접수대 직원도 저한테 무슨 일이냐고 영어로 묻더라니까요."

연지혜가 말했다. 무용담이랍시고 내세울 수 있는 이야기가 그거밖에 없었다.

"그래서 뭐라고 했어?" 정철희가 물었다.

"뭐라기는요, 그냥 경찰이라고 했죠. 한국어로. 그 직원도 한국어로 대답하고요. 그런데 매니저인지 누군지 높은 사람이 지나가니까 여직원이 얼굴이 새파래져서는 저를 가리키면서 영어로 '폴리스 워크'라고 하더라고요."

말을 마칠 때쯤 연지혜는 자신이 얘기를 잘못 꺼냈음을 이미 알고 있었다. 조금도 재미있는 일화가 아니었고, 정말로 겁에 질린 빛이던 접수대 직원의 얼굴도 떠올랐다. 정철희와 박태웅도 뭘 어떻게 반응해야 좋을지 모르겠다는 표정이었다.

"뭐, 공무집행방해로 체포한다고 해주지 그랬어. 어디 뒤질라고. 대한민국 경찰한테."

정철희가 뜬금없는 말을 하더니 크게 소리 내어 웃었다. 박태웅도 따라서 껄껄 웃었다. 나를 격려한다는 뜻이겠지. 연지혜는 얼굴을 조금 붉혔다.

1998년부터 3년간 연세대학교 외국어학당을 거쳐 간 영어 강사는 모두 23명이었고, 그중 11명은 여성이었다. 그 명부는 세 형사가 모두 몇 번씩이나 검토했다. 범죄정보관리시스템을 하도 들여다본 덕분인지 일처럼 느껴지지도 않았다. 다만 사진 화질이 좋지 않은 게 문제였다.

"이거 연 형사가 복사를 잘못해 온 거 아냐?" 박태웅이 툴툴거렸다.

"원본이 이랬어요. 사진이 다 바래졌더라고요. 떨어진 게 없는 게 다행이라니까요. 필름 인화 사진을 직접 붙인 거던데요." 연지혜가 대꾸했다. 2000년은 스마트폰은커녕 디지털카메라도 널리 보급되기 전이었다.

그들은 연세대 외국어학당 강사들 중에는 CCTV 속 남자와 닮은 사람이 없다고 결론지었다. 정철희는 아쉬운 듯 입맛을 다셨다. 이 역시 막다른 길일까? 브로드웨이 잉글리시 신촌점에서 빌려온 CD에는 단서가 있을까?

설사 2000년 8월 1일 밤에 영어를 잘하는 남자가 민소림의 원룸에 있었다 하더라도, 그 사내가 영어학원 강사일 거라는 보장은 없다. 연지혜는 당시 연세대로 교환학생이나 유학을 온 영미권 남학생들에 대해서도 조사해봐야겠다고 생각했다. 2000년에 한국으로 공부하러 온 외국 학생들이 그리 많지는 않았을 것이다. 연세대뿐 아니라 서강대, 이화여대, 홍대도 조사해봐야겠지. 어쩌면 서울대나 고려대도.

박태웅은 범인이 외국인일 가능성을 자신이 떠올린 적이 있다고 주장했다. "조선족일 수도 있다고 생각했어. 중국으로 튀었을 수 있겠구나 싶었지." 그는 웃음기 없이 말했다. 전에 그렇게 살인 용의자를 놓친 적이 있다는 게 유일한 근거였다.

브로드웨이 잉글리시 신촌점의 옛 게시판 데이터를 담아놓은 CD는 다행히 강력범죄수사대 컴퓨터에서 잘 돌아갔다. 문제는 내용이었다. 연지혜가 보내준 문서 파일을 열어본 정철희는 "악!" 하고 비명을 질렀다. 박태웅도 곤혹스러워 하는 기색이었다.

"이거 뭐 잘못 보낸 거 아니지?" 박태웅이 물었다.

"이거 맞는데요. 브로드웨이 잉글리시 어학원 게시판, 5년치."

연지혜가 대답했다. 무뚝뚝한 선배들의 당황한 모습에 슬며시 나오는 웃음을 참으면서.

브로드웨이 잉글리시 어학원은 인터넷 게시판에서조차 수강생들이 영어를 쓰도록 했다. 문의와 상담게시판을 제외한 다른 코너에는 한글이 단 한 자도 보이지 않았다.

게다가 양도 많았다. 강사별, 과목별로 게시판이 있었고, 영어 토론 게시판, 영어 일기 게시판도 있었다. 어떤 과목은 작문 숙제를 내주기도 한 모양이었다. 수강생들이 학원 안에서 동호회 활동을 하거나 파티 멤버를 모으기도 했다.

"그런데 이거, 학생들이 한국 이름을 쓰지도 않네. 다들 데이빗이니 줄리니 어쩌고 하고 있잖아. 이 중에 민소림이 쓴 글이 있다고 한들 그걸 어떻게 알아보지?"

박태웅이 물었다. 타당한 지적이었다.

"뭐, 연 형사가 피해자 친구들에게 연락해서, 민소림이 쓴 영어 이름을 혹시 아는지 한번 알아봐. 우리는 우리대로 또 우리가 잘하는 거 해야지. 하나하나 들여다보면서 의심스럽다 싶은 정보 모으기." 정철희가 말했다.

"팔자에 없이 영어 공부하게 생겼네요. 이거 어디 영어 잘하는 사람한테 맡기면 안 되나?"

박태웅은 차라리 잠복수사가 낫겠다는 표정이었다.

"이걸 누가 맡아주겠나."

정철희가 길게 한숨을 내쉬었다.

연지혜에게는 민소림이 도스토옙스키 소설 속 여성 캐릭터들의 이름을 빌렸을지도 모르겠다는 생각이 스쳤다. 《죄와 벌》의 매춘부 이름은 소냐이고, 《백치》에서 미시킨 공작을 두고 경쟁하는 정열적인 두 여인은 나스타샤와 아글라야다. 영어 학원에서 쓰기에는 너무 튀는 이름일까?

그렇게 세 형사는 박태웅이 한탄한 대로 팔자에 없는 영어 독해 공부를 하게 됐다. 민소림의 영어 이름을 아는 친구는 없었고, 게시판 자료에 소냐, 나스타샤, 아글라야 같은 이름도 나오지 않았다. 게시판 글은 그렇게 갈무리를 해놓고 강사 정보는 따로 저장해두지 않은 학원 측도 잘 이해가 가지 않았다.

정철희는 네이버 번역기를, 박태웅은 구글 번역기를 이용했다. 연지혜는 가능하면 기계 번역을 이용하지 않고 원문을 읽으려 했다. 단서를 놓칠까 봐 걱정스러워서였다. 하지만 그 바람에 시간도 오래 걸리고 머리도 아팠다.

정철희가 자신도 영어 회화 학원에 다닌 적이 있다고 고백하는 통에 박태웅과 연지혜는 화들짝 놀랐다.

"반장님이 영어는 왜요? 승진 시험 때문에요?"

박태웅이 물었다. 토익 성적이 어느 선 이상이면 경찰관 승진 시험에 가점을 받을 수 있기는 했다.

"뭐, 그것도 있고……. 퇴직하고 동남아 이민을 가볼까 잠깐 생각한 적이 있었거든. 이 나이 먹고 어디 보안업체나 보험회사에 재취업하는 것도 갑갑하고 그래서……."

"그러면 반장님도 영어 이름을 지으셨어요? 뭐라고 지으셨어요?" 연지혜가 물었다.

"내 이름이 철희니까, 비슷하게 지었지. 찰리라고. 찰리 정."

박태웅이 터져 나오는 웃음을 손으로 황급히 막았다.

민소림으로 보이는 흔적은 찾지 못했다. 하지만 그와 별도로 다른 세 사람을 찾았다. 정철희가 한 사람을, 박태웅이 또 한 사람을, 그리고 연지혜가 마지막 사람을 찾아냈다. 2000년 8월에 브로드웨이 잉글리시 신촌점을 갑자기 그만둔 남자 강사들이었다. 찾은 순서대로 마이클 앤턴, 제시 한, 그리고 베니 리라는 이름이었다.

마이클 앤턴에 대해서는 공지 게시판에 안내문이 올라와 있었다. 마이클 선생님의 가족이 큰 병에 걸려 미국으로 급히 돌아가봐야 한다는 내용이었다.

글이 올라온 것은 2000년 8월 12일이었고, 앤턴이 8월 14일까지는 수업을 진행한다고 나와 있었다. 광복절에는 수업이 없고, 8월 16일부터는 캐서린 그레이엄 선생님이 해당 반을 맡을 것이며, 앤턴이 이끌던 체커 클럽은 아쉽지만 운영을 종료한다고 적혀 있었다.

8월 12일이면 신촌 여대생 살인사건의 범인이 잠적해야겠다고 결심하기에는 좀 늦은 날짜라고 연지혜는 생각했다. 동시에 '가족이 큰 병에 걸렸다'는 말에는 어째 믿음이 가지 않는 것도 사실이었다.

강의를 그만둔다는 사실을 미리 알린 마이클 앤턴과 달리 제시 한과 베니 리는 갑작스럽게 수업에 나오지 않는 '야반도주' 사례로 보였다. 두 사람에 대해서는 아무런 공지도 없었다.

제시 한에 대해서는 어느 학생이 상담게시판에 2000년 8월 6일 "제시 선생님은 더 안 나오느냐"는 제목으로 글을 올렸다. 그 게시물에는 아쉽다는 반응이 여럿이었다. 제시 선생님과 연락할 방법이 없느냐, 나중에라도 학원으로 돌아오는 거냐고 묻는 댓글도 달렸다.

베니 리에 대해서는 2000년 8월 16일 잡담게시판에 언급이 있었다. 이달 들어 보름 사이에 갑자기 그만둔 사람이 베니 리, 제시 한, 마이클 앤턴 등 세 사람이나 되는데 학원 측의 후속 조치가 매끄럽지 않다며 성토하는 글이었다. 베니 리가 정확히 언제 그만뒀는지는 나와 있지 않았다. 글에 나오는 이름이 학원에서 자취를 감춘 순서로 보이기는 했다.

"CCTV 속 용의자 모습이 백인이나 흑인 같지는 않았잖아. 제시 한이나 베니 리는 재미 교포일 거 같지 않아? 이 둘이 좀 더 가능성이 높은 거 아닐까?" 박태웅이 말했다.

"리가 우리나라 이씨가 아닐 수 있지. 스파이크 리 감독도 있잖아." 정철희가 말했다.

"마이클 앤턴이 입양된 한국계일 수도 있고요." 연지혜가 말했다. 제시 한의 '한' 역시 한국 성씨가 아닐 수 있었다. 한(Hahn)이라는 독일계 성이 있다.

연지혜가 서울, 인천, 경기의 출입국관리사무소들에 이 세 이름과 함께 협조 요청 공문을 보냈다.

서울출입국·외국인청, 서울출입국·외국인청 세종로출장소, 서울남부출입국·외국인사무소, 수원출입국·외국인청, 수원출입국·외국인청 평택출장소, 수원출입국·외국인청 평택항만출장소, 양주출입국·외국인사무소, 인천출입국·외국인청, 인천출입국·외국인청 김포다문화이주민플러스센터, 인천출입국·외국인청 안산출장소.

영어 강사가 평택항만이나 안산출장소에 외국인 등록을 할 것 같지는 않았지만 그냥 다 보냈다.

만약 이 세 전직 강사 중에 범인이 있다면 얼마나 괴상하고 야릇한 얘기일까. 민소림이 살던 건물 바로 옆에 살인범이 있었고, 심지어 사건이 발생하고 며칠이 지나서까지 그놈이 경찰들 곁을 얼쩡거렸다는 말이 된다. 등잔 밑이 어둡다는 비판도 모자랄 판이다.

22년 전 서대문경찰서의 수사 방식이 문제였다고 연지혜는 생각했다. 작은 빈틈이 생길 가능성을 우려해 너무 광범위한 대상을 상대로 수사 인력을 지나치게 밀어붙였다. 그러다 보니 수사가 넓지만 얕게 이루어졌다.

피해자인 민소림이 도스토옙스키에 관심이 있었다든가, 미국 유학을 준비 중이었다는 데 관심을 기울인 형사는 없었다. 각자 맡은 구역에서 만나야 할 사람들을 쫓아다니는 일도 벅찼기 때문이다.

면식범인지 아닌지 특정할 수 없었다는 것도 한 이유였고, 신촌이라는 지역적 특성도 있었다. 하지만 그보다는 경찰 수뇌부가 현장 수사본부를 지나치게 압박했던 게 가장 큰 원인이었다. 서울경찰청장이 서대문경찰서장에게 매일 전화를 걸었다는 정철희의 얘기가 생각이 났다.

수뇌부의 조급증이나 경찰서장의 그릇도 문제였으리라. 하지만 무엇보다 언론이나 여론이 그들을 놔두지 않았다. 자극적인 사건이었고,

2000년 8월에 다른 재미있는 뉴스도 없었다. 의료계의 반대 속에 의약분업이 실시되고, 언론사 대표단이 북한을 방문하고, 서태지가 두 번째 솔로 앨범을 발표하기 위해 귀국한 정도였다. 새천년의 흥분은 가라앉은 지 오래였다.

22년 전 민소림 피살 사건 수사본부에 있었던 형사들이 받았던 압박을 지금은 살인사건을 수사하는 모든 형사들이 받을 것이다. 인터넷 시대이고, '방구석 셜록 홈스'들이 워낙 많으니까. 〈그것이 알고 싶다〉 아류 프로그램도 여럿 생겼고. 이런 환경은 앞으로도 변하지 않겠지. 아니 점점 더 심해지겠지.

그날 정철희가 회식을 하자고 했다.

"뭐, 우리 회식 안 한 지도 너무 오래됐고, 출입국관리소에서 연락 올 때까지 딱히 할 일도 없는 거 아냐? 뭐, 오 형사랑 최 형사도 다른 일정 없으면 같이하자고. 개인 약속들 있으면 어쩔 수 없고."

좀처럼 술자리를 만들지 않는 정철희의 제안이었기에 다른 형사들은 두 손을 들어 환영했다. 연지혜는 마음이 조금 설레기까지 했다. 오지섭도 마찬가지였나 보다. 연지혜는 전자담배를 피우러 밖에 나갔다가 오지섭이 다른 사람과 통화하면서 저녁 약속을 취소하는 모습을 보았다.

"아, 형님. 내가 정말 미안해. 우리 반장님이 갑자기 회식을 하자고 하셔서. 내가 다음번에, 진짜, 두 배로 반까이 할게. 네, 네. 그래요. 굿바이."

통화를 마친 오지섭은 연지혜와 눈이 마주치자 장난스럽게 윙크를 보냈다. 연지혜는 황급히 고개를 숙였다. 오 선배는 갑자기 잡힌 회식은 쿨하게 빠지고 자기 약속 나갈 줄 알았는데 그렇지도 않네, 하고 연지혜는 생각했다.

저녁 메뉴에 대해서는 아무도 묻지도 말하지도 않았다. 서울경찰청 강력범죄수사대 강력범죄수사1계 강력1팀 1반 형사들은 수백 번은 가 본 듯 익숙한 걸음걸이로 종로구청 옆 거대한 주상복합건물 지하로 들어갔다. "여기 파푸아뉴기니 대사관 있는 거 알아?" 하고 최의준이 물었다. 연지혜는 어색하게 웃으며 고개를 저었다.

고깃집에 들어가서도 다들 자연스럽게 삼겹살과 목살, 그리고 맥주와 소주를 시켰다. 술이 나오자마자 오지섭이 소맥 폭탄주를 다섯 잔 만들었다. "어이구, 시원해." 최의준이 호들갑을 떨었다.

"반장님, 저희 오늘 무슨 용건 있어서 소집하신 건 아니죠?" 오지섭이 물었다.

"용건은 뭐, 아무것도 없는데. 다들 잘 사나 싶고, 나도 갑자기 소맥 한잔하고 싶어서 얘기 꺼낸 거지. 뭐, 다들 잘 살아?" 정철희가 말했다.

"저희는 반장님의 영도 아래 아주 행복하게 잘 살고 있습니다."

오지섭이 넉살을 떨었다. 이런 때 보면 오지섭과 최의준이 2인조 개그맨 같다.

"폰폭 사건은 어떻게 돼가요?"

박태웅이 물었다. 오지섭의 얼굴에 잠깐, 그리고 살짝 그늘이 졌다. 그걸 알아차린 사람은 연지혜 한 사람이 아니었던 모양이다. 박태웅도 다른 사람들의 선입견과 달리 그런 눈썰미는 아주 날카로웠다.

"잘 안 돼요?"

박태웅이 그답게 군이 물었다.

"아니, 그 폰폭 수사 자체는 잘돼가. 그건 잘되는데……."

오지섭이 설명을 시작했다. 폰폭이나 대리점, 판매점보다 이동통신 유통시장발전협회, 그리고 그 배후에 있는 이동통신 회사들이 문제다, 나랑 최의준이가 그 협회를 어떻게 엮어서 잡아보려고 공을 들이고 있는데 대리점들이 안 도와준다.

연지혜가 전에 박태웅을 통해 들은 이야기였다. 그러니 박태웅도 아는 얘기다. 정철희도 보고 받아서 알 것이다. 나 들으라고 하는 설명이구나. 연지혜는 생각했지만 잠자코 있었다.

"이동통신유통…… 무슨 협회라고요?" 연지혜가 물었다.

"이게 웃기는 단체지. 사단법인인데, 사실은 이동통신 회사의 하청업체라고 할 수 있어. 지금 휴대폰 시장이 개판이잖아, 단통법 때문에. 불법 보조금이 하도 문제가 되고 여론이 안 좋으니까 이동통신사들이 그거 신고를 받겠다면서 협회를 만들어. 이 협회가 불법 보조금 신고도 받고 적발도 하지. 그러면 그 대리점이나 판매점에 이동통신 회사들이 바로 벌금을 때리거든. 먼저 벌금 때리고 해명은 나중에 듣는 거야. 황당하지? 그러니 휴대폰 파는 판매점이나 대리점들한테는 이 단체가 아주 저승사자지. 대리점들 얘기 들어보면 아주 가관이야. 그 협회 직원들이 자기들이 무슨 형사인 줄 알아. 아니, 형사보다 더한 거 같아. 괜찮냐고 묻지도 않고 매장 뒤지고 사진 찍고 장부 내놓으라고 다그친대."

"휴대폰 판매대리점 그놈들도 문제 있는 놈들 많은데……."

박태웅이 중얼거렸다. 정철희는 별 관심 없다는 표정으로 고기를 오물오물 씹고 있다. 최의준은 앞에 놓인 소맥 잔을 한 번에 비우고 "캬" 하고 감탄사를 내뱉었다.

"그렇지. 그놈들 중에서 양아치 같은 놈들 많지. 폰팔이 폰팔이 하는 말이 그냥 나온 것도 아니고. 그런데 대부분은 평범한 사람들이야. 딱히 좋은 대학 나오지 못했고, 전문 기술도 없고, 물려받은 것도 없는 남자들. 치킨 튀기는 것보다는 이게 낫겠다 생각한 거지. 특히 젊은 애들이 많이 하더라고. 그리고 양아치라고 해서 갑질을 당해도 되는 건 아니잖아. 그건 그거고 이건 이거지." 오지섭이 말했다.

"이게 전체 시스템이 잘못돼 있는 거예요. 폰폭이 나올 수 있는 건 이발협회 때문이고, 이발협회가 생긴 건 불법 보조금 때문이고, 불법 보조금은 단통법이 있는 한 사라지지 않을 거고……."

최의준이 신이 나서 끼어들었다.

"이발협회?" 박태웅이 물었다.

"이동통신유통시장발전협회를 줄여서 그렇게 불러요."

"잘도 줄인다." 박태웅이 코웃음을 쳤다.

"형, 단통법은 뭘 줄인 말인지 아세요? 이동통신단말장치 유통 구조 개선에 관한 법률을 줄인 거예요. 왜 이유법이나 단유법이라고 줄지 않고 단통법이라고 줄었는지는 아무도 모릅니다." 최의준이 말했다.

"그 법은 내용만 어려운 줄 알았더니 이름도 어렵네요."

연지혜는 말은 소심하게 하고 소맥은 호쾌하게 들이켰다. 맛있었다. 오 선배가 소맥을 참 잘 만드는군. 고기도 맛있는 집이었다. 그래서 자주 오나 보다.

"그 법 이해하는 데 한참 걸렸어. 나는 사흘쯤 걸렸고, 의준이는 일주일 걸렸어."

오지섭이 말했다. 최의준이 "에이, 또 과장하신다. 한 번 실수한 거 갖고"라며 억울해했다.

"애초에 그런 법이 왜 생긴 거야?" 정철희가 불쑥 물었다.

"만들 때야 좋은 뜻으로 만든 거죠. 단말기 보조금 경쟁이 너무 치열해지니까 제조사도 유통사도 괴롭고, 요금제도도 너무 복잡하고 판매처마다 가격이 다 다르니까 소비자들도 헷갈리고……. 그러니까 보조금은 딱 이 정도까지만 줘라, 그리고 다 공개해라, 그러면 문제가 해결될 줄 알았던 거죠." 오지섭이 설명했다.

"그런데 왜 그게 안 지켜지는 거예요? 제 말씀은, 그러니까…… 근본적인 원인이 뭐예요? 자유 시장 경제를 막아서라든가, 이동통신사들이 사악해서라든가 하는 얘기 말고요. 정책을 왜 그렇게 만든 거예요?" 연지혜가 물었다.

"글쎄, 내 생각에는 어떻게 정책을 만들었어도 문제가 생겼을 것 같아. 그냥 이 상품이, 본질적으로 다른 물건이랑 다른 거지. 매달 돈을 내야 하는 상품이잖아. 한 번에 값을 다 치르는 게 아니라. 그러니까 결과적으로는 같은 금액이라도 형태가 다른 요금제도가 많이 생겨나. 자연적으로 그렇게 되는 거야. 그런데 도토리를 하루에 같은 개수 먹더라도 아침에 많이 먹는 걸 좋아하는 원숭이도 있고, 어떤 원숭이는 저녁에 먹는 걸 선호하는 거야. 뭐가 낫다고 할 수도 없고 다 똑같다고 할 수도 없어. 그리고 손대기 시작하면 반드시 꼬이게 돼. 관계자들이 너무 많고 이해관계가 저마다 다르니까."

"그러니까 인위적으로 정리하지 말고 그냥 놔두는 게 최선이다?"

"그것도 모르겠어. 사람들이 자유롭게 판단하도록 놔두면 각자 자신한테 가장 이익이 되는 선택을 할까, 정말로? 나는 그런 얘기 안 믿어. 형사팀에 잡혀 들어오는 놈들 보면 정말 머리가 나빠서 범죄를 저지르는 애들 많잖아. 맨정신에도 30분 뒤를 생각 못 하는 놈들. 십대도 아니고 50살, 60살씩 처먹어서도 그러고 사는 놈이 얼마나 많아."

오지섭의 말에 다른 형사들이 모두 고개를 끄덕였다. 상습적으로 폭력이나 절도를 저질러 경찰서에 자주 찾아오는 관내 '유명 인사'들 중에는 실상 경찰이 아니라 의사나 사회복지사가 필요한 경우가 적지 않다. 서류만 보면 전형적인 소시오패스인데, 막상 만나보면 지능이 애매하게 낮다는 사실이 분명해서, 보고 있기 안타까운 사례들도 형사라면 누구나 안다.

아니, 그렇게 멀리 갈 것도 없다. 어쩌면 자신을 포함해 이 자리에 있는 모든 사람들이 자기가 원하는 게 뭔지 이성적으로 판단할 능력이 없다고 연지혜는 생각했다.

만약 우리가 모두 그토록 합리적인 존재라면 어떤 휴대폰 요금제를 택해야 할지도 고민하지 않겠지.

오지섭이 말하는 대상은 어느새 후배 형사들이 아니라 정철희였다.

"그래도 이 이발협회 놈들은 문제예요. 이놈들이 너무 갑이다 보니까 그걸 이용해서 자기네들 사업을 벌이는 지경에 이르렀어요."

"어떤 사업?" 정철희가 물었다.

"예를 들어 이 협회가 휴대폰 판매점이나 대리점주를 대상으로 교육 프로그램을 운영하거든요. 개인 정보 보호라든가 공정 경쟁 어쩌고 하는 뻔한 내용들이죠. 그런데 그 교육 수강료가 꽤 비싸요. 그리고 판매 대리점 입장에서는 그걸 안 받으면 보복을 당하지 않을까 하는 불안감을 지울 수 없죠."

"썩을 놈들이네."

"그런 게 한두 가지가 아니에요. 대리점에서 쓰는 신분증 스캐너가 있어요. 이것도 협회가 팔아요. 자기들이 직접 만드는 건 물론 아니고, 어디에서 납품을 받아서 판매대리점에 넘기는 거죠. 그런데 이것도 그냥 일반 스캐너보다 몇만 원씩 더 비싸요. 그런 식으로 해 먹는 거죠."

"그런데 그건 폰폭 수사랑은 상관없잖아요."

박태웅이 물었다. 연지혜도 궁금하던 차였다. 이제 오지섭은 몸을 틀어 박태웅을 향해 설명했다.

"그렇긴 한데, 대리점주들 이야기 듣다 보니까 답답해서, 이거 어떻게 강요죄 같은 걸로 엮을 수 없을까 생각하게 되더라고. 대리점주들도 자기네 협회를 만들려고 시도했는데 잘 안 됐나 봐. 대리점 협회 창립을 주도하던 사람들이 나랑 의준이한테 와서는 이발협회를 법으로 처벌할 수 없느냐, 거기 협회장을 잡을 수 없으면 아주 악질인 현장 조사원 한둘이라도 본보기로 구속해달라고 하더라고. 자기들이 증거 다 모아 오겠다고. 그 현장 조사원들이 매장에 와서 하는 말들 자기네들이 이미 녹음했고 CCTV 영상도 있다면서 제발 좀 도와달라고 하더라."

"그런 게 강요죄가 되나요?" 연지혜가 물었다.

"되지. 학교폭력도 강요죄로 많이 잡잖아. 지혜는 여청 쪽은 안 해봤구나? 술자리에서 술 강권하는 것도 해당돼. 그리고 강요죄가 협박죄보다 더 세."

오지섭이 강요죄와 협박죄의 차이를 요령 있게 설명해주었다. '연 형사'라고 깍듯하게 직함을 붙이는 정철희, '연 형사'와 '너' 사이를 오가는 박태웅과 달리 오지섭은 연지혜를 가끔 '지혜'라고 불렀다. 다른 사람이 그랬다면 기분 나빴을 테지. 하지만 오지섭이 그러는 건 괜찮았다. 뭐, 오지섭은 최의준에게도 '의준이'라고 하니까…….

연지혜는 여성 범죄는 다루다 보면 이성을 잃을 것 같아 맡고 싶지 않다고 고백할 뻔하다가 참았다. 어리광을 부리는 것처럼 들릴지도 모른다.

"그런데 아까 수사가 잘 안 풀린다고 하지 않았어요? 그 협회 놈들 강요죄로 잡으면 되겠는데 뭐가 문제예요? 법리 같은 건 검사들이 알아서 잘 정리하지 않을까?" 박태웅이 물었다.

"그게 대리점 주인들이 막판에 발을 빼더라고. 찍힐까 봐 겁이 났나봐. 지금은 거꾸로 나랑 의준이가 판매점이랑 대리점 주인들한테 이발협회 이거 그냥 놔두면 안 된다고 설득하고 돌아다니고 있어."

오지섭이 어이가 없다는 듯 웃었다.

"뭐, 잘 되겠어?"

정철희가 심드렁하게 물었다. 우리 반장님은 참 사람 힘 빼는 데 재주가 있단 말이야. 연지혜는 생각했다.

"설득해봐야죠……."

최의준이 말을 끝내기도 전에 오지섭이 "반장님, 그래서 말인데요"하며 몸을 돌렸다. 뭔가 벼르던 생각이 있구나, 저 말을 하려고 예정되어 있던 약속을 취소하고 이 저녁 자리에 나왔구나, 하고 연지혜는 깨달았다.

"그냥 이거, 언론에 알리면 어떨까요? 제가 잘 아는 사회부 기자가 있는데."

오지섭이 말했다. 연지혜는 그 제안을 듣는 순간 잠시 몸이 움츠러들었다. 스님에게 육회 먹으러 가자고 제안하는 격이다. 길지 않은 형사 생활 동안 수사 중인 사안은 보안을 철저하게 지켜야 한다는 말을 수백 번도 넘게 들었다. 피의사실공표죄는 처벌도 무겁다.

술자리 분위기를 산산 살끼│ 박태웅은 술잔을 든 채로 식상이라노 된 것처럼 꼼짝 않고 앉아 있다. 얼토당토않은 말에 화가 난 것처럼 보이기도 한다. 최의준은 놀라고 당황해서 정철희의 눈치를 살피고 있는 모습이다. 아마 자신의 표정도 그와 비슷하리라고 연지혜는 생각했다. 오지섭은 박태웅만큼 긴장하지는 않았지만 얼굴에 웃음기는 없다.

"우리는 폰폭까지만 수사하고? 이발협회는 더 수사 안 하고?"

정철희가 심드렁한 표정으로 물었다.

"네." 오지섭이 짧게 대답했다.

정철희가 30초쯤 생각에 잠겼다. 그러더니 "그래, 그러자"라고 말했다. 오지섭이 "고맙습니다, 형님" 하고 고개를 꾸벅 숙이더니 정철희 앞으로 술잔을 내밀었다. 최의준이 안도한 표정으로 자기 잔을 거기에 부딪쳤다. 박태웅은 여전히 굳은 얼굴이었다.

"기사에 강수대 얘기가 나오면 안 돼. 뭐, 경찰이 수사점을 찾고 있다든가 그런 말도 안 돼." 정철희가 말했다.

"네, 부담되니까요."

오지섭이 대답했고 정철희가 고개를 끄덕였다.

연지혜는 맥주잔을 입에 대고 조금 전에 두 베테랑 형사 사이에 어떤 대화가 오간 것인지 복기했다. 정철희와 오지섭은 둘 다 이동통신유통시장발전협회를 수사하는 게 어렵고 실익이 없다고 판단했다(정철희가 그런 판단을 내리는 데 걸린 시간은 불과 30초 정도였다). 하지만 오지섭은 그 협회를 그냥 놔준다는 결정이 켕겼고, 언론의 힘을 빌릴 작정이었다.

피의사실공표죄는 사문화된 거나 마찬가지고, 많은 형사들이 기자들에게 정보를 슬쩍 흘린다. 젊은 기자들이 막무가내로 덤벼들 때도 있지만, 노련한 수사관과 신뢰할 만한 고참 기자가 거래에 가까운 협상을 하는 경우도 있다.

기자들이 원하는 것은 언제나 똑같다. 특종. 단독 보도. 형사들이 원하는 것은 '여기까지 알려줄 테니 더 귀찮게 하지 마'일 수도 있고, '우리가 이런 성과를 냈으니 크게 잘 써줘'일 수도 있다. 드물게 기자가 먼저 알아낸 정보를 얻기 위한 물물교환일 때도 있기는 하다.

그렇다 해도 수사 중인 사안을 기자에게 알린다는 발상은 남에게 대놓고 얘기할 일은 못 된다. 그만큼 오지섭이 정철희를 신뢰한다는 뜻일 게다. 어차피 정철희가 눈치챌 일이니 미리 알리는 게 낫다고 여겼을 수도 있다. 어쩌면 공범으로 만든다는 속셈도 있을지 모른다. 정보를 준 기자로부터는 다른 수사에서 도움을 받을 수 있으리라.

머리 회전이 빠른 오지섭은 거기까지 계산했을 테고, 그만큼 노련한 정철희 역시 그런 배경 정도는 꿰뚫어 봤을 것 같다. 그리고 오지섭이 넘지 말아야 할 선을 몇 마디로 정리해준 것이다.

연지혜가 거기까지 생각을 정리하고 주변을 둘러보니, 오지섭이 최의준을 달래고 있었다. 최의준은 투정을 부리는 중이다.

"아, 형. 그런데 그놈들 나쁜 놈들이잖아요. 그냥 기사만 쓰고 우리는 손을 뗀다는 게 나는 납득이 안 가네. 머리로는 이해가 가는데, 가슴이, 가슴이 문제야."

"야, 머리만 이해시키면 됐지, 네 가슴을 내가 어떻게 하나? 우리 의준이 가슴 어떻게 해야 돼?"

오지섭은 웃으며 대꾸한다. 최의준이 진짜로 대드는 게 아님을 알고 있다. 최의준의 속마음은 아마 골치 아픈 일 피하게 되어서 잘됐다는 쪽이리라.

진짜 심각해 보이는 사람은 그보다는 오히려 박태웅이다. 특유의 그 딱딱하고 무서운 얼굴을 하고 말 한 마디 없이 술만 마시고 있다. 술 마시는 속도도 꽤 빠르다.

박태웅 선배가 이발협회를 수사한다면 어떻게 할까. 연지혜는 혼자 상상했다. 영화에 나오는 열혈 형사처럼 협회장을 찾아갈까? 그 협회장은 호텔에서 식사를 하는 중일 테고, 아마 이경영이 연기할 테지?

그러면 박 선배가 그 앞에서 "너 내가 반드시 잡는다" 같은 대사를 읊는 건가. 이경영이 연기하는 악당은 웃으면서 "재밌군요, 그런데 제가 무슨 법을 어긴 거죠? 대한민국은 법치국가 아닙니까?" 따위 말을 늘어놓고?

나라면, 내가 이발협회 수사를 맡는다면 어떻게 할까?

"뭐, 수사라는 게 그런 거야. 뭐든지 순리대로 해야 돼, 순리대로."

꼭 나 들으라고 하시는 말씀 같네. 연지혜는 생각했다. 언론에 정보를 흘리는 게 순리 같지는 않은데……. 정작 그 말을 한 정철희는 그녀를 쳐다보고 있지 않았고, 순리고 뭐고 만사 귀찮다는 시큰둥한 표정이다.

함께 일해보면 엄청나게 똑똑하고 요령도 좋은데 겉으로는 그런 티가 잘 안 난다. 상대를 안심시키려고 위장하는 걸까. 아니면 평소에는 뇌 기능을 아껴뒀다가 집중해야 할 때에만 제대로 가동하는 걸까.

연지혜가 뭐라고 생각하거나 말거나 정철희는 이야기를 이어갔다.

"뭐, 지금 우리 수사만 해도 그래. 연 형사가 부산, 울산까지 내려가서 아주 중요한 단서를 물어 왔거든. 서광이 좀 보여. 그런데 아이고야, 뭐, 그러고 나니까 더 걱정이 되더라고."

"아, 여대생 살인사건 수사는 어떻게 되어갑니까? 지혜가 물어 온 게 뭔데요?" 오지섭이 물었다.

"뭐, 그건 연 형사가 직접 설명할까?"

정철희가 연지혜에게 슬쩍 말을 시켰다. 그런 식으로 막내의 기를 세우고 팀 안에서의 입지를 탄탄하게 해주려는 마음 씀씀이가 느껴져 고마웠다. 강력범죄수사대의 '나이스 가이'인 오지섭에게 잘 보이고 싶은 마음도 있었고, 이 자리가 일종의 면접이라는 생각도 들었다. 오지섭도 조만간 반장이 되겠지.

연지혜는 도스토옙스키 독서 모임에서 얻은 '방학 과외 아르바이트'라는 힌트를 어떻게 부산과 연관 지었는지, 유연희 교수와 한은수를 어떻게 압박하고 설득했는지, 브로드웨이 잉글리시 신촌점에서 사라진 남자 강사 세 사람을 어떻게 찾아냈는지 설명했다.

오지섭은 "오, 그래?"라든가 "기가 막히구만", "브라보" 같은 추임새를 적절히 넣으면서 정말 흥미롭고 감탄했다는 듯한 표정으로 연지혜의 이야기를 들었다. 오지섭이 자신에게 장단을 맞춰주고 있고, 그건 아마 정철희의 영향 때문일 거라고 연지혜는 생각했지만, 그럼에도 불구하고 꽤 우쭐해졌다.

오지섭은 가끔 질문을 던지기도 했는데, 매번 핵심을 찔렀다. 주로 22년 전 수사본부가 왜 그런 단서들을 놓쳤는지에 대한 질문이었다.

"그러면 이제 어떻게 합니까? 만약 그 세 강사 중의 한 명이 CCTV 속 사내가 맞다, 그런데 지금 한국에 없다, 그러면? 이런 정도로는 범죄인 인도 요청은 못 하잖아요?"

연지혜의 이야기를 다 듣고 난 오지섭이 정철희에게 물었다.

"나도 그게 걱정이야."

정철희가 심드렁한 얼굴로 대답했다. 연지혜의 몸이 굳었다. 그때까지 생각해보지 못했던 문제였다.

"뭐, 22년 전 일인데 저화질 사진에, 얼굴 전체도 아니고, 아랫부분 윤곽이 비슷하다는 정도로는 우리나라 체포영장도 안 나와. 인터폴에 적색 수배를 요청하는 건 어림도 없지. 뭐, 범죄인인도는 말도 안 되는 얘기고."

정철희가 설명했다. 연지혜는 "아이고" 하고 탄식했다. 자신들이 어떤 상황에 있는지 그제야 깨달았다.

"방법이 없나요?"

오지섭이 물었다. 진심으로 안타깝다는 표정이다. 오 선배는 참 리액션이 좋아. 그 와중에도 연지혜는 그렇게 생각했다.

"뭐, 이 녀석이 범인인 게 거의 확실하다, 그런데 미국에 있다, 그러면 우리 수사 기록을 미국 경찰에 넘기고 그쪽에 수사를 부탁할 수는 있나 봐. 그런데 뭐, 우리가 그럴 수 있는 상황은 아니지." 정철희가 말했다.

"계장님이나 대장님이 허락하실 리도 없고요." 오지섭이 고개를 끄덕였다.

"나부터 그럴 맘이 전혀 없는데, 뭐. 미국 경찰도 바쁠 텐데, 뭐, 코리아에서 22년 전에 일어난 살인사건을 수사해주겠어. 자기들 마약이나 총격이나 그런 거 다루기도 벅차지 않을까. 설사 수사할 마음이 있어도 현장은 여기에 있잖아."

정철희는 그렇게 말하며 유리컵에 남아 있던 술을 한 번에 입에 털어넣었다.

"그러면 어떻게 합니까?"

박태웅이 불쑥 입을 열었다. 사람들이 돌아가며 같은 질문을 하는 것 같았다. 박태웅은 "만약……"이라고 하더니 문장을 완성하지 않았다. 염려하는 상황을 말로 표현하기도 싫은 모양이었다.

"뭐, 만일 우리가 찾은 세 강사 중에 한 사람이 그 CCTV 속 남자와 얼굴이 비슷하다, 그런데 한국에 없다, 그러면 당시 학원 관계자들이랑 수강생들 상대로 탐문을 해봐야겠지. 뭐, 2000년 8월에 그 강사가 민소림과 같이 있는 걸 본 적이 있는지, 수상한 모습을 보이진 않았는지, 그런 걸 물어보는 거지."

"그래서 의미 있는 답이 나오면요? 그때는 미국이나 호주 경찰에 연락합니까?" 박태웅이 물었다.

"뭐, 글쎄……. 아마 안 하지 않을까. 뭐, 그놈이 '어느 여대생을 죽였다'고 고백하는 걸 누군가 들었다든가 하는 말이 나온다면 또 모르겠지만."

"그렇군요."

박태웅은 고개를 숙이더니 말이 없어졌다. 모두 잠시 조용해지고 어색한 시간이 흘렀다. 오지섭이 연지혜를 향해 익살스러운 표정을 짓더니 박태웅을 손가락으로 가리키며 소리 없이 입을 뻥긋뻥긋했다. '어휴, 무서워'라고 말하는 듯했다. 연지혜는 조마조마한 심정으로 어설프게 웃었다.

83.

비둘기를 좋아하는 사내를 상상해보자.

이 사내는 비둘기의 자태에 매료되었다. 비둘기의 동그란 눈, 살진 몸집, 목덜미 깃털에 흐르는 기름기, 걸어다니며 고개를 까딱거리는 리듬, 푸드덕거리는 날갯짓, 땅에 떨어진 빵 부스러기를 쪼는 부리를 보는 행위가 사내에게 엄청난 기쁨을 준다. 그는 아무리 오래 비둘기를 관찰해도 따분해하는 법이 없다.

사내는 다행히 부모로부터 많은 유산을 물려받았다. 그는 평생 일하지 않아도 풍족하게 살 수 있고, 실제로 그렇게 산다. 물론 비둘기를 보는 게 그에게 유일한 기쁨은 아니다. 그는 늦잠과 낮잠, 미식도 즐긴다.

그는 편안한 침대에서 일어나 가정부에게 청소를 맡기고 가까운 공원 카페에 가서 브런치를 먹은 뒤 벤치에 앉아 비둘기 관찰을 시작한다. 행인들이 흘끔흘끔 쳐다보며 지나가지만, 그는 신경 쓰지 않는다. 다른 사람의 평가나 시선은 사내에게 조금도 영향을 미치지 못한다. 그는 타인의 인정을 갈구하지도 않는다.

그렇게 해가 질 때까지 비둘기를 지켜본 뒤 공원 근처에 있는 비싼 프렌치 레스토랑이나 이탈리안 레스토랑에 가서 이른 저녁식사를 시작한다. 그는 하루에 두 끼만 먹는데, 메뉴는 거의 매번 '오늘의 특선 요리'다.

사내는 어떤 음식이 나올지 모르는 채로 코스 요리를 즐기는 게 뜻밖의 기쁨을 최대한 맛볼 수 있는 방법이라고 믿는다. 그래서 셰프로부터 아무 설명도 듣지 않고 그저 먹는 데 집중한다. 술도 종종 마시는데, 자신이 먹을 요리와 가장 어울리는 와인을 달라고 요청한다.

그는 늘 소믈리에가 첫 번째로 추천하는 와인을 택한다. 고민하는 것은 힘겨운 일이다. 와인에 대한 설명도 듣지 않는다. 들어도 이해할 수 없는 이야기를 들어봤자 방해만 되기 때문이다. 대신 그는 와인의 빛깔과 향, 맛을 음미하는 데 정신을 집중한다.

그렇게 사내는 수많은 귀한 요리와 와인을 즐겼지만 그에 대한 지식은 없다. 그는 자신의 삶이 감각 경험만으로 충만해질 수 있다고 믿으며, 그 기쁨을 굳이 언어로 표현하거나 분류해야 한다고 보지 않는다.

사내는 과식하지도 과음하지도 않는다. 그는 감미로운 술과 고급 요리로 기분이 한껏 흐뭇해진 상태에서 집으로 돌아가는 길에 밤의 비둘기를 잠시 관찰한다. 그리고 보드라운 침대에서 비둘기 꿈을 꾸며 편히 잔다.

사내는 다른 사람에게 아무런 도움을 주지 않지만 해를 입히지도 않는다. 그는 다른 사람과 무관한 삶을 살아간다. 중세였다면 그는 나태와 식탐이라는 근원적인 죄를 저지른 사람으로 비난받을 것이다.

하지만 계몽주의 도덕가들은 이런 삶을 어떻게 비판해야 할지 곤혹스러워한다. 사내는 비둘기를 보느라 인생을 다 보내기 때문에 아무런 범죄도 저지르지 않는다. 그는 납세도 게을리하지 않는다. 사실 그는 모범 납세자로도 여러 번 꼽혔다. 세무사가 다 알아서 한 일이긴 하지만. 사내는 투표도 거른 적이 없다. 투표소에서 되는 대로 아무 후보나 찍고 나오기는 하지만.

사내는 억세게 운이 좋다. 전쟁도, 경제 위기도, 고통스러운 질병도 모두 그를 비껴간다. 딱히 건강관리를 하지 않았는데도 그는 100세까지 천수를 누리며 산다. 스트레스를 받지 않았고, 축복받은 유전자도 물려받은 덕분이다.

그런 그도 생의 마지막 일주일은 어쩔 수 없이 노인 전문 요양병원에 입원하게 된다. 이제 죽음이 찾아왔음을 사내는 예감한다. 그리고 생각한다.

아, 정말 멋진 삶이었어.

이런 이야기는 계몽주의 시대를 살고 있는 우리에게 무척 당혹스럽게 들린다. 사내의 삶에 뭔가 문제가 있다고 생각하지만 그게 뭔지 쉽게 설명하기 어렵다.

단도직입적으로 말해 비둘기를 좋아한 사내의 삶은 무의미하게 느껴진다. 저런 삶을 살고 싶어 하는 사람은 많지 않다. 실제로 저런 생활을 하는 사람은 금세 공허감과 자기혐오에 빠질 것이라고 나는 확신한다. 하지만 왜?

사내가 주관적으로 행복한 삶을 살았음은 의심의 여지가 없다. 그러면 그것으로 충분한 것 아닌가? 경제학자와 공리주의자들은 말한다.

사내의 삶에 문제가 있었다고 말하기 위해서는 삶에 객관적인 의미가 있다는 주장을 펼쳐야 한다. 그런 주장은 이중으로 힘겨운데, 우선 개인의 삶 외부에 의미의 근원이 있다는 것을 증명해야 한다. 그런데 우리는 오래전에 신을 죽였지 않은가? 여기서 도스토옙스키는 '그러브로

신이 살아 있어야 한다'고 말한다.

인간 바깥에 있는 의미의 근원을 찾은 뒤에는 더 큰 골칫거리에 맞닥뜨리게 된다. 인간 그 자체가 목적이 아니며, 인간의 생명보다 더 중요한 의미가 있다면, 우리는 인간의 우열을 정할 수 있게 된다. 의미의 근원은 가치 평가의 기준이 된다.

그때 우리는 비둘기를 관찰하며 기뻐하는 일 따위에는 가치가 없다고, 그런 일에 허비한 인생은 한심한 인생이었다고 사내를 비판할 수 있게 된다. 세상의 많은 직업들을 같은 논리로 비난할 수 있게 된다. 삶의 의미에 있어서도 빈부 격차가 있음을 확인하게 된다.

84.

"수사는 순리대로 해야 돼. 순리대로. 당장 상황이 마음에 안 든다고 무리하다 보면 사고가 난다고. 어떤 때는 잠시 접어두고 뭐, 기다릴 수도 있는 거야. 외국에 있던 용의자가 한국에 왔을 때 체포하는 경우도 있고 말이야."

정철희가 술자리를 마무리하며 말했다. 박태웅은 건성으로 듣는 것 같았다. 강력수사대장으로부터 허락받은 3개월의 시한도 보름 뒤면 끝이었다. 3개월이 다 지날 때까지 성과가 없으면 시간을 더 달라고 상부에 사정하지는 않을 뜻임을 정철희가 팀원들에게 그렇게 전한 것 같았다.

정철희는 갑자기 몸살 기운이 난다며 1차를 마치고 집에 갔다. 연지혜는 정철희가 진짜로 컨디션이 안 좋은 건지 아니면 자리를 피하려는 건지 궁금했다. 상사는 능구렁이고 나는 생각이 너무 많다, 그녀는 속으로 웃었다.

오지섭은 "2차 갈 사람?"이라든가 "다들 2차 갈 거지?"라고 묻지 않았다. 그냥 "2차는 어디로 갈까?" 하고 말했다. 2차 장소에 대해서는 그들이 식사를 마친 고깃집처럼 통일된 의견은 없는 듯했다.

최의준이 "전에 거기 어때요? 안에 네온사인 있던 곳이요" 하고 말하니 오지섭이 "어디, 우리 기네스 마셨던 거기?" 하더니 잠시 고개를 갸웃했다. 두 형사는 아주 죽이 착착 잘 맞아 보였다. 둘이서 술도 자주 마시나 보다.

오지섭과 최의준이 박태웅과 연지혜를 주한 파푸아뉴기니 대사관이 있는 빌딩 옆 건물 2층의 호프집으로 데려갔다. 열심히 하려는 게 보이지만 잘 안 될 것 같다는 느낌이 드는 프랜차이즈 바였다.

애써 젊은 분위기를 내보려 했지만 인테리어나 메뉴 구성이 모두 어색했다. 안주는 종류가 많을수록 좋다고 믿는 모양이었다. 떡볶이도 있었고 해물파전도 있었고 로제 파스타와 프랑스식 샌드위치도 있었다. 자체 개발했다는 수제 생맥주를 그다지 유명하지 않은 걸그룹 멤버들이 들고 웃음 짓는 포스터가 곳곳에 붙어 있었다.

"여기 분위기 괜찮네."

박태웅이 30분 만에 처음으로 입을 열었다.

"괜찮죠? 저랑 지섭이 형이 발굴한 곳이에요." 최의준이 말했다.

"여기 흑맥주 맛있더라. 생맥주로 팔더라고. 첫 잔은 그걸로 할까?" 오지섭이 말했다.

정철희가 없었으므로 그들은 정철희에 대한 이야기로 대화를 시작했다. 자리에 없는 우두머리에 대한 담화만큼 사람들의 마음을 여는 화제도 없다. 오지섭은 정철희가 무슨 생각을 하는지 알 수 없어서 종종 무섭다고 했고, 다른 형사들은 모두 고개를 주억였다.

최의준은 "형은 안 그런 줄 알았는데" 하고 조금 놀란 분위기였고, 연지혜도 같은 마음이었다. 오지섭은 "뭐, 뭐"라고 말할 때 정철희가 이런 표정을 짓는다며 눈을 게슴츠레 떴다. 별로 닮아 뵈진 않았지만 다들 크게 웃었다.

그들은 자연스럽게 다른 상사들, 각자 겪은 이상한 고참들에 대해 이야기했다. 오지섭은 "나 때는 엄청 맞아가며 배웠다" 같은 소리를 하지 않고 부드럽게 대화를 끌고 갔다. 그렇게 한참 입방아를 찧다 돌고 돌아 다시 정철희에게로 돌아왔다. "우리 반장님 같은 분 없다." 오지섭이 힘주어 강조했고, 형사들은 다시 한번 고개를 끄덕였다.

"반장님 이번에 경감 승진하실까요?" 최의준이 물었다.

"그야 모르지. 봐서 알잖아. 좋은 사람은 승진 빨리 못 하는 거." 오지섭이 대꾸했다.

"형은 승진 빨리 할 거 같아요."

박태웅이 오지섭을 향해 불쑥 말했다. 최의준과 연지혜는 순간 얼어붙었다. 오지섭은 빙그레 웃으면서 "그래?" 하고 되물었다.

"아니, 형이 좋은 형사가 아니라는 말이 아니야. 최고의 형사지. 그런데 승진에서 밀릴 거 같진 않아요. 형은 잘될 거야."

박태웅이 별로 당황한 것 같지도 않은 얼굴로 말했다.

"술 먹고 시비 거는 줄 알았더니 덕담이었네."

오지섭이 능구렁이답게 대꾸했다. 최의준이 속으로 가슴을 쓸어내리는 게 훤히 보였다. 연지혜는 자기도 최의준과 같은 표정이리라 생각했다.

"너한테 칼 들어오면 내가 나눠 맞아준다. 알지?"

오지섭이 박태웅을 똑바로 쳐다보며 물었다.

"당연하죠."

박태웅이 고개를 푹 숙였다.

"되게 웃기지 않나요. 우리는 그렇게 승진 신경 쓰잖아요. 그런데 경찰 전체로 보면 어디 웃대가리 중에 형사 출신 있습니까? 다 관리직들이지. 이게 뭐냔 말이에요. 경찰은, 나쁜 놈 잡는 게 경찰 아닙니까."

최의준이 맥주잔을 박력 있게 내려놓으며 말했다. 입가에 기네스 거품이 묻어 있었다.

"그게 아닌 거 아닐까." 오지섭이 말했다.

"아니라뇨?"

"나쁜 놈 잡는 게 경찰의 일이긴 하지만, 그게 경찰의 일 전부는 아닌 거지. 난 솔직히 방범이 수사보다 중요하다고 보는데. 사건이 발생하지 않게 미리 막는 게 터진 다음 범인 잡는 것보다 대부분의 시민들한테 좋은 일 아냐? 경비나 정보 업무도 큰 틀에서는 방범으로 볼 수 있고 말이야. 나는 교통 단속도 사고 나지 않게 사람들 주의 주는 데 초점을 둬야지, 나쁜 운전자 잡겠다는 식으로 하면 안 된다고 생각해."

"하지만 세상엔 나쁜 놈들이 있어요. 형도 아시잖아요." 박태웅이 말했다.

"있지. 잡아야지, 그런 새끼들은. 그런데 나쁜 놈들 잡는 일이 재밌잖아. 막 사람 마음을 사로잡잖아, 그 일이. 거기에 너무 빠지면 안 돼. 마음이 상하게 돼. 어떤 식으로든 말이야. 그리고 경찰 업무가 나쁜 놈 잡는 거라고 여겨서도 안 돼. 우리는 말이야, 시민을 보호하는 수호자들이야. 사냥꾼이 아니야. 경무 업무도 중요한 거야. 그게 없으면 그냥 폭력 조직이 되는 거야."

"왜 저를 보고 말씀하세요." 박태웅이 투덜거렸다.

"너 강원도 갈 때 내가 걱정이 많았다." 오지섭이 웃었다.

"강원도에서 뭐 하셨어요?" 최의준이 물었다.

"태극권 배웠어." 박태웅이 대답했다.

"태극권이요? 중국 사람들이 공원에서 하는 그거요?"

연지혜가 물었고 최의준이 웃기 시작했다.

"매일 아침마다 집 앞에서 했다. 뭐가 우습냐, 이 자식아."

"아니, 웃겨서 웃은 게 아니라 너무 의외라서……. 그거 무술은 아니지 않아요?" 최의준이 얼버무렸다.

"마음 수양을 위해 한 거지. 명상은 못 하겠더라고."

박태웅이 설명하기 시작했다. 처음에는 태극권의 특징과 장점에 대해 거창하게 말하다가 잠시 뒤에는 '독학으로는 배우기 어렵다'는 이야기가 되었다. 그런데 박태웅 본인이 바로 그렇게 유튜브와 책으로 태극권을 독학했다는 것이었다. 그리고 자세를 제대로 익히지 않은 탓에 허리와 무릎이 나빠졌다고 했다.

"몸을 둥글게 하는 동작들이 있는데, 그게 제대로 하지 않으면 허리에 안 좋대."

"그게 도대체 무슨 얘기예요?"

연지혜가 어이없어하며 물었다.

"강원도 내려가서 뭐 했느냐며. 태극권 잘못 배웠다 이거지. 그 바람에 허리 아작 날 뻔했고."

박태웅이 반건조 오징어를 씹으며 대답했다.

"그게 전부예요, 선배? 너무 허망하잖아요." 연지혜가 물었다.

"소방관 시험도 잠깐 준비했어. 그건 더 허망한 얘긴데." 박태웅이 말했다.

"소방관?"

"소방관이요?"

오지섭, 최의준, 연지혜가 동시에 물었다. 다른 사람들의 반응에 박태웅은 도리어 놀란 것 같았다.

"아니, 소방관은 왜요?"

이번에도 최의준과 연지혜가 동시에 물었다.

"아니, 뭐……. 오래 매달린 것도 아닌데……. 그냥 한 3주 정도 준비했어. 그거 교재 사고 인강 등록했다가 돈만 날렸네."

박태웅이 눈을 껌뻑이며 대답했다.

"형, 얼마나 준비했는지를 묻는 게 아니라 왜 준비했는지를 묻는 거잖아요." 최의준이 말했다.

"그냥 그때 너무 지쳐 있었어. 형사 말고 다른 일 없을까 싶었고. 다들 한 번씩 생각해보잖아. 나는 그때 형사가 아니라 아예 경찰이 싫었던 거 같아."

"왜요?" 연지혜가 조심스럽게 물었다.

"글쎄, 전에 연 형사한테 한번 얘기했던 거 같은데, 내가 원래는 내가 잡은 놈들 그 후에 어떻게 되는지 잘 안 찾아보거든. 그런데 그때 어떤 사건 때문에 너무 힘이 빠져서, 이게 이만큼 공을 들일 일인가 갑자기 궁금해지는 거야. 그래서 삼척시 근덕면 파출소에서 쫙 찾아봤지. 내가 잡아들인 놈들 다 어떻게 됐는지."

"그랬더니?"

이번에는 오지섭이 물었다. 그도 박태웅의 이야기에 흥미를 느낀 모양이었다.

"그랬더니, 그중에 빵에 있는 놈들은 10퍼센트가 안 되더라는 얘기죠. 그럴 거라 예상은 했지만."

"10퍼센트면 높네. 아주 나쁜 놈들만 잡았나 보네."

오지섭이 약을 올렸다.

"뭐 형기 다 채우고 출소한 녀석도 있고."

박태웅이 말했다. 재판에서 무죄를 받거나 집행유예로 풀려난 사람 비중이 그리 높진 않았다는 항변이었다.

"그래서 형사 뭐 하러 하나 싶었어? 그래서 소방관이 낫겠다 싶었고?" 오지섭이 물었다.

"사람이 일을 하면 그래도 보람이 있어야 하잖아요. 그렇게 쉽게 풀어줄 걸 왜 그렇게 어렵게 잡아요. 형님은 아까 우리가 하는 일이 시민을 보호하는 거라고 하셨죠. 그런데 우리가 아무리 애를 써도 어디서 얻어맞고 돈 뺏기고 성폭행당한 사람들은 마음에 상처가 남아요. 뼈 부러지고 살 찢어진 거 다 낫고, 돈 돌려받아도, 마음의 상처는 오래가요. 그게 몇십 년씩 가는 사람도 있어요. 저 그런 사람 많이 봤습니다."

아무도 대꾸하지 않았다. 박태웅은 말을 이었다.

"그거 옆에서 누가 아무리 다독여줘도 치유 안 돼요. 그게 된다고 하는 사람들은 다 사기 치는 거야. 그리고 뭐 나라가 범죄 피해자들한테 그렇게 잘 보상해주는 것도 아니잖아."

"전혀 안 해주지." 오지섭이 말했다.

"그러면 어떻게 해야 그렇게 다친 마음이 치유가 되나요? 선배 생각은 뭔데요?" 연지혜가 물었다.

"복수." 박태웅이 대답했다.

"캬아" 하고 오지섭이 감탄인지 한숨인지 모를 소리를 냈다.

"사람한테 당한 마음은 보복을 해야 풀린다고요. 그게 인간 본성이라고 봅니다, 저는. 내 자식이 암에 걸려 죽는다, 번개에 맞아 죽는다, 그러면 엄청나게 슬플 테고 한동안 정상적으로 살지 못할 테죠. 그래도 그런 경우에는 회복 가능성이 있어요. 내가 등산 갔다가 굴러떨어져서 한쪽 눈이 먼다, 한쪽 다리를 못 쓰게 된다, 그러면 아마 한 1년 있으면 그냥저냥 적응해서 한 눈이나 한 다리 없이 잘 살걸요? 그런데 누가 내 다리를 잘랐다, 내 눈을 찔러서 멀게 했다, 그리고 그놈이 계속 떵떵거리면서 잘 살면? 그러면 나는 절대 잘 살지 못해요. 누가 내 자식을 죽였다, 그리고 버젓이 잘 돌아다닌다? 그런 일을 당한 사람은 결코 일상으로 돌아오지 못합니다. 인간은 손해는 잊을 수 있지만 악의는 잊지 못해요. 홀홀 털어버릴 수가 없다고요."

"난 동의."

최의준이 그렇게 말하고 주문 벨을 눌렀다. 그들은 피처와 소주를 시켰다. 최의준이 능숙하게 폭탄주를 만들기 시작했다.

"우리는 복수를 대신 해주는 사람들이라는 말씀인가요? 그런데 그 복수를 충분히 해주지 않고 있다?" 연지혜가 물었다.

"그렇게 생각한 적도 있었지. 나는 나쁜 놈들은 시민으로 보지 않으니까. 적절하게, 너무 과도하지 않게, 딱 받아야 하는 만큼 나쁜 놈들에게 복수해주는 거, 그게 경찰, 검찰, 법원이 할 일이라고 말이야. 순진한 생각인 거 알지. 범죄자 교화도 물론 해야지. 그런데 난 이렇게도 생각해. 복수라는 게 누가 대신 해줄 수 있는 걸까? 당사자가 직접 해야 하는 거 아닐까? 그렇다면 애초에 경찰, 검찰, 법원은 불가능한 일을 하겠다고 말하는 사람들인 거 아닐까?"

"그러니까 우리가 하는 일은 복수가 아니다, 그런 뜻이 되는 거 아닐까요?"

연지혜가 자신 없는 목소리로 반박했다.

"그러면 우리가 하는 일은 뭔데?"

"정의요, 아이고⋯⋯."

연지혜의 목소리가 더 작아졌다. 정의와 복수가 뭐가 다르냐는 질문을 받으면 뭐라고 대답해야 할까.

"너는 여성 범죄 별로 안 해봤다고 했지. 난 좀 해봤어. 처음에 경찰서에 찾아오는 피해자 중에 의연한 사람들이 꽤 있다고. 막 울고불고 안 그런다고. 그런데 그 사람들이 수사를 받다가 다른 피해자들이랑 똑같아져. 우리가 꼬치꼬치 물어보고, 증거 없냐고 물어보고, 그 사람 말을 의심하는 듯 대하잖아. 왜 강하게 저항하지 않았나요, 그러면서."

연지혜는 고개를 크게 끄덕였고 오지섭은 천장을 쳐다보았다. 박태웅은 말을 이었다.

"딴에는 도와주겠다는 놈들도 마찬가지야. 이상한 코치나 해주지. 그 대목에서 죽을 정도로 수치심을 느꼈다, 그렇게 말해야 저놈을 처벌하기 좋다, 그런 식으로. 그러면서 막 상처 입은 사람 연기를 시켜. 그러면 희한하게도 상처 입은 사람 연기를 하다가 정말 상처를 입어. 그러고 나면 그때부터 그 상처가 평생 가는 거야. 이게 뭐야? 시민을 보호하는 게 아니라 그 반대잖아. 그러면서 막상 그 가해자를 세게 처벌하느냐 하면 그것도 아니야. 나는 차라리 우리가 범인을 피해자랑 같이 잡고 피해자들한테 몽둥이를 줘서 가해자를 두들겨 패게 했으면 좋겠어. 특히 성폭행 같은 건."

연지혜는 박태웅이 하는 말에 고개를 끄덕이면서도, 자신이 희망교도소를 다녀올 때 했던 얘기와는 꽤 다르다고 생각했다.

"그래서, 소방관은? 범인 잡는 것보다 불 끄는 일이 낫겠다 생각한 거야?" 오지섭이 물었다.

"글쎄요, 표현하기 나름인데⋯⋯. 지금은 다 지나간 일인데 뭘 이리

물어대는지."

박태웅이 맥주를 들이켠 뒤 투덜댔다. 트림에 섞여 문장 마지막이 흐려졌다.

"일 잘하는 베테랑 형사 잃을까 봐 걱정돼서 그렇지."

오지섭의 말에 박태웅은 허탈하다는 듯이 짧게 웃고는 시선을 올려 허공을 보며 말했다.

"그냥, 내가 뭐 하는 사람인가, 이 일에서 보람을 얻을 수 있나, 그런 생각이 들더라고요. 정의, 복수, 시민 보호, 뭐건 간에 그걸 내가 하고 있나. 나쁜 놈을 잡아서 벌준다, 그걸 완결되게 하지는 못하는 거 같다. 그런데 소방관은 그런 고민 안 할 거 같더라고요. 소방관은 사람 살리는 일이잖아요. 거기는 화재 현장에 들어가서 사람 구해내면 진짜로 사람을 구해낸 거고, 그걸로 끝이잖아. 그 뒤에 검사니 판사니 하는 사람들이 화재 현장에서 구해낸 사람을 다시 불구덩이에 집어넣고, 그런 일은 없잖아. 그래서 소방관이 되면 보람은 많이 느끼겠다, 어느 날 사람 구하고 집에 돌아오면 정말 뿌듯한 기분으로 잘 거 같다, 그렇게 생각한 거죠."

"그런데 왜 그만두신 거예요? 그 공부를." 최의준이 물었다.

"이 말도 들으면 웃을 텐데, 시험이 너무 어려운 것 같더라고."

박태웅의 대답에 오지섭, 최의준, 연지혜는 빵 터져서 깔깔대며 웃었다. 박태웅이 구시렁거리며 말을 이었다.

"1년 준비해서 될 게 아니던데. 그리고 나이 제한도 있어. 군대 갔다 온 기간만큼 연장해주니까 계산해보니 나한테 딱 2년밖에 없어. 결정적으로 인터넷 강의를 듣는데 강사 말투가 너무 거슬리더라고. 공통 과목들 있잖아. 국어, 영어, 한국사. 강사들 왜 이렇게 비장해. 그리고 왜 이렇게 싸가지가 없냐. 수험생들이 무슨 죄를 졌는지, 강사들한테 야단 맞으며 수업을 들어야 하더라고. 목숨 걸고 준비하래. 그 말을 한 놈도 아니고 여러 놈이 해. 9급 공무원 시험 공부하는 데 왜 목숨을 걸어야 하냐?"

"목숨값들이 싸서?"

최의준이 농담을 던졌지만 아무도 웃지 않았다. 박태웅이 하던 이야기를 계속했다.

"그런 말을 듣고 있는데 그게 수험생들 잘못은 당연히 아니고, 그 말을 하는 강사도 딴에는 진심 어린 충고라고 하는 이야기일 테고, 답답하더라고. 이게 누가 잘못한 건지, 어디서부터 잘못된 건지는 모르겠는데, 하여간 마음에 안 들었어. 듣고 있기 괴로웠어. 아니, 괴로운 정도가 아니라 그냥 다 불 질러버리고 싶더라. 내가 불 끄는 직업을 얻어보려고 하는 건데 불 질러버리고 싶은 마음이 생기니 이상하잖아. 그래서 그냥 관두기로 했어."

그때 연지혜의 휴대폰 벨소리가 울렸다. 주머니에서 전화기를 꺼내 발신인을 확인해보니 영화감독 구현승이었다. 오후 9시가 넘은 시각인데 무슨 일일까. 연지혜는 궁금히 여기며 자리에서 일어나 케이팝이 신나게 울려 퍼지는 가게 밖으로 나갔다.

막상 구현승의 용건은 시시했다. 지금 뭐 하느냐고, 한가하면 술을 마시러 오지 않겠느냐는 권유였다.

"지금 저랑 김상은이랑, 주민음이랑 같이 믿음공방에 있거든요. 형사님이 우리 전부 다 만나셨잖아요. 그것도 최소 두 번씩. 그런데! 우리 세 사람이! 놀랍게도 형사님에 대해서 전원 아주 호감을 느꼈단 말이에요.

그래서 다들 말렸지만 제가 이렇게 대표로 전화를 걸어요. 이리 와서 같이 술 마셔요! 저희 지금 막 2000년 이야기하고 있어요. 오셔서 듣다 보면 중요한 단서를 얻을 수도 있잖아요. 우리가 각자 말할 때는 중요하지 않다고 생각해서 빼먹었거나 까먹었던 거."

"지난번에도 같은 말씀 하셨던 거 같은데……."

상대가 취해 있음을 안 연지혜가 안 된다고, 지금 수사회의 중이라고 거절했다. 고전 읽기 모임 멤버였던 연세대 졸업생들과 함께 술을 마시다 힌트를 얻어 부산과 울산에 찾아가게 된 건 사실이어서 정중히 말했다. 그런 거절이 어정쩡하다고 느꼈는지 구현승은 떼를 썼다.

"무슨 수사회의를 이렇게 늦은 시간까지 해요! 지금 아무리 봐도 술집에 계신 거 같은데, 형사님?"

다음에 만나서 한잔하자고 구현승을 달래며 연지혜는 겨우 전화를 끊었다. 휴대폰을 주머니에 넣고 고개를 드니 오지섭이 가게에서 나와 그녀 앞을 지나치고 있었다.

화장실에 가는 길인 줄 알았는데 오지섭은 에스컬레이터를 탔다. 에스컬레이터 앞에서 연지혜와 한 번 더 눈이 마주친 오지섭은 두 손가락을 입에 대며 담배를 피우는 제스처를 했다. 연지혜는 고개를 끄덕이고 오지섭을 따라갔다. 오지섭은 연지혜를 기다리는 시늉도 하지 않고 먼저 내려갔다.

연지혜는 건물 현관을 빠져나가면서야 겨우 오지섭이 자신을 부르지는 않았음을 깨달았다. 그는 그저 자신이 담배를 피우러 간다는 사실을 알렸는데, 연지혜가 강아지처럼 그를 쫓아갔다.

그 사실에 약간 자존심이 상한 연지혜는 담배에 불을 붙이고 있는 오지섭에게 다소 무뚝뚝하게 담배 한 대 달라고 말했다. 생각해보니 전자

담배 파우치도 자리에 두고 왔다. 오지섭은 맵시 있게 담뱃갑에서 궐련을 한 개비 뽑아 연지혜에게 권했다. 그는 전자담배를 피우지 않았다.

오지섭은 정철희나 박태웅과는 달랐다. 오지섭을 대할 때에는 성적인 긴장감이 일었다. 그것은 호감이나 거리감과는 상관이 없는, 다른 차원의 문제였다.

연지혜가 짐작하기로는 오지섭 역시 그런 감각을 느꼈는데, 그것을 아무렇지도 않다는 듯 태연하게 받아들이고 있었다. 연지혜는 오지섭이 노련한 남자라고 생각했다. 그녀보다 열두 살이나 많고 이혼남이라서 그런지는 모르겠지만.

"우리 지혜 욕보네."

오지섭이 담배 연기를 내뿜으며 말을 걸었다.

"욕이요? 제가요?"

연지혜가 어리둥절해져서 되물었다.

"아까 태웅이가 나 승진 빨리 할 거 같다고 할 때 표정이 가관이던데."

"아니, 그건…… 제가 박 선배 말을 오해해서…….."

"오해한 건가?"

"오해한 거죠."

"태웅이 자식 부럽다. 이렇게 지 챙겨주는 후배 형사도 있고."

"아까 기분 상하셨어요? 박 선배 얘기 때문에?"

"기분 상할 것까지야. 그냥 외로웠지. 나는 그 새끼를 이해하는데 그 새끼는 나를 이해 못 한다는 게."

욕설을 입에 담았지만 오지섭의 표정은 부드러웠고, 장난기도 조금 어려 있었다. 오지섭이 담배 연기를 길게 뿜었고, 연지혜는 뭐라고 대화를 이어가야 할지 몰랐다.

"태웅 선배 얘기에는 별로 공감하지 않으세요?"

"형사라면 다 공감할 얘기지. 문제는 얼마나 하느냐는 거지. 지혜는 얼마나 공감했어?"

연지혜는 이제 '지혜'라고 불리는 게 반갑지 않았다.

"꽤요. 꽤 공감했어요."

"난 반절만 공감했어."

오지섭은 그 이유를 설명하지 않았다. 연지혜는 자신이 뻔한 수작에 넘어간다는 생각을 하면서 "왜요?"라고 물었다.

"난 태웅이 녀석이 실제로는 정의가 아니라 폭력에 끌리고 있다고 생각해. 팔다리를 제 마음대로 휘두르고 싶다 이거지. 화재 현장에서는 그게 돼. 그런데 우리는 범인을 쫓을 때나 체포할 때 그걸 못 해. 태웅이 녀석은 그게 답답한 거야. 내 생각에는 우리는 다 똑같아. 지혜 너도 어느 정도는 그럴 거고. 오늘 집에 가서 자기 전에 한번 잘 생각해봐."

"형사라면 다 폭력에 끌려. 그리고 다른 사람을 공격할 수 없을 때 자기를 공격하게 되지. 자신을 향해 폭력을 휘두르는 거야. 지혜도 그렇게 되지 않도록 조심해."

연지혜는 서촌 단독주택으로 걸어오며 오지섭이 한 말을 생각해보았다. 이어지는 주황색 가로등 불빛을 보고 있자니 주민읍의 공방 조명이 떠올랐다.

오지섭의 지론은 얼핏 듣기에는 설득력 있는 소리로 들렸다. 형사라는 말 대신 경찰, 권력이라는 단어를 써도 될 것 같았고, 인간을 그 자리에 넣어도 성립할 것 같았다. 그러나 연지혜는 자신이 폭력 자체에 매료된 사람은 아니라고 생각했다. 적어도 폭력을 목적으로 추구하지는 않는다고 믿었다.

천인공노할 아행을 저지른 범죄자를 대할 때에는 분노에 휩싸이기는 하지만……. 그렇다면 자신이 박태웅이 말한 복수에는 동의한다는 뜻일까? 정의는 제도화한 복수에 불과할까? 연지혜는 정의는 복수와 달라야 한다고 믿었지만 자신 있게 그런 주장을 펼칠 수는 없었다.

'어느 날 제대로 알게 될 것이다.' 연지혜는 예감했다. 자신의 미래를 흘끗 본 기분이 들었다. 언젠가 너는 여성 청소년 범죄를 담당하게 돼. 그리고 거기서 너무나 끔찍한 사건을 맡는다. 너는 분노할 테고, 이성을 잃을 거야. 분노가 너를 덮칠 거야.

그때, 네가 바라는 게 정의인지 복수인지 알게 될 거야.

선택하게 될 거야.

그런 생각을 하며 연지혜는 몸을 부르르 떨었다.

집에 들어와서는 옷을 갈아입고 습관적으로 냉장고 문을 열어 맥주 캔을 꺼냈다. 편의점에서 할인 행사라는 문구에 고민도 하지 않고 산 제품이었다. 매장에서 맥주를 집어들 때에는 오랜 역사의 밀가루 회사와 신생 수제 맥주 회사가 함께 제품을 만들었다는 것이 신선하고 재미있었다. 이제 보니 조잡하고 기괴했다.

한 모금을 들이켠 뒤 옷을 갈아입었다. 이미 알딸딸하게 취한 터라 밀가루 회사 로고가 그려진 맥주의 맛은 제대로 가늠할 수 없었다. 폭탄주를 마시다 와서인지 좀 부드럽고 순한 것 같다는 느낌 정도였다.

거실 반경 100미터 안에서만 사용하는 무릎 늘어난 트레이닝복으로 갈아입은 연지혜는 쪽마루에 앉아 캔 맥주를 홀짝홀짝 마셨다. 고양이 무탈이는 오늘도 내려올 기미가 보이지 않았다. 죽었을까. 길고양이의 삶은 위험하고 팍팍할 테니. 아니면 근처 어느 주민의 집에 입양됐을까. 귀엽게 생겼고, 길고양이 치고는 사람을 잘 따르는 편이었으니까.

방향 없이 떠돌던 상념들이 서서히 하나의 초점으로 모아졌다. 그녀 자신에게로, 그녀가 하는 일로.

나는 소방관이 부럽나? 소방관이 되고 싶은가? 연지혜는 부드럽고 순한 것 같지만 맛을 정확히 알 수 없는 맥주를 홀짝홀짝 마시며 생각했고, 몇 분 지나지 않아 확실하게 아니라는 답변을 내리게 되었다. 그녀는 정의와 깊은 관계를 맺고 싶었는데, 소방관은 그런 직업이 아니었다. 정의가 무엇인지는 아직 자신의 언어로 명확히 정의하기 어려웠지만.

공방을 찾는 손님들은 가구와 보다 긴밀한 관계를 맺고 싶어 한다고 주민음이 설명했었다. 주민음은 그것을 '고유하고 개인적인 이야기'라고 표현했다.

흰곰이 그려진 맥주 한 캔을 다 비운 뒤 조금 더 마실까 말까 고민하다 냉장고로 걸어갔다. 맥주는 세 캔이 더 있었는데, 한 캔은 조금 전에 마신, 제분 회사가 참여한 제품이었다. 다른 두 캔은 구두약 제조사가 만든 흑맥주였다. 편의점에서 재미있다며 바구니에 담았던 기억이 났다.

그러나 그때와 달리 지금 기분은 뜨악함이었다. 그 제품들은 맥주와 깊은 관계를 맺고 있는 것 같지 않았다. 물론 그렇다고 밀가루나 구두약과 깊은 관계인 것도 아니었다. 이 우스꽝스러운 상품들은 장난과 깊은 관계였고, 그 순간 술에 취한 연지혜에게는 그것이 맥주에 대한 모욕처럼 느껴졌다.

양조업자들도 그렇게 생각할까?

나는 경찰 업무와, 정의와 깊은 관계를 맺고 있나?

경제팀에서 일할 때에는 그런 느낌을 받지 못했다. '경찰의 일'이라는 거대한 서사에서 소외되어 있는 기분이었다. 경제팀의 이야기는 고

유하지도 않고, 개인적이지도 않았다.

강력팀 형사로 일하면서도 무의미하다 싶은 서류 작업을 할 때가 있었지만, 경제팀에서만큼은 아니었다. 한데 그런 보람, 어떤 충만한 감각을 얻는 대신 시간외근무나 부상의 위험 같은 것에 대해 함구해야 했다.

이제 그녀는 자기 몫에 대해 생각한다. 돈이나 진급을 바라는 게 아니다. 정의에 더 깊이 참여할 수 있게 해달라는 거다. 그 전체가 어떻게 생겼는지, 어떤 길인지는 여전히 모르겠지만, 누가 정해놓은 짧은 구간에만 머물고 싶지는 않다. '정의에 참여한다'는 이유로 형사사법시스템이 보수 없는 초과근무를 요구한다면, 그녀 역시 자기 목소리를 낼 수 있다고 생각한다.

내가 강력팀 형사로 일하면서 정의와 깊은 관계를 맺지 못한다면, 그것은 나에 대한 모욕일까?

나는 왜 정의와 깊은 관계를 맺고 싶어 할까?

나보다, 인간들보다 더 거대한 무언가에 몸담고 싶어 하는 욕망에 불과한 것일까? 그렇게 해서 나라는 왜소한 존재를, 죽음을, 유한함을 뛰어넘으려고?

내가 하느님을 믿었다면, 정의에 대해 이렇게까지 비장한 태도는 아니었을까?

지금이라도 교회에 다녀야 할까?

연지혜는 휴대폰을 켜서 음악을 틀었다. 크리스 벨의 〈천국으로 가는 엘리베이터(Elevator to Heaven)〉가 나왔다. 술기운에 젖은 연지혜는 정의나 교회나 천국이나 엘리베이터가 아니라, 블루스에 대해 생각하기 시작했다.

록과 힙합이 불만과 분노와 깊은 관계를 맺은 음악이라는 김상은의 해석은 그럴싸하게 들렸다. 블루스는 슬픔을 삭이는 음악이라고 김상은이 말했지. 김상은은 음악을 굉장히 열심히 듣는 것 같았다. 흘러나오는 거의 모든 노래의 가사를 알고 있었다.

하지만 이제 연지혜는 블루스에 대한 김상은의 설명이 불충분하다고 여겼다. 그 장르에는 물론 애수의 정조가 깔려 있지만, 관조적이거나 유머러스한 곡들도 적지 않다.

위대한 블루스 뮤지션들은 고통을 재료로 선율을 만든다. 그 소재와 결과물은 너무나 인간적이고, 우리는 그 음악을 들으며 바흐의 푸가를 들을 때와는 다른, 몹시 인간적인 감정에 휩싸인다. 슬픔은 그중 하나다. 그런 점에서 블루스는 재즈와도 다르다.

유난히 조용한 밤이었다. 연지혜는 어둠을 바라보며, 구두약 회사가 만든 맥주를 안주 없이 천천히 마시며 오랫동안 그런 생각을 했다.

다음날 연지혜는 아침 내내 심한 숙취에 시달렸다. 구두약 회사가 만든 흑맥주에 구두약 성분이 들어 있었던 것 아닐까 하는 부조리한 생각이 들었다.

두통으로 고생하는 티가 났는지, 오지섭이 최의준과 함께 외근을 나가며 연지혜를 보고 싱긋 웃었다. 오지섭은 평소보다 오히려 더 컨디션이 좋아 보였다. 연지혜는 '집에 가서 혼자 몇 잔 더 했다고요'라고 항변하고 싶은 기분이 들었다.

메일함을 열고 30초 뒤 그런 기분은 사라졌다. 두통도 사라졌다. 그녀는 서울남부출입국·외국인사무소에서 보내온 메일을 그대로 두부 출력했다. 이렇게 빨리 회신이 올 줄 몰랐다. 외국인등록증의 사진이 이렇게 선명한 줄도 몰랐다. 흑백으로 출력하면 흐려질까? 뭐 어쨌든……. A4지 두 장을 들고 정철희의 자리로 가면서 연지혜는 그런 생각을 했다.

손에 들고 있던 종이 두 장 중 한 장은 걸어가면서 박태웅의 책상에 던지다시피 놓았다. 연지혜는 박태웅의 반응을 기다리지 않고 정철희에게로 가서 남은 한 장을 내밀었다. 그리고 정철희의 눈이 번쩍 뜨이길 기다렸다.

2초쯤 뒤에 정철희의 눈이 커졌다.

"맞네. 이놈."

정철희가 중얼거렸다.

"이 녀석 맞죠?"

연지혜가 물었다.

"이거, 이 새끼 맞는 거 같은데?"

뒤에서 박태웅이 화들짝 놀란 목소리로 말했다. 박태웅이 벌떡 일어나는 통에 의자가 뒤로 넘어가는 소리가 들렸다. 심증이 가는 피의자를 찾아냈을 때 그 상대를 '새끼'라고 부르는 것은 모든 형사들의 공통된 습관이다.

그 뒤로 5분가량 세 형사는 사진을 보며 지능이 모자란 사람들처럼 "맞네, 맞아" 하는 말만 반복했다. "흑백으로 출력한 이미지보다 화면으로 보면 더 또렷하게 구분할 수 있다"고 연지혜가 말하자 다들 또 바보처럼 연지혜의 자리로 우르르 몰려갔다.

원본인 컬러사진 속에서 한 남자가 똑바로 정면을 응시하고 있었다. 명민하고 유능해 보인다. 동양인이지만 어딘지 동양에서 자라지 않은 듯한 느낌을 주는 외모다. 고작 증명사진인데도 인물의 자신감이 전해져온다. 이자는 자기가 있는 공간을 장악하고 있다.

몸에 딱 붙는 멋진 양복을 입고 있다. 아마 비싼 브랜드일 것이다. 옷 아래로 탄탄한 가슴 근육이 있다. 목이 길어서 귀티가 난다. 연지혜는 그 목 길이가 결정적이라고 생각했다. 어깨가 넓어서 남성미가 느껴진다. 박태웅은 그 어깨 넓이가 결정적이라고 주장했다.

턱선과 입매, 코의 크기, 콧날의 길이, 콧날이 휘어진 정도, 코가 솟은 각도, 콧구멍 모양과 각도, 인중의 생김새, 도드라지지 않은 광대뼈와 날렵한 뺨, 어깨의 모양, 팔뚝의 굵기. 모든 것이 22년 전 CCTV 화면과 일치했다.

연지혜는 옛 애인 사진이라도 보는 것처럼 그 이미지를 뚫어지게 바라보며 구석구석을 관찰했다. 그들이 그토록 보고 싶어 했던 얼굴이었다.

형사들이 22년간 궁금해했던 눈은 좌우로 길고 반듯하며 눈동자가 커서 그윽하게 보인다. 눈썹은 짙고, 한쪽 눈에만 쌍꺼풀이 있다. 하지만 부자연스럽게 보이지는 않는다. 이마는 적당한 크기에 시원하게 생겼다. 머리카락이 풍성한데, 모발선은 눈, 눈썹처럼, 반듯한 일자 형태다.

미국인. 체류 자격은 '거주(F-2)'. 연지혜는 '거주'가 무슨 의미인지 몰라 고개를 한 번 갸웃했다. 취업하지 않아도 거주할 수 있다는 뜻인가?

"잘생겼네, 개새끼." 박태웅이 말했다.

"미리 생각했어야 하는 건데. 브로드웨이 잉글리시 학생들의 반응이 달랐잖아, 뭐, 마이클 앤턴이랑 베니 리에 대해서는 왜 갑자기 그만두느냐고 학원에 항의하는데 제시 한에 대해서는 그러지 않았단 말이지. 나중에 돌아오는지, 연락할 방법은 없는지를 물었어. 뭐, 잘생겼으니까 그런 거지." 정철희가 말했다.

"민소림이 이 남자랑 사귀었겠죠?"

지혜가 물었다. 무슨 이유에서인지, 그 질문에는 아무도 답하지 않았다. 잠시 뒤 정철희가 다른 걸 물었다.

"이 새끼가 지금 한국에 있다는 말이지?"

"네, 서울 구로구 신도림동이에요." 연지혜가 대답했다.

"일단 주소는 신도림 엘리시움시티라고 되어 있네요. 여기 백화점 아닌가? 백화점에서 사는 건가." 박태웅이 말했다.

"등록 주소니까 실제로 거기 거주할지는 모르겠지만요." 연지혜가 말했다.

"뭐, 확인해봐야지. 진짜 거기 살고 있는지." 정철희가 말했다.

서울남부출입국·외국인사무소에서 보내온 정보에 생년월일이나 나이는 적혀 있지 않았다. 사진만 보면 성숙한 이십대 후반으로도, 동안인 사십대 후반으로도 보였다. 이렇게까지 얼굴 아랫부분이 닮았는데, 막상 찾아보니 나이가 안 맞는다거나, 2000년에 한국에 머문 적이 없는 인물로 밝혀진다면 정말 허탈할 거라고 연지혜는 생각했다.

85.

비둘기를 좋아하는 사내에게는 먼 친척 여동생이 있는데, 공교롭게 그녀 역시 비둘기에 큰 관심이 있다고 상상해보자.

그녀도 친척 오빠처럼 하루 거의 대부분을 비둘기를 관찰하며 보낸다. 그녀 또한 부모에게 유산을 넉넉하게 물려받았고, 다른 사람과는 사실상 교류가 없다. 겉으로 보기에 이 여성의 삶은 친척 오빠의 삶과 별로 다르지 않다.

하지만 그녀는 대체로 불행하다. 일단 몸이 아프다. 어릴 때부터 그랬다. 사춘기 이후로 지긋지긋한 치통과 관절염, 심각하지만 넌더리 나는 아토피성피부염에 시달리고 있으며, 다소 과체중이다. 그녀는 종종 끝모를 우울감에 사로잡히곤 한다. 그러나 정신과 진료는 거부한다.

비둘기를 좋아하는 이 여성은 자신이 고립된 삶을 살고 있음을 자각한다. 그녀는 가끔 '평범한 사람들'의 삶, 그들 가운데서 보내는 일상, 우호적인 친구와 지적인 동료들과 함께하는 시간에 대해 궁금해한다. 하지만 정신과 의사를 찾아가지 않는 것과 마찬가지로, 그녀는 다른 사람에게 먼저 다가가지 않는다. 그녀는 그런 자기 자신을 경멸한다.

그녀는 비둘기를 관찰하지만 친척 오빠와는 다른 것을 본다. 비둘기는 때로 그녀 자신의 거울이다. 그녀는 통통한 몸집으로 잘 날지 못하는 비둘기와 자신을 동일시한다.

도시 비둘기 중에는 발가락이 없는 개체가 많은데, 그녀는 그 모습을 자신의 관절염과 연결 짓는다. 공원을 산책하던 사람들이 가까이 다가온 비둘기를 보고 화들짝 놀라거나 날아드는 비둘기를 보며 비명을 지를 때 그녀는 자신이 비난을 받은 것처럼 고개를 숙인다.

그녀는 비둘기를 사람들과 같은 공간에 살면서도 환영받지 못하는 존재, 추방당한 인간으로 본다. 그녀는 비둘기가 도시에서 환영받지 못하면서도 자기 살 자리를 어렵게 마련하는 모습에 주목한다.

그녀는 비둘기들이 특정한 나무나 가로등을 중심으로 파벌을 이루며, 신호등의 색깔 변화를 이해한다는 사실을 알아차린다. 그녀는 비둘기들이 각종 오염 물질에 취한 상태이며, 게으르다기보다는 아파서 몸을 잘 움직이지 못하고, 개체 수가 너무 많아 치열한 생존경쟁을 벌여야 함을 깨닫는다.

아마추어 조류학자인 그녀는 아마추어 시인이기도 하다. 그녀는 집에 돌아와 비둘기에 대한 시를 쓴다. 어떤 사조에도 속하지 않는 독특한 시다. 하나의 작품인지 독립된 여러 편의 작품인지, 연작시인지도 알 수 없다. 페르난두 페소아가 비둘기에 대해서만 글을 쓰기로 작정했다면 그렇게 썼을 것 같다.

그녀는 조용히 늙어간다. 다른 사람에게 아무런 해를 입히지 않지만 도움도 주지 않는다. 그녀는 다른 사람과 무관한 삶을 살아간다. 중세였다면 그녀 또한 나태의 죄를 저질렀다고 고발되리라.

전쟁도, 경제 위기도 그녀를 비껴간다. 다만 주변에 야간 조명이 밝은 고층 건물이 들어서거나 음식물 쓰레기 관리 정책이 바뀌거나 비둘기가 유해 조수로 지정되거나 풀리거나 하는 변화가 비둘기 군집 생태에 영향을 준다. 그녀는 인간이 자신들도 모르는 사이 비둘기에게 미치는 힘을 포착하고, 공원 비둘기들의 대응을 길고 슬픈 서사시로 풀어낸다.

하지만 그녀는 그 서사시를 누구에게도 보여주지 않는다. 뉴욕과 시카고에서 거리 사진을 15만 장 넘게 찍었지만 단 한 장도 공개하지 않은 비비언 마이어처럼. 일곱 명의 소녀가 악에 맞서 싸우는 이야기를 1만 5145쪽에 걸쳐 글로 쓰고 그림으로 그렸지만 외부에 발표하지 않았던 병원 청소부 헨리 다거처럼.

아마추어 조류학자이자 시인인 비둘기 관찰자 여성은 마이어와 다거처럼 조용히 눈을 감는다. 죽음이 찾아오기 직전 그녀는 생각한다.

불행하고 무의미한 삶이었다고.

비둘기 관찰을 즐겼던 미식가 사내의 삶과, 아마추어 조류학자이자 시인이었던 여성의 삶은 무엇이 다를까?

86.

이제 그들은 제시 한의 등록 주소 외에도 나이와 한국 이름, 다니는 회사와 직급, 부인과 자녀의 이름, 휴대전화 번호, 주민등록번호와 이메일 주소를 알았다. 법무부와 건강보험공단, 통신사를 통해 파악했다.

한국 이름 한대일. 1972년생. 띠동갑인 여성과 결혼했다. 부인은 1984년생이고, 딸이 한 명 있다. 딸은 2019년에 태어났다. 연지혜는 제시 한 부인의 신분증 사진도 보았다. 쌍꺼풀이 없는 눈이 양쪽으로 길었고, 광대뼈가 도드라진 얼굴이었다. 서양 남자들에게 인기가 많을 외모였다.

법무부 기록에 따르면 제시 한은 1999년 9월에 한국을 처음 방문하고, 한 달간 머물고 일본으로 간다. 2000년에는 2월 15일에 입국해서 같은 해 8월 5일에 출국했다. 이번에는 미국에서 와서 미국으로 돌아갔다. 민소림을 만나 사귀고 살해할 수 있는 기간이다.

2000년 8월에 제시 한, 혹은 조슈아 한이라는 이름으로 외국인 등록을 하고 한국에 머물렀던 미국, 영국, 캐나다, 호주 국적의 이, 삼십대 남성은 달리 없었다. 제임스 한은 몇 사람 있기는 했지만 신촌에서 영어 강사 활동을 한 것 같지는 않았다.

제시 한이 두 번째로 한국에 온 것은 2018년 9월 4일이다. 이후로는 계속 한국에서 살고 있다.

2000년에 한국에 왔을 때 그는 D-4 비자를 발급받았다. 이 비자는 일반 연수용이며, 그 상태로 영어학원에서 학생들을 가르친 것은 불법이다. 제시 한은 교포였지만 이때 재외동포 비자(F-4)를 받을 수는 없는 상태였다. 37세가 되지 않은 교포 남성은 한국 국적을 포기한 뒤 F-4 비자로 한국을 방문할 수 없다. 병역 기피 수단으로 악용되는 걸 막기 위해서다. 제시 한은 2018년에 한국에 왔을 때는 F-2 비자를 발급받았다. 이 비자를 받으면 학업, 투자, 취업, 사업을 모두 자유롭게 할 수 있고, 최대 5년간 한국에 머물 수 있다. 직장을 그만둬도 2주 안에 출국하지 않아도 된다. 영주권인 F-5 비자 바로 다음으로 좋은 자격이다.

제시 한은 F-5 비자를 2019년에 취득한다. 어떤 사유로 한국 영주권을 얻게 되었는지는 나오지 않았다. 제시 한은 그해에 결혼을 했는데 그 때문일 수도 있고, 그가 해외투자를 받는 기업에서 본사가 정한 임원으로 일하고 있어서였을 수도 있었고, 그의 전문성이나 높은 연봉을 한국 법무부 장관이 인정한 것일 수도 있었다.

제시 한은 2019년부터 태브코리아라는 회사의 부사장으로 일하고 있는데, 이 업체는 그해 생겼다. 아마 제시 한이 태브코리아의 창업 멤버인 것 같았다. 태브코리아는 미국 기업인 태브인터내셔널의 한국 법인이었는데, 홈페이지 소개에 따르면 차량용 헤드레스트를 공급하는 기업이었다. 자동차 시트의 머리 받침대 말이다.

차량용 안테나를 만드는 회사에 다녔던 연지혜는 묘한 반가움을 느끼며 태브코리아의 '지능형 헤드레스트'에 대한 설명을 읽었다. 차량

사고가 났을 때 부상을 최대한 줄여주는 설계. 사고를 감지하거나 심지어 예견하고 각도를 순간적으로 바꾸거나 목과 머리를 감싸주는 액티브 쇼크 업소버 기술. 졸음운전을 감지하고 경고하는 운전자 상태 모니터링 시스템. 하만카돈 등 세계적인 음향 기기 기업들과 함께 만드는 헤드레스트 오디오…….

좋은 거 만드시네. 장사 될 거 같네. 연지혜는 속으로 중얼거렸다.

실제로 태브코리아는 잘나가고 있었다. 매출도 직원 수도 창립 이후 계속 증가하고 있었다. 제시 한의 집 주소가 강남이나 여의도가 아니라 구로구인 것은 출퇴근 때문인 듯했다. 태브코리아 사무실이 가산디지털단지역 앞에 있었다.

다시 말해 제시 한은 정말로 구로구 신도림동 엘리시움시티 A동 3001호에 거주하는 것 같았다. 휴대전화 통화 내역이 들어오면 더 자신할 수 있을 테지만. 낮에 어디에서 전화를 걸었는지, 주말과 밤에는 어디에서 통화를 했는지 알 수 있으니.

거기까지는 각종 서류들로 유추할 수 있는 내용들이었다. 연지혜는 서류에 적혀 있지 않은 사항들에 대해서도 상상했다.

제시 한은 미국에서 취업이 잘 안 됐던 걸까? 그래서 한국에 와서 사업 아이템을 찾다가 태브인터내셔널과 연락이 닿아 한국 지사를 만들게 된 걸까? 아니면 처음부터 태브인터내셔널과 관계가 있었고, 한국 법인을 만들기 위해 입국한 것일까? 그 법인 설립 과정에 1년이 걸린 걸까?

부인은 한국에 와서 만난 걸까? 그렇다면 만난 지 1년 만에 결혼을 한 걸까? 한국 여성과 결혼해야겠다는, 한국에 정착해야겠다는 계획이 있었을까? 설사 자신이 22년 전에 한국에서 중범죄를 저질렀다 하더라

도? 그런 정도 배짱이 있는 인물일까? 아니면 반대로, 그다지 용의주도
하지 않고 위험을 가볍게 여기는 타입일까? 혹시 스릴을 즐기는 걸까?

얼굴이 온전히 드러난 제시 한의 증명사진을 연지혜는 구석구석 외
울 지경이 될 때까지 관찰했다. 이런 외모의 소유자는 기질과 성격이 어
떠할까. 어떤 삶을 살았을까. 연지혜는 관상가가 된 기분으로 제시 한
의 눈, 코, 입을 연구했다.

제시 한은 이십대에도 오십대에도 피부가 매끈했고 얼굴이 완벽하
게 좌우대칭이었다. 그 때문에 컴퓨터그래픽으로 만든 가상 인간 같다
는 이질적인 느낌이 들었다. 그리고 깊이가 없어 보였다. 매끈한……
인형. 이렇게 생긴 사람은 생각도 피상적으로 할까? 욕망도 피상적일
까?

이 남자는 2000년에도, 2016년에도 이성에게 인기가 있었을 것이다.
미국에서보다는 한국에서 더 여성을 사귀기 쉬웠겠지……. 사십대가
되어 한국을 다시 찾은 이유가 혹시 그 때문이었을까? 연지혜는 많은
남자들이 좋은 파트너를 얻으려는 욕망을 위해 엄청난 위험을 무릅쓴
다는 사실을 잘 알고 있었다.

연지혜는 제시 한이 2000년과 2016년에 각각 한국 법무부에 제출한
증명사진을 번갈아 보다가 두 사진이 기이할 정도로 비슷하다는 사실
을 뒤늦게 알아차렸다. 그때까지 얼굴의 구석구석만을 뜯어봤을 뿐 사
진 전체를 나란히 놓고 비교하지 않았던 것이다.

두 사진 속 피사체가 닮았다는 말은, 단순히 22년 사이 인물의 얼굴
이 변하지 않았다는 의미가 아니었다. 헤어스타일, 눈이 카메라를 바라
보는 각도, 눈동자에서 느껴지는 자신감과 묘한 무심함, 어깨를 편 정
도, 얇아서 다소 잔인하게 느껴지는 입술, 그 입술이 입꼬리를 양쪽으

로 완벽하게 좌우대칭을 이루며 살짝 올라가 옅은 미소를 짓는 모양까지 모든 것이 똑같았다.

유사성을 넘어선 그 일치를 깨닫고 나니 어쩐지 으스스한 기분마저 가볍게 들었다. 제시 한이 22년 동안 한자리에서 같은 자세를 유지해왔다는 얼토당토않은 생각마저 들었다. 어쨌거나 이 남자는 22년 동안 한결같은 자아상을 유지해온 듯하고, 자기 몸에 대해 놀라울 정도로 통제력을 발휘하는 것 같다.

아니면 이 모든 생각들이 선입견 섞인, 대단히 불확실한 추측일 수도 있고.

"아이고, 아이고."

연지혜가 사진을 덮으며 중얼거렸다.

그를 가까이에서 직접 보려면 아직 더 시간이 지나야 했다.

연지혜는 인터넷 게시판에서 요즘 건설사들이 아파트 단지 이름을 짓는 법에 대해 읽은 적이 있었다. 근처에 강이나 개천이 있으면 '리버', 호수가 있으면 '레이크', 바다가 있으면 '오션'이나 '마리나'를 넣는다. 근처에 공원이 있으면 '파크'나 '파크뷰', 산이 있으면 '포레'를 붙인다.

그에 따르면 지금 연지혜와 박태웅이 들어와 있는 아파트의 이름에는 '메트로'나 '센트럴'이 들어가야 했다. 지하철역에 붙어 있으면 메트로를, 4차선 이상의 도로를 접하고 있으면 센트럴을 쓴단다. 그러나 이 단지를 지은 회사는 '시티'라는 단어를 골랐다.

신도림 엘리시움은 백화점, 사무용 건물, 아파트가 함께 있는 거대 단지였다. 백화점 이름은 신도림 엘리시움백화점, 사무용 건물 이름은 신도림 엘리시움타워, 아파트 이름은 신도림 엘리시움시티였다.

건물은 엘리시움타워가 가장 높았지만, 보통 사람들에게 가장 유명한 것은 백화점이었다. 제시 한의 주소지가 엘리시움시티라는 말을 듣고 박태웅이 "거기 백화점 아닌가?"하고 헷갈렸던 것도 그래서였다.

단지 한쪽 모서리는 신도림역이었고, 지하철역과 백화점이 지하로 연결되어 있었다. 신도림 엘리시움타워는 구로구에서 가장 높은 건물이었고, 신도림 엘리시움시티는 그다음으로 높은 건물이었다.

"엘리시움시티라니, 아파트 이름 웃기지 않아요?"

잠복수사를 시작할 때 연지혜가 차 안에서 정철희와 박태웅에게 그렇게 말했다.

"그렇지. 뭐, 무슨 저승에 있는 도시 같은 느낌이지."

정철희는 짧게 웃고 그렇게 촌평했다.

"왜, 요즘은 더 이상한 이름도 많잖아. 이름이 열 글자 넘어가는 아파트들도 흔하던데. 무슨 더 프레스티지 노블레스 어쩌고 하면서."

박태웅이 말했다. 연지혜는 신도림 하면 지하철 환승으로 유명한 곳이니 '신도림 엘리시움 더 트랜짓 허브' 같은 작명 어떻겠느냐고 말하려다 되도 않은 농담인 것 같아 말을 삼켰다.

처음에 형사들은 제시 한의 회사 근처에서 잠복수사를 할 계획이었다. 신도림 엘리시움시티는 지어진 지 얼마 되지 않은 주상복합건물이었다. 보안장치가 많았고, 사설 경비업체가 시설을 관리했다. 잠복을 차리려면 경비업체 직원들의 협조를 구하지 않을 수 없었는데, 정철희두, 박태웅도 바라는 상황이 아니었다.

그러나 제시 한의 회사를 찾아간 형사들은 모두 고개를 저었다. 회사 사무실이 있는 건물도 보안 게이트에 출입카드를 통과해야 들어갈 수 있다는 점에서는 최신 아파트와 다를 바 없었다. 세 개 층을 한 대기업

시스템통합업체에서 쓰고 있었는데, 건물 전체의 경비를 그 재벌 그룹의 경비업체 계열사가 맡고 있었다.

"여기는 어렵겠는데요. 출입구가 너무 많아요. 1층 말고도 2층, 지하 1층 식당가, 지하 2층부터 지하 4층까지 주차장에서 바로 사무실로 가는 엘리베이터를 탈 수 있어요. 보안카드만 찍으면."

박태웅이 말했다. 취조를 할 때나 검거 동선을 챙길 때 박태웅이 엄청나게 꼼꼼하다는 사실은 동료 형사들 사이에서 유명했다.

"2층에도 통로가 있어요?" 연지혜가 물었다.

"흡연 구역으로 바로 이어지는 엘리베이터가 한 대 있더라고."

박태웅이 말했다.

"그리고 뭐, 여기는 음식 배달을 막지도 않나 보더라고, 특이하게. 배달 기사가 건물 안에 들어가지는 못하는데 직원이 내려와서 로비에서 음식 받아가는 건 허용했나 보더라. 커피 엄청 받아가고, 샐러드 같은 것도 받아가더라고. 뭐, 된장찌개, 청국장, 그런 냄새 나는 음식까지 괜찮은지는 모르겠지만." 정철희가 말했다.

제시 한이 식사 시간 때 밖으로 나오지 않는다면 회사 근처에서 잠복할 이유가 없다. 건물에서 나올 엄청난 양의 일회용 식기에서 제시 한의 타액이 묻은 물건만 골라낼 방도도 없다.

태브코리아의 부사장은 어느 정도나 높은 위치일까? 제시 한 부사장도 배달 음식을 주문해서 먹을까? 내부 회의 같은 일정이 잡히면 도시락이나 초밥 같은 걸로 때우려나? 외부 미팅이 있어서 불쑥 차를 타고 도심으로 가서 점심을 먹으면 어떻게 하지?

연지혜가 속으로 그런 질문을 스스로에게 던지고 있을 때 박태웅이 정철희에게 불쑥 물었다.

"점심때까지 기다려볼 필요 없겠죠?"

"그럴 필요 없지. 뭐, 여긴 안 될 거 같아." 정철희가 대답했다.

그렇게 해서 그들은 제시 한의 회사가 아니라 그가 사는 주상복합아파트에서 잠복수사를 벌이기로 했다. 그리고 연지혜는 그 아파트 앞에 도착하자마자 선배 형사들에게 물었다.

"엘리시움시티라니, 아파트 이름 웃기지 않아요?"

박태웅이 아파트 보안실을 찾아갔다. 경비업체 요원이 상당히 적극적이더라고, 자신들이 서울경찰청과 업무 협약을 맺은 곳이라고 강조하더라고 박태웅은 전했다. 애초에 박태웅이 수사 협조를 요청할 때 거절하는 사람이 거의 없긴 했다. 그에게는 특유의 압박감이 있었고, 연지혜는 속으로 그런 위압감을 부러워했다.

"경비업체에서 너무 적극적이어서 방해되겠던데" 하고 박태웅은 말했다. 그리고 조금 뒤에는 꼭 이야기해야 하는 엄청난 사실인 것처럼 덧붙였다.

"그런데 여기 경비원들한테는 낮잠 시간이 있더라고요. 한 명이 아래에서 자다가 올라오던데요. 그게 보장돼 있답니다."

"뭐, 비싼 아파트잖아. 원래 비싼 아파트가 인심도 좋아. 주민 인심이 좋아야 경비원 업무 강도가 낮고. 그래서 나는 누가 보안업체로 이직한다고 할 때에도 뭐, 거기서 관리하는 건물들 크기를 보라고 해." 정철희가 말했다.

연지혜는 "그렇군요" 하고 떨떠름한 목소리로 대구했다. 아파트 정문 입구에서 드나드는 승용차에 허리를 숙여 인사하는 보안요원들의 모습을 되새기고 있던 참이었다. 보안요원들이 왜 자동차에 대고 절을 해야 할까?

그런 연지혜의 마음을 전혀 눈치채지 못한 듯 박태웅이 "이런 데서 살고 싶네" 하며 긴 한숨을 쉬었다.

"뭐, 기찻길 옆이라서 너무 시끄럽지 않겠어?"

정철희가 말했다. 말을 마치자마자 대꾸라도 하듯 기차 굉음 소리가 한동안 들렸다. 선로 옆에 세워진 방음벽이 큰 역할을 하지는 못하는 것 같았다.

신도림 엘리시움시티는 A동과 B동, 그렇게 두 동으로 구성되어 있었는데 지하주차장과 1, 2층은 두 동이 서로 연결되어 있었다. 지하 2층에는 세탁실이, 1층에는 어린이집과 유치원이, 2층에는 관리사무실과 시니어 클럽이 있었다. A동과 B동 29층은 거대한 구름다리로 연결되어 있었는데 그곳에도 피트니스 시설 같은 공용 공간이 있었다.

1층 로비는 천장이 아주 높았고, 라운지까지는 외부인도 자유롭게 출입할 수 있었다. 라운지 좌우 양끝에 각각 A동과 B동 엘리베이터 홀이 있고, 그 홀 앞에는 출입카드를 대야 열리는 자동문이 있었다.

자동문 옆에는 보안 데스크가 있었다. 데스크에서는 제복을 갖춰 입은 보안요원들이 배달 기사 같은 외부인들의 신분을 확인했고, 택배를 받아주기도 했다.

A동 보안 데스크 뒤에는 로비 화장실이 있었고, B동 보안 데스크 뒤의 공간은 보안실이라고 불렀다. 보안요원들이 장비를 보관하고 옷을 갈아입기도 하는 장소였다. 보안요원들은 3인 1조로 근무한다고 했다.

지하 1층에는 보안실보다 넓은 방재실이 있었다. 박태웅이 보안 데스크를 찾아갔을 때 보안요원 중 한 사람이 눈을 붙이던 곳도 보안실이 아니라 방재실이었다. 방재실에서는 주간에는 기사 두 사람이, 야간에는 기사 한 사람이 근무한다고 했다.

　보안 데스크 두 곳과 방재실에 모두 CCTV 영상을 볼 수 있는 모니터들이 있었다. CCTV는 모든 층과 모든 엘리베이터에 촘촘히 깔려 있었다. 방재실을 둘러보며 박태웅과 연지혜는 눈빛을 교환했다. 박태웅이 "여기?" 하고 묻자 연지혜는 "네" 하고 대답했다. 여기서 잠복을 하자는 이야기였다.

　보안 데스크에는 화면이 16개로 잘게 쪼개진 모니터가 세 대씩 있었다. 거기서 각 층의 CCTV 영상이 수시로 바뀌며 나왔다. 영상이 배치되거나 나오는 순서는 딱히 규칙이 없는 듯 보였다. 동작 감지기로 사람이 있는 장소만 포착해서 영상을 전송하는 것 아닌가 싶었다.

　그에 비해 방재실에는 보안 데스크에 있는 것보다 조금 작기는 했지만 모니터가 스무 대도 넘게 있었다. 그 화면들은 보안 데스크에 있는 모니터 속 영상보다 훨씬 느린 주기로 바뀌었고, 알아보기 쉽게 아파트 세대를 구역별로 배분해 세대 순서대로 화면이 나왔다. 화면을 멈추거나 확대하는 것도 가능했다.

　무엇보다 형사들이 하는 일에 대놓고 관심을 보이는 경비업체 직원들과 달리 방재실 기사들은 적절히 호기심을 누를 줄 알았다. 흘끔흘끔 형사들의 눈치를 살피는 행동마저 삼가지는 못했지만. 그래도 3001호 입주자를 지켜보고 있다는 사실을 숨기며 CCTV 영상을 보는 데에는 방재실이 보안 데스크보다 훨씬 나을 것 같았다.

　박태웅은 방재실 기사들에게 최대한 간략하게 상황을 설명하고 거기서 형사 두 사람이 머물러도 괜찮다는 승낙을 얻었다. 방재실 기사들은 "얼마나 계실 건가요?" 같은 질문도 던지지 않았다. 연지혜는 다른 사람을 압박하는 박태웅의 노하우가 뭔지 분석해보려 했지만 이번에도 실패했다.

박태웅은 방재실 기사에게 허락을 구하지도 않고 성큼성큼 구석으로 가더니 한데 놓여 있는 의자들 중 하나를 모니터들이 설치된 벽 앞으로 끌고 왔다. 연지혜도 그걸 보고 얼른 자신이 앉을 의자를 하나 가져왔다.

박태웅은 바퀴가 달린 의자에 앉기 전에 연지혜를 바라보며 고개를 천천히 한 번 끄덕였다. 연지혜는 그 고갯짓이 뭔지 알 수 있었다. '이런 잠복이면 할 만하지 않아?' 연지혜는 당연하다는 뜻으로 고개를 크게 끄덕였다. 서로 눈빛만으로 통하는 고참 형사 듀오의 한 사람이 된 것 같아 왠지 흐뭇했다.

"원래 아파트는 쓰레기를 이렇게 아무 때나 버려도 되는 거예요?"

CCTV 영상을 보던 연지혜가 놀라서 물었다. 신도림 엘리시움시티 입주민들은 자기 편한 시간에 쓰레기봉투를 들고 집 밖으로 나오는 것 같았다. 쓰레기를 버리는 곳도 제각각이었다.

"어……. 이 아파트만 그런 거 같은데. 우리 아파트 단지는 음식물 쓰레기랑 종량제봉투에 담는 쓰레기는 아무 때나 버려도 되지만 재활용 쓰레기는 일요일에 모아서 버리게 돼 있어. 연 형사 사는 동네는 또 다른가 보지?" 박태웅이 말했다.

"저희 동네에서는 매립도, 재활용도 버리는 요일이랑 시간이 정해져 있어요. 그 시간 안 지키면 수거 안 해가요."

서촌 단독주택에서 사는 연지혜는 그렇게 말했다. 심지어 종량제봉투에 넣는 쓰레기도 불에 타는 종류와 타지 않는 종류를 구분해서 내놔야 한다. 야근이나 당직 때문에 쓰레기 내놓는 시간 놓치면 얼마나 골치 아픈지 아느냐……. 그런 이야기까지 늘어놓을 뻔하다가 그냥 "아파트가 좋긴 좋네요"라고만 말하며 다른 말은 꿀떡 삼켰다.

방재실 기사가 신도림 엘리시움시티의 쓰레기 수거 시스템에 대해 다소 자신 없어 하는 투로 설명해주었다.

3층부터 펜트하우스 층까지, 모든 주거 층에는 엘리베이터 홀 옆에 따로 마련된 공간에 재활용 쓰레기 수거함이 있다. 플라스틱, 비닐, 캔, 유리병은 아무 때나 거기에 버리면 된다. 수거업체 직원이 미화원 전용 엘리베이터를 타고 모든 층을 들러서 하루에 한 차례씩 재활용 쓰레기를 수거해 간다.

종량제봉투에 담는 쓰레기와 음식물 쓰레기는 지하 2층 배출 공간의 전용 수거 용기에 버리면 된다. 대형 폐기물도 관리사무소에서 스티커를 받아 같은 공간에 두면 업체가 수거해 간다. 전자 기기를 버릴 때에는 스티커를 붙이지 않아도 된다. 의류 수거함도 지하 2층에 함께 있다.

"아파트가 좋긴 좋네요. 쓰레기도 아무 때나 버릴 수 있고."

쓰레기 분리배출로 평소 무척이나 괴로워하던 연지혜는 조금 전에 했던 말을 되풀이했다. 확실히 단독주택보다 낫군.

"좋은 아파트가 좋은 거지. 우리 아파트는 이렇지 않다니까." 박태웅이 말했다.

"대신 관리비가 그만큼 많이 나오겠죠." 방재실 기사가 슬그머니 끼어들었다.

박태웅이 부러워한 것은 따로 있었다. 2층의 시니어 클럽과 1층 어린이집, 유치원. 시니어 클럽이 뭐냐고 연지혜가 방재실 직원에게 묻자 박태웅이 "요즘은 노인정을 그렇게 불러"라고 대신 대답했다. 엘리시움시티 2층에는 일반 시니어 클럽과 여성 시니어 클럽 방이 따로 있었다.

"한 건물 안에 저렇게 노인정이랑 어린이집이 있으니 얼마나 좋아."

박태웅은 거의 탄식했다. 그가 나이 든 어머니를 모시고 유치원에 다니는 아이를 키우고 있다는 걸 연지혜는 들어서 알고 있었다. 아마 시어머니를 돌보고 아이를 키우는 일 모두 중학교 선생님이라는 부인이 도맡아 하지 않을까. 자녀를 어린이집에 데려다주고 데리고 오는 일은 쓰레기 분리배출과는 차원이 다르게 힘든 일이겠지.

박태웅은 29층에 있는 어린이 놀이터 영상을 한참이나 홀린 듯 바라보았다. 그러다 그는 비로소 그 생각이 떠올랐다는 듯 "키즈 카페를 갈 필요가 없겠는데"라고 중얼거렸다.

땅에서 수십 미터 위에 지어진 고급 아파트의 어린이 놀이터는 한적했다. 네 살쯤 되어 보이는 남자아이 하나가 폭이 넓은 플라스틱 재질 미끄럼틀을 타고 있었다. 미끄럼틀은 플라스틱 공이 가득한 볼 풀장으로 이어졌다.

조금 떨어진 곳에서는 여섯 살 정도 되어 보이는 여자아이가 몹시 긴장한 자세로 공중에 걸린 그물 터널을 통과하는 중이었다. 두 아이의 어머니들인 듯한 여성 두 사람이 그 옆 테이블에 앉아 텀블러에 담아 온 차를 마시며 담소 중이었다.

"헬스장은 지금 안 하나요? 거리두기 때문에?"

연지혜는 29층을 살피다 방재실 기사에게 물었다. 피트니스 시설이 운영 중이고, 제시 한이 그곳을 사용한다면 일회용 종이컵 같은 물건에서 DNA를 채취할 수 있을지 모른다는 계산에서였다.

"피트니스 시설은 안 하고, 요가랑 필라테스 연습실은 운영해요. 실내 놀이터랑 골프 연습장이랑 스크린 골프장, 극장, 북 카페는 하고, 사우나랑 독서실은 안 합니다." 방재실 직원이 대답했다.

"관리실에서 그렇게 정한 거예요? 코로나 방역 때문에?"

연지혜가 물었다. 29층과 30층 공용 구역의 CCTV 촬영 영상이 나오는 모니터를 보니 과연 헬스장에서 운동을 하고 있는 사람은 보이지 않았다. 요가 연습실에서는 한 여성이 다리에 착 달라붙는 레깅스 위에 티셔츠를 걸치고 상당히 어려워 보이는 요가 동작을 취하는 중이었다. 연습실 한쪽 면이 통유리였는데 바깥 전망이 근사했다.

"방역 때문에 그런 건 맞고요, 관리사무소가 아니라 주민자치위원회에서 그렇게 정했다고 들었습니다." 방재실 직원이 대답했다.

"아까 말한 시설들이 전부 29층에 있는 거예요?" 연지혜가 집요하게 물었다.

"29층이랑 30층에 걸쳐서 있어요. 헬스장은 구름다리에 있고, 남자 사우나는 A동 30층, 여자 사우나는 B동 30층, 골프장이랑 스크린 골프장도 B동 30층, 독서실이랑 북 카페는 B동 29층에 있습니다. 놀이터랑 극장은 A동 29층과 30층에 걸쳐 있습니다. 둘 다 천장이 아주 높지요. 그리고 29층과 30층에 안 쓰는 커뮤니티 공간이 좀 있습니다. 노래방은 2층에 있고, 외부 손님이 묵는 게스트하우스는 따로 별관으로 지어져 있습니다."

"그러면 30층에는 사람 사는 집은 없어요?"

박태웅이 물었다. 연지혜도 막 같은 질문을 던지려는 참이었다. 분명히 제시 한의 주소가 A동 3001호로 되어 있었는데.

"한 세대씩 있습니다. A동에 있는 세대가 3001호, B동은 3011호예요. 비싼 집들이죠."

"여기가 비싸요? 더 높은 층보다?"

A동 3001호를 감시 중이라는 사실을 들키지 않으려 주의하며 연지

혜가 물었다. 그녀가 바라보는 엘리베이터 CCTV 화면에서는 젊은 남자가 손을 잡고 있는 여자의 볼에 입을 맞추었다. 화면에 비친 모든 입주민이 행복해 보여서, 비현실적인 느낌마저 들었다.

"제일 비싼 집이야 꼭대기 층에 있는 두 세대이긴 한데, 3001호와 3011호도 30층대나 40층대에 있는 다른 세대들보다 면적이 더 넓거든요. 공용시설 갈 때에도 엘리베이터 탈 필요 없이 계단을 이용하면 되고. 그리고 3001호와 3011호에는 실외 테라스가 있어요. 그 테라스도 열 평쯤 돼요. 3001호 아저씨는 거기에 화분이랑 파라솔이랑 테이블, 의자 가져다 놓고 무슨 브런치 식당처럼 꾸미셨던데요. 또 아래층이 공용시설들이니까 아이 키우는 사람들은 층간소음 신경 안 써도 되서 좀 더 선호하는 측면이 있죠." 방재실 직원이 설명했다.

"뭐 하는 분들입니까, 3001호 계신 분들은?" 박태웅이 질문을 툭 던졌다.

"거기까지는 저희는 모르죠, 여유가 있는 분들이라는 것 외에는." 방재실 직원이 말했다. 그는 형사들 눈치를 보더니 잠시 뒤에 덧붙였다. "알려고 해서도 안 됩니다."

잠복 첫째 날 형사들은 A동 3001호의 가족 구성원을 다 파악할 수 있었다. 제시 한, 제시 한의 아내, 그들의 어린 딸, 그리고 육십대 정도로 보이는 할머니. 할머니는 제시 한의 어머니나 장모로 보이지는 않았다. 입주 도우미인 것 같았다. 그 앞에서 취하는 태도로 보아서는 제시 한의 아내가 그 할머니보다 서열이 높은 게 분명했다.

A동 3001호에서 누군가 나올 때마다 그들은 서로를 향해 고개를 끄덕이거나 의미심장한 눈빛을 보냈다. CCTV를 감시하는 것은 자동차

안이나 야외에서 잠복하는 것보다 분명 쉬웠지만 그만큼 집중력을 유지하기가 어려웠다. 박태웅이 잠시 한눈이 팔려 있을 때 연지혜는 작은 목소리로 "선배" 하고 상대를 불렀다. 연지혜가 멍하게 넋을 놓으면 박태웅은 손가락을 튕겨 소리를 냈다.

형사들에게 필요한 것은 제시 한의 머리카락 뭉치나 그의 체액이 묻은 물건이었다. 제시 한이 담배를 피운다면 담배꽁초가 가장 좋을 터였다. 엘리시움시티의 흡연 구역은 건물에서 꽤 떨어진 곳에 있었는데, 만약 제시 한이 담배를 피운다면 연지혜가 따라나서기로 했다. 박태웅보다는 의심을 덜 살 터였다.

제시 한이 담배를 피우지 않는다면 A동 3001호에서 나오는 생활 쓰레기에서 DNA를 찾을 수밖에 없다. 엘리시움시티 각 층 공용 공간의 재활용 쓰레기 수거함은 꽤 거대했고 여섯 개나 되었다. 각각 금속, 유리, 플라스틱, 종이, 비닐, 스티로폼을 담는 함이었다.

30층에는 동별로 한 세대밖에 살지 않았기 때문에 재활용 쓰레기 수거함이 따로 없었다. 3001호와 3011호 입주자들은 31층에 설치된 재활용 쓰레기 수거함을 이용하게 되어 있었다.

엘리시움시티의 주민들은 보통 자기 집에서 비닐봉지에 종류별로 재활용 쓰레기를 모아뒀다가 들고 나와 해당 수거함에 내용물을 붓고 봉지를 비닐 수거함에 버렸다. 캔이나 일회용 플라스틱 식기 같은 것들이 수거함 안에서 섞인다는 얘기였다. 게다가 그 물건들에 제시 한의 침이 묻는다고 장담할 수 없었다. 음식물 쓰레기의 경우도 DNA를 채취하기에는 썩 적절하지 않았다.

연지혜와 박태웅은 제시 한이나 그 가족이 종량제 쓰레기봉투를 들고 집 밖으로 나서는 걸 기다렸다. 그 집에서 누군가 종량제 쓰레기봉투를 들고 나오면 얼른 두 사람 중 한 사람이 엘리베이터를 타고 지하 2층으로 내려가기로 했다. 다른 한 사람은 방재실에 남아서 CCTV를 통해 3001호에서 나온 사람을 계속 눈으로 쫓는다는 계획이었다.

A동 3001호에 사는 걸로 보이는 도우미 할머니는 오후 2시쯤에 제시 한의 딸을 어린이집에서 데리고 올라왔다. 제시 한의 아내는 오후 4시가 조금 넘은 시각에 아이를 유모차에 싣고 밖으로 나왔다. 도우미 할머니는 엘리베이터 홀까지 따라 나왔지만 승강기 문이 열리자 제시 한의 아내에게 꾸벅 인사를 하고 유모차를 향해 손을 흔든 뒤 집으로 돌아왔다.

오후 4시 반쯤 도우미 할머니가 쓰레기봉투처럼 보이는 물건을 들고 나왔다. 연지혜는 뚫어져라 CCTV 화면을 보다가 할머니가 승강기 버튼을 누르자 박태웅 쪽으로 고개를 돌렸다. 제가 갈게요, 라는 뜻이었다.

CCTV는 화질이 상당히 좋았지만 흑백이어서, 할머니가 손에 든 물건이 종량제 쓰레기봉투인지 음식물 쓰레기봉투인지는 알 수 없었다. 박태웅이 턱을 가볍게 끄덕였고 연지혜는 자리에서 일어났다. 와, 박태웅 선배랑 나랑 진짜 눈빛으로 대화할 수 있게 됐네, 방재실을 나서며 그녀는 생각했다.

계단실에서 나와 지하 2층에 들어서서 연지혜는 잠시 방향을 잃고 헤맸다. 미리 주요 장소들을 몸으로 파악해야 했다고 그녀는 가볍게 후회했다. 동선 꼼꼼하게 잘 챙기기로 유명한 박태웅이라면 이런 실수를 하지 않을 테지.

지하 2층은 천장이 아주 높았는데, 택배 물류 차량이 들어올 수 있게 그렇게 만든 것 같았다. 연지혜가 겨우 쓰레기 수거 구역을 찾아 들어서자 마침 제시 한의 딸을 돌보는 도우미 할머니가 걸어나왔다.

마주치면서 연지혜는 자연스럽게 상대를 살폈다. 할머니는 무척 기품이 있어 보였고, 걸치고 있는 옷도 꽤 고급이었다. 입주 도우미가 아니라 제시 한이나 그 부인의 친척 아닐까 하는 생각도 얼핏 들었다.

할머니와 멀어진 것을 확인한 뒤 연지혜는 박태웅에게 전화를 걸었다.

"선배, 그 집 할머니가 어느 수거함에 쓰레기를 버렸는지 모르겠어요."

"어, 너 지금 화면에 보인다. 거기서 안쪽으로 더 들어가봐. 그래, 끝에서 두 번째. 거기에 봉투를 넣더라." 박태웅이 말했다.

"여기는 음식물 쓰레기 수거함인데요."

"그러면 그냥 올라와."

전혀 아쉬워하지 않는 목소리로 박태웅이 말했다.

연지혜는 이번에는 엘리베이터를 이용해서 방재실이 있는 지하 1층으로 올라갈 생각이었다. 건물 공간을 파악하기 위해서였다. 지하 2층의 엘리베이터 홀은 A동으로 통하는 것과 B동으로 통하는 것이 지하주차장의 양쪽 끝에 각각 한 대씩 있었다. 방재실은 B동 쪽에 있었고 쓰레기 수거 구역은 A동 쪽이어서 쓰레기 수거 구역에서 B동 엘리베이터 홀로 가려면 지하주차장을 가로질러야 했다.

연지혜는 경비업체로부터 받은 보안카드를 자동문에 대고 엘리베이터 홀로 들어갔다. 문이 닫히기 직전 삼십대 초반으로 보이는 젊은 여자와 다섯 살 정도로 보이는 남자아이가 몇 걸음을 달려오더니 엘리베이터 홀 안으로 들어왔다.

남자아이는 작은 목소리로 영어 동요를 불렀는데 발음이 아주 유창했다. 하지만 어머니로 보이는 여자는 거기에 관심이 없었다. 남자아이가 연지혜를 흘끔흘끔 살폈고, 연지혜 역시 사내아이의 시선을 외면했다.

연지혜는 벽에 붙은 LCD 패널로 눈을 돌렸다. 승강기 사이 벽마다 상당히 커다란 LCD 패널이 걸려 있었는데 화면이 계속 바뀌면서 공지사항과 주변 업소의 광고가 나왔다.

신도림초등학교 배정을 위한 청원 서명 및 민원 제기 방법 안내…….
엘리시움백화점 2층 해물샤부샤부뷔페 사은 행사……. 드디어 구로구청으로부터 아파트 앞 횡단보도 설치 공사를 약속 받았습니다……. 지하주차장 공회전 주의해주십시오……. 29층 키즈 카페에 외부인 출입 절대 금지합니다……. 임시 입주자대표회의 개최 결과 안내…….

연지혜가 바라보는 LCD 패널 옆에 투명 아크릴 액자가 있었고, 거기에는 손 글씨로 뭔가를 가득 적은 A4 용지 한 장이 들어 있었다. 연지혜는 엘리베이터를 기다리며 그 종이에 적힌 글을 읽었다. 인근 부동산 중개업소의 대표가 허위 매물을 올려서 죄송하다며 사과하는 내용이었다.

글씨체는 동글동글했고, 내용은 경찰서 조서보다도 더 자세했다. 의뢰받은 적도 없이 54평형 세대를 몇 월 며칠 시세보다 낮은 16억 5000만 원에 급매 물량이 나온 것처럼 부동산 거래 사이트에 거짓으로 올렸다고, 손님을 끌기 위해서였다고 했다. 마지막 문단은 온통 잘못했다고 비는 내용이었다.

'사장님, 사모님의 자산 가치에 나쁜 영향을 끼치려는 의도는 추호도 없었습니다. 이번 일로 정직이 얼마나 중요한 것인지 크게 깨달았습니다. 두 번 다시 절대 같은 실수를 저지르지 않겠습니다. 앞으로는 투명하고 성실하게 중개업에 임할 것을 맹세합니다. 부디 너그러이 용서해주세요. 무릎 꿇고 진심으로 사죄합니다. 늘 건강하십시오. 한양엘리시움부동산 최상환 올림.'

부동산 중개업소 대표의 사죄문을 다 읽은 연지혜가 눈을 돌리자 LCD 패널에서 신도림초등학교 배정을 위한 청원 서명 및 민원 제기 방법 안내문이 다시 나왔다. 그 아래 구로구청 담당자의 전화번호와 함께 참여 당부 문구가 오른쪽에서 왼쪽으로 흘렀다.

'우리 아파트 부동산 가치를 높이기 위한 일입니다. 자녀가 없는 입주민께서도 자기 일이라 생각하시고 꼭 동참해주시기 바랍니다.'

오후 5시에 방재실에 석간 당직 기사가 출근했고, 그 무렵부터 복도와 승강기가 붐비기 시작했다. 방재실로 이런저런 전화가 걸려 왔다. 퇴근해서 집에 들어온 주민들이 조명등이 고장 났다든가 변기가 제대로 작동하지 않는다든가 하며 기사를 보내달라고 했다.

제시 한은 오후 6시 57분에 엘리시움시티 엘리베이터를 탔다. 박태웅이 손가락을 딱 튕겼고, 연지혜는 '저도 보고 있었어요'라는 의미의 눈빛을 보냈다.

제시 한이 엘리베이터 홀에 들어오기 전까지 모습은 보지 못했지만, 승강기에 탑승한 것은 지하 1층이었다. 자동차를 타고 퇴근한 것은 아닌 듯했다. 지하 1층에는 승용차를 주차시킬 공간도 있기는 했지만 엘리시움백화점과 연결되는 통로도 있었다.

엘리시움백화점은 지하철 신도림역과 이어졌다. 엘리시움아파트 주민들은 비 오는 날에도 우산을 펴지 않고 지하철역까지 갈 수 있었다. 태브코리아가 있는 건물은 가산디지털단지역과도 붙어 있다시피 했으므로, 제시 한은 하늘을 거의 보지 않고 대중교통으로 출퇴근할 수 있었다.

엘리시움아파트 주민 중에는 마주치면 가볍게 목례를 하는 이들이 제법 많았고, 승강기 안팎에 걸린 LCD 화면에서도 입주자끼리 인사를 하자는 문구가 종종 나왔다. 하지만 제시 한은 승강기에 오르는 누구에게도 알은체를 하지 않았다. 로봇처럼 뻣뻣이 서서 자기 휴대폰을 보며

30층까지 가서는 성큼성큼 엘리베이터 밖으로 걸어 나왔다.

제시 한이 A동 3001호로 들어가고 얼마 지나 박태웅과 연지혜는 차례로 의자 등받이에 몸을 기대며 힘을 뺐다. 제시 한은 집에서 저녁식사를 할 생각인 듯했다. 한동안은 집 밖으로 나오지 않을 거라는 얘기였다.

여러 세대에서 수리 신고 전화가 왔고, 주간 당직 기사와 석간 당직 기사가 모두 자리를 비웠다. 방재실에는 연지혜와 박태웅만 남았다.

"저 CCTV 영상 녹화 분량을 달라고 요청할까요?" 연지혜가 물었다.

"왜?" 박태웅이 되물었다.

"그놈 동선을 파악하려고요. 어느 길로 해서 출근하고 어떻게 퇴근하는지……."

"그걸 여기서 분석하게? 여기서는 라이브 화면에 집중하는 게 나아. 그리고 저 새끼 DNA도 확인 못 했잖아. 저놈이 범인이라는 증거가 아직 없다고. 동선 파악은 때 되면 하자고. 앞질러 갈 필요 없어."

박태웅이 대답했고 연지혜는 머쓱해졌다. 잠시 침묵이 흐른 뒤 이번에는 박태웅이 연지혜에게 말을 걸었다.

"여기는 10억 아래인 집이 없더라고. 아까 네이버 부동산으로 잠깐 찾아봤거든."

"에이, 선배. 여기 10억이 안 되는 집이 있을 리가요."

연지혜는 자기도 모르게 코웃음을 쳤다.

"아니, 여기 강남도 아니고 구로구잖아. 저층이나 향이 안 좋은 아파트는 10억이 안 될 수도 있는 거 아냐? 이 아파트가 시설이 좋기는 하지만 그렇다고 타워팰리스도 아니고 아리팍도 아니고 말이야."

"아리팍이 뭐예요?"

"아리팍 몰라? 아크로리버파크. 반포에 있는 거. 마래푸는 마포래미안푸르지오."

"그…… 아리팍? 아리팍이랑 마래푸가 타워팰리스랑 같은 급이에 요?"

연지혜가 물었다. 도곡동에서 만난, 특수학교에 다니는 장애인 아이를 키우는 강예인의 얼굴이 떠올랐다.

"마래푸는 타워팰리스 급은 아니고, 아리팍은 타워팰리스에 그렇게 밀리지 않을걸. 거기는 향 좋은 40평대 아파트 한 채 가격이 50억, 60억 한다고."

"아이고, 세상에 무슨 아파트가 그렇게……."

"웬만한 빌딩값이랑 맞먹지. 거긴 수영장도 있대."

50억 원이라는 금액이 실감이 나지도 않고, 그런 가격의 아파트가 상상이 되지도 않아서 연지혜는 그만 입을 다물었다. 어떻게 생겼을까? 하긴, 스크린 골프장과 극장, 키즈 카페가 있고 공지사항을 LCD 모니터로 방송하는 아파트도 여기서 처음 봤다. 반포에 있는 아파트라면 전망과 학군도 신도림과는 크게 차이 나겠지. 연지혜가 모르는 세계였다.

그나저나 아파트 이름을 왜 그렇게 줄여 부를까? 아크로리버파크가 아리팍이고 마포래미안푸르지오가 마래푸면 뚝섬자이는 뚝자, 밤섬힐스테이트는 밤힐인가? 연지혜의 생각은 엉뚱한 방향으로 흘렀다. 차라리 그게 더 현실적이고 가까운 문제로 느껴졌다.

그런데 마포래미안푸르지오라니, 무슨 아파트 이름이 그렇지? 래미안이면 래미안이고 푸르지오면 푸르지오지, 왜 아파트 브랜드 이름이 두 개가 연속으로 붙었담? 신도림 엘리시움시티는 신엘시로 줄여 부르나?

"그런데 선배는 어떻게 그런 걸 다 아세요. 아리팍, 마래푸……."

"요즘 그런 건 상식이야, 상식."

박태웅이 눈을 1, 2초 정도 감았다가 부릅떴다. 그런데 이번에는 무섭다기보다는 착잡해 보이는 표정이었다. 연지혜는 아차 싶었다. 박태웅은 집을 갖고 싶은 것이다. 가장이고, 곧 마흔이니까.

"내가 사실 마래푸를 살 뻔했거든. 삼척 가기 전에. 마누라가 집까지 알아봤는데, 빚내서 사자고 했는데 내가 말렸어."

박태웅은 다시 눈을 감았다. 연지혜는 하마터면 '그건 살 뻔한 게 아니잖아요'라고 말할 뻔했다. 박태웅은 1, 2초 정도 뒤에 눈을 번쩍 뜨며 "딱 그때부터 오르더라고, 서울 아파트값이"라고 덧붙였다.

"얼마가 올랐게?" 박태웅이 물었다.

"글쎄요."

별로 안 궁금한데요, 하고 속으로 중얼거리며 연지혜가 대답했다. 아파트 얘기하는 사람들은 저걸 기어이 묻더라.

"7억이 올랐어. 그 아파트가 원래 7억이었거든. 4년 새 곱절이 된 거야. 이게 말이 되냐고."

"저는 관심이 없네요. 제 월급으로 살 수 있을 거 같지가 않아서요."

하마터면 '경찰 월급으로 살 수 있을 것 같지가 않다'고 말할 뻔했다.

"연 형사는 그래도 아직 기회가 있잖아." 박태웅이 대꾸했다.

"무슨 기회요?"

"결혼."

그 말에 연지혜는 박태웅을 빤히 바라보았다. 박태웅은 연지혜의 반응을 전혀 눈치채지 못하는 것 같았다. 눈빛만으로 마음이 다 통하는 사이는 아니네. 연지혜는 생각했다.

"아이고." 연지혜는 한참 뒤에야 그렇게 중얼거렸다.

제시 한은 오후 9시 12분에 아내와 함께 집을 나왔다. 가벼운 옷차림이었다. 제시 한의 손에도, 아내의 손에도 쓰레기봉투는 들려 있지 않았다. 아이는 입주 도우미가 봐주는 모양이었다.

연지혜가 박태웅을 쳐다보면서 검지로 자기 가슴을 찍고 CCTV 화면을 가리켰다. 딴에는 '제가 따라갈까요?'라는 의미였다. 박태웅이 웃음을 터뜨렸다.

"갑자기 왜 이상한 제스처를 하고 그래. 미국 사람도 아니면서."

박태웅은 그렇게 말하면서, 여전히 웃으면서, 고개를 끄덕였다. 그는 "몇 층으로 가는지는 내가 전화해줄게" 하고 덧붙였다. 연지혜는 멋쩍게 머리를 긁적이며 자리에서 일어났다.

연지혜는 일단 1층으로 올라갔다. 제시 한 부부가 산책을 하거나 근처 호프로 맥주를 한잔하러 가는 길인 것처럼 보여서였다. 그런데 그들이 지하 1층에서 내렸다고 박태웅에게서 전화가 걸려 왔다. 연지혜는 통화를 마치기도 전에 계단실로 들어갔는데, 그러자 전화기 건너편의 목소리가 띄엄띄엄 끊어졌다.

연지혜는 지하주차장에서 제시 한 부부를 따라잡았다. 제시 한의 아내는 남편의 외투 주머니에 자기 손을 넣고 걸었다. 제시 한은 여전히 다소 뻣뻣해 보였다. 뒷모습이긴 했지만.

한 걸음만 물러나서 보면 평범하기 그지없는 중년 부부의 모습이었다. 그럼에도 연지혜는 제시 한의 모든 자세와 동작에서 단서를 읽어내려 애썼고, 동시에 그런 자신이 병적인 것 같다는 생각도 했다.

제시 한 부부는 산책을 하지도, 근처 술집을 찾아가지도 않았다. 그들은 엘리시움백화점 지하의 슈퍼마켓으로 갔다. 연지혜는 적당히 거리를 두며 그들을 쫓았다.

백화점 슈퍼마켓은 연지혜가 요즘 이용하는 서촌의 작은 슈퍼마켓과도, 전에 다녔던 대형 마트와도 달랐다. 규모는 크지 않았지만 고급스러웠다. 형광등이 아니라 LED 조명을 썼고, 과일 진열대는 서유럽의 가게처럼 꾸몄다. 직원들은 모두 남색 모자를 썼고, 베이지색 앞치마를 걸쳤다.

당연하게도 이 슈퍼마켓은 엘리시움시티의 주민들이 자주 이용하는 곳인 듯했다. 직원들의 옷맵시는 단정하다 못해 패셔너블하다는 느낌마저 들었는데, 손님들은 옷차림이 자유분방했다. 트레이닝복과 슬리퍼 차림으로 어슬렁거리는 중년 남성이나 수면바지를 입고 매장을 돌아다니는 여성도 드물지 않았다.

연지혜는 진열대를 살피는 척하며 곁눈질로 제시 한의 위치를 확인했다. 매대에는 신선식품이 많았고 공산품은 적었다. 연지혜는 이 슈퍼마켓에 오는 사람은 짜장 라면은 어디서 사 먹는담, 하고 궁금해하다가 그런 물품은 온라인 쇼핑으로 구하면 된다는 사실을 깨달았다. 엘리시움시티 보안 데스크의 업무 상당 부분도 택배를 받아놓는 일이었다.

그러고 보니 경비업법인지 공동주택관리법인지 무슨 법이 바뀌어서 이제 보안 데스크에서 그렇게 택배를 맡아주면 안 될 텐데…….

매대 모퉁이에는 시식 코너들이 있었고, 제시 한 부부는 종종 그 앞에서 걸음을 멈추었다. 그때마다 연지혜는 '먹어, 먹으라고' 하고 주문을 외웠다. 시식 코너에서 쓰는 일회용 스푼이나 이쑤시개, 종이컵에서 제시 한의 DNA를 얻을 수 있을지 모르니.

하지만 제시 한은 음식에 입을 대지 않았다. 의외로 제시 한의 아내가 날씬한 몸매에도 불구하고 연두부며 스모크 소시지며 대만식 만두 같은 것을 일일이 맛보았다. 아내가 이쑤시개에 잘게 자른 소시지나 만두를 찍어 건넸지만 제시 한은 그때마다 고개를 저었다.

싫으면 싫다고 말을 하지, 왜 무성의하게 머리만 흔드는 거야. 건방진 새끼. 연지혜는 속으로 투덜거렸다.

결국 제시 한 부부는 아무것도 사지 않고 슈퍼마켓을 나왔다. 저래도 괜찮은가 보네, 하면서 연지혜도 매장을 나왔다. 제시 한과 그의 아내는 집으로 향하지 않았다. 그들은 슈퍼마켓을 돌아다닐 때와 같은 느린 걸음으로 천천히 슈퍼마켓 옆 식품관을 돌아다녔다.

이번에도 두리번거리며 주변을 성실히 관찰하는 것은 아내 쪽이었다. 얼굴이 제대로 보이지 않았는데도 제시 한이 '나는 아무 관심도 없다'는 냉담한 분위기임을 알 수 있었다. 그는 서 있을 때에는 미동도 하지 않고 뻣뻣한 차렷 자세를 유지했다. 그가 한국 법무부에 제출한 증명사진의 모습이 떠올랐다.

식품관은 슈퍼마켓보다 조명이 한층 더 밝았고, 각 매장의 진열대는 화사했다. 몇몇 가게에는 손님들이 줄을 지어 서 있기도 했는데, 정규 매장이 아니라 잠시만 운영하는 팝업 스토어인 듯했다. 신기하고 야릇한 메뉴들이 인기였다.

아보카도를 넣은 대왕 유부초밥, 계란과 유제품을 사용하지 않은 비건 감자빵, 오징어먹물 크로플, 매콤한 살치살 불초밥, 땡초와 치즈를 넣은 수제 어묵, 딱딱하지 않고 먹기 편한 코다리 강정……

제시 한과 그의 아내는 강릉에서 나리가 났다는 녹차 피낭시에를 파는 매장 앞에 줄을 섰다. 연지혜는 피낭시에가 뭔지 알지도 못했고 관심도 없었다. 반짝반짝 다채롭게 빛나는 그 풍요와 취향들이 모두 낯설었다. 비건 감자빵이나 오징어먹물 크로플보다 차라리 도스토옙스키의 작품을 둘러싼 장광설이 손에 잡히는 실체일 것 같았다.

다만 녹차 피낭시에 가게의 대기열이 짧아지는 속도로 보아 자신에게 10분가량 여유가 생겼다는 생각은 들었다. 그녀는 박태웅과 함께 먹을 저녁거리를 사러 식품관을 빠르게 한 바퀴 돌았고, 김밥을 석 줄 샀다. 한 줄이 5000원이나 했다. 그나마 정가는 6000원이었는데 마감 시간이 다 되었다고 1000원을 할인한 가격이었다. 얼마나 맛있나 두고 보자, 연지혜는 이를 갈면서 지갑을 꺼냈다.

제시 한의 아내는 작은 상자 하나를 구매했다. 팝업 스토어의 직원이 딱 맞는 크기의 작은 비닐봉지에 그 상자를 넣어주었다. 제시 한은 신용카드를 내밀 때를 제외하고는 내내 뻣뻣하게 서 있었다. 그들은 백화점으로 올 때보다는 한 박자 빠른 걸음으로 집으로 돌아갔다. 연지혜는 지하주차장에서 제시 한 부부가 엘리베이터 홀로 들어가는 것을 확인하고 계단을 통해 방재실로 돌아왔다.

김밥을 꺼내면서 백화점 지하에서 살펴본 사항들을 짧게 보고했더니 박태웅은 "애처가인가 보네, 그 새끼" 하고 중얼거렸다.

"애처가요? 되게 퉁명스럽던데요." 연지혜가 말했다.

"결혼한 지 몇 년 된 거 아냐? 그 정도면 애처가지. 얘기 들어보니까 아내가 먹는 걸 좋아하나 보네. 그래서 산책 대신 새로 나온 먹을거리 없나 하고 백화점 지하 돌아다니는 거지. 그놈은 자기는 관심 없으면서도 그걸 따라가주는 거고."

듣고 보니 박태웅의 말이 옳은 것 같아 연지혜는 머쓱해졌다. 박태웅은 김밥을 보며 "이거 나 먹을 것까지 산 거야?" 하며 괜한 소리를 했고, 연지혜는 "당연하죠" 하고 대답했다. 박태웅은 두 사람이 1.5줄씩 나눠 먹어야 한다고 고집을 부렸고, 연지혜는 "선배 몫으로 처음부터 두 줄을 샀다니까요" 하고 맞섰다.

"그런데 이 김밥은 왜 이렇게 밥이 없냐? 계란이 많고." 박태웅이 물었다.

"키토제닉 김밥이래요."

"키토…… 뭐?"

"탄수화물량을 줄여서 살이 덜 찐대요."

박태웅은 그게 웬 궤변이냐는 듯, 분노를 참지 못하겠다는 듯 눈을 감았다가 1, 2초 뒤에 떴다. 그러고는 김밥을 입에 문 채로 "희한하게 맛은 괜찮네" 하고 말했다.

두 형사는 자정까지 방재실에서 기다렸다. 그 시각까지 A동 3001호에서는 아무도 나오지 않았다. 연지혜는 제시 한이 무엇을 하고 있을지 상상하며 시간을 보냈다.

제시 한은 아내가 녹차 피낭시에를 먹을 때 옆에 앉아 있었을까? 딸과 놀아줬을까? TV를 봤을까? 테라스에 나가 구로구의 야경을 감상했을까? 제시 한의 모습을 그려보려 애쓸수록 그녀가 부자들의 삶을 알지 못한다는 사실만 명확해졌다.

0시 10분이 넘었을 때 박태웅이 "이제 안 나오겠지?" 하고 운을 뗐다. 연지혜는 "자정도 넘었으니까……" 하며 말꼬리를 흐렸다.

"우리도 그만 들어갈까?" 박태웅이 물었다.

"그럴까요?" 연지혜가 말했다.

"연 형사는 내일 몇 시까지 나올 수 있겠어?"

박태웅이 물었다. 연지혜는 그 질문이 시험이라는 생각이 들었다.

"5시 반까지 올게요."

"음, 6시까지 와도 될 거 같다."

박태웅이 말했다. 그들은 소리를 죽인 채 휴대폰으로 게임을 하던 야간 당직 기사에게 목례를 하고 방재실을 나왔다. 삼십대 초반으로 보이는 기사는 "아, 가시게요?"라며 반색했다.

수사 차량을 가져온 박태웅이 집까지 태워주겠다고 제안했지만 연지혜는 거절했다. 그리고 택시 호출 앱을 켰다. 내일 새벽에도 지하철을 타고 올 수는 없겠지, 무려 신도림역 바로 옆인데 참 어이없지 뭐야, 그녀는 생각했다.

87.

비둘기 관찰을 좋아하는 사내와, 비둘기에 대한 긴 시를 쓴 친척 여동생의 차이는 무엇인가? 왜 우리는 후자의 삶에 대해서는 전자처럼 폄하하기를 주저하는 걸까?

그녀의 원고가 발견되고, 마이어와 다거처럼 사후에 평론가들의 극찬을 받을 가능성이 있기 때문일까? 어차피 당사자는 자신의 죽음 이후에 벌어진 일을 절대 알지 못하는데도?

공원 비둘기를 소재로 한 서사시가 후대에 발견된다면 그녀의 삶은 의미를 얻는 것이고, 서사시가 잊힌다면 그렇지 않은 걸까?

프란츠 카프카는 친구이자 비평가였던 막스 브로트에게 자신의 원고를 전부 태워달라고 부탁했다. 만약 브로트가 그 유언을 지켰다면, 카프카의 삶은 의미가 없어지는 걸까? 카프카가 의미 있는 삶을 살았는지 여부는 그가 무엇을 남겼느냐에 달린 문제인가?

그런데 우리 대부분은 결국엔 다 잊히지 않나? 그 말은 우리 대부분은 무의미한 존재라는 뜻일까?

물리 세계에서 비둘기 관찰을 좋아하는 사내와 아마추어 조류학자의 행동은 큰 차이가 없다. 그들은 다른 물리적 존재들에게 미치는 영향이 미미하다.

하지만 두 비둘기 애호가와 주변 사람들을 사실-상상 복합체로 바라보면 완전히 다른 풍경이 펼쳐진다.

비둘기 관찰을 좋아하는 사내는 기이할 정도로 상상의 비중이 낮은 사실-상상 복합체다. 그의 삶은 대부분 물리 세계의 영역에서 진행된다. 그는 비둘기나 음식, 술, 침대처럼 그가 관심을 갖는 대상에서 감각적인 기쁨만을 얻는다.

사내는 '로마의 폭군'이라든가 '초기 기독교 역사'와 같은 거대하고 추상적인 사실-상상 복합체와는 거의 관계를 맺지 않는다. 접착제 역할을 할 상상 자체가 그에게 너무 적기 때문이다. 그는 자신이 속한 사회와 상상을 공유하지 않는다.

사르트르의 소설 《구토》에서 주인공 앙투안 로캉탱은 그 상태를 이렇게 서술한다: 이 너무나도 자명한 느낌, 이게 바로 구토였단 말인가? 그동안 이것을 생각하며 얼마나 머리를 쥐어짰던가! 이에 대해 얼마나 많은 것들을 썼던가! 이제 나는 안다. 나는 존재하고—세상은 존재하고—, 세상이 존재한다는 것을 안다. 이게 전부다. 하지만 어찌 되었든 난 상관없다.

아마추어 조류학자이자 시인은 그렇지 않다. 그녀는 상상의 비중이 높은 사실-상상 복합체이며, 그 풍성한 상상은 강력한 접착제가 되어 다른 사실-상상 복합체들과 결합한다. 물리적 존재, 개체로서의 인간을 매개로 하지 않고도 그런 사건이 벌어진다.

그녀의 시는 조류학, 환경생태학, 문학과 단단히 결합하며, 동물학, 사회과학, 인문학으로 뻗어나간다. 사실–상상 복합체의 우주에서 아마추어 조류학자가 비둘기를 좋아하는 사내보다 훨씬 더 큰 장(場, Field)임을 우리는 즉시 알 수 있다.

많은 사람들이 더 큰 장이 될 때, 더 큰 사실–상상 복합체와 연결될 때, 충만해진다고 느낀다. 그런 결합으로 거대한 사실–상상 복합체의 영토를 넓힐 때 심오한 보람을 만끽한다. 우리 안에 그런 강렬한 욕구가 있고, 그 욕구를 채우지 못할 때 우리는 공허해진다. 여기서 거대 서사를 향한 갈증이 나온다.

88.

형사들은 잠복 둘째 날 제시 한의 DNA를 얻었다.

제시 한은 오전 8시 20분쯤 출근했고, 오전 8시 50분쯤 입주 도우미가 제시 한의 딸을 아파트 어린이집으로 데려갔다. 오전 9시 반쯤 제시 한의 아내가 외출복 차림으로 집에서 나왔는데 손에 쓰레기봉투를 들고 있었다.

눈빛으로 대화를 하고 말 것도 없었다. 연지혜는 바로 자리에서 일어나면서 고개를 돌려 흘깃 박태웅을 바라보았고, 박태웅이 고개를 끄덕이는 것도 채 다 확인하지 않은 채 방재실 문으로 향했다.

연지혜는 지하 2층의 쓰레기 수거 구역에서 제시 한의 아내와 마주쳤다. 제시 한의 아내가 보이지 않는다고 생각하며 서둘러 쓰레기 수거 구역으로 걸어왔는데, 엘리베이터가 늦었는지 상대는 연지혜보다 뒤에서 나타났다.

빈손으로 있던 연지혜는 벽에 붙은 대형 폐기물 배출 안내문을 읽는 척 했다. 배출 수수료가 가장 비싼 물품은 더블베드 돌침대였고, 그다음은 피아노였다. 그런데 도마도 돈을 내고 버려야 한단 말이야? 모니터는 그냥 버려도 되는데 TV는 수수료를 내야 한다고?

그러다가도 연지혜는 제시 한의 아내가 쓰레기봉투를 버릴 때 고개를 돌려 유심히 관찰했다. 증명사진으로 볼 때는 몰랐는데, 제시 한의 아내는 몸의 비율이 패션모델 뺨치게 좋았다. 머리가 아주 작았고 다리가 길어서, 큰 키는 아님에도 굉장히 늘씬해 보였다.

걸치고 있는 옷도 명품인 것 같았고, 어디를 나가려는 참인지 몰라도 하이힐도 굽이 상당히 높았다. 쓰레기봉투마저 일부러 연출한 아방가르드한 패션 오브제가 아닌가 싶을 정도였다.

제시 한의 아내가 뚜껑을 든 것은 음식물 쓰레기봉투가 아니라 매립용 쓰레기봉투를 버리는 수거함이었다. 안쪽에서 세 번째. 제시 한의 아내가 버리는 쓰레기봉투는 10리터짜리였다.

됐다, 하고 속으로 환호한 것도 잠시, 연지혜는 제시 한의 아내와 눈이 마주쳤다. 제시 한의 아내는 표정에 전혀 변화가 없이 상대의 눈을 똑바로 바라보는 데다 턱까지 약간 쳐든 포즈여서 무척 도도해 보였다. 내 주변에 있는 사람은 다 나를 유심히 쳐다봐, 난 그런 시선에 익숙하지, 그렇게 말하는 듯했다. 검은 단발머리, 쌍꺼풀 없이 좌우로 긴 눈, 볼록하게 솟은 광대 때문에 제시 한의 아내는 고대 이집트의 여왕처럼 보였다.

두 손이 자유로워진 제시 한의 아내가 모델처럼 지하주차장으로 걸어 나간 다음 연지혜는 쓰레기 수거함으로 걸어가 뚜껑을 열었다. 인터넷 쇼핑으로 산 최저가 검은색 청바지에 검은색 티셔츠를 입은 자신이 파라오 왕궁의 시녀처럼 느껴졌다.

게다가 제시 한의 아내가 들고 있을 때는 멀쩡하던 쓰레기봉투에서 액체 방울이 아래로 뚝뚝 떨어졌다. 처음에는 수거함 안에서 쓰레기 액체가 봉지 표면에 묻은 거라고 생각했으나 조금 시간이 지나자 봉투 아래에 미세하게 구멍이 났다는 사실이 명확해졌다. 어쩔 수 없었다. 손으로 아래를 받쳐 수습하는 수밖에.

방재실에 있던 박태웅은 연지혜가 들어오자마자 "매립용 맞네!" 하며 반색했다. 상기되고 싱글벙글한 얼굴인 건 자신도 마찬가지일 거라고 연지혜는 생각했다. 연지혜는 봉투를 치켜들고 "그런데 이거 밑에 구멍이 났어요"라고 말하려다 뜨악한 표정으로 자신들을 바라보는 방재실 직원을 보고 입을 다물었다.

마음 같아서는 그 자리에서 쓰레기봉투를 찢고 내용물을 확인하고 싶었다. 봉투에서 흘러나오는 물이 끈적끈적해서 더 이상 들고 있기 싫어서이기도 했다. 도대체 이 액체는 정체가 뭘까.

하지만 장소가 마땅찮았다. 방재실 안에서 쓰레기봉투를 뜯기에는 기사의 시선이 부담스러웠고, 지하주차장에서 일을 벌이자니 지나가는 사람들의 이목을 끌 것 같았다. 증거물을 오염시키지 않고 제대로 증거 봉투에 담을 수 있을지, 뒷정리를 잘할 수 있을지도 의문이었다.

"사무실로 가자고."

박태웅이 빠르게 결론을 내렸다. 그래, 쓰레기봉투에서 새어 나오는 끈적거리는 액체 따위야 아무려면 어때. 연지혜도 고개를 끄덕였다. 그러면서도 눈으로는 이 봉투를 담을 만한 다른 비닐봉투나 종이봉투를 찾았다. 그러자 박태웅이 눈을 1, 2초가량 감았다가 부릅뜨더니 품에서 비닐봉지를 하나 꺼내 연지혜에게 건넸다.

그들은 서울경찰청 강력범죄수사대 강력범죄수사1계 강력1팀 1반 사무실에서 쓰레기봉투를 찢었다. 연지혜, 박태웅, 정철희가 막 뜯어낸 과자 봉지의 내용물에서 사은품을 찾는 아이들처럼 머리를 맞대고 엘리시움시티 A동 3001호에서 나온 쓰레기들을 살폈다. 모두 증거물 채취용 장갑을 낀 채였다.

쓰레기에서는 달큰한 냄새가 났는데, 아이스크림 포장지 때문이었다. 아까 그 액체가 저기서 나온 녹은 아이스크림 물이었군, 하고 피식 웃은 것도 잠시, 연지혜는 눈에 띈 물체를 보고 반사적으로 얼굴을 찡그렸다.

"오." 박태웅이 말했다.

"뭐, 이거면 확실하지."

정철희가 말했다. 희미하게 히죽거리는 것 같기도 했다.

그것은 콘돔이었다. 입구 쪽으로 기본 매듭이 묶어져 있는. 그래, 이거면 확실하지. 안도감과 함께 의미 없는 생각들이 연지혜에게 밀려들었다.

그 새끼 마누라랑 사이가 좋은가 보네. 초박형인가. 내용물은 그래도 변기에 일단 버린 모양이네. 마누라가 내연남이랑 바람피우는 건 아니겠지. 아, 바람을 피우면 콘돔을 저렇게 자기 집 쓰레기통에 버리진 않겠구나. 설마 아까 아이스크림 녹은 물에 저기서 나온 게 섞이진 않았겠지…… 입에서는 저절로 "아이고" 소리가 나왔다.

준비성이 철저한 박태웅은 품에서 핀셋을 꺼내 콘돔을 들어 올렸다. 연지혜는 얼른 정신을 차리고 증거용 봉투 입구를 벌렸다.

국립과학수사연구원에는 당연히 이 콘돔을 직접 가져다줘야 했다. 경찰 내부에서 쓰는 행낭이 있기는 하지만 분실 우려도 있고, 가는 도중에 내용물이 변질될 수도 있으니까. 무엇보다 찾아가서 담당 연구사에게 빨리 분석해달라고 읍소를 해야 하니까. 긴급으로 처리하지 않는 증거물은 감식에 한 달 가까이 걸릴 때도 있다.

연지혜가 자기가 원주까지 가겠다고 자청했고 정철희는 고개를 끄덕였다. 정철희도 박태웅도 "서두르지 말고 조심해서 다녀와"라고 말했는데 아무래도 연지혜보다는 증거물의 안녕을 더 걱정하는 것 같았다.

연지혜는 원주까지 규정 속도를 지키며 차를 몰았다. 하남시를 통과할 때쯤 가는 비가 내리기 시작하더니 오크밸리 스키장 근처에서는 빗줄기가 제법 굵어졌다. 하지만 원주 시내로 들어갔더니 신기하게도 하늘이 맑았다. 서울경찰청에서 국립과학수사연구원 본원까지 꼭 2시간이 걸렸다.

유전자감식센터에서 이솔 연구사를 찾으니 "오늘 안 나오셨는데요"라고 다른 연구사가 대답했다. 얼굴이 희고 마르고 긴 삼십대 사내였다.

연지혜는 상대에게 증거 봉투와 감정의뢰서를 내밀며 매우 급하게 처리해야 하는 건이라고 말했다. 남자 연구사는 연지혜를 제대로 쳐다보지도 않고 "네, 긴급이라고요" 하고 대답했다. 발음도 분명치 않았다.

"22년째 도망 다닌 범인일지도 몰라요. 살인이요."

연지혜가 그렇게 말하며 관심을 끌어보려 했지만 얼굴이 흰 연구사는 무덤덤한 표정으로 "네"라고 짧게 대답할 뿐이었다.

연지혜는 연구실을 나오다가 발걸음을 돌려 무덤덤한 연구사에게 돌아갔다. 그리고 연지혜표 미소를 지으며 물었다.

"이솔 연구사님은 내일은 나오시나요?"

"네." 남자 연구사가 이번에도 간결하게 대답했다.

연지혜는 국과수 복도의 장의자에 앉아 이솔에게 문자메시지를 길게 보냈다. 쉬는데 미안하다, 서울청의 연지혜인데 혹시 기억하실지 모르겠다, 오늘 체액 표본을 맡겼는데 이거 좀 신속히 처리해주면 좋겠다, 어떤 젊은 여성을 성폭행하고 잔인하게 죽인 놈의 정액인데 저희가 피의자를 거의 특정한 거 같다, 그놈이 22년이나 아무 처벌을 받지 않고 잘 살고 있다…….

문자메시지를 보내는 김에 정철희와 박태웅에게도 보냈다. 증거품을 무사히 감식 의뢰했다고, 바로 올라간다고. 이솔로부터 답장이 오기를 은근히 기다렸지만 5분 넘게 시간이 흘러도 아무 연락도 오지 않았다. 그렇지, 쉬는 날에 사람 괴롭히면 안 되지. 아무리 내가 조바심이 난다 해도. 형사들 기준으로 다른 사람을 대하면 안 돼.

연지혜는 "아이고" 하고 혼잣말을 중얼거리고서 주차장으로 나갔다.

원주에 올 때와 달리 서울로 올라갈 때에는 가속페달 위에 올린 발에 저절로 힘이 들어갔다. 연지혜는 몇 번이나 속도계의 숫자에 놀라 브레이크를 밟아야 했다.

처음에는 증거물을 국과수에 맡겼기 때문에 홀가분해서 그런 줄 알았다. 하지만 머리가 상쾌하지 않았고, 심장도 너무 빨리 뛰었다. 내가 불안해하고 있군…… 아니, 두려워하고 있군. 연지혜는 그때서야 생각났다는 듯이 카오디오를 켜서 라디오를 틀고 볼륨을 쭉 올렸다.

판촉물을 고려하라! 사장님도 좋아하고, 공무원도 좋아하는! 판촉물은…….

광고 소리에 놀라 라디오를 끄자 때맞춰 빗방울이 다시 떨어지기 시작했다. 연지혜는 휴게소 표지판을 보고 그리 들어갔다. 주차장에 차를 세우고 심호흡을 몇 번 하며 몸에서 힘을 뺐다. 그녀는 와이퍼가 부지런히 자동차 전면 유리창을 닦는 모습을 물끄러미 지켜보다가 시동을 끄고 우산 없이 밖으로 나갔다.

고속도로 휴게소 가판대를 일없이 둘러보고는 흡연 구역에서 전자

담배를 피웠다. 중요한 시험을 치르기 전날처럼 가슴이 울렁거렸다. 그녀는 자신이 왜 불안한지, 무엇을 두려워하는지 알았다. 뻔한 거였다, 적어도 피상적으로는.

제시 한의 정액과, 민소림의 몸 안에 있던 정액의 DNA가 다를 가능성이 두렵다. 그렇게 된다면 정말 막다른 길이니.

그게 뭐라고 그렇게 피하고 싶은지 몰랐다. "뭐, 범인 놓칠 수도 있지" 하고 말하던 정철희의 표정이 떠올랐다. '저 사람은 왜 위험하고 돈도 안 되는 일을 저렇게 열심히 하는 걸까 궁금했다'던 한은수의 말도 생각났다.

몇 달에 걸쳐 들인 노력이 수포가 되기 때문인가. 한국군인지 미군인지, 얼차려 중에 한나절 동안 구덩이를 파게 한 다음 한나절 동안 그걸 다시 메우게 하는 벌이 있다고 들었다. 무의미한 일을 한다는 게 인간에게 큰 고통이 된다고 했다. 지금 나는 그런 걸 걱정하는 걸까.

그렇지는 않다, 고 연지혜는 생각했다. 그녀는 이 수사를, 제시 한의 DNA를, 무척 개인적으로 느끼면서도 동시에 아주 개인적이지만은 않은 것으로 여기는 자신을 자각했다.

나는 민소림과 닿아 있다, 고 그녀는 생각했다. 비록 살아 있는 민소림을 단 한 번도 만난 적이 없지만. 그리고 죽은 민소림을 통해 자신이 정의와도 약하게 연결되어 있다고 연지혜는 생각했다. 정의, 아니면 그와 비슷한 거대한 무언가와.

겨우 이어진 것 같은 그 가냘픈 선이 끊길까 봐 두려웠다.

검사, 의사, 교사처럼 소명이 있다고 불리는 직업에서 일하는 다른 이들도 비슷한 감정을 느낄지 궁금했다. 만약 그렇다면 그들이 연결된 거대한 무언가는 정의가 아닌 무엇인지 알고 싶었다.

그런 연결, 관계 맺음을 그녀는 갈망했다.

차에 돌아와 휴대폰을 보니 이솔로부터 문자메시지가 와 있었다.

'형사님, 잘 지내셨죠? 제가 할머니 상을 당해서 오늘 아침에 막 발인을 했어요. 내일은 출근하니까 연구실 가자마자 말씀하신 증거 제일 먼저 봐드릴게요. 이솔 올림.'

연지혜는 서둘러 죄송하다고, 고인의 명복을 빈다는 답장을 보냈다. 그러자 이솔이 금방 또 문자메시지를 보내왔다.

'괜찮아요. 할머니 연세가 99세였어요. 치매도 좀 앓으셨고요. 부검 안 받으셔도 되니 다행이죠.'

연지혜가 뭐라고 답장해야 하나 망설이는 사이 이솔에게서 또 문자메시지가 왔다.

'저는 제가 죽음과 무척 가까이에서 사는 사람이라고 생각했거든요. 그런데 생각해보니 저와 가까운 사람이 세상을 떠난 건 이번이 처음이더라고요. 이상하지요?'

연지혜는 조금 고민하다가 그녀 역시 가까운 사람을 떠나보낸 적이 아직 없다고, 생각해보니 이상하다고 답장을 보냈다.

죽음에 대해 생각할 때 머리에 그려지는 것은 시신의 모습들이었다. 그녀는 자신이 본 이런저런 시신들을 생각했다. 손도끼로 열 번 넘게 맞아서 머리 뒷부분이 거의 다 날아간 피살자도 있었고, 한강에서 투신자살한 뒤 며칠 뒤에 발견되는 바람에 몸이 엄청나게 부푼 익사체도 있었다. 그런가하면 목을 매고 극단적인 선택을 했는데 입가에 행복하게 보이는 미소가 걸려 있는 경우도 있었다.

그 모습들은 죽음의 어떤 측면들을 드러내기는 했다. 그러나 그것이 죽음인가, 하고 묻는다면 고개를 갸웃할 수밖에 없었다. 자신보다 거대한 무언가에 속힐 때 죽음을 어떤 식으로든 얼마간이나마 극복하게 되느냐, 하는 질문에 대해서도 마찬가지였다.

연지혜는 휴대폰의 음악 플레이어를 카오디오 시스템에 연결하고 자동차를 출발했다. 블루스 음악들이 순서대로 차를 채웠다. 라라 프라이스의 〈미친(Crazy)〉. 거스리 고반의 〈우리가 시작한 곳(Where We Started)〉. 베스 하트의 〈바닥의 불(Fire on the Floor)〉.

서울이 가까워지면서 빗방울도 점점 굵어졌다. 그녀는 볼륨을 높였다. 로니 얼의 〈도나(Donna)〉. 에릭 클랩튼의 〈옛사랑(Old Love)〉. 에피케이 패러독스의 〈사랑은 지는 게임(Love is a Losing Game)〉. 나이트호크스의 〈운(Fortune)〉.

쉽지 않은 하루였다. 새벽에 6시까지 엘리시움시티에 갔고, 제시 한의 DNA를 확보했고, 원주에 차를 몰고 가서 유전자 감식을 의뢰했다. 서울경찰청 주차장에서 차에서 내리니 어깨가 뻐근했다. 정철희가 수고했다며 집에 가서 쉬라고 했다.

"뭐, 각자 기도나 하자고. 그놈이 범인이 아니면 정말 힘 빠질 거 아냐."

퇴근하는 박태웅과 연지혜에게 정철희가 힘 빠지는 얘기를 힘 빠지는 목소리로 던졌다. 연지혜는 서울경찰청 1층 후문에서 우산을 펴며 괜히 혀를 한번 밖으로 내밀었다가 입 안으로 집어넣었다.

신한은행 효자동지점을 끼고 왼쪽으로 돌아 주택가로 들어서서 골목을 걸어 자신의 집까지 오기까지, 평소 20분이 걸리는 퇴근길이 이날은 40분 이상 걸렸다. 연지혜는 지하철역과 지하주차장이 실내로 이어지는 엘리시움시티 주민들을 부러워하면서, 빗길에 미끄러지지 않을까, 신발이 젖지 않을까 조심조심 걸었다.

그럼에도 불구하고 단독주택에 들어섰을 때 그녀의 운동화는 푹 젖어 있었다. 양말을 빨래통에 넣기 전에 비틀어 물기를 짜내야 할 정도였다.

뜨거운 물로 샤워를 하고, 편한 옷으로 갈아입고, 머리를 말리며, 연지혜는 거의 무의식적으로 냉장고를 열어 캔 맥주를 꺼냈다. 엄청나게 피곤했지만 정신이 산만해서, 잠을 푹 자게 될 것 같지 않았다. DNA 감식 결과를 언제쯤 받을 수 있을까?

도킹 스피커에 휴대폰을 꽂고 툇마루에 앉아 맥주를 마시며 연지혜는 몸의 긴장을 풀려고 애썼다. 그녀는 팔굽혀펴기와 스쿼트를 할까 말까 잠시 고민했는데, 맥주 한 캔을 너무 빨리 비우는 바람에 운동은 포기했다. 빈 깡통을 옆에 두고 어두운 마당을 바라보며 연지혜는 끈적끈적하고 느린 음악을 들었다.

그러는 사이 그녀는 누군가 자신을 지켜보는 것 같다는 기묘한 느낌을 받았다. 냉장고에서 새 맥주를 꺼내오려고 자리에서 일어나 마당에 등을 돌렸을 때 그 감각은 더 강해졌다. 연지혜는 차게 식은 맥주를 목에 대고 숨을 죽이면서 마당 바깥쪽 어둠을 한참 노려보았다. 그러나 침입자가 있는 것 같지는 않았고 그녀는 조금 경계심을 풀었다.

빗줄기 속에 흐릿한 형상, 아니 기운 같은 것이 있는 듯했다. 어떤 존재라고 부르기에는 애매한. 딱히 위협적이지는 않았지만 우호적이지도 않은. 굳이 성별을 따지자면 여성에 가까웠다.

음악 소리를 줄였더니 빗방울 소리가 보다 선명하게 들렸다. 지붕과 아스팔트 바닥과 풀과 담장 위에서 빗방울은 다채로운 소리를 내며 부서졌는데 연지혜는 그걸 단독주택에 사는 사람만이 누릴 수 있는 특권이라고 여겼다.

한편 거실의 빛이 닿는 영역 너머, 마당의 어둠 뒤에 숨은 유령 같은 무언가는 그녀가 시선을 돌려 외면하려 들수록 오히려 존재감이 단단해지는 듯했다. '그것'이 어느 순간부터는 빗방울을 튕겨낼지도 모를 것 같다는 망상이 들 정도였다. 그렇게 되면 잠수함이 소나(SONAR)로 다른 잠수함을 찾아내듯이, 빗방울 덕분에 '저것'의 형상을 포착할 수도 있겠지.

'어쩌면 그냥 내가 오늘따라 빨리 취하는 걸 수도 있고.' 연지혜는 세 번째 맥주 캔과 땅콩 안주를 가지러 가면서 생각했다.

설령 그녀의 정신이 멀쩡하며, 멀쩡한 정도를 넘어 오히려 낮에는 발휘될 수 없었던 사냥꾼과 주술사의 감각이 생생하게 살아나서 존재하는 것과 존재하지 않는 것, 삶과 죽음 사이의 어스름한 경계에 있는 무언가를 감지하게 되었다 하더라도, '그것'과 깊은 관계를 맺고 싶지는 않았다.

그날 밤 그녀는 땅콩이 담긴 접시를 옆에 두고 맥주를 여러 캔 마시면서 그렇게 어둠을 한참 바라보았다. 담배는 피우지 않았다.

담배는 다음날 오전에 여러 대 피웠다. 연지혜는 정철희, 박태웅과 함께 오전 내내 모니터를 들여다보았다. 범죄정보관리시스템에서 22년 전 CCTV 사진 속 남자를 찾는 바로 그 지루한 업무였다.

박태웅은 아침부터 믹스커피를 여러 잔 마시더니 화장실을 자주 갔고, 망원들에게 다음 수사 아이템을 찾기 위한 전화도 돌리는 것 같았다. 연지혜는 담배도 여러 대 피웠고, 녹차도 여러 잔 마셨으며, 화장실도 자주 갔다.

태연해 보이는 사람은 정철희뿐이었다. 그 모습에 연지혜는 순수하게 감탄했다. 초조함을 잘 감추는 것이든, 아니면 마음 깊숙한 곳까지 실제로 차분한 것이든, 어느 쪽이건 대단하다 싶었다. 22년 전에는 울컥해서 참고인 뺨을 때리기도 했었다면서.

점심에는 다 같이 순두부찌개를 먹으러 갔다. 전날 비가 와서인지 하늘이 쨍하게 맑았다. 식당에서는 줄을 한참 기다렸다. 특별히 맛이 있는 것도, 분위기가 편한 것도 아닌데, 그저 근처 다른 밥집들보다 밥값이 1000원쯤 싸다는 게 인기 비결인 그런 식당이었다.

줄을 선 사람들은 모두 종로구에서 일하는 직장인들이었고, 대부분은 중년 남성이었다. 절반가량은 양복을 입고 있었는데, 아마도 공무원이지 않나 싶었다. 종로구인 걸 감안해도 양복을 입은 남자의 비율이 상당히 높은 편이었다. 한국에서 양복쟁이를 이렇게 볼 수 있는 곳도 이제 아마 종로와 여의도 정도밖에 남지 않았을 거야, 연지혜는 생각했다.

연지혜는 이틀 전 밤에 엘리시움백화점 지하 식품관에서 줄을 선 사람들에 대해서도 생각했다. 그들과 그녀 눈앞에 지금 줄을 선 종로구의 직장인들은 완전히 달라 보이기도 했고 똑같아 보이기도 했다. 어쩌면 점심에는 종로구에서 순두부찌개를 먹고 저녁에 백화점에서 디저트 과자를 사는 사람이 있을지도 모른다.

제시 한과 아내가 산 음식이 뭐였더라? 녹차 어쩌고 하는 디저트 빵이었는데. DNA 결과가 나오면 그 동네에 다시 갈지 그러지 않을지가 결정되겠군. 키토제닉 김밥은 맛있었어. 너무 비싼 게 흠이었지만. 불초밥이라는 것도 한 번쯤 먹고 싶어. 대왕 유부초밥, 그건 그다지 내키지 않아. 밥이 많은 부분이 퍽퍽할 거 같아.

박태웅은 자리를 잡고 찌개가 나오기를 기다리며 그답지 않게 "어으, 눈 아파, 눈이 빠질 거 같네"라고 하면서 너스레를 떨었다. 아무래도 오전에 집중을 하지 못한 게 찔려서 그런 말을 하는 것 같았다. 정철희는 "뭐, 막걸리 한 잔 시원하게 마시면 딱 좋을 텐데 말이야" 하고 말했지만 술을 마시자고 권하는 것 같지는 않았다.

잠시 뒤 순두부찌개 세 그릇이 나왔다. 엘리시움백화점 지하 식품관에서 파는 빵이나 케이크나 초밥들과는 모양도 맛도 딴판인 요리였다. 짜고 맵고 뜨겁고 자극적이며, 인스타그램에 사진이 어떻게 올라갈지는 전혀 고려하지 않고, 직장인 아저씨 손님들이 빨리 먹어 치워버리기를 기대하는 음식.

정철희와 박태웅은 코를 박듯이 순두부찌개를 먹었고, 연지혜도 거의 싸운다는 기분으로 찌개 국물을 입으로 떠 넣었다. 빨리 먹는 남자 선배들과 함께 밥을 먹을 때에는 말없이 먹는 행위에 집중하는 게 최선이었다.

전투 같은 식사를 마친 뒤에는 연지혜가 식당에서 가장 먼저 나왔다. 정철희는 카운터에서 밥값을 계산하고 있었는데, 포스기가 말썽인지 카드 결제가 잘 되지 않는 것 같았다. 박태웅은 커피 자판기 앞에 서 있었다. 오전에 사무실에서 여러 잔 마신 걸 잊고, 공짜니까 무조건 한 잔이라는 마음이지 않나 싶었다.

그렇게 선배들을 바라보는 연지혜 역시 식당 입구에 놓인 바구니에서 아무 생각 없이 집어 든 마름모꼴 박하사탕을 입에 넣고 무슨 맛인지도 모른 채 입을 우물거리는 중이었다. 그러다 진동하는 휴대폰을 주머니에서 꺼내 든 연지혜는 발신자 정보에 뜬 이름을 보고 놀라서 전화기를 손에서 반쯤 놓쳤다. 그리고 그 전화기를 제대로 잡으려고 허둥대다 아직 얼마 녹지 않은 사탕을 거의 삼킬 뻔했다.

연지혜는 기침을 하면서 걸려오는 전화를 받았다.

"이솔 연구사님?"

왜 국과수에서 연락이 온 걸까. 설마 벌써 DNA 분석이 끝났을 리는 없을 테고, 증거가 뭔가 잘못된 걸까? 오염되거나 분실된 걸까? 안 좋은 쪽으로 상상하던 연지혜는 잠시 뒤 이솔의 말에 눈이 휘둥그레졌다.

"형사님, 축하드려요. 범인 찾으신 거 같아요."

"DNA가, 맞아요?"

"네, 일치해요."

자신도 모르게 입에 힘이 들어가는 바람에 박하사탕이 요란한 소리를 내며 부서졌다. 연지혜표 미소를 지을 겨를도 없었다.

"감사합니다, 연구사님! 정말 감사합니다. 아니, 이렇게 빨리 검사가 되나요?"

"어제 급한 거라고 부탁하셨다면서요? 제 동료가 거의 다 했어요."

전화기를 든 채로 보이지도 않는 상대를 향해 연신 고개를 숙이는 연지혜를 보고 정철희와 박태웅이 성큼성큼 걸어왔다.

"뭐, 국과수야?"

"뭐래? 맞대?"

두 형사가 동시에 물었다. 박태웅은 종이컵에 든 커피가 넘치는 바람에 손이 젖었는데도 조금도 신경 쓰지 않았다. 연지혜는 그 순간 박하사탕 조각이 다시 목에 걸리는 바람에 대답을 하려다 사레가 들렸다. 연지혜는 오른손으로는 가슴을 치면서 왼손으로는 엄지손가락을 세워 들어 보였다.

"뭐, 진짜!"

정철희가 묻더니 뭐라고 대답하기도 전에 연지혜의 얼굴을 보고 눈이 커졌다. 상대의 얼굴이 확 펴지는 걸 보면서 연지혜는 정철희도 속으로 조바심을 내던 터였음을 알아차렸다. 정철희는 껄껄 웃으며 박태웅을 껴안았다. 박태웅은 종이컵 안의 내용물을 길바닥에 뿌려버리고는 정철희의 포옹에 응했다.

연지혜는 두 사내가 낄낄거리며 서로 어깨와 등을 두드리는 모습을 어색하게 바라보았다. 앞으로 어떤 남자 형사도 그녀를 저렇게 가깝게 대하지 않을 것임을 알았다. 자신이 저런 스킨십을 원하는지는 알 수 없었다.

몸을 푼 정철희와 박태웅은 연지혜를 보더니 겸연쩍어했다. 자신에게 다가오는 정철희를 보면서, 연지혜는 상대가 팔을 벌리고 자기를 안으려 하면 어떻게 해야 하나 고민했다.

정철희는 그녀를 안으려 하지 않았다. 정철희는 연지혜의 어깨를 두드리는 시늉을 하며 말했다.

"연 형사가 잡은 거다, 이거."

그 말을 듣자 몸이 붕 뜨는 듯한 기분이 들었다.

서울청으로 걸어가면서 정철희는 다른 형사들에게 표정 관리를 주문했다. 눈치 빠른 박태웅은 말을 듣자마자 이유를 알아차렸다.

"팀장님한테는 얘기 안 하시려고요?"

"뭐, 응. 이래라저래라 간섭하고 그러면 될 것도 안 될 수 있으니까. 뭐, 작전 다 세워놓고, 영장 받고 나서 보고하자고."

정철희의 말을 듣고 연지혜는 그래도 되는 거구나 싶어 놀라는 한편, 좋은 요령을 배웠다는 생각도 했다. 평소에도 다른 형사들끼리 있을 때 팀장을 신랄하게 비판하던 박태웅은 아무렇지도 않다는 표정이었다.

"지섭이 형이랑 의준이도 부르실 거죠?" 박태웅이 물었다.

"당연하지. 다섯 명이 다 가야지. 뭐, 당장 오후에 회의 좀 하자고. 연 형사가 오 형사랑 최 형사한테 연락 좀 해줘. 뭐, 급한 일 없으면 사무실로 바로 오라고 해."

정철희가 말했다. 조금 전의 흥분은 간 데 없이 무덤덤한 분위기였다. 광화문광장 지하보도를 건널 때쯤에는 연지혜도 태연한 얼굴이 되어 있었다.

89.

적어도 선진국 중산층 사이에서 계몽주의는 자신이 처음 설정했던 1차 목표를 상당 부분 이룬 듯 보인다: 물리적 폭력과 궁핍으로부터의 해방.

물론 아직도 세계 인구의 절반 이상이 여전히 물리적 폭력과 궁핍에 시달린다. 선진국 중산층에서도 남편이나 아버지로부터 얻어맞는 여성이 많으며, 성소수자는 수시로 위협을 당하고, 장애인은 종종 학대를 당한다.

현대사회는 질병이나 재난, 사고를 없애지 못했으며, 이는 여전히 사람들에게 참을 수 없는 고통을 준다. 또 궁핍 그 자체가 아닌, 궁핍의 가능성이 주는 두려움은 선진국 상류층들까지도 괴롭힌다.

그럼에도 불구하고 물리적 폭력과 궁핍 해결 이상의 더 높은 목표를 설정해야 한다는 공감대가 널리 퍼지고 있다. 많은 이들이 삶의 의미를 묻고, 더 고상한 존재가 되고 싶어 하며, 거대 서사를 목말라한다. 18세기 계몽주의가 이에 답을 주지 못하는 것은 인간, 현실, 그리고 그 둘을 포함한 사실–상상 복합체의 우주를 제대로 이해하지 못했기 때문이다.

그런 상태에서 몇몇 사람들은 18세기 계몽주의 이론을 활용해 개인적 차원의 거대 서사를 발명한다.

예를 들어 물리적 폭력과 궁핍으로부터의 해방이라는 프로젝트를 제3세계로 확대하는 작업에 투신하는 이들이 있다. '물리적 폭력과 궁핍으로부터 해방된 세계'라는 거대한 사실-상상 복합체의 영토를 넓히는 일에 참여하는 것이다. 그들은 그렇게 '진보'라고 하는 거대 서사에 포함된다.

물리적 폭력과 궁핍으로부터 해방되어야 할 대상을 넓히는 이들도 있다. 그들은 그렇게 비인간 인격체라든가 생명, 지구 생태계 같은 거대한 사실-상상 복합체와 정체성 차원에서 관계를 맺는다.

최근에는 글로벌 대기업들이 거대 서사를 만드는 작업에 뛰어들었다. 이들 빅테크 기업들은 이미 물질적으로 풍요한 소비자들에게 거대 서사에 참여한다는 고객 경험을 제공해서 큰 수익을 거둔다.

애플은 현대사회가 조악하며, 더 예술적으로 세련된 형태가 되어야 한다고 주장한다. 그런 거대 서사에 넘어간 사람들은 뿌듯한 마음으로 애플 스토어 앞에 줄지어 서서 새 아이폰을 밤새워 기다리게 된다.

아마존과 테슬라는 현대사회가 지적으로 게으르다고 주장한다. 인류가 달에 착륙한 지 50년이 지났는데 왜 아직도 화성에 가지 못했느냐고 따진다. 그들은 당위에 대한 설명 없이 끝없는 혁신과 외부 세계 정복이라는 이야기를 제시한다. 인류 대다수를 비난하는 뉘앙스라 들으면 기분이 나쁘지만, 기승전결을 제대로 갖춘 거대 서사이기는 하다. 테슬라의 전기차를 구매하는 소비자는 자신이 그 거대 서사에 참여한다고 느낀다.

구글의 거대 서사는 한층 더 괴상하다. 현대사회가 지나치게 인간적이라는 것이다. 왜 검색 결과를 인간이 분류해야 하는가. 구글은 세상을 바꾸겠다는 목표를 진지하게 믿는다. 그러면서 그 대답으로 의식 없는 지능을 내세운다.

구글이 소셜 네트워크 서비스인 구글 플러스나, 웨어러블 기기인 구글 글래스에서 참패한 이유도 그 때문이다. 구글은 인간에 대한 이해가 모자란다. 사람들이 피부, 특히 얼굴에 닿는 물건을 어떻게 여기는지 고민하지 않는다.

이들 빅테크 기업이 내놓는 거대 서사는 사상적으로 한심하고 논리적으로 형편없다. 그러나 이런 커다란 서사를, 이 정도로 호소력 있게 내는 주체는 지금 달리 없다.

이들 기업은 적어도 법률가나 행정가들과 달리, 세계를 유동적인, 점점 커져가는 거대한 사실-상상 복합체로 본다. 또 상상이라는 접착제로 자신들과 현실과 소비자들이 한데 엮일 수 있음도 안다. 그 각각의 사실-상상 복합체가 관계를 맺고 각자의 영토를 넓힐 수 있음을 이해한다.

90.

서울경찰청 강력범죄수사대 강력범죄수사1계 강력1팀 1반 소속 형사들은 2000년 신촌 여대생 살인사건의 유력 용의자인 제시 한을 출근길에 체포하기로 결정했다.

체포 장소는 일찌감치 정해졌다. 엘리시움시티 지하 1층 주차장이었다.

엘리시움시티 A동 3001호로 들어가 제시 한을 체포할 수는 없었다. 배달을 왔다거나 관리사무소에서 나왔다고 속이고 문을 열게 할 수는 있겠지만, 그 문을 열어줄 사람이 제시 한이 될지 그의 부인이나 입주도우미가 될지는 알 수 없었다.

제시 한은 무기징역을 받게 될 가능성이 높았다. 본인도 알 터였다. 경찰이 왔다는 사실을 알게 되면 간발의 차이로 방으로 도망가 자기 가족을 붙들고 인질극을 벌일 수도 있었다. 용의자가 테라스에서 윈칭기를 사용해 도망을 가겠다고 설치거나 자살을 시도하는 사태도 피하고 싶었다.

정철희는 경찰이 압수수색 하기 전에 제시 한이 방을 정리할 틈을 줘서는 안 된다고 강조했다. 제시 한이 집에 증거품을 숨기고 있을 수도 있다. 민소림을 찔렀던 칼이나, 민소림의 집에서 사라진 연보라색 소니 바이오 노트북을 트로피처럼 보관하고 있는지도 모른다. 그 물건들 자체를 갖고 있지는 않더라도, 사진을 찍어서 저장해놓고 있을 수 있다. 가능성 없는 얘기는 아니다. 방문을 걸어 잠그고 30초면 지울 수 있다. 그렇다면 더욱 형사들이 집으로 찾아가는 것은 위험하다.

태브코리아 사무실도 적절치 않았다. "거기는 출입구가 너무 많아요"라고 박태웅은 잘라 말했다. 1층 보안 게이트를 통과하는 것도 문제였다. 집에서와 마찬가지로 용의자가 인질을 붙잡고 저항할 우려도 있었다. 제시 한이 형사들을 어찌어찌 뿌리치고 건물만 벗어날 수 있다면 유동인구가 많은 가산디지털단지역 일대에서 상당히 골치 아픈 추격전을 벌여야 할 터였다.

"뭐, 나중에 취조도 어려울 테고."

박태웅의 반대에 정철희가 그렇게 말하며 고개를 끄덕였다. 연지혜는 정철희의 말을 이해하지 못했는데 다른 형사들은 모두 납득하는 분위기였다. 회의를 하다가 담배를 피우러 나갔을 때 연지혜는 오지섭에게 물었다.

"그런데 아까 반장님이 '나중에 취조가 어려울 거다'라고 하신 말씀이 무슨 뜻이에요? 어디서 체포할지를 얘기하다가 왜 갑자기 그런 말씀을 하신 거예요?"

"아, 그거. 붙잡으면 자백을 받아야 하잖아. DNA가 있기는 하지만. 그런데 그 새끼도 명색이 부사장인데, 회사에서 체포되면 한동안 분명히 기분이 안 좋을 거란 말이지. 망신당한 것 같을 테고. 사람 덜 보는 데서, 자기 사회생활 하는 곳 아닌 데서 체포됐을 때 우리를 덜 원망하지 않을까? 그 녀석이 삐치면 라포 형성도 어렵고, 자백받는 데 시간이 오래 걸리지."

오지섭이 싱긋 웃으며 설명했다. 오지섭의 말을 듣고 연지혜는 새삼 놀라운 사실을 깨달았다. 그녀가 여태까지 체포한 범죄자들은 몇몇 마약사범을 제외하고는 대부분 저소득층이거나, 아니면 적어도 저소득층 출신이었다. 멀쩡한 회사의 임원급 인사는 한 명도 없었다.

제시 한의 집도 사무실도 아닌 장소, 그러면서 사람이 붐비지 않는 곳. 형사들은 제시 한이 적어도 하루는 신도림역에서 엘리시움백화점 지하 매장을 지나 엘리시움시티 지하주차장을 걸어서 승강기를 타고 집으로 들어갔음을 알았다.

제시 한은 출근도 그 경로로 할까? 엘리시움시티 지하주차장에서 그를 잡으려면 어느 요일 몇 시가 가장 적당할까?

형사들은 제시 한의 한 달치 동선을 분석했다. 엘리시움시티 관리사무소에서 엘리베이터와 지하주차장 CCTV 영상이 저장된 하드드라이브를 복사했고, 통신사들로부터 제시 한의 휴대전화 발신, 수신 내역을 받았다.

CCTV 영상 확인은 주로 연지혜가, 휴대전화 발신과 수신 내역 확인은 주로 최의준이 했다. 체포영장과 통신영장은 박태웅이 받았다. 최의준은 알뜰폰 브랜드까지 포함해 통신사 수십 곳에서 제각각으로 보내온 도표를 구글 스프레드시트의 함수와 필터 기능으로 순식간에 정리했다.

"이렇게 하면 몇 년치 내역도 하루면 다 정리할 수 있어."

요령을 궁금해하는 연지혜에게 최의준이 말했다. 연지혜는 최의준의 설명을 수첩에 받아 적은 뒤 CCTV 영상을 빨리 확인하는 방법은 없느냐고 물었다. 최의준은 "아, 그거라면 비법이 있지"라고 말하고는 연지혜가 펜을 들고 자신을 빤히 쳐다볼 때까지 기다렸다. 그러고는 작은 목소리로 진지하게 말했나.

"2, 배, 속."

제시 한은 출근 시간이 일정한 사람이었다. 한 달 동안 평일 아침에 집에서 나온 시각이 가장 일렀을 때가 오전 8시 18분이었고, 가장 늦었을 때는 오전 8시 22분이었다. 반면 퇴근 시간은 그보다는 들쭉날쭉했다.

연지혜와 최의준이 정리한 도표를 보고 오지섭은 "회사 임원은 이래야 돼"라며 농담을 던졌다.

"임원이 새벽부터 출근하면 직원들이 힘들거든. 그렇다고 늦게 나오면 늦게 나와도 되는 회사구나, 생각하게 되고. 높으신 분들은 딱 이렇게 정시에 나와주는 게 좋아."

다른 사람들이 자기 농담을 이해하지 못하는 듯 보이자 오지섭이 덧붙였다. 그런 때에도 주눅이 든 모습은 없었고, 그답게 느물거리는 투였다.

연지혜는 전혀 다른 생각을 했다. 군인도 아니고, 아이를 키우는 아빠가 한 달 동안 출근 시간이 최대 4분밖에 차이가 나지 않을 수가 있을까? 자기 관리가 철저한 걸까, 비인간적인 걸까. 그 말이 그 말인가. 제시 한의 과거와 현재 사진을 놓고 비교하다 느꼈던 섬뜩한 기분이 다시금 들었다.

정철희도 그런 느낌을 받은 모양이었다. 도표를 한참 들여다보던 그는 불쑥 물었다.

"그런데 애가 뭐, 사람을 정말 한 명만 죽였을까?"

"저도 그 생각 했습니다. 제 생각에는 미국에서 사람을 또 죽이지 않았을까 싶어요. 그래서 한국으로 도망쳐 들어온 거 아닐까요. 미국보다는 한국이 더 안전하다고 믿고."

박태웅이 말했다. 일리 있는 이야기라고 연지혜는 생각했다.

"신문 계획도 그렇게 짜고 있지? 뭐, 열린 질문 위주로." 정철희가 물었다.

그 질문에 박태웅은 잠시 눈을 감았다가 부릅뜨면서 짧게 대답했다.

"네."

피의자 신문은 박태웅이 맡기로 했다. 사건 내용도 잘 알고 있었고, 상대에게 압박감을 줄 필요도 있었다. 박태웅도 신문을 할 때면 종종 상당히 교활해졌다. 피의자가 뭐라고 말할지 예상하고 함정을 파놓거나 반박 논리를 펼칠 타이밍을 철저히 준비하는 덕이었다. 하지만 정철희는 꾀돌이 오지섭에게도 질문 아이디어들을 궁리하라고 시켰다.

정철희는 최의준과 연지혜에게는 제시 한이 한국에 있었던 기간에 벌어진 미제 사건들을 검토하라고 지시했다. "뭐, 혹시 모르니까 말야." 정철희는 손가락으로 귀를 후비며 말했다.

연지혜가 찾은 미제 살인사건은 두 건이었다. 1999년 마포구 호프집 여주인 살해 사건과 2018년 성북구 카페 여주인 살해 사건. 1999년 사건은 제시 한이 한국에 있었던 9월에 벌어졌다는 점과 신촌에서 멀리 떨어지지 않은 아현동이 발생 장소라는 점이, 2018년 사건은 대학가 근처에서 발생했다는 점이 연결 고리였다. 사건이 벌어진 카페는 한국예술종합학교에서 직선거리로 300미터 남짓이었다.

하지만 사건 개요를 적으면서도 연지혜 스스로 '이건 아니다' 생각했다. 한 곳은 호프집, 다른 곳은 카페라고 불렀지만 결국은 똑같은 형태의 가게들이었다. 낙후된 지역에 다닥다닥 붙어 있는 작은 술집들. 사십대, 오십대 여성이 혼자서, 혹은 둘이서 새벽까지 운영하는 곳. 야릇한 상호명이 붙어 있고, 조명이 어둡다. 사장이 손님 옆에 앉아 과일을 깎아주거나 오징어 다리를 찢어주고, 말상대도 되어준다.

저소득층 남성, 주로 일용직 노동자들이 술을 마시고 여자와 대화하고 싶어서 찾아가는 술집들이다. 그러다 여사장이 빈정거리는 소리를 하면 분을 못 이기고 주먹을 들기도 한다. 일선 경찰서에서 형사팀 당직을 서고 있으면 이런 곳에서 폭행 신고가 정말 자주 들어온다. 강도나 성폭행도 왕왕 벌어진다. 경찰에 신고하지 않는 여사장도 많을 것이다.

제시 한이 이런 가게들을 찾아갈 것 같지는 않았다. 게다가 두 사건 모두 신촌 여대생 살인사건과는 달리, 둔기로 상대의 머리를 여러 번 내리쳐 살해한 사건이었다. 범행 현장도 훨씬 더 어수선하고 난잡하다는 느낌이 들었다. 1999년 사건은 태완이법의 적용을 받지 않아 공소시효가 지나 있기도 했다. 만약 제시 한이 그 사건도 저질렀다는 사실이 밝혀진다면 민소림 사건의 형량을 높이는 데 도움은 될 테지만.

최의준이 가져온 사건도 그럴싸해 보이지 않기는 마찬가지였다. 2019년에 천안에서 발생한 여대생 살인사건이었는데, 피해자가 대학생이고 자신이 살던 원룸에서 사망했다는 점이 민소림과 같았다. 하지만 천안 여대생은 목이 졸려 숨졌고, 제시 한이 천안까지 가서 그런 범죄를 저질러야 할 이유도 없었다. 게다가 피해자의 남자친구가 그날 밤 아파트 옥상에서 뛰어내려 자살했는데, 범인인 게 거의 확실했다.

"네가 봐도 아닌 거 같지?"

최의준이 프린터로 출력한 사건 개요를 연지혜에게 보여주며 멋쩍게 웃었다.

정철희는 최의준과 연지혜의 보고서를 받아 읽고는 아무 반응도 보이지 않았다. "뭐……"라고 뭔가 말할 듯 뜸을 들인 게 전부였다. 그 이상 대꾸를 하는 게 무의미하다는 표정이었다. 무안해하는 최의준과 연지혜를 달래주기 위해서인지, 아니면 더 놀리기 위해서인지, 정철희로부터 서류를 건네받은 오지섭은 고개를 끄덕이며 말했다.

"상상력이 참 좋다, 너희들."

형사들은 엘리시움시티 지하 1층 주차장에서도 A동 엘리베이터 홀 근처를 작전 장소로 잡았다.

제시 한은 8시 18분에서 8시 23분 사이에 A동 30층에서 승강기를 타고 지하 1층에서 내렸다. 지하 1층 엘리베이터 홀은 정면이 통유리로 되어 있었고 가운데 자동문이 있었다. 양 측면은 절반 정도가 통유리였다. 그래서 개방감이 상당히 컸다. 엘리베이터 홀 안에서 밖으로 나올 때에는 문이 저절로 열렸다. 하지만 밖에서 안으로 들어갈 때에는 출입카드가 있어야 했다.

CCTV 화면으로 보면 제시 한은 출입카드를 태그 장치에 대지 않고 엘리베이터 홀 밖에서 안으로 그냥 들어갔다. 제시 한이 자동문 앞까지 가면 그때마다 문이 저절로 열렸다. 더 자세히 영상을 살피니 어떤 사람은 제시 한처럼 주머니에서 손을 꺼내지 않고도 엘리베이터 홀에 들어갈 수 있었고, 어떤 사람은 지갑이나 휴대폰을 태그 장치에 찍어야 문이 열렸다.

방재실 기사에게 이유를 물어보니 엘리시움시티 주민들이 갖고 다니는 출입카드가 두 종류라고 했다. 입주 초기에 나눠준 출입카드에는 여러 가지 기능이 있었는데, 그중에는 카드를 태그 장치에 갖다 댈 필요 없이 몸에 지닌 채 게이트 근처에만 가도 자동문의 잠금이 해제되는 기능도 있었다. 하지만 이 초기 출입카드를 여전히 쓰는 주민은 많지 않았다.

"그사이에 자연스럽게 교체를 했거든요. 분실해서 재발급받거나 이사 오는 세대한테 기능이 적은 새 출입카드를 드렸어요." 기사가 설명했다.

"왜요?" 연지혜가 물었다.

"어…… . 저도 잘 모르는데, 아마 그 카드 만든 회사가 망했을 거예요. 원래 거기에 돈을 충전해서 선불카드처럼 쓸 수 있게 하는 기능도 있었거든요. 이 건물 안에 카페나 식당을 들이고 거기서는 출입카드로 계산이 되게 하자, 이 일대 상점들하고도 제휴를 하자, 그런 계획이었는데 그게 잘 안 됐나 봐요. 이 건물이 은근히 엉망이에요. 연기감지기도 오작동이 잦아요. 그게 기계 문제가 아니고 운영 시스템이 문제라고 하더라고요."

어쨌든 엘리베이터 홀 출입구 근처에서는 용의자 등 뒤로 문이 갑자기 열릴 수 있다는 얘기였다. 형사들이 제시 한과 거리가 떨어져 있다면, 닫히려는 문을 열기 위해 품에서 출입카드를 꺼내야 한다. 한 호흡만큼 양손을 쓰지 못하고, 용의자와 거리도 멀어진다. 피하고 싶은 일이었다. 최악의 사태는 간발의 차이로 제시 한이 문이 닫히는 승강기를 타고 다른 층으로 가고, 형사들은 그걸 놓치는 것이다.

엘리시움시티와 엘리시움백화점 지하주차장 사이의 경계도 마찬가지였다. 이곳은 사정이 더 나빴다. 자동문이 불투명유리여서, 벽 뒤가 잘 보이지 않았기 때문이다. 제시 한이 설사 그 근처로 가지 않는다 해도 예상치 못하게 문이 열리면서 관계없는 민간인이 체포 작전 한가운데로 끼어들 수 있었다. 엘리시움시티로 출근하는 미화원이나 관리사무소 근무자도 있고, 지하철역으로 가려다 집에 물건을 놓고 온 게 생각나서 발걸음을 돌리는 주민도 있을 수 있다.

"뭐, 그 녀석이 예상치도 못한 타이밍에 우리 네 사람이 갑자기 나타나서 단단히 포위를 하는 형세를 만드는 게 좋겠지. 다른 한 사람은 그 장면을 촬영을 하고 말이야." 정철희는 말했다.

"저희 밴도 안 보이게 숨기는 게 나을 거 같아요. 수사 차량인 게 너무 티가 나는데. 엘리베이터 홀 뒤에 주차시키는 게 어때요? 엘리베이터 내려서 밖으로 나올 때까지 눈치 못 채게." 오지섭이 말했다.

"차를 한 대 더 끌고 가죠. 세단으로. 한 사람 정도는 엘리베이터 홀 앞에서 차 안에 있으면서 다른 사람 기다리는 척해도 될 거 같은데요." 최의준이 제안했다.

체포 동선 잘 짠다고 평판이 좋은 박태웅은 자기 의견은 제시하지 않고 다른 사람들이 뭐라고 말할 때마다 고개만 크게 끄덕였다. 그때마다 눈을 감았다가는 사납게 떴다.

"총을 가져갈 필요는 없겠죠?" 박태웅이 물었다.

"총까지 필요할까? 부담스러운데. 테이저 정도면 되지 않을까?"

오지섭이 말했다. 그 말에 정철희가 고개를 끄덕였다.

"삼단봉은 어떻게 할까요? 가져갈까요?" 최의준이 물었다.

"그건 어디에 넣어갈 수가 없잖아. 옆구리에 차고 있으면 티 날 텐데. 그냥 가자."

오지섭이 말했고 이번에도 정철희는 고개를 끄덕였다.

"그 새끼가 무장을 하고 출근할 것 같지도 않고……." 박태웅이 중얼거렸다.

"그래도 운동은 열심히 하는 녀석 같던데요? 몸이 좋더라고요." 최의준이 말했다.

"그 녀석이 터미네이터도 아니고, 경찰 다섯 명이 맨손으로 못 잡는 상황이 빌어지면 삼단봉이 있어도 못 잡아. 그건 애초에 작전을 잘못 세운 거야." 오지섭이 명쾌하게 정리했다.

"뭐, 그리고 카메라는 연 형사가 맡아."

정철희의 지시에 연지혜는 화들짝 놀라며 "네, 알겠습니다!" 하고 군대식으로 대답했다.

"뭐, 전에 가짜 석유 할 때 보니까 연 형사가 찍은 게 제일 낫더라. 오 형사가 찍은 건 흔들려서 알아볼 수가 없던데. 보다가 뭐, 멀미 나는 줄 알았어."

정철희가 설명했다. 오지섭은 능글맞게 웃으며 자신이 가짜 석유 창고 앞을 지킨 날이 유난히 추웠다고 변명했다. 그래서 카메라를 든 손이 덜덜 떨렸다고.

연지혜는 정철희가 혹시 자신을 물리적 충돌이 일어날 수 있는 장소에서 가급적 떨어트려놓으려 하는 건 아닌가 하고 생각했다. 내가 여자라서 그러는 걸까? 여자니까 더 의심을 받지 않고 제시 한에게 가까이 갈 수 있을 텐데…….

체포 시나리오를 두 시간 가까이 검토하고 나서 정철희는 박태웅에게 미란다원칙 바뀐 거 없는지 한 번 더 확인해보라고 지시했다.

"뭐, 작년에 문구 하나가 추가됐잖아. 그게 체포구속적부심 조항이었나, 진술거부권이었나? 하여튼 강력2팀이 그때 그 문구 빼먹어서 불법 체포니 뭐니 하고 쪽을 팔았다고. 그런 일 없게, 알았지? 뭐, 알아서 잘 하겠지만."

정철희가 말했다. 박태웅이 "예"라고 대답하고는 입술을 꾹 다물었다.

오전 8시 17분.

어쩌면 지금 제시 한은 자기 집 문을 열고 있는 중인지도 모르지. 그게 아니라도 출근 준비를 마치고 현관 근처에 있을 거야. 즐겨 입는 세미 정장 차림이겠지. 연지혜는 생각했다.

연지혜는 엘리시움시티 지하 1층 주차장 기둥 뒤에 서 있었다. 캠코더를 한 손에 들고 있었다. 테이저 건과 삼단봉은 지참하지 않았다. 캠코더를 계속 들고 체포 장면을 촬영해야 하기 때문에 이날 작전에 참여하는 형사 중 유일하게 연지혜만 테이저 건이 없었다. 연지혜가 지닌 물건 중 체포에 직접 도움이 될 수 있는 도구는 수갑뿐이었다. 그걸 무기라 부를 수는 없을 테지만.

서울경찰청 강력범죄수사대 강력범죄수사1계 강력1팀 1반 소속 형사 다섯 명은 위에서 내려다봤을 때 A동 엘리베이터 홀을 에워싸는 형태로 자리를 잡았다.

엘리베이터 홀의 출입구를 12시 방향으로 봤을 때 오지섭은 9시, 최의준이 3시에 위치해 있다. 엘리베이터 홀의 측면 통유리가 시작되는 지점 바로 뒤에 몸을 숨긴 상태다. 제시 한이 앞만 보고 걸어간다면 오지섭과 최의준을 보지 못한다. 오지섭과 최의준은 제시 한이 엘리베이터 홀에서 나와 몇 걸음 걸어가면 상대의 뒷모습을 볼 수 있다.

연지혜는 1시, 정철희는 11시 방향에 있다. 둘 다 기둥에 몸을 숨긴 상태다. 연지혜가 B동 엘리베이터 홀에 가까운 위치다. 엘리시움시티 A동과 B동은 120도 정도 되는 각도를 이루고 있는데, 연지혜의 자리에서 A동 엘리베이터 홀은 보이지 않지만 B동 엘리베이터 홀은 아주 잘 보인다. 정철희의 자리에서는 A동 엘리베이터 홀도, B동 엘리베이터 홀도 잘 보이지 않는다.

오전 8시 18분.

박태웅은 6시 방향에 쏘나타를 세우고 그 운전석에 앉아 있다. 차량 블랙박스를 켜놓은 상태다. 박태웅은 제시 한이 엘리베이터에서 내리자마자 상대를 확인할 수 있다. 제시 한 역시 박태웅이 타고 있는 차를 볼 수 있기는 하다. 그러나 차 안에 앉아 있는 사람까지 확인하려 들지는 않을 것 같다. 그늘 속에 있는 모습을 제대로 살피기도 힘들 것이다. 제시 한은 박태웅의 얼굴을 알지도 못한다.

다른 형사 네 사람에게는 박태웅이 아주 잘 보인다. 제시 한이 엘리베이터에서 내리면 박태웅이 다른 형사들 네 명에게 문자메시지를 보낸다. 제시 한이 엘리베이터 홀에서 2미터 정도 걸어나왔을 때 박태웅이 차에서 내려 제시 한에게 간다. 다른 형사들도 그때 각자의 방향에서 제시 한에게 다가가 그를 재빨리 포위한다. 다른 형사들이 설사 문자메시지를 놓치더라도 박태웅의 움직임을 놓칠 리는 없다.

박태웅이 차를 세운 자리는 작전을 짤 때부터 점찍어놨던 곳이다. 한데 하필 양옆에 주차된 차가 1억 원이 훌쩍 넘는 비싼 수입차들이었다. 한 대는 테슬라X, 다른 한 대는 포르쉐 파나메라. 박태웅은 아무렇지도 않게 그 수입차들 사이에 쏘나타를 댔다. 오지섭이 "난 저런 차 옆에는 주차 안 해"라며 고개를 절레절레 저었다.

오전 8시 19분.

연지혜는 잠자리에서 일어난 지 다섯 시간이 넘었다. 새벽 3시쯤 저절로 눈이 떠졌다. 별로 피곤하지는 않았다. 피곤하기는커녕, 눈을 뜬 순간부터 정신은 말짱하고 몸 컨디션도 상쾌했다. 그래서 침대에서 어기적거리지 않고 바로 일어났다. '오후 11시부터 오전 2시까지 숙면을 취하는 게 피로 회복의 핵심'이라는 말을 어디선가 읽었던 기억이 난다.

그래도 혹시나 몰라 새벽 5시께, 샤워를 하기 전에 스트레칭을 하며 전신 근육을 풀었다. 팔굽혀펴기나 스쿼트는 하지 않았다. 무리하게 운동을 했다가 정작 필요한 순간에 팔이나 다리에 힘이 들어가지 않으면 곤란하니까.

커피도 딱 한 잔만 마셨다. 소변이 자주 마려울까 봐. 어차피 아드레날린이 오전 내내 정신을 맑게 해줄 테지.

오전 8시 20분.

이제 제시 한이 집에서 나왔을까? 방재실에서 지켜본다면 금방 알 수 있었을 텐데. 작전을 짤 때 형사 한 사람이 방재실에서 CCTV 화면을 보면서 무전으로 다른 사람들에게 상황을 알려주면 어떻겠느냐는 아이디어를 오지섭이 냈다. 목표 집 밖으로 나왔다, 엘리베이터 탔다, 엘리베이터 내린다, 그런 식으로.

정철희와 박태웅은 부정적이었다. 무전기나 전화기를 한 손에 든 채로 지하주차장을 어정거리면 경찰이 왔다는 사실을 주민들이 눈치채게 될 것이다. 그렇다고 다들 블루투스 이어폰을 갖고 있는 것도, 능숙하게 사용하는 것도 아닌데 그걸로 교신을 하자는 게 탐탁지 않다. 다자간 통화는 품질도 별로다. 방재실 기사가 호기심도 많고 입도 가벼워 보이던데 용의자가 A동 3001호 주민임을 알게 하고 싶지 않다.

무엇보다 형사가 다섯 명밖에 없는데 한 사람은 카메라를 들고 있어야 하고 한 사람이 방재실에 있으면 세 명이 체포를 해야 한다. 넷이서 에워싸는 것과 셋이 에워싸는 것은 엄연히 다르다. 화이트칼라 한 사람을 체포하기 위해 인력 지원을 받는다는 것도 말이 안 된다. 다른 팀과 공을 나누고 싶지도 않다.

오늘도 제시 한은 평소처럼 8시 20분 즈음에 나오겠지? 오늘 갑자기 감기몸살에 걸린다거나, 다른 가족의 몸이 아프거나, 밤에 일정이 있어서 늦게 출근하기로 했다거나, 외부 미팅이 있어서 곧바로 그곳에 택시를 타고 갈 예정이라 1층으로 나간다거나 하지는 않겠지? 연지혜는 벌써 백 번쯤 고민해본 답 없는 질문을 스스로에게 던졌다.

제시 한의 승용차가 평소대로 지하 3층에 주차되어 있는 건 새벽에 엘리시움시티에 오자마자 확인하기는 했는데.

오전 8시 21분.

엘리시움시티 A동 3001호에서는 아침마다 치르는 의식이 있을까? 제시 한이 출근을 하러 나설 때면 현관 앞에 그의 아내와 딸이 와서 "여보, 잘 다녀와", "아빠, 잘 다녀오세요" 하고 인사를 건넬까? 제시 한은 문을 열기 전에 아내와 딸에게 가볍게 입을 맞출까? 바로 지금 그러는 중일까?

연지혜는 그런 아침 인사를 한 적이 한 번도 없다. 식당을 운영하는 아버지와 어머니는 어린 딸이 도저히 일어날 수 없는 새벽 시간에 집을 나갔다. 그리고 밤늦게 돌아왔다. 다른 가정에서는 어떨까? 그런 아침 의식은 TV 주말 연속극에서나 벌어지는 판타지 아닐까? 대가족의 저녁식사 장면처럼.

연지혜에게는 어린 그녀가 잘 때 아버지가 머리를 쓰다듬어주고 인사말을 건네는 달콤한 이미지가 있다. 그런데 그것이 진짜 기억인지, 상상인지 자신할 수가 없다. 이미지 속에서 아버지는 허리를 숙이고 2층 침대의 아래 칸에 있는 연지혜의 이마 위 머리카락을 정리한다. 그런데 그녀의 집에는 2층 침대가 있었던 적이 없다.

연지혜는 제시 한의 아내와 딸에 대해 생각했다. 모든 것이 경찰의 뜻대로 흘러간다면, 형사들이 추리한 바가 옳다면, 그 젊은 여성들의 남편이자 아버지는 곧 체포된다. 제시 한은 취조를 당하고, DNA 검사를 제대로 받을 것이다. 구속될 것이고, 기소될 것이고, 법정에 오를 것이고, 징역을 살게 될 것이다. 제시 한의 딸은 아버지 없는 사춘기를 보낼 것이다. 강간살인범의 딸이라는 말을 듣게 될 것이다.

하지만 돈이 부족하지는 않겠지……. 제시 한이 그 정도는 벌어놨을 거야. 어쩌면 그 아내가 재혼을 할지도 몰라. 얼굴이 묘하게 매력 있잖아. 연지혜는 생각했다. 죄책감을 덜기 위해 한 생각이었는데, 하고 나니 죄책감이 더 들었다.

오전 8시 22분.

갑자기 소변이 마려웠다. 엘리시움시티에 왔을 때 반장님이 다들 화장실 다녀오라고 해서 그때 방광 비우고 왔는데. 왜 벌써?

오늘 커피 한 잔밖에 안 마셨는데.

아, 그러고 보니 서울경찰청에서 출발하기 전에 냉장고에 있던 박카스를 한 병 마셨지. 왠지 도움이 될 것 같아서. 박카스에 카페인이 많다는 사실을 깜빡했다.

괜찮겠지?

오전 8시 23분.

이제는 제시 한도 집을 나섰을 것이다. 지난 한 달 동안 제시 한이 아침 8시 22분이 지나서 집에서 나온 적은 한 번도 없었다. 딱 한 번 8시 22분이 되는 순간 문을 연 적이 있을 따름이다.

그 시간대에 A동 3001호에서 엘리베이터를 타고 지하 1층까지 내려오는 데에는 보통 2분, 길어도 4분 정도가 걸린다. 8시 10분 즈음이 엘리시움시티 승강기가 가장 붐비는 때다. 하지만 그 순간조차 한 승강기에 타는 승객은 두세 명에 불과하다. 8시 15분이 넘어가면 갑자기 이용자가 줄어든다.

요즘 재택근무가 늘어서이기 때문인지도 모르고, 어쩌면 엘리시움시티 입주민 중 봉급생활자 비중이 적은 것일 수도 있다. 엘리시움시티에 한해서는 8시부터 8시 반까지를 출근 시간대가 아니라 등교 시간대라고 부르는 게 더 정확한 표현이다. 그 시간대 이용자 절반 이상이 학생이다.

승강기가 30층에서 지하까지 내려오면서 중간에 두 번 이상 멈추는 적은 거의 없다. 뾰족하게 솟은 탑형 아파트 한 동에 전층에 서는 엘리베이터가 여섯 대나 있다. 낮에는 절전한다며 두 대가량을 운행하지 않는다. 승강기 속도도 무척 빠른 것 같다.

그러니까 제시 한이 설사 지금 자기 집 현관을 나섰다 하더라도, 2분 뒤에서 4분 뒤면 형사들의 눈앞에 모습을 드러내야 한다.

오전 8시 24분.

은색 중형 승용차 한 대가 지하 2층에서 올라왔다. 타이어에서 끼기긱, 하고 듣기 싫은 소리가 지저분하게 오랫동안 나는 바람에 연지혜는 얼굴을 찌푸렸다. 운전자가 자동차 회전을 잘 못한다. 이럴 때에는 운전대를 한 번에 확 꺾어줘야 하는데.

엘리시움시티 지하주차장 각 층을 연결하는 곡면 경사로는 시멘트 포장인데 바닥에는 에폭시 도료가 발라져 있다. 불쾌한 빛깔의 회색이고, 반질반질하기까지 하다. 지하 2층에서 자동차가 올라와서 방향을 돌릴 때마다 동물의 비명 소리 같은 높은 마찰음이 난다.

사람이 걸을 때에도 발걸음 소리가 유난히 크다. 하이힐을 신은 여성들이 걸으면 스릴러 영화의 한 장면처럼 또각또각 소리가 울려 퍼진다.

이 건물 시공업체 대표가 변태라서, 천장이나 벽 페인트까지 소리 반사가 잘되는 재질로 사용한 걸까.

바닥은 꽤 미끄럽기까지 하다. 비가 온 날에는 넘어지기 쉬울 것 같다. 지금도 얕은 물웅덩이가 곳곳에 있다.

지하주차장에 에폭시 도료를 바르는 이유를 연지혜는 전에 누군가로부터 들은 적이 있다. 뭐라고 했더라? 실내에서 먼지가 피어오르는 걸 막으려고 바른다고 했던가? 그게 아니라 일부러 회전하거나 가속할 때 시끄러운 소리가 나게 만들어서, 차량 감속을 자연스럽게 유도하려는 목적이라고 했던가?

어찌됐든 답답하고 신경 거슬리는 환경이다. 이기언의 사무실에서 대형 모니터로 봤던 그림이 문득 떠올랐다. 제목이 뭐라고 했더라? 갤럭시아 뭐 그런 단어가 들어갔는데. 아무튼 도스토옙스키가 인류의 이상향이라고 여겼던 모습을 담은 그림. 노을과 뭉게구름, 나무가 있는 조용한 해변 풍경이었지. 그 이미지와 이곳의 광경은 얼마나 다른가.

연지혜는 처음으로 엘리시움시티 주민들에게 부러움과 질시가 아닌 다른 감정을 느꼈다. 거의 연민에 가까운 심정이었다. 매일 이런 길로 출퇴근을 해야 하다니. 차라리 이 통로가 없었다면 잠시나마 하늘을 보게 됐을 텐데. 아파트 사이로나마 해가 뜨고 지고 구름이 흐르고 비와 눈이 내리는 걸 알게 될 텐데. 바람을 느낄 수 있을 텐데.

한데 이제 슬슬 제시 한이 나타나야 하는데…….

오전 8시 25분.

자동차 한 대가 끼기긱 하고 내는 비명 소리가 멀리서 들렸다. 같은 층은 아니고, 지하 2층에서 나는 소리이지 싶었다. 어쩌면 지하 3층일 수도 있다. 이 지하주차장 전체가 마치 동굴과 같다. 소리가 멀리멀리 잘 울려 퍼지는 공간이다.

동로가 지하에 있으니 하늘을 볼 수 없고, 먼지가 나지 않아야 하니 에폭시 도료를 바르는 것까지는 그렇다 치자. 꼭 이토록 삭막한 공간이어야 할까. 이건 병원도 아니고 숫제 교도소 복도 같은데. 미술관처럼 꾸밀 수도 있지 않아? 벽에 갤럭시아 어쩌고는 아니더라도 그림을 건다든가, 벽화를 그리고, 잔잔한 음악도 틀고, 조명도 은은한 색으로 바꿀 수 있을 텐데.

그러고 보면 이 아파트는 지상 부분도 소음이 상당할 것 같다. 신도림역에 바로 붙어 있지 않은가. 지하철 2호선이야 그렇다 쳐도 1호선은 땅 위로 다니니 꽤 시끄러울 텐데. 게다가 그 반대편에는 경인로가 있다. 경인로도 상당히 넓은 도로이고, 인천에서 영등포를 잇기에 이용 차량이 어마어마하게 많다. 엘리시움시티 주민들은 여름에 창문을 열고 살 수 있을까? 방음은 잘 될까?

그런데 제시 한은 왜 안 나오는 거지?

오전 8시 26분.

연지혜는 겨드랑이에서 땀이 나서 속옷이 축축해지는 것을 느꼈다.

마약팀에서 일하며 놀란 점이 한 가지 있었다. 마약사범들이 강력범보다 훨씬 눈치가 빠르다는 점이었다. 여러 범죄자 중에서 약쟁이들이 가장 민감하고 경찰 냄새를 잘 맡는다는 데에는 형사들이 모두 동의했다.

뽕쟁이들은 왜 이렇게 촉이 좋아요, 하고 선배에게 묻자 선배는 대수롭지 않게 대답했다. 잡힐까 봐 항상 신경을 곤두세우니까 그렇지.

잡혀서 처벌받는 건 강력범도 똑같잖아요? 연지혜는 다시 물었다. 그건 그렇지. 선배가 대답했다. 그런데 절도, 강도, 이런 애들은 왜 마약사범보다 눈치가 떨어져요? 그 질문에는 선배도 대답하지 못했다. 연지혜는 마약이 사람의 동물적인 감각이나 본능을 더 날카롭게 만들어주는 효과가 있지 않을까 혼자 추측하기도 했다.

제시 한도 촉이 좋은가?

오전 8시 27분.

연지혜가 선 자리에서 제대로 보이는 다른 형사는 정철희뿐이었다. 정철희는 몸에 힘을 뺀 자세로 가만히 서 있었다. 딱히 서성이지도 않았고, 그렇다고 버킹엄궁전 앞을 경호하는 영국 근위병처럼 꼿꼿하게 부동자세를 취하고 있지도 않았다. 조바심을 내는 것 같아 보이지 않았다.

하지만 저건 반장님이니까. 반장님은 우리랑 다르니까. 연지혜는 생각했다. 다른 선배들은 뭔가 이상하다고 여기거나 초조해하지 않을까? 나만 불안한 건가?

박태웅이 탄 차 안에서 작은 불빛이 보이는 바람에 연지혜는 순간 긴장했다. 하지만 기다려도 문자메시지는 오지 않았다. 불빛이 보인 시간도 너무 짧았다. 아마 박태웅이 휴대폰을 켜서 시간을 확인한 것 같았다. 자동차에도 시계가 분명히 있을 텐데, 다른 기계로도 시각을 보고 싶었던 것 아닐까. 박태웅도 안 좋은 예감을 받고 있는 걸까.

제시 한이 정말로 오늘 갑자기 감기몸살에 걸렸다거나, 다른 가족의 몸이 아프다거나, 밤에 일정이 있어서 늦게 출근하기로 했다거나, 외부 미팅이 있어서 곧바로 그곳에 택시를 타고 갈 예정이라 1층으로 나간다거나 하다면 우리는 어떻게 해야 하나? 히루 디 기다렸다가 내일 나시 출동해서 똑같은 방식으로 작전을 펼치는 건가? 아니면 그냥 오늘 오후에 집이나 회사로 쳐들어가야 하나?

다들 블루투스 이어폰을 사야 돼. 그래서 무전기를 손에 들지 않고도 여러 사람이 동시에 원거리에서 대화를 할 수 있어야 해. 본부에서 사줄

거 같지는 않으니 사비로 사야겠군. 연지혜는 생각했다.

오전 8시 28분.

연지혜는 주변을 살피다 그만 몸이 얼어붙고 말았다.

제시 한이 B동 엘리베이터 홀에서 나오고 있었다.

이미 2미터 넘게 걸어나온 상태였다. 태연한 걸음걸이였다.

저 새끼 왜 저기서 나오는 거야?

어떻게 해야 하지?

연지혜가 어쩔 줄 몰라 하는 사이에도 제시 한은 성큼성큼 제 갈 길을 가고 있었다. 경찰이 자신을 잡으러 왔다는 사실을 아는 것 같지는 않았다.

차 안에 있는 박태웅이나, A동 엘리베이터 홀 벽 옆에 몸을 붙인 오지섭, 최의준의 시야에 제시 한이 들어오지는 않을 터였다. 정철희는 고개를 돌리면 B동 엘리베이터 홀을 볼 수 있다. 정철희에게 전화를 걸까? 다른 선배들에게도 한 번에 상황을 알릴 방법이 없을까?

"정철희 교수님, 이쪽이에요!"

연지혜는 오른팔을 들어 크게 흔들며 기둥 앞으로 나갔다. 약속 장소에서 헤매다 겨우 상대를 만나 반갑다는 기색으로.

오전 8시 29분.

"아, 지혜 씨. 거기 있었구나. 한참 찾았네."

정철희가 태연하게 고개를 끄덕이며 연지혜 쪽으로 걸어왔다. 정철희가 장단을 맞춰주는 데 안도한 것도 잠시, 그가 걸어오는 모습을 보며 연지혜는 '교수님'이라는 호칭을 잘못 고른 거 아닐까 생각했다. 감색 점퍼 차림의 정철희는 아무리 봐도 대학교수로 보이지는 않았다.

최의준도 이쪽으로 걸어오는 것이 흐릿하게 보였다. 차 안에 있는 박태웅은 아직 어떤 상황이 벌어진 건지 모르는 것 같다. 오지섭의 모습은 보이지 않는다.

최의준은 뛰지 않으려 애쓰고 있지만 발걸음은 다소 빠르다. 연지혜는 눈동자만 굴려서 최의준을 확인했다. 한패라는 느낌을 제시 한에게 주기 싫었기 때문이다. 그러면서 연지혜는 바보 같은 실수를 저질렀다. 최의준 쪽으로 고개를 돌려서는 안 된다고 다짐한 나머지 제시 한 쪽으로 고개를 돌렸다.

제시 한과 연지혜의 눈이 딱 마주쳤다.

그토록 실물로 보고 싶었던 남자의 얼굴을 마주했을 때 연지혜에게 든 생각은 '도마뱀 같다'는 것이었다. 도마뱀, 혹은 뱀. 속마음을 알 수 없는, 차갑고 매끄럽고 이질적인 인상. 어떤 모순이나 번민 없이, 목표를 향해 집중하며 그 외의 것에는 놀랍도록 무심할 수 있을 듯한, 기묘하게 정적인 태도. 잘 깜박이지 않고 상대를 관찰하는 눈.

위험을 감지하는 예리한 후각도 있을까.

오전 8시 30분.

제시 한이 발걸음을 멈췄다. 얼굴에 아주 잠깐 동안 의아하다는 빛이 떠올랐다.

제시 한이 주춤주춤 뒷걸음질을 치더니 이내 몸을 돌려 형사들과 반대 방향으로 전력으로 달음박질치기 시작했다.

연지혜도 달리기 시작했다.

"잡아!"

정철희가 뒤에서 외쳤다.

새끼 촉이 좋네.

뜀박질도 잘하네.

연지혜는 달리며 생각했다. 육체와 정신이 따로 노는 듯한 이상한 기분이 들었다. 뼈와 근육으로 이루어진 연지혜는 범인을 잡으려고 열심히 달리고, 모든 감각을 제시 한의 움직임에 집중하고, 팔다리를 정확히 움직이는데, 연지혜의 영혼이 그걸 3미터쯤 위에서 초연하게 내려다보는 느낌.

제시 한은 정말 잘 달렸다. 톰 크루즈가 영화 속에서 달리듯 달렸다. 허리를 꼿꼿이 세우고, 손바닥을 쫙 펴서 좌우를 번갈아가며 메트로놈처럼 정확히 앞뒤로 흔들고, 허벅지를 높이 올렸다. 팽팽하다는 느낌. 오로지 달리는 데 집중하고 있다.

그에 비하면 오히려 강력팀 형사인 연지혜 쪽이 허우적대며 쫓아가고 있다. 가장 큰 원인은 오른손에 캠코더를 들고 있어서다. 손바닥으로 아래를 받치고 사용하게 되어 있는 구조인데, 한 손으로 꽉 잡기가 어렵다. 크게 휘저으면 캠코더가 손에서 빠져나갈 것 같아서 팔을 가슴에 붙이고 가는데, 그렇게 한 팔을 구부린 채 달리니 속도가 안 붙는다.

게다가 B동 엘리베이터 방향으로 달려가면서 물웅덩이를 밟고 지나갔는데 운동화 밑바닥이 에폭시 도료 위에서 미세하게 미끄러진다. 제시 한이 도망치는 모습을 카메라에 담아야 하는 게 아닌가 하는 생각도 신경 쓰인다. 그에게 죄가 있다는 강력한 증거가 될 테니. 그런 면에서는 저렇게 도망치는 모습이 제시 한을 용의자로 찍은 수사팀의 추리가 옳았다는 뜻이 되기에 소소하게 위안이 되기는 한다.

달려가던 제시 한이 갑자기 방향을 꺾었다. 지상으로 올라가는 차량용 경사로 쪽이다. 그때까지 무작정 달리다가 비로소 계획을 세운 것이다. 상대의 머리가 핑핑 돌아가는 중이라는 걸 연지혜는 알았다. 위로 올라가게 놔둬선 안 돼. 지하철역으로 가든, 경인로로 뛰어들든, 택시를 잡든, 골치 아파진다.

지상으로 올라가는 경사로 입구가 제시 한보다 연지혜에게 더 가깝다는 게 더 유리한 점이었다. 연지혜는 제시 한이 가는 경로를 머릿속에서 대강 계산하고, 차량용 경사로 앞 어느 지점에서 그를 덮칠 수 있을지 가늠했다. 거기까지는 좋았다. 그런데 속도를 줄이지 않고 바닥을 힘껏 차서 방향을 돌리려 한 순간 운동화가 바닥에 주욱 미끄러졌다.

연지혜는 바나나를 밟은 코미디언이라도 그렇게 연기할 수 없을 정도로 보기 좋게 미끄러졌다. 낙법이고 뭐고 신경 쓸 겨를조차 없었다. 다행히 캠코더를 바닥에 갖다 박지는 않았다. 하지만 팔꿈치를 호되게 땅에 부딪혔다.

"아오, 씨발!"

제시 한과 거리가 멀어진 것이 분해서 연지혜는 손바닥으로 주차장 바닥을 내리치며 외쳤다. 욕설을 입 밖으로 내뱉은 게 거의 1년 만인 것 같다. 바닥을 어찌나 세게 때렸는지 손바닥이 불이 난 것처럼 얼얼하다. 하지만 흥분 때문에 통증을 늦게 깨달아서 그렇지, 진짜 아픈 것은 팔꿈치 쪽이다. 눈물이 찔끔 나왔다.

"야! 거기 서!"

옆에서 최의준이 크게 외치며 뛰어갔다. 최의준이 그렇게 잘 달리는 줄은 처음 알았다. 어찌나 빠른지 그가 지나가자 몇 초 뒤에 바람이 일었다. 최의준은 바닥에 넘어진 연지혜는 쳐다보지도 않았고, 연지혜도 그게 당연하다 여겼다. 최의준은 우사인 볼트처럼, 퓨마처럼 달린다. 제시 한과는 자세가 다르다. 상체를 앞으로 숙이고, 다리를 훨씬 더 넓고 리드미컬하게 벌린다.

저 속도면 경사로에 가기 전에 최 선배가 제시 한을 잡겠는데, 하고 생각한 것도 잠시, 제시 한과 최의준 사이에서 갑자기 자동차가 한 대 튀어나왔다. 지하주차장에서 운행하는 것 치고는 꽤 빠른 속도였다. 운전자는 추격전을 전혀 보지 못한 모양이었다. 제시 한이 지나가고, 자동차가 기둥 뒤에서 튀어나오고, 남자 운전자가 놀라서 놀라 브레이크를 밟았다. 차는 끼이익 하고 듣기 싫은 소리를 내며 급정거하더니 앞뒤로 흔들리기까지 했다.

그 검은색 그랜저가 최의준을 들이받지는 않았다. 달려가던 최의준이 속도를 줄이지 못해 그랜저에 부딪히고는 보닛 위를 뒹굴었다. 연지혜 역시 최의준을 걱정하지는 않았다. 그냥, 우리 다 왜 이러냐, 정말, 하는 생각이 들었다.

하지만 최의준은 제법 맵시 있게 몸을 추스르고 용수철처럼 벌떡 일어나 추격을 계속했다. 최의준과 제시 한의 거리가 그다지 넓혀진 건 아니었다. 연지혜도 운전자가 입을 벌린 채 얼이 빠져 어찌할 바를 모르는 그랜저 옆을 지나 제시 한과 최의준 뒤를 쫓아갔다. 넘어지면서 삐긋했는지 발바닥이 땅에 닿을 때마다 발목이 따끔거렸다.

"잡아! 잡아!"

뒤에서 정철희가 소리쳤다. 거의 악을 쓰는 수준이다. 오지섭과 박태웅도 달려오고 있었다.

경사로에 들어서 오르막길을 달리게 되자 제시 한의 속도가 현저히 느려졌다. 최의준이 정확히 판단했다. 끝까지 따라가서 붙들지 않고 양팔을 뻗으며 몸을 번쩍 날려 제시 한과의 거리를 단숨에 좁혔다. 자신의 가슴이나 무릎이 땅바닥에 부딪히고 까지는 것은 아랑곳하지 않았다. 최의준은 그렇게 거칠게 슬라이딩을 하면서 제시 한의 발 한쪽을 붙잡았다.

한 발이 잡힌 제시 한도 옆으로 넘겨졌다. 두 사내는 일자로 쓰러진 채 버둥댔다. 제시 한은 오른발로 최의준을 여러 번 찼다. 처음에는 발버둥에 가까운 몸짓으로 최의준의 손을 찍으려 했다. 그러다 몸을 아래로 끌어내리더니 최의준을 머리를 발로 가격하기 시작했다. 최의준은 두 손으로 제시 한의 왼발을 꽉 붙잡은 채 상대의 발길질을 그냥 감수했다.

연지혜가 다가갔을 때 제시 한은 허벅지를 허리까지 끌어올려서 강한 발차기를 준비하고 있었다. 제시 한이 도마뱀 같은 얼굴로 차분하게 최의준의 얼굴을 겨냥하는 모습에 연지혜는 순간 소름이 끼쳤다. 피부는 땀으로 번들거렸지만 표정은 냉정했다. 저 발길질을 막아야 할 텐데, 하고 생각했지만 간발의 차이로 그러지 못했다.

제시 한이 다리를 강하게 뻗으며 최의준의 이마를 찍었다. 그 직후에 연지혜가 제시 한을 덮쳤다. 최의준은 그 일격을 당하면서도 제시 한의 발을 놓지 않았다. 최의준의 이마에서 피가 흘러내렸다. 연지혜는 몸을 조금 일으켜 무릎으로 제시 한의 가슴을 눌렀다. 상대의 팔을 붙잡고 젖혀서 완전히 제압하고 싶었지만 캠코더를 쥐고 있느라 잘되지 않았다.

"넌 카메라 켜."

박태웅이 옆에서 연지혜와 똑같은 자세로 제시 한의 가슴을 자기 무릎으로 누르며 말했다. 박태웅은 재빠르게 제시 한의 한 손을 잡고 뒤로 꺾더니 수갑을 채웠다 그리고 ㄱ 윗부분 관절을 툭툭 쳐서 다른 손도 쉽게 수갑을 채울 수 있는 자세로 만들었다. 최의준은 그때까지도 제시 한의 발을 꼭 잡고 있었다.

오지섭은 오르막길에서 박태웅과 제시 한, 최의준이 엉겨 있는 곳보다 조금 위쪽에 자리를 잡았다. 아래쪽으로는 정철희가 버티고 섰다.

연지혜는 가쁜 호흡 때문에 캠코더를 든 손이 흔들리지 않게 하면서 제시 한이 뒤로 수갑을 찬 채 자리에서 일어나는 모습을 촬영했다.

"선생님을 현 시각부로 살인 혐의로 체포합니다. 변호사를 선임할 수 있고, 변명의 기회가 있으세요. 불리한 진술을 거부하실 수 있고, 체포 적부심을 법원에 신청할 수도 있어요."

박태웅이 미란다원칙을 정확히 고지했다. 연지혜는 그 장면을 제대로 화면에 담았다.

제시 한은 놀랍도록 차분한 모습이었다. 옷이 흐트러지고 얼굴이 달아오르고 머리카락이 땀에 젖어 이마에 찰싹 달라붙기는 했다. 하지만 의미 없는 저항을 계속하거나 울음을 터뜨리거나 반대로 웃거나 자기 혐의를 부인하지는 않았다. 다른 용의자들과 달랐다.

박태웅이 미란다원칙을 읊는 동안 눈썹을 살짝 찌푸리고 불만스러운 표정을 지은 게 제시 한의 유일한 반응이었다. 신문이 쉽지 않을 것임을 모든 형사들이 예감했다.

"당신들 지금 실수하는 겁니다. 유 아 메이킹 어 빅 미스테이크."

제시 한이 말했다. 형사들 모두 제시 한의 목소리를 듣는 것은 처음이었다. 비음과 탁음이 섞인 기묘한 음색이었다. 어떤 사람은 매력적이라고 평가할 것 같기도 했다. 한은수가 22년 전에 들었던 목소리가 이것이었을까.

연지혜가 영상 촬영을 마치자 정철희가 "자"라고 짧게 말하며 턱으로 수사 차량이 있는 방향을 가리켰다. 박태웅이 제시 한의 등을 뒤에서 살며시, 하지만 다정하지는 않게 밀었다. 정철희가 제시 한의 앞에, 박태웅과 오지섭이 뒤에, 최의준과 연지혜가 좌우로 섰다.

몇 분 전에 최의준을 칠 뻔했던 검은색 그랜저는 여전히 그 자리에 서 있었다. 비상등을 켠 채였다. 커다란 뿔테 안경을 쓴 여드름쟁이 청년이 차 앞에 서서 명함을 들고 쭈뼛거리며 형사 일행을 향해 걸어왔다.

"경찰입니다. 뭐, 걱정하지 않으셔도 됩니다."

정철희가 청년에게 말했다. 청년은 뭐라 말을 하려다 입을 다물었다. 오지섭이 나섰다.

"뺑소니 아니니까 그냥 가셔도 됩니다. 의준아, 괜찮지?"

오지섭이 청년에게 말하다 말고 고개를 뒤로 돌려 물었다.

"아뇨. 엄청 아파요. 니미."

최의준이 볼멘소리로 대답했다. 최의준은 손수건으로 이마에서 흐르는 피를 닦으며 걷고 있었다. 제시 한에게 걷어차인 이마가 아프다는 건지 자동차에 갖다 박은 배가 아프다는 건지는 알 수 없었다. 최의준은 핏방울이 들어간 듯 눈을 간혹 깜박였다. 그 모습을 보다가 연지혜는 넘어지며 다친 팔꿈치를 괜히 한번 어루만졌다. 얼얼했다.

최의준은 청년에게서 명함을 받았다. "별일 없을 건데, 그래도 혹시 무슨 일 생기면 연락드릴게요"라고 말하며. 그랜저의 보닛도 조금 찌그러진 것 같았지만 차주도 최의준도 그에 대해서는 이야기하지 않았다.

제시 한은 그 광경을 도마뱀처럼 차갑고 집중하는 눈빛으로 바라보았다. 형사들 중에 누가 선임인지 파악하는 것 같았다.

형사들은 제시 한을 엘리베이터 홀 뒤에 세워놓은 스타렉스 차량까지 데리고 갔다. 백화점 쪽으로 가던 엘리시움시티 주민 몇 명이 무슨 영문인가 싶어 걸음을 멈추고 그들을 흘끔흘끔 바라보았다. 십대 후반 정도로 보이는 여자아이 하나는 스마트폰을 켜고 형사들과 제시 한을 촬영하기까지 했다.

"찍지 마세요."

박태웅이 노려보며 짧게 말했더니 여자아이는 바로 휴대폰을 주머니에 쑤셔넣었다.

제시 한과 정철희, 오지섭, 박태웅, 연지혜가 스타렉스에 타고 최의준이 승용차를 몰고 서울경찰청으로 돌아온다는 게 원래 계획이었다. 그러나 제시 한이 뜻밖에도 만만치 않은 상대임을 알게 된 데다 최의준이 다치기도 했으므로 그냥 전원이 스타렉스에 탑승했다. 승용차는 잠시 엘리시움시티 주차장에 그대로 두기로 했다.

운전대는 오지섭이 잡았다. 제시 한은 뒷좌석 2열의 가운데 자리에 앉혔다. 좌우로 박태웅과 최의준이 자리를 잡았다. 등받이를 역방향으로 돌린 1열 좌석에 정철희와 연지혜가 제시 한을 마주 보는 자세로 앉았다.

정철희가 주머니에서 휴대폰을 꺼내더니 사진을 한 장 찾아 제시 한의 눈앞에 들이밀었다. 공교롭게도 연지혜가 휴대폰 배경화면으로 저장한 바로 그 이미지였다. 바다 앞에서 힙합 스타일의 옷을 입고 친구들과 함께 서서 싱긋 웃고 있는 민소림의 모습. 긴 머리가 바람에 휘날리는.

"왜 죽였어?"

정철희가 제시 한에게 물었다. 제시 한은 "무슨 소리냐"고 되묻지 않았다. 어리둥절한 표정을 짓지도 않았다. 그의 눈동자는 아주 잠시 흔들렸고 입도 조금 벌어졌다. '아…… 이거'라는 얼굴. 잠시 뒤 그의 눈빛은 꽤 아득해졌다. 지금 이 순간이 아닌 22년 전의 과거를, 또 앞으로의 계획을 고민하는 것 같았다.

차 안의 공기가 달라졌다. 정철희는 더 질문을 던지지 않았다. 박태웅이 참았던 숨을 길게 내쉬었다.

'틀림없어. 이 자식은 민소림을 알아.'

연지혜는 생각했다.

'이 개자식이 범인이야. 이제는 어떻게 압박하느냐의 문제다.'

다른 형사들도 그렇게 생각하고 있음을 알 수 있었다. 겨우 긴장이 풀렸다.

그러자 갑자기 엄청나게 소변이 마려워졌다.

91.

나는 불교의 가르침이 틀렸다고 생각한다.

불교는 인간을 사실-상상 복합체가 아니라 그저 상상에 불과하다고 가르친다. 우주 역시 그렇다고 한다.

그러므로 우리를 괴롭게 하는 것들도 다 상상이라고 주장한다. 그 허상을 물리치면 평온한 자유를 얻게 된다고 한다.

하지만 손톱 아래를 송곳으로 쑤실 때, 뜨거운 인두로 허벅지를 지질 때 그 고통이 실제가 아니라 상상이란 말인가?

어린아이들이 굶주려 흙을 집어 먹다가 쓰러져 내는 신음 소리가, 집단 강간을 당하는 여성이 지르는 비명이, 눈앞에서 자식의 목이 잘리는 모습을 보는 아버지가 흘리는 눈물이 정말 허상이란 말인가?

이 모든 고통을 일체유심조(一切唯心造)라는 법구로 극복할 수 있다는 말인가?

모든 것이 상상이라면, 나도 없다면, 해탈한 자들이 정녕 무아(無我)의 경지에 이르렀다면, 왜 먹는가? 왜 자는가? 왜 싸는가? 음식도 상상이고, 영양도 상상이며, 소화기관도 상상 아닌가?

고타마 싯다르타는 과연 깨달음을 얻었을까? 인간과 현실의 많은 부분이 상상으로 이루어져 있음을 발견하고 흥분한 나머지 인간과 현실의 다른 부분은 사실임을 부정하게 된 것 아닐까?

석가모니 입멸 이후 500명의 제자가 모였을 때, 모임 전날 밤 갑자기 깨달음을 얻었다는 아난다의 말은 과연 진실일까? 모임 전까지 아라한이 되어야 한다는 본인의 압박감과 새 지도자가 필요했던 교단의 필요성이 만든 신화인 것은 아닐까?

그렇긴 해도 나는 불교의 수행법인 명상에는 높은 점수를 준다.

불교는 사람들에게 가만히 앉아서 자신을 관찰하라고 한다. 삼라만상이 우리 마음의 창조물임을, 자아가 허상임을 깨치라고 한다.

하지만 삼라만상은 사실-상상 복합체이며, 자아도 그렇다. 사실은 우리 마음의 창조물이 아니다. 그래서 불교의 명상은 실패할 수밖에 없다.

그럼에도 명상은 유용하다. 차분히 앉아 외부 자극을 차단하면 자신이 만든 상상이 어떤 것인지 관찰하기 좀 더 쉬워진다. 사실-상상 복합체에서 사실과 상상의 크기가 어느 정도인지, 그들이 어떻게 연결되어 있는지를 좀 더 정확히 파악하게 된다.

자아(我)는 없는(無) 것이 아니다. 자아는 존재한다. 그것은 불꽃과 같은 사실-상상 복합체이며, 사실은 거기서 심지에 해당한다. 상상은 여러 층으로 이뤄져 있다. 실제 불꽃이 심지 주변으로 불꽃심과 속불꽃, 겉불꽃으로 구성되어 있듯이.

명상을 통해 '나'라고 하는 사실-상상 복합체에서 어떤 부분이 사실인 불꽃심이며 어떤 부분이 가장 밝은 속불꽃인지, 어떤 부분이 외부 상상과 가장 뜨겁게 만나는 겉불꽃인지 알 수 있다. 그러면서 '나' 안에서도 내가 버릴 수 있거나 버려야 하는 부분과 지켜야 하는 핵심이 무엇인지 깨닫게 된다.

명상을 통해 우리는 더 강인하고 유능한 존재, 바람에 휘둘려도 꺼지지 않고 이내 더 크고 밝게 타오르는 인간이 될 수 있다.

나의 불꽃심은 내가 살인자라는 사실이다.

그것이 내 정체성의 핵심이다.

내가 살인자라는 사실이 내게 힘을 준다. 아무리 억울한 일을 당해도, 내가 살해한 민소림만큼 억울하지는 않다. 나는 죽음보다 약한 모든 시련을 감사히 받아들일 수 있다.

'나'의 핵심을 무너뜨리려는 역경에 맞닥뜨린다면 그때, 나는 언제든 다시 전 인류의 적으로서 칼을 휘두를 수 있다. 그 결의는 내게 용기를 준다. 나는 어떤 미래도 두렵지 않다.

나는 '나'와 현실이 맞닿는 모든 면을 세심히 관찰한다. 서울경찰청의 형사들이 진행하는 재수사에 촉각을 곤두세운다. 여자 형사는 바보는 아닌 것 같았지만, 그렇게 똑똑해 보이지도 않았다.

연지혜 형사가 나를 체포할 낌새를 보이거나 심지어 체포한다면, 어떻게 행동해야 할지 나는 공들여 시나리오를 다듬는다.

그럼에도 불구하고 나는 민소림의 집에서 22년 전에 들고 온 소니 바이오 노트북과 그녀를 찌른 칼을 버리지 않는다. '나'의 핵심과 사실이 만나는 중요한 접점이기 때문이다.

나는 그 두 물건을 금고에 넣었고, 그 앞에서 매일 아침 명상을 한다. 금고 제작업체는 그 물건이 절대로 뚫리지 않을 것처럼 홍보했지만, 나는 그 말을 믿지 않는다. 경찰이 작정하고 금고 문을 열고자 하면 방법은 많을 것이다.

금고는 내 집에서 안 보이는 장소에 숨겨뒀는데, 그래봤자 대단한 비밀 장소는 아니다. 경찰이 압수수색을 한다면 금세 발견할 수 있는 위치다. 도스토옙스키의 작품들 뒤에 뒀다.

92.

다기능 조사실은 일면경(一面鏡) 조사실이라고도 부른다. 처음 경찰청에서 도입을 발표할 때에는 '인권 중시 조사실'이라고 부르기도 했다.

일면경 조사실이라고 부르는 이유는 밖에서는 안이 보이지만 안에서는 그저 거울로 보이는 특수 유리가 설치되어 있기 때문이다. 사람들이 영화를 많이 본 덕분에 모든 경찰서 조사실에 그런 장치가 있는 줄 알지만 그렇지 않다. 서울경찰청의 조사실 상당수도 그냥 별다른 장치 없는 작은 방일 따름이다.

다기능 조사실을 인권 중시 조사실이라고 경찰청이 홍보했던 이유는 몇 가지 있었다. 우선 내부에 CCTV가 두 대 설치돼 있어서 조사 과정을 전부 녹화한다. 그런 카메라 앞에서는 경찰도 언행이 조심스러워진다. 게다가 피의자나 참고인, 혹은 변호사가 원하면 그 진술 녹화 영상을 제공하기까지 해준다. 피의자의 직계가족이나 변호사가 앉을 수 있는 좌석도 있다. 소리가 잘 녹음되도록 방음 시설도 갖췄다.

제시 한이 조사를 받는 다기능 조사실 주변으로는 형사들이 몰려들었다. 강력1팀 1반 밖으로도 금방 소문이 퍼졌다. 강력범죄수사1계장은 물론이고 2계장과 수사대장, 수사부장까지도 다녀갔다. 다들 22년 전 미제 사건의 용의자를 체포한 사실에 들떠 있었다. 가장 침착한 사람이 정철희인 것 같았다. 정철희가 "홍보담당관실까지 알려지면 뭐, 기자들이 눈치채는 것도 금방입니다"라고 말하자 수사부장이 주변을 둘러보며 말했다.

"다들 들었지? 이거 입조심 단단히 하자."

수사부장 옆에 있던 1계장이 "알겠습니다"라며 고개를 숙였다. "국과수 쪽으로도 새어나가지 않게 잘 단속하겠습니다" 하고 2계장이 말했다.

형사들은 제시 한을 서울경찰청으로 데려오자마자 구강상피 세포부터 채취했다. DNA 샘플을 제대로 확보해야 했다. 박태웅과 연지혜가 조사실에 들어갔다. 박태웅이 먼저 DNA 채취에 동의해달라고 요청했다. 거절할 수도 있지만 그런 경우 DNA 감식 시료 채취 영장을 받아와서 강제로 채취해 갈 거라고. 굳이 그런 과정을 거칠 필요가 있겠느냐고.

채취된 DNA가 어떻게 관리되는지에 대한 사무적인 설명은 연지혜가 했다. 제시 한은 그리 귀담아듣는 것 같지는 않았다. 그는 유리 상자에 갇힌 도마뱀 같아 보였다. 하지만 크거나 위험한 도마뱀은 아니었다. 독이 있는 뱀처럼 보이지도 않았다.

설명을 마치고 박태웅이 시료 채취에 동의하느냐고 묻자 제시 한은 "네"라고 짧게 말했다. 그렇게 대답하기 전에 잠시 눈을 감았다 떴는데 박태웅이 버릇처럼 하는 행동과는 느낌이 달랐다. 덜 무서웠고, 조금 젠체하는 것처럼 보였다. 제시 한의 입에는 연지혜가 면봉을 넣었다. 밖에서 선배 형사들이 자신의 일거수일투족을 바라보며 평가하리라 상상하니 좀 신경이 쓰이기는 했다.

수갑을 찬 채 눈을 감고 입을 벌린 제시 한에게 다가갈 때 연지혜는 얼굴을 찌푸렸다. 아무래도 엘리시움시티 주차장에서 미끄러질 때 발목이 삔 것 같았다. 이제는 손바닥이나 팔꿈치보다 발목이 더 아팠다.

정작 면봉을 봉투에 넣으면서는 당치도 않은 다른 걱정이 들었다. 만에 하나 제시 한의 DNA 검사 결과가 자신들이 기대하는 것과 다르게 나오면 어떻게 하지? 학창 시절 시험 시간이 끝날 때마다 답안지에 답을 밀려 썼다면 어떻게 하지, 하고 겁을 집어먹었던 것과 비슷했다. 그런 일이 일어나지 않을 것임을 알면서도 걱정이 되었다.

설사 제시 한의 유전자가 22년 전 민소림의 몸에서 발견된 정액의 DNA와 다르더라도 치명적인 실패는 아냐, 하고 연지혜는 스스로를 달랬다. 그건 제시 한이 엘리시움시티 A동 3001호에서 버린 콘돔 속 정액의 주인과 다르다는 의미일 뿐이다. 그때는 제시 한을 집으로 돌려보내고, 수사도 조금만 뒤로 되돌려 콘돔 속 정액이 누구 것인지 찾으면 된다. 그 체액의 주인을 잡는 일이 어려울 것 같지는 않다.

한번 시작된 엉뚱한 상상이 쉽사리 멈추지 않았다. 이게 나름대로 긴장에 대처하는 자신의 방식일까? 연지혜가 주워 온 콘돔 속 정액이 제시 한의 것이 맞고, 민소림의 몸에 있었던 정액도 제시 한의 것이 맞는데도, 이번에 채취한 타액의 DNA 검사가 다르게 나올 수도 있었다. 이론적으로는.

그런 드문 체질인 사람들이 있다. 지난해 구미에서 방치돼 사망한 세 살짜리 여자아이의 어머니 측이 키메라 증후군을 주장했다. 한 사람이 몸 안에 두 종류의 유전자를 갖는 증세다. 러시아의 연쇄살인범 안드레이 치카틸로도 혈액과 정액의 혈액형이 달랐다. 그래서 옛 소련의 수사관들이 그를 의심하면서도 놓아주었다.

연지혜는 조사실에서 나와 면봉이 담긴 검사키트 봉투를 최의준에게 넘겼다. 최의준은 이마의 상처에 거즈를 대고 테이프를 붙였는데, 거즈도 모양이 삐뚤삐뚤하고 피까지 조금 번져 나와 있었다. 그런데 그 모습이 꽤 섹시했다. 앳된 소년 같은 평소 인상은 사라지고 성깔 있는 반항아처럼 보였다.

"난 중요한 구경거리는 놓치고 종일 운전만 하게 생겼네."

봉투를 건네받은 최의준이 투덜거렸다. 정철희는 이번에 국과수는 최의준이 다녀오라고 지시했다. 제시 한을 조사하는 동안 주무 형사인 연지혜가 조사실 옆에 붙어 있어야 했다. 최의준은 국과수에서 돌아와서는 엘리시움시티로 가서 지하주차장에 세워놓은 잠복용 수사 차량을 끌고 와야 했다.

연지혜는 최의준에게 붕대를 붙인 모습이 멋지다든가, 많이 다치지는 않은 것 같아서 다행이라는 말을 하려다 왠지 쑥스러워서 말았다. 제시 한을 체포하면서 강력1팀 1반 선배 형사들과 자신 사이에 있던 벽이 거의 사라진 것 같았는데, 다른 사람들도 그렇게 느낄지 아직은 자신이 없었다.

"자, 원주 고고 씽."

그런 연지혜의 마음을 아는지 모르는지, 최의준은 초등학생이나 할 법한 말을 하며 청사를 나갔다.

체포된 첫째 날 제시 한은 입을 열지 않았다. 질문을 던지는 박태웅을 빤히 바라볼 뿐이었다. 박태웅도 기 싸움에서 밀리지 않았다. 위축되는 모습은 일절 보이지 않았고, 상대가 뭐라고 반응하건 말건 같은 질문을 되풀이해서 던졌다.

"한대일 씨, 1999년 9월에 한국에 처음 오셨죠? 그리고 한국에 한 달 긴 있다가 1999년 10월에 일본으로 가셨죠?"

"좋습니다. 나중에 다시 여쭤볼게요. 2000년 2월에 다시 한국에 오셨죠? 이때는 일반 연수용 비자로 와서 8월에 출국했죠? 이것도 대답하기 어렵습니까? 알겠습니다."

우리는 이 짓을 며칠씩 밤새 할 수도 있어. 우리는 절대 지치지 않을 거야. 우리는 협상하지도 않을 거야. 네가 대답하기 전에는 증거를 보여주지도 않을 거야. 네가 모르는 증거들이 있어. 마음껏 상상하렴. 박태웅은 말없이 그런 말을 하는 것 같았다.

"일반 연수용 비자로 입국하면 취업 활동이 불가능합니다. 그런데 우리 한대일 씨는 2000년 여름에 신촌에 있는 브로드웨이 잉글리시라는 어학원에서 영어 회화 강사로 일하셨죠? 프리토킹 중급이랑 프리토킹 고급 강좌, 맞죠?"

잠깐 동안 제시 한의 눈동자에 불꽃이 튄 것 같았다. 특수 유리 바깥에서 지켜보는 연지혜도 알아차릴 수 있을 정도였다. 그때 연지혜는 제시 한의 약점이 뭔지 깨달았다. 멍청한 소리를 싫어하는군. 느린 말투, 따분한 전개, 이치에 닿지 않는 주장에 넌더리를 내는 캐릭터군. 조금 전에 하려다 참은 말이 뭐였을까? '겨우 그따위 이야기 하려고 나를 부른 거요? 제발 좀 본론에 들어가시죠'였을까.

박태웅은 노련했다. 태연하게 다음 질문을 던졌다. 그런데 말이 미묘하게 느려지고 조금 더 짜증나는 톤이 되었다. 질문 내용도 더 바보스러워지는 것 같았다.

"프리토킹이라는 수업은 한 반의 강사와 학생들이 자유 주제로 이야기하는 거죠? 영어로만? 아, 이것도 답하기 어려우십니까? 알겠습니다. 다음 질문으로 넘어갈게요."

"'영어를 배우는 곳? 영어 하는 친구를 사귀는 곳.' 이게 2000년에 브로드웨이 잉글리시 학원 선전 문구였어요. 기억나세요? 네, 좋습니다. 하여튼 그게 그 학원 선전 문구였습니다. 그런데 친구라는 건 한쪽만 친구일 수는 없는 거잖아요. 그렇죠? 그러면 브로드웨이 잉글리시 학원 선생님들도 한국인 학생 친구들을 많이 사귀었다는 말이 되는 건데, 맞습니까? 남자 선생님들이 여학생도 사귀고 그랬습니까?"

"잘한다, 박태웅. 화이팅!"

조사실 밖에서 오지섭이 텀블러에 담은 커피를 마시면서 장난스럽게 중얼거렸다.

"저 자식도 뭐, 터프한데?"

정철희가 제시 한을 바라보며 심드렁하게 말했다.

"여기서 점심 먹이실 건가요?" 오지섭이 물었다.

"뭐, 그때까지 입을 열면." 정철희가 말했다.

"안 열면 종로경찰서로 보내고요?"

오지섭이 묻자 정철희는 고개를 끄덕였다. 서울경찰청에서 수사를 할 때에는 피의자가 구속되기 전까지 근처 경찰서 유치장에서 재우는 게 관례였다. 종로경찰서를 가장 자주 이용했다.

"오늘 종로 유치장은 널널하답니다, 아직까지는요."

오지섭이 말했다. 체포된 첫날은 기가 살아서 뻣뻣하게 굴다가 유치장에서 하룻밤을 자고 나온 뒤 데친 나물마냥 풀이 죽는 초범들은 흔했다. 그런 치들은 구속영장이 발부되어 구치소에 가면 또 한 차례 충격을 받고 수사기관에 더 협조하게 된다. 제시 한이 거기에 해당할지는 알 수 없었지만.

"유치장에 누굴 심어놓을까요?"

바보 같은 아이디어라고 스스로도 여기면서도 연지혜가 정철희에게 물었다. 여성 피의자들을 상대로 간혹 쓰는 기법이었다.

"아니. 별로 수다를 떨 타입은 아닌 거 같은데. 그보다는 강력범이랑 부딪히지 않게 신경 써달라고 종로서에 전해줘. 저 녀석 다치기라도 하면 곤란하니까." 정철희가 말했다.

조사실 안에서는 박태웅이 준비한 질문을 마침내 꺼냈다.

"그런데 한대일 씨는 2000년 8월 5일에 갑자기 미국으로 출국했어요. 브로드웨이 잉글리시 학원에는 이유를 알리지 않고 어느 날 출근을 하지 않았죠. 그날 아침 브로드웨이 잉글리시 학원에서 제공한 숙소에서 나와 곧장 공항으로 갔습니다. 왜 그랬습니까?"

제시 한은 도마뱀 같은 눈빛으로 박태웅을 노려보기만 했다.

"이 사람 알죠?"

박태웅이 민소림의 사진들을 꺼내어 책상 위에 펼쳐놓았다. 하지만 제시 한은 멀뚱멀뚱 박태웅만 바라볼 뿐이었다. 그러자 박태웅이 눈을 1, 2초가량 감았다 부릅뜨고는 무섭게 호통을 쳤다.

"살펴보세요!"

제시 한은 화들짝 놀라며 몸을 움찔했다. 특수 유리 밖에서 그 모습을 보며 통쾌해한 게 자신만은 아니리라고 연지혜는 짐작했다.

제시 한은 이내 무덤덤한 표정으로 돌아갔으나 기 싸움에서 한발 밀렸다는 사실만큼은 변함이 없었다. 그는 고개를 숙이고 사진을 한 장 한 장 넘기며 살폈다.

사진들은 계산된 순서로 배치되어 있었다. 위에는 민소림이 살아 있을 때를 찍은 밝은 분위기의 사진들이 놓여 있었다. 사망한 민소림의 시신 사진이 그 아래 있었다. 사진들을 뒤로 넘길수록 끔찍하고 불쾌한 이미지들이 나왔다.

제시 한은 최대한 냉정을 유지하려 애쓰고 있었다. 하지만 얼굴 근육이 굳어지는 것까지 숨기지는 못했다. 호흡은 오히려 더 느려졌는데, 형사들 몰래 깊은숨을 들이마시려 하는 것 같았다. 그는 소시오패스는 아니었다.

"18년 정도면 대한민국 정부가 이 사건을 잊을 줄 알았죠? 자기가 아무 증거도 남기지 않은 줄 알았죠? 그래서 마음 놓고 한국에 돌아왔죠? 하지만 저희는 이 사건을 포기한 적이 없어요. 이미 많이 늦었지만, 지금이라도 잘못을 시인하고 수사에 협조하는 게 좋아요. 법원에 가면 그런 것도 고려 요소가 되니까. 어떻게 하는 게 본인한테 가장 현명한 선택일지 한번 잘 생각해보세요."

박태웅은 조사실을 나왔다. 오지섭이 "잘했어"라며 박태웅의 등을 두드렸다.

"유치장으로 보내자." 정철희가 말했다.

"오늘은 다시 부르지 말까 싶은데, 어떠세요?"

박태웅이 물었다. 제시 한은 유치장보다 조사실을 더 편하게 여길 거라고 연지혜는 생각했다. 그렇다면 조사실에 머물려면 형사들에게 뭔가를 제공해야 한다는 사실을 그가 깨닫게 만들어야 했다.

"그러자. 혼자 생각을 오래 하게 해주자고. 뭐, 지금은 얼떨떨한 것도 있을 테니까. 그리고 내일은 짧게 한 번, 길게 한 번, 또 짧게 한 번 부르는 식으로 예측이 안 되는 패턴으로 세 번 정도 부를까 싶네. 어때?" 정철희가 물었다.

"좋습니다." 박태웅이 눈을 부릅뜨며 대답했다.

제시 한이 그날 아침 엘리시움시티 A동 엘리베이터가 아니라 B동 엘리베이터를 이용한 이유를, 연지혜는 오후에야 알게 되었다.

'댁내에서 월패드로 엘리베이터를 호출하는 스마트 콜링 시스템에 현재 오류가 발생하여 점검 중입니다. 일부 층에서 복도의 버튼에는 불이 들어오지만 승강기가 정차하지 않는 현상이 벌어지고 있습니다. 최대한 빨리 복구하겠습니다. 수리가 완료될 때까지 복도의 버튼을 직접 눌러 승강기를 호출하여 주시기 바랍니다. 불편을 끼쳐드려 죄송합니다. 엘리시움시티 관리사무소.'

그런 문구가 엘리시움시티 엘리베이터 홀에 있는 액정 모니터에서 흘러나왔다. 그 문구를 보며 정철희가 심드렁하게 중얼거렸다.

"하필 오늘 고장이 나냐. 깜짝 놀랐네."

제시 한은 그날 아침 평소 나오던 시각에 집에서 나섰다. 30층 아래에서 경찰들이 자신을 체포하려 기다리고 있다는 사실은 전혀 눈치채지 못한 채로. 그런데 30층에서 엘리베이터가 서지 않은 것이다. 버튼에는 불이 켜져 있음에도 불구하고. 그는 잠시 망설였고, 피트니스 시설과 어린이 놀이터가 있는 29층으로 한 층을 걸어 내려갔다. 그리고 거기서 구름다리를 건너 B동 엘리베이터 홀로 갔다.

"난 아까 저 뒤에 있는데 지혜가 자기 위치를 안 지키고 갑자기 손을 흔들며 걸어오는 거야. 철희 형을 부르는 거 같은데 뭐라고 하는 건지 말은 잘 안 들리고. 쟤가 미쳤나 했다니까." 오지섭이 웃으며 말했다.

박태웅은 굳은 표정으로 아무 말도 하지 않았다.

연지혜는 멋쩍게 웃으며 엘리시움시티 A동 30층으로 향하는 엘리베이터에 올라탔다. 발목을 삔 사실을 다른 선배들에게 들키지 않으려 애썼다.

제시 한의 아내는 서울경찰청에서 왔다는 말에 얼굴에서 문자 그대로 핏기가 가셨고, 압수수색 영장을 내밀자 한겨울에 외투 없이 밖에 나선 사람처럼 몸을 떨기 시작했다. 지하 2층 쓰레기 수거 구역에서 내뿜었던 도도함은 온데간데없었다. 수색영장 사본을 받아든 손이 하도 흔들려서 문구를 제대로 읽을 수 있을지 걱정될 정도였다.

수색영장 첫 페이지에는 압수수색 사유나 압수하거나 수색할 대상에 대해 자세한 설명이 없었다. '별지 기재와 같다'고만 적혀 있었다. 제시 한의 아내는 두 번째 페이지를 읽다 멍하니 고개를 들고 물었다.

"살인…… 이요?"

형사들이 그 옆을 지나갈 때 제시 한의 아내는 누가 밀치기라도 한 것처럼 몸의 균형을 잃고 허둥대다가 벽에 기대 간신히 섰다. 겁을 집어먹기는 했어도 입주 도우미 할머니가 제시 한의 아내보다 더 침착했다. 할머니는 형사들이 아이를 빼앗으러 오기라도 했다는 듯, 자기 다리 뒤에 제시 한의 딸을 숨겼다.

할머니는 한 손을 뒤로 뻗어 아이의 팔을 다독였다. 고급스러워 보이는 아동복을 입은 제시 한의 딸은 어른들을 차례로 바라보며 지금 무슨 일이 벌어지고 있는 건지 작은 머리로 파악하려 애썼다. 굉장히 중대하고 심각한 사건이 막 일어났으며, 어머니가 그 상황에서 터무니없는 약자라는 것, 자신들을 보호할 능력이 없다는 사실을 눈치챈 듯이 보였다. 아이는 금방이라도 눈물을 흘릴 것처럼 얼굴이 달아올랐지만, 끝내 울음을 터뜨리지 않았다.

제시 한의 아내가 어떻게든 항의하거나, 변호사를 부르겠다거나, 빽을 동원하겠다고 내뱉을 줄 알았던 연지혜는 조금 미안해졌다. 연지혜는 이 가정의 평온을 영원히 깨뜨렸다는 데 대해 불편한 감정을 느꼈다.

그 감정을 이기게 해주는 것은 민소림 가정의 불행을 생각하는 일뿐이었다.

정철희는 입주 도우미 할머니에게 살짝 고개를 숙이고 집 안으로 들어갔다. 뒤축이 닳고 접힌 낡은 운동화가 현관에 남았다. 그 운동화는 천장과 신발장 아래에 은은한 간접조명을 설치하고, 한쪽 벽은 큰 전면 거울이고, 바닥에는 달마티안 문양의 인조대리석 타일을 깐 고급스러운 현관과 정말 어울리지 않았다. 옆에 놓인 제시 한 가족의 신발들과도.

박태웅은 아무에게도 인사하지 않고 집 안으로 들어갔다. 그의 운동화도 새것은 아니었다. 오지섭은 검은색 나이키 운동화를 벗고 나서 현관에서 잠시 무릎을 굽혀 제시 한의 딸을 바라보며 말했다.

"괜찮아. 아저씨들 무서운 사람들 아니야."

친절한 말이었지만, 거짓말이라고 연지혜는 생각했다. 그래서 그녀는 제시 한의 거실에 인사 없이 들어섰다.

인테리어에 공을 들인 집이었다. 벽지는 모두 깔끔한 흰색이었고, 문틀과 가구, 소품은 전부 나무 제품으로 했다. 영리한 디자인이었다. 시야에서 실제로 목재가 차지하는 부분은 크지 않지만 흰 벽 때문에 실내 전체가 우드 톤이 가득한 느낌으로 다가왔다. 흑단이나 마호가니가 아닌, 밝은 크림색 나무들이었다. 믿음공방 같은 곳에서 맞춤 제작한 물건들일까?

엘리시움시티 A동 3001호는 '도심 속 숲'을 콘셉트로 연출한 공간이었고, 그 연출자가 제시 한의 부인인 듯했다. 거실 입구에 설치된 선반 위에는 작은 나무 바구니가 있었고 그 안에는 비싸 보이는 디퓨저가 있었다. 집 안에 은은하게 깔린 편백나무 향의 출처가 그곳인 것 같았다.

다른 복잡한 허브 향도 함께 났다.

복도 천장에는 레일이 설치되어 있어서 와이어로 그림과 다른 장식물을 걸 수 있었다. 띄엄띄엄 잎 덩굴이 걸려 있었는데, 진짜 같아 보였지만 그럴 리는 없었다. 그런 장식을 세련되었다고 평가해야 하는지, 촌스럽다고 봐야 하는지 연지혜는 알지 못했다.

복도 좌우와 끝에 그림이 각각 걸려 있었고, 그림 위에는 갤러리 조명이 있었다. 그림 세 점은 크기와 분위기는 달랐지만 모두 숲을 소재로 했다. 앙리 루소 풍의 생명력 가득하고 천진스러운 숲 풍경. 사실적이고 쓸쓸한 숲의 밤. 안개 낀 신비로운 숲의 새벽.

저 액자 뒤도 다 뒤져봐야 해. 연지혜는 생각했다.

"와우."

거실에 들어선 오지섭이 작게 탄성 소리를 냈다. 거실 안도, 바깥 풍경도 개방감이 굉장했던 것이다. 전면으로는 거의 바닥까지 내려오는 전면 창이 넓게 있었는데 그 밖으로는 지하철 1호선 철도가 멀리까지 뻗어 있었다. 테라스도 엄청나게 넓었다. 10평 가까이 되는 것 같았다. 테라스에는 갖가지 화분들이 많아서 작은 정원 수준이었다.

그런가 하면 거실 안에도 창 쪽으로 나무 테이블과 걸상을 배치하고 벽에 소파가 있는 것 외에는 별다른 가구가 없어서 널찍한 느낌이 더 커졌다. 한쪽에 장난감을 담은 거대한 나무통이 있기는 했지만, 그럼에도 불구하고 아이가 있는 집 거실이 이렇게 깔끔하다는 게 비현실적이라는 느낌이 들었다.

"각자 방을 나눠서 작업할까?"

정철희가 말했다. 연지혜는 집을 둘러보고 싶은 마음을 참으며 "네"라고 대답했다.

드레스룸이나 실외기실 같은 공간을 제외하고, 방이라 부를 만한 공간은 네 개였다. 정철희가 안방과 안방 화장실, 안방 베란다를, 오지섭이 거실과 테라스, 입주 도우미 할머니가 쓰는 방을, 박태웅이 서재와 어린이방, 공용 욕실을 맡았다.

제시 한의 것으로 보이는 노트북이 서재에 있었는데, 그것도 박태웅의 몫이었다. 암호가 걸려 있지 않으면 이미징하는 방식으로 내용물을 복사하고, 암호가 있으면 그대로 서울경찰청으로 들고 갈 예정이었다. 형사들은 제시 한의 자동차는 수색하지 않기로 했다.

연지혜는 작은방과 주방, 복도, 현관을 받았다. 작은방은 아마 제시 한의 부인이 개인 공간으로 쓰는 방인 모양이었다. 나무 탁자가 창을 향해 놓여 있었는데 그 위에 작은 노트북과 꽃병이 올려 있었다. 꽃병에는 조화가 아닌 생화가 꽂혀 있었고, 노트북은 커버가 덮인 상태였다.

벽에는 나무 선반이 있었는데 실용적인 물건은 아니었다. 한 층에는 묘하게 생긴 찻잔이 세 개 있었고, 아래층에는 스탠드에 책 세 권이 표지를 정면으로 보이게 해서 비스듬히 서 있었다. 건축 인테리어 책 한 권, 국내 저자의 에세이 한 권, 그리고 《죄와 벌》 영어 페이퍼백이 한 권이었다. 검은색 표지였다.

무엇을 하는 사람일까. 어떤 일을 하거나, 했을까. 방의 꾸밈새만으로는 짐작하기 어려웠다. 의자에 걸린 옷과 마시다 남은 차가 있는 머그잔에서 간신히 생활의 느낌이 났다. 연지혜는 《죄와 벌》을 꺼내 주르륵 훑어보았다. 장식용 책일 거라는 짐작과는 달리, 곳곳에 밑줄이 쳐 있었고, 책 귀퉁이가 접힌 페이지도 있었다.

책 주인이 밑줄을 그은 문장들을 읽으며 특이한 점이 있는지 파악해보려 했으나 알 수 없었다. 어차피 의미심장한 문구를 찾아봤자 그걸 증거로 사용할 순 없어, 그렇게 생각하며 연지혜는 책을 덮었다. 필요한 건 물증이다. 민소림을 찌른 칼도 좋고, 민소림이 사용하던 노트북도 좋다. 민소림을 살해할 때 착용했던, 그래서 민소림의 피가 묻어 있는 장갑이나 옷도 좋다. 민소림의 집에서 나온 무언가, 혹은 사망한 민소림을 찍은 사진도 좋고…….

제시 한이 비망록 같은 걸 썼을까? 비망록은 보통은 증거로 인정받지 못하지만 본인이 썼다는 게 객관적으로 확실하면 예외가 될 수도 있다.

제시 한은 사람을 찔러 죽인 칼이나 죽은 사람이 쓰던 노트북 같은 물품을 기념품으로 보관할 타입일까?

그런 물품을 22년 동안 미국과 한국을 오가면서까지, 그것도 아내와 딸이 있는 집에 보관을 할까?

보관을 했다면 어디에 뒀을까?

연지혜는 나무 탁자, 나무 의자, 나무 선반, 노트북, 꽃병, 찻잔, 책을 천천히 살피고 방에서 나왔다. 벽이나 천장에 비밀 수납공간이 있는 것 같지는 않았다. 거실에 서 있던 제시 한의 아내가 연지혜를 어두운 얼굴로 쳐다보았다. 자기 방 수색을 아무 일 없이 마치고 나왔는데도 안색은 그사이 더 나빠진 것 같았다.

연지혜가 주방으로 향하자 제시 한의 아내는 절박한 표정이 되었다. 조금 의아하다는 생각이 들었다. 제시 한의 아내는 왜 경찰들이 들이닥쳤을 때 항의하지 않았을까? 지나치게 저자세이지 않나? 현관에는 왜 편백나무 디퓨저가 있을까? 허브 향 속에는 연지혜가 잘 아는 풀 냄새가 섞여 있지 않았던가? 제시 한의 아내가 영장을 읽다가 "살인……이요?"라고 물을 때에는 약간 뜻밖이라는 뉘앙스이지 않나? 그렇다면 뭘 예상하고 있었던 걸까.

연지혜는 냉장고 문을 열었다. 제시 한의 아내는 마켓컬리의 단골인 듯했다. 프리미엄 주스와 여러 종류의 밀키트 뒤에 연지혜가 찾던 물건이 있었다.

스키피 수퍼크런치 땅콩버터 1.13킬로그램 사이즈 대용량 통.

마약팀에서 일할 때 외국인학교의 체육교사를 체포했다. 그 스물여덟 살짜리 미국인은 캘리포니아에 사는 자기 동생에게 대마초를 국제특송화물로 보내게 했다. 그들은 스키피 수퍼크런치 땅콩버터 1.13킬로그램 대용량 통 안에 대마 담배와 대마 젤리를 넣는 수법을 사용했다.

연지혜는 땅콩버터 통의 뚜껑을 열었다. 땅콩버터 안에 작은 깡통이 하나 파묻혀 있었다. 그 깡통의 뚜껑을 다시 여니 말린 대마초 꽃봉오리와 잎이 가득했다.

제시 한의 아내가 울음을 터뜨렸다.

"반장님!" 연지혜가 정철희를 불렀다.

"이거, 뭐, 영장 따로 신청해야 하는 거 알지?"

냉장고 앞으로 온 정철희가 대마초를 보고 연지혜에게 속삭였다. 살인 혐의로 압수수색 영장을 발부 받았으므로, 마약류를 압수하려면 사후압수수색 영장을 받아야 한다.

"자동차도 같이 신청하겠습니다."

연지혜가 대답했다. 집에 냄새가 배는 것을 두려워하는 대마사범들은 밤에 차를 끌고 나가서 인적이 드문 공원이나 주차장에서 피우고 오는 경우가 많다. 커플들은 그러면서 카섹스를 즐기기도 한다. 감각이 예민해져 성감이 높아지기 때문이다.

93.

계몽주의 사상가들이 신을 죽이고 나서, 많은 지적인 이들이 새롭고 거대한 사실-상상 복합체를 집단으로 세우는 시대가 열렸다. 그 사실-상상 복합체의 이름은 현대 과학이었다.

그런데 현대 과학이라는 초대형 사실-상상 복합체 건설 프로젝트에는 몇 가지 특이한 점이 있었다.

우선 그 작업에 참여한 이들은 과학적 방법론이라는 전에 없던 도구를 사용했다. 과학자들은 관찰, 측정, 검증과 같은 실천 도구와 회의주의, 반증주의, 재현 가능성과 같은 추상적인 개념 도구를 개발하고 익혔다.

과학적 방법론은 대단히 유용하고 강력한 연장임이 곧 드러났다. 우선 이 도구는 상상이라는 엄청나게 끈적거리는 접착제를 적절히 통제할 수 있었다. 이전까지 상상은 현상과 믿음을 제멋대로 붙였다. 두세 가지 현상을 법칙으로, 신념으로 만드는 일도 허다했다.

과학적 방법론을 사용하면 사실에 잘못 들러붙은 상상을 수월하게 제거할 수 있었다. 이 방식은 공적인 영역에서는 제법 잘 통하는 것 같다. 개인의 삶에서 일어나는 개별 사건들은 괴이한 상상들과 여전히 끈끈하게 결합하곤 하지만.

접착제를 적절히 쓰게 되자 결과적으로 구조물은 더욱 견고해졌다. 과학자들의 공동체에서도 논쟁은 벌어졌지만, 종교 공동체나 정치 공동체에서 일어나는 것 같은 유혈 내분이 발생하지는 않았다. 과학의 세부 분과들끼리 주도권 다툼이나 인정투쟁은 벌어졌지만 화학이 생물학을 상대로 성전(聖戰)을 벌이지는 않았다.

한편으로 현대 과학이라는 프로젝트에 참여한 이들은 자신들이 궁극적으로 지향하는 바가 무엇인지 몰랐다는 점에서 독특했다. 이는 과학이 종교나 철학과 달리 사실-상상 복합체를 아래에서부터 위로, 작은 것에서부터 거대한 것으로 쌓아올리는 프로젝트여서 그렇다.

과학에 목적이 있는가, 있다면 무엇인가, 과학의 목적이 진리라고 할 때 그 말이 뜻하는 바는 무엇인가, 과학의 의의는 유용함에 있나. 이런 문제에 대해 과학자들마다 다른 답을 내놓는다.

상당수 과학자들은 자신들이 이전까지 종교가 지배했던 영토로 침범해감을 알았다. 어떤 이들은 자신들은 사실을 다루고 종교는 가치를 다룬다며 둘 사이에 멋대로 선을 긋고 그런 구분에서 위안을 얻는다. 그래서 자신들이 종교의 영역을 축소하고 있는 줄도 모르면서 맹렬히 그런 작업을 하는 과학자들도 있다.

반대로 과학의 영역을 축소하는 과학자들도 있다. 우주가 왜 그런 식으로 돌아가는가, 무엇이 옳은가라는 질문은 답할 수 없으며, 그 질문과 대답 자체가 '과학적으로' 의미가 없다는 태도를 취하는 이들이다. 오늘날 과학이 가진 힘이나 그의 직업이 과학자라는 사실을 고려하면 세계에 대해 무책임하고, 삶에 대해 불성실한 관점이라 할 수 있다.

어떤 과학자들은 과학자라면 모두 무신론자가 돼야 한다고 주장한다. 현실과 물리 세계를 동일시하는 것이다. 이들은 반쪽짜리 삶을 살거나, 도스토옙스키가 들었다면 코웃음을 칠 엉성한 인신(人神)사상에 기대어 살아간다. 한데 그런 그들 앞에서 현실이 물리 세계 이상임을 제대로 아는 과학자들은 입을 다무는 편을 택한다. 자칫 창조론자 취급을 당할 수 있기 때문이다.

하지만 앞서 우리는 이미 사실과 현상, 의미, 당위가 분리될 수 없음을 논했다. 인지 세계는 물리 세계와 함께 현실을 구성하며, 삶의 목적과 방향성은 현실에서 나온다. 과학과 종교, 철학은 깔끔하게 분리될 수 없다.

우리는 과학이라는 초대형 사실-상상 복합체의 특징을 아직 잘 모른다. 이 사실-상상 복합체 건설 프로젝트에서는 어느 순간 여러 분과들이 기다렸다는 듯, 지나칠 정도로 잘 맞아떨어졌다. 당사자인 과학자들조차 어리둥절해했다. 그 과정은 하도 빠르고 자연스러워서, 꼭 신의 섭리가 드러나는 것처럼 느껴졌다.

화학은 생물학과 싸우지 않았다. 대신 생화학이라는 새로운 분야를 낳았다. 원자 내부 구조가 밝혀지면서 물리학과 화학은 사실상 하나가 되었다. 과학자들이 소립자와 우주의 기본 힘을 연구하면서 물리학은 천문학과도 이어지게 되었다. 생화학이 물리학을 만나는 지점에서 분자생물학이 탄생했다.

많은 사람들이 보기에 이런 결합과 통합은 기실 과학이라는 영역을 뛰어넘어 이뤄지는 것 같았다. 분자생물학은 뇌과학과 데이트를 하면서 심리학에 연결되고, 거기서 진화심리학과 행동경제학을 거쳐 사회

과학 각 분야와 만나게 되는 것 같았다. 진화라든가 엔트로피, 창발 같은 개념은 자연과학을 떠어넘는 우주의 질서인 듯 보였다.

급기야는 에드워드 윌슨처럼 과학이 예술의 기원이나 윤리학까지 설명할 수 있다고 주장하는 이도 나왔다. 윌슨은 자기 생각을 '통섭(統攝)'이라는 듣기 좋은 용어로 포장했지만, 그 아래에는 나머지 학문들이 엄밀하지 못하며 과학의 지배를 기다리고 있다고 보는 시각이 깔려 있다. 인문학자들은 불쾌해하지만, 어쩌면 윌슨이 옳을지도 모른다.

과학의 기이한 성질 중 하나는 유용함이었다. 과학은 현실을 잘 설명할 뿐 아니라 개선하는 데에도 막강한 힘을 발휘하는데 어떻게 그럴 수 있는지 우리는 그 이유를 정확히 모른다. 어쨌든 과학은 종교나 철학과 달리 실제로 인류의 생활수준을 엄청나게 개선했으며, 그런 이유로 우리는 과학을 좋아하고 찬양한다.

더 신기하고 이해할 수 없는 현상은 과학이 수학과 너무 잘 맞아떨어진다는 점이다. 왜 물리 세계의 법칙들이 순수한 논리학인 수학과 그토록 잘 연결되는지는 아무도 모른다. 몇몇 수학자와 과학자, 과학철학자들이 이유를 궁금해하는 사이 물리학 같은 과학은 수학과 융합하다 못해 거의 수학이 되어버린다.

과학자들의 사변이 수학적으로 뒷받침되는 모습에 감탄한 사람들이라면 누구나 우리 우주에 모종의 수학적 구조가 있는 것 아닐까 생각하게 된다. 아예 우리 우주 자체가 수학이 아닌가, 혹은 수학의 발견이나 수학이라는 지식의 확장이 우주의 목적이라고 보는 기괴한 견해까지 진지하게 탐구하는 이도 있다.

정말로 어쩌면 모든 지식이 하나로 종합될 가능성도 있는 것 아닐까? 논리와 물질이, 형이상학과 형이하학이, 모든 지식이 통일되는 순간이 예정되어 있는 것 아닐까?

그때 그 지식의 합일체를 뭐라고 부를까? 그런 사건 혹은 가능성이 의미하는 바는 무엇인가?

그것이 바로 다음 시대의 신일까? 그런데 그게 미래의 신이라면, 그 신은 우리더러 뭘 하라고 말하는가?

94.

제시 한은 체포 둘째 날 변호사를 선임했다. 형사사건 전문 법무법인의 변호사들이 제시 한의 변호를 맡았다. 변호사들 중 한 사람은 영어가 아주 유창했다. 수사 참여에 비용을 얼마나 청구할지 궁금했다. 4시간에 150만 원? 200만 원?

그날 저녁에 제시 한에 대한 구속영장도 나왔다. 살인 혐의에다 체포 과정에서 도주를 시도했기 때문에 당연히 나올 영장이었다. 구속 수사가 시작됐지만 제시 한은 서울구치소로 보내지 않고 당분간 종로경찰서 유치장에서 재우기로 했다. 영장이 나오면 피의자를 최대 10일까지 구속할 수 있다. 거기에는 체포 기간도 포함되기 때문에, 사건을 검찰에 넘기기 전까지 8일이 더 남은 셈이었다.

형사들이 예상하지 못했던 것은 통역사 요청이었다. 제시 한이 조사를 받을 때는 그의 옆에 변호사와 사법통역인이 함께 앉게 됐다. 피의자가 영어로 대답을 하는 상황은 수사관에게 꽤 불리했다. 그가 사용하는 단어를 직접 분석하기 어려우므로. 경찰이 아닌 사람이 자신 옆에 두 사람 있다는 사실도 제시 한에게는 심리적으로 도움이 될 터였다. 통역사를 부른 게 변호사의 조언이라면 상당히 영리한 전략이었다.

"한국어 잘하시잖아요? 사모님한테 여쭤보니까 한국어 소통에 문제가 없다고 하시던데요?"

제시 한이 통역사를 부르겠다고 할 때 박태웅이 물었다.

"제가 한국어에 완전히 익숙하지 못해요. 가끔 못 알아듣는 말도 있습니다. 엉뚱한 단어로 말하기도 하고요. 지금 중요한 조사를 받는데 제가 가장 잘 아는 언어로 받겠다는 게 잘못입니까."

제시 한이 비음과 탁음이 섞인 목소리로 대답했다. 그는 이제 선택적으로 묵비권을 행사하고 있었다.

정철희는 형사들에게 변호사나 통역사와 따로 대화를 나누지 말라고 지시했다. 특히 통역사에게 제시 한이 사용한 단어의 뉘앙스에 대해 의견을 묻지 말라고 했다.

제시 한의 아내는 처음에 소변검사를 거부하면서 화장실에 가지 않으려 했다. 그랬다가 연지혜가 카테터를 삽입하는 강제 채뇨 과정을 설명해주자 그때서야 눈물을 흘리면서 응했다. 정작 소변에서는 아무것도 검출되지 않았다. 머리카락에서 양성반응이 나왔다. 최근 며칠 사이에 대마초를 피운 적은 없지만 1년 사이에는 있다는 의미였다.

제시 한의 아내는 남편과 다른 대형 법무법인의 변호사를 선임했다. 여인의 부모와 변호사 군단이 서울경찰청으로 들이닥쳤다. 정장 차림의 변호사들은 예의 발랐고, 그중 우두머리인 듯한 여성 변호사는 태도가 유난히 깍듯했다.

"제가 수원중부경찰서에서 수사과장을 했었어요."

여성 변호사가 그렇게 말하며 정철희와 다른 형사들에게 명함을 주었다. 자기 동기 몇 사람의 이름을 읊기도 했다. 형사들은 '그래서 어쩌라고'라는 분위기로 인사를 받았다. 검찰에서는 어떤지 몰라도, 경찰에서는 전관예우가 거의 통하지 않는다. 자신들이 변호사가 될 수 있다고 기대하는 수사관이 없기 때문이다.

여성 변호사는 연지혜에게는 특별히 다정한 미소를 지으며 명함을 건넸다. 연지혜는 명함보다 여성 변호사가 걸치고 있는 고급스러운 재킷과 손가락에 끼어져 있는 과하게 큰 반지 두 개를 더 유심히 보았다. 저런 건 누가 코치해주는 사람이 없는 걸까?

정작 제시 한 아내의 변호는 그다지 어려울 것도 없었다. 제시 한의 아내는 겁을 먹었을 뿐, 바보는 아니었다. 마약 수사를 할 때 경찰의 관심사는 윗선뿐이라는 사실을 수사과장 출신 변호사로부터 들었는지도 몰랐다.

제시 한의 아내는 대마초인 걸 의심은 했으나 정확히 알지는 못한 채 차에서 피웠다고 했다. "대마초인 줄 몰랐다"와 같은 말이었으나 좀 더 낫게 들렸다. 제시 한이 위력을 행사하거나 협박을 한 건 아니었으나 안 피우면 안 될 것 같은 분위기를 조성했다고 했다. 그리고 자신이 대마초를 피운 것은 딱 한 번뿐이었다고 주장했다.

"질 나쁜 남편 만난 게 죄죠."

조사실을 나서며 변호사가 들으라는 투로 말했다. 연지혜는 딱히 대꾸하지 않았다. 하지만 제시 한의 아내가 낮에 서울경찰청에서 오래 머물 수 있게는 해주었다. 남대문경찰서에 입감된 제시 한의 아내는 개방형 화장실이 있는 유치장 생활이 견디기 어렵다고 했다.

제시 한의 아내는 무척 협조적이기는 했지만 아는 건 별로 없었다. 제시 한이 대마초를 어디서 구해 왔는지 전혀 알지 못했고, 얼마나 자주 사용하는지에 대해서도 추측만 할 뿐이었다. 민소림의 사진을 보고도 아무 반응이 없었고, 신촌 여대생 살인사건도 유튜브에서 본 적이 있는 것 같다고만 했다. 민소림과 제시 한의 관계에 대해서도 몰랐다. 남편이 2000년에 한국의 어학원에서 영어를 가르쳤다는 사실도 처음 듣는다고 했다.

그녀는 가끔 자기 남편이 무섭고 비밀이 있는 사람이라고는 생각했다. 하지만 제시 한이 그녀에게 실제로 폭력을 행사한 적은 한 번도 없었다고 진술했다.

제시 한의 수사는 굉장히 어려웠다.

제시 한은 대마초 흡연에 대해서는 깔끔하게 시인했다. 자신이 미국 시민권자이며, 캘리포니아주에서 대마초가 합법이라 하더라도 한국에서 흡연하면 범죄가 된다는 사실을 잘 알고 있다고 했다. 미국에서 몇 번 대마초를 피운 적이 있지만 적발된 적은 없었으며, 그래서 크게 경각심을 품지 못했다고, 반성한다고 했다.

제시 한은 모발검사와 소변검사에 저항 없이 응했다. 부인과 마찬가지로 소변에서는 대마 성분이 검출되지 않았으며, 모발에서는 나왔다. 제시 한은 가산디지털단지의 젊은 유학파 기업인 모임에서 대마초를 구했다고 했다. 제시 한은 대체로 적극적으로 말했고, 가끔 변호사가 끼어들어 "피의자가 지금 말한 내용은 이런 뜻입니다"라고 보충했다. 변호사는 경찰들의 비위를 긁지 않으면서 함정 질문의 의미를 제시 한에게 일깨워주는 방법을 썼다.

제시 한은 누가 대마초 공급책인지는 알지 못했지만, 확실히 흡입한 몇몇 기업 대표의 이름을 댈 수 있다고 했다. 개중에는 소프트웨어 산업 발전 유공자로 대통령 표창을 받고, 언론 인터뷰도 여러 번 한 사십대 스타트업 창업자도 있었다. 그 자체로 값진 수사 첩보였다. "다음 몇 달 동안 우리 먹을거리를 주네"라고 오지섭은 평가했다.

제시 한은 체포되던 날 자신이 도망간 이유도 대마초 때문이었다고 설명했다. 대마초를 피우다 보니 늘 들키지 않을까, 혹은 협박을 당하지 않을까 속으로 걱정하는 바가 있었다. 지하주차장에서 자신을 기다리고 있는 듯한 적대적인 분위기의 사내들을 보자마자 무작정 달리기 시작했다. 상대가 경찰일 거라는 걱정도 했고, 다소 부조리한 생각이지만 마약 조직원일 거라는 상상도 했다. 논리보다는 본능이 앞섰다.

하지만 제시 한은 민소림 살인사건에 대해서는 완강히 부인했다. 민소림 사건에 대한 신문을 받을 때면 제시 한은 변호사와 오래도록 영어로 대화를 나누었다.

민소림을 알았던 건 맞다. 브로드웨이 잉글리시 어학원에서 일할 때 동료 교사와 함께 신촌 지역 토스트마스터즈 클럽에 초청을 받아 간 일이 있었고, 거기서 민소림을 만났다. 깊게 사귀지는 않았지만 데이트를 했고, 성관계도 가졌다. 민소림은 섹스에 개방적인 것 같았다. 하지만 내가 민소림을 죽이지는 않았다. 이것이 제시 한의 주장이었다.

어느 시점이 지나자 같은 내용의 문답이 되풀이되었다. 제시 한의 답변도 짧아졌다.

"민소림 씨가 신촌 뤼미에르 빌딩 1305호에 살고 있었습니다. 브로드웨이 잉글리시 어학원이 있는 건물 바로 옆이었어요. 기억나시죠?" 박태웅이 물었다.

"바로 옆이었는지는 모르겠는데, 무척 가까운 빌딩이었다고 기억합니다. 걸어서 몇 분 걸리지 않았습니다."

제시 한이 영어로 한 진술을 통역사가 한국어로 옮겼다.

"학원 수업을 마치고 민소림 씨의 집에 자주 갔죠?"

"자주는 아니고 몇 번 갔습니다."

"가면 그 집에서 뭘 했습니까?"

"술을 마시고 식사를 했습니다. 민소림의 노트북으로 영화를 보기도 했습니다."

"함께 대마초를 피우지는 않았습니까?"

"그렇지 않습니다."

제시 한의 표정은 변함이 없었다. 정말로 민소림과 대마초를 피운 적이 없든지, 아니면 아무 증거도 남지 않았을 거라고 확신하는 듯했다.

"그 집에서 고인과 성관계를 맺기도 했습니까?"

박태웅은 일부러 '고인'이라는 표현을 쓴 것 같았다.

"그러기도 했습니다."

"2000년 8월 1일 밤에도 신촌 뤼미에르 빌딩 1305호에 갔지요?"

"잘 기억이 나지 않습니다. 22년 전 일이잖습니까."

"8월 2일 0시 3분 뤼미에르 빌딩 엘리베이터 CCTV에 찍힌 사진입니다. 제시 한 씨가 맞죠?"

"잘 모르겠는데요. 눈이 제대로 안 나온 사진이잖아요."

박태웅이 내민 사진을 살핀 제시 한이 퉁명하게 대답했다. 사진과 관련해서는 큰 문제는 없었다. 수사팀은 대한턱얼굴미용외과연구회 회장과 구강악안면외과 전문 의사들에게 자문도 구한 상태였다. 대한턱얼굴미용외과연구회라는 조직이 있다는 사실을 연지혜는 처음 알았다.

대한턱얼굴미용외과연구회 회장은 2000년 8월 2일 뤼미에르 빌딩 CCTV 사진과 제시 한의 여권 사진을 보더니 "같은 사람 맞구먼요"라고 말했다. 그리고 보다 자세한 의견을 메일로 보내주겠다고, 코 모양,

입매, 턱 윤곽, 목선도 사람마다 굉장히 다르고 몇몇 특징은 세월이 지나도 잘 변하지 않는다고 덧붙였다.

"고인의 몸에서 정액이 나왔고, DNA 분석 결과 당신 거랑 일치해요. 그런데도 발뺌을 할 겁니까?"

"제가 그분과 섹스를 하고, 그 직후에 다른 사람이 그 집에 들어가서 그분을 살해할 수도 있는 거잖아요. 저는 사람을 죽인 적이 없어요."

수사 초기 연지혜는 정철희, 박태웅과 작은 논쟁을 벌인 적이 있었다. CCTV 속 사내가 정액의 주인이 맞느냐, 그리고 정액의 주인이 살인범이 맞느냐, 하는 문제를 놓고서였다. 당시 정철희와 박태웅은 연지혜의 지적을 대수롭지 않게 넘겼다. 수사 성과가 나오면 세부 사항들이 확인될 거라면서.

이제 제시 한은 그 빈틈에 매달리고 있었다. '자정 이후 밤부터 아침 사이에 제3자가 뤼미에르 빌딩 1305호에 CCTV에 찍히지 않고, 소란을 일으키지 않고 들어가 민소림을 살해하고 나왔을 가능성'을 검사나 판사가 얼마나 개연성 있다고 여길까. 완전히 안심할 수는 없는 노릇이었다.

"2000년 8월 5일에 출국했죠? 수업 중이던 브로드웨이 잉글리시 학원에 알리지 않고, 어느 날 갑자기 짐을 싸서 공항으로 갔어요. 한국에 여러 가지 물품도 남겨둔 채로요. 왜 그랬습니까?" 박태웅이 물었다.

"민소림이 죽은 걸 알고, 경찰 수사를 받게 될까 봐 두려웠습니다."

제시 한이 한참 망설이다 곤혹스러운 표정으로 대답했다. 도마뱀이 곤혹스러워할 때 그런 표정을 지을 것 같았다.

"민소림 씨가 사망한 건 어떻게 알았죠?"

"며칠 뒤에 뉴스를 보다가 우연히 알게 됐어요."

"TV 뉴스였나요?"

"네. TV 뉴스였습니다. 한국 신문을 읽지는 않았으니까요."

"당시 TV 뉴스에는 전부 이 CCTV 사진이 나왔습니다. 그것도 보셨겠죠?"

박태웅의 질문에 제시 한의 얼굴이 굳어졌다. 함정에 걸려든 것이다. 그는 한참 뒤에 입을 열었다.

"봤습니다."

"그 사진을 보자마자 당신 사진인 걸 알아봤죠? 아까는 모르겠다고 했지만."

제시 한은 대답하지 않았다.

"이 사건이 기자들에게 알려진 것은 8월 3일 오후입니다. 아까 '며칠 뒤에 뉴스를 봤다'고 하셨죠. 그러면 8월 3일은 아니고, 8월 4일이나 5일이었겠군요? 그 뉴스를 보자마자 황급히 짐을 꾸려 미국으로 돌아가신 거죠?"

제시 한은 대답하지 않았다.

"경찰 수사를 받게 될까 봐 두려웠다고 하셨는데, 뭐가 두려웠습니까? 뤼미에르 빌딩 엘리베이터에 CCTV가 있는 걸 깜빡했던 거죠? 민소림 씨를 살해하고 그냥 야구 모자 차림으로 밤늦게 빨리 건물을 빠져나가면 아무도 눈치채지 못할 줄 알았던 거죠?"

"그 질문에는 답하지 않겠습니다."

제시 한이 변호사와 상의하더니 그렇게 말했다.

체포 4일째와 5일째에는 피의자 신문에 거의 진척이 없었다.

4일째 되던 날 제시 한은 한 번 더 실수했다. 그는 "2000년에 한국에 머물 때 한국인 여자친구가 많았느냐"는 박태웅의 질문에 "두세 명 있었다"고 답했다. "한국 여자와 섹스할 때는 피임 안 했느냐"고 박태웅이 힐난하듯 묻자 제시 한은 발끈해서 "당연히 주의했다"고 대답했다.

"그런데 민소림 씨의 몸에서 왜 한대일 씨 정액이 나왔어요?"

박태웅이 물었고, 제시 한은 대답하지 않았다.

"민소림 씨가 합의한 건가요? 그랬을 거 같지 않은데."

제시 한은 입을 다물었다.

"콘돔 없이 하자고 하니까 민소림 씨가 화를 냈죠? 그게 살인 동기였어요? 콘돔 안 끼고 섹스하고 싶었던 거?"

제시 한은 대답하지 않았지만 입을 앙다물고 있었다.

"아니면 사정하기 전에 빼겠다고 해놓고는 일찍 싸버린 건가? 민소림 씨가 그걸 놀리던가요? 조루라면서? 아니면 왜 사정했느냐며 화를 냈나요?"

통역이 그 말을 영어로 옮기기 전에 이미 제시 한의 얼굴은 붉어져 있었다. 그는 분명히 한국어에 능숙했다.

5일째에 형사들은 제시 한에게 거짓말탐지기 조사를 받게 했다. 오후에는 범죄분석팀 소속 범죄행동분석관들이 제시 한과 그 부인을 면담했다. 범죄행동분석관들을 외부에서는 흔히 프로파일러라고 부른다.

제시 한에 대한 거짓말탐지기 조사는 결과가 제대로 나오지 않았다. 무슨 말을 하더라도 별다른 신체 반응 변화가 없는 사람들이 간혹 있으므로 형사들은 크게 당황하지는 않았다. 어차피 거짓말탐지기 테스트 결과는 법정에서 증거로 채택되지 않는다.

범죄행동분석관들은 제시 한이 용의주도하고 계획에 대한 강박이 있는 인물이라고 분석했다. 면담 중에도 자신들의 질문 의도를 묻고,

상대의 분석 결과를 계산해서 자신에게 유리한 쪽으로 유도하려고 애쓴다는 것이었다.

또 상대를 통제하려는 성향이 강하고, 그게 뜻대로 되지 않으면 좌절감을 느끼는 타입이라고 말했다. 제시 한이 사람을 사물처럼 부르는 언어를 사용한다고도 했다. 그런데 그것은 소시오패스의 특징일 수도 있지만 유능한 사업가나 정치인, 외과의사의 특성일 수도 있다. 소시오패스 성향이 있어야 유능한 사업가와 정치인, 외과의사가 될 수 있는 것일 수도 있고.

범죄행동분석관은 제시 한의 부인에게는 "남편이 살인을 저지를 수 있는 사람이냐"고 물었다. 제시 한의 부인은 그렇다고, 하지만 만약 그런 일을 저지른다면 굉장히 꼼꼼하게, 실수 없이 할 거라고 대답했다. 살인 도구로 무엇을 선호할 것 같으냐는 질문에는 "도구는 가리지 않을 거다, 가장 효율적이고 증거가 남지 않을 물건을 선택할 거다"라고 대답했다.

연지혜는 '참고는 한다'는 기분으로 그런 이야기들을 들었다. 제시 한의 부인은 어떻게든 경찰을 만족시키고 싶어 하는 듯 보였다. 어쩌면 그녀 역시 소시오패스 성향이 있는지도 몰랐다. 어쩌면 소시오패스 성향 따위는 어느 인간에게도 없는 건지도 몰랐다. 모든 사람들은 타인을 통제하려는 성향이 강하고, 영리한 사람들은 그 요령을 알 뿐인 건지도 몰랐다.

제시 한의 장인과 장모가 제시 한의 딸을 데리고 서울경찰청에 왔다. 그들은 변호사와 함께 제시 한의 부인을 만났다. 제시 한의 장인과 장모, 딸은 모두 검은색 정장을 맞춰 입고 왔다.

제시 한의 장모는 손녀와 함께 펑펑 울면서 조사실에서 나왔다. 제시 한의 장인은 눈물을 흘리지는 않았지만 형사들에게 일일이 허리를 숙여 인사하며 "잘 부탁드립니다, 앞으로 잘 가르치겠습니다"라고 말했다. 노신사는 목에 꽉 끼는 넥타이를 매고 있었다.

제시 한은 딸을 만나지 못했다. 형사들은 제시 한과 부인을 한 조사실에 불러 대질하지도 않았다. 제시 한은 한국에 다른 가족이 없었고, 제시 한을 찾아오는 지인도 없었다. 어떤 판결을 받건 부인과 이혼은 거의 확정된 듯 보였다.

정철희는 미국이나 일본에 제시 한의 폭력 전과나 다른 범죄 관련 기록이 없는지 알아봐달라고 경찰청 국제협력과에 요청했다. 이태원 살인사건의 경우에는 범인이 미국 지역 갱단과 관계가 있었다는 증언이 재판에 영향을 미쳤다. 제시 한의 몸에는 겉으로 드러나는 문신 따위는 없긴 했다.

조사 6일째 오전에 제시 한은 자신이 당시 한국에서 대마초를 피웠으며, 경찰에 붙잡혀 처벌을 받을까 봐 급히 미국으로 돌아갔다고 말했다. CCTV 속 남자는 자신이 맞으며, 당시에도 바로 알아봤다고 했다.

2000년 8월 1일 밤에 자신이 뤼미에르 빌딩에 간 것도 맞다고 했다. 당시 브로드웨이 잉글리시 어학원에서 제시 한의 수업은 저녁 무렵 끝났다. 오후 6시나 오후 7시였을 것이다. 그날 제시 한은 수업을 마치고 바로 민소림의 원룸으로 갔다. 야구 모자를 쓴 것은 길거리에서 어학원 학생들과 마주쳐 인사를 하게 되는 일이 싫었기 때문이다.

그날 민소림의 집에서는 와인을 마셨다. 자신보다 민소림이 훨씬 더 많이 마셨다. 민소림이 음식을 먹기 싫다고 해서 뭘 따로 먹지는 않았다. 달달한 스위트 와인이기는 했어도 안주 없이 마시려니 무척 배가 고

팠던 기억이 난다. 하지만 밖에 나가서 안주를 사 오자거나, 배달로 주문하자고 제안하지는 않았다. 민소림은 고집이 셌다.

오후 9시쯤 민소림의 휴대폰으로 전화가 걸려왔던 것도 기억한다. 민소림과 대마초를 피운 적은 없다. 제안하면 민소림이 어떻게 반응할지 예상하기 어려웠다. 민소림의 말이나 행동에는 늘 파괴적인 분위기가 어려 있었다.

"그래서 죽인 건가요? 대마초를 피우자고 했는데 말을 듣지 않아서? 민소림 씨가 경찰에 신고하겠다고 협박하던가요?"

박태웅이 물었다. 박태웅은 첫째 날보다 훨씬 고압적인 자세였다.

"아닙니다. 저는 사람을 죽인 적이 없습니다."

제시 한이 울상이 되어 대답했다. 그 역시 첫날과는 태도가 달라져 있었다. 그사이 풀이 죽었다. 이 자식도 사람이구나 싶었다.

"정리해봅시다. 한대일 씨는 8월 1일에 뤼미에르 빌딩에 갔고, 8월 2일 0시 조금 넘어 거기서 나왔죠. 그런데 8월 5일에서야 뉴스를 보고 민소림 씨가 사망한 걸 알게 됐습니다. 그리고 짐을 싸서 미국으로 출국했어요. 맞습니까?" 박태웅이 물었다.

"네."

"사실은 민소림 씨가 사망한 걸 알고 있었죠? 8월 5일은 경찰이 당신 사진을 갖고 있다는 사실을 알게 된 날일 뿐이고."

"아닙니다."

"그러면 8월 5일까지 왜 민소림 씨 휴대전화에 한대일 씨한테서 온 전화 기록이 없어요? 여자친구한테 4일 동안 아무 연락도 하지 않아요? 교제 중인 사람한테 4일 동안 아무 연락도 오지 않는데 걱정 안 했어요?"

"걱정했습니다."

"그런데 왜 연락 안 했어요?"

"저희는 전화 통화보다 메신저로 이야기를 나눴습니다. MSN을 썼던 것 같습니다."

"한대일 씨는 누구한테 메신저로 연락해서 답이 없으면 기다려보다가 전화 걸지 않아요?"

"보통은 그렇게 하지만, 민소림한테는 그러기 싫었습니다."

"왜요?"

"그냥 남녀 간의 기 싸움 같은 거였습니다. 그때는 제가 어리기도 했고……. 민소림은 기질이 셌어요. 쉬운 여자가 아니었습니다."

"그렇게 얘기하고 말다툼하다 보면 울컥 화도 나고 그랬죠? 민소림 씨가 남을 비꼬거나 기분 상하게 하는 데 일가견이 있었으니까."

"전 아무도 죽이지 않았습니다."

"메신저로 연락한 흔적을 남기지 않으려고 민소림 씨의 노트북을 가져간 거 아닙니까?"

"그런 거 아닙니다, 정말!"

제시 한은 하소연하듯 외쳤는데, 눈에 눈물이 글썽글썽할 정도였다. 그걸 밖에서 보고 있던 연지혜는 속으로 쾌재를 불렀다.

"한대일 씨 이야기가 왜 자꾸 꼬이는지 아십니까? 자꾸 뭔가를 지어내려고, 원래 있던 사실에 뭔가를 덧씌우려고 하기 때문이에요. 사실대로만 말씀해주시면 됩니다. 지금 사건이 벌어진 지가 22년인데, 언제까지 그렇게 사람들을 속이면서 사실 생각입니까. 피해자한테 미안하지도 않습니까."

제시 한은 길게 한숨을 내쉬었다.

"슬슬 무너지는 거 같은데요."

박태웅이 조사실에서 나오자 오지섭이 정철희를 보며 말했다. 박태웅도 그 말에 가볍게 고개를 끄덕였다.

"뭐, 오늘은 일찍 종로서로 돌려보내자. 우리도 집에 가서 좀 쉬고. 보아하니 내일부터 본격적으로 입을 열 거 같네. 우리가 지친 모습을 보여서는 절대 안 돼. 알고들 있지?" 정철희가 말했다.

꾸벅 인사를 하고 사무실을 나가려는 연지혜를 정철희가 불러 세웠다.

"연 형사는 내일 오전에 병원 좀 다녀와."

"병원이요?"

연지혜가 어리둥절해져서 물었다.

"제시 한 붙잡을 때 발목 삐었지? 뭐, 아직도 좀 절뚝거리는 거 같은데?" 정철희가 물었다.

"아, 그거, 살짝 접질린 건데 다 나았습니다. 이제 그냥 가끔 따가운 정도인데요."

연지혜가 얼굴을 붉히며 대답했다.

"그게 세상 무식한 소리인 거야. 며칠이 지나도 통증이 있다면 근육에 멍이 들어 있거나, 인대가 늘어난 거야. 안 아프다고 내버려두면 다음에 또 거기 접질려. 뭐, 습관성 염좌라고 하는 거지. 그런 식으로 골병이 드는 거라고. 내일 꼭 병원 가서 엑스레이를 찍어봐. 알겠지?"

서울경찰청 건물을 나와 사직로 횡단보도를 건널 때까지도 무뚝뚝한 듯 사려 깊은 반장에 대한 감사한 마음이 가시지 않았다. 그런데 정말 습관성 염좌라는 게 그렇게 쉽게 오는 건가? 이러고 며칠 지나면 괜찮아질 것 같은데…….

어쨌거나 집에 들어가면 맥주를 한두 캔 마셔야겠다는 생각은 했다.

다친 건 발목 근육인지 인대인지이고, 술은 위장으로 들어가서 혈관으로 퍼질 테니, 별 상관 없는 것 아닌가?

그때 타이밍을 맞춘 것처럼 휴대폰 벨소리가 울렸다. 호기심 많고 술 좋아하는 영화감독의 전화였다.

"형사님, 저 구현승이에요. 지금 많이 바쁘세요? 혹시 믿음공방에 오실 수 있으세요? 저 김상은이랑 같이 있는데, 형사님이 오셔서 상은이가 하는 이야기를 들어보셔야 할 거 같아요."

95.

모든 지식이 통합된다는, 인간이 모든 것을 알게 된다는, 그리고 그때 인간은 지식과 결합하고 그것이 곧 신이라는 비전은 웅장하기는 하다. 하지만 나는 아직 거기에 대한 확신은 없다.

내가 믿을 수 있는 바는 이러하다. 논리와 사실 충실성을 기준으로 어떤 사실–상상 복합체가 다른 사실–상상 복합체와 무한히 결합할 수 있으며, 그 결과 광대한 '한 덩어리 사실–상상 복합체'가 탄생한다.

그 '한 덩어리 사실–상상 복합체'를 '총체적 현실'이라고 부를 수도 있으리라.('한사복'이나 '덩사복' 같은 약어로 부를 수도 있으리라.)

그 총체적 현실이 점점 커져서 마침내 우주 그 자체가 될 수 있는지 나는 모른다. '만물'이라는 한 덩어리 사실–상상 복합체가 출현할 수 있을지 나는 모른다.

우리 우주는 한 덩어리 사실–상상 복합체로 밝혀질 수도 있지만 아닐 수도 있다. 우주는 물질과 반물질처럼 서로 섞일 수 없는 두 덩어리, 혹은 몇 덩어리의 초거대 사실–상상 복합체로 구성되어 있을 수도 있다.

수학과 과학이 끝내 통합되지 않으며, 수학이 사실–상상 복합체가 아닌 순수한 상상이고, 우주에 사실-상상 복합체가 아닌 '사실체'와 '상상체'가 있는지도 모른다. 우주는 그렇게 우리가 이해하는 현실 이상일 수도 있다. 우주의 어떤 영역에 가면 우리가 아는 물리법칙이 들어맞지 않을 수도 있다.

하지만 그렇다 하더라도 우리가 아는, 점점 커져가는 총체적 현실이 새로운 가치의 근원이 될 수 있다고 나는 생각한다.

블록체인 기술과 비트코인에 대해 공부하면서 그런 추론을 하게 됐다.

작은 데이터들이 연결되어 거대하면서 견고한 한 덩어리 정보(블록)를 이룬다. 그 총체에는 누구나 접근할 수 있지만 누구도 정해진 절차와 규칙에서 벗어나 제멋대로 내용을 바꿀 수는 없다. 너무 방대하기 때문이다. 거기에서 신뢰가 나온다. 그 신뢰의 수준은 여태까지 중앙은행이 제공했던 정도를 훌쩍 뛰어넘는다.

중앙은행: 가치의 외부 원천. 객관적 가치를 가능케 하는 것. 신.

화폐가치: 삶의 가치. 우리가 윤리적 행동을 해야 할 이유. 도스토옙스키가 그토록 사라질까 봐 두려워했던 그것.

블록체인 기술: 사실-상상 복합체의 연결. 인류 바깥에 있지 않지만 세계와도 단단히 결합해 한 개인이나 집단, 심지어 인간종이 어찌해볼 수 없는 거대한 사실-상상 복합체를 만들어내는 과정. 새롭고 진정한 인신(人神).

비트코인: 완전히 객관적이지는 않지만 한 개인의 주관적인 차원에 한정되는 것도 아닌 삶의 가치. 허무주의나 무정부주의로 향하는 길을 막는, 중심을 지닌 인간이 자율권과 함께 누리는 삶의 너른 방향성.

나는 서로 단단히 결합한 총체적 현실, '한 덩어리 사실-상상 복합체'

속에서 우리가 마침내 개별적이지 않은 의미를 찾을 수 있다고 본다. 우리라고 하는 사실-상상 복합체가 총체적 현실과 모순 없이 융합하고 점점 확장되어가는 것, 그것이 삶의 의미다.

모든 사람에게 같은 길이 펼쳐지는 것은 아니지만, 모두에게 길이 펼쳐진다. 삶보다 거대한 것은 존재한다. 행복보다 의미 있는 것도 존재한다.

개인은 아무것도 없는 땅에서 의미를 발명하지 않는다. 그는 의미를 발견하거나, 부여받는다.

먼저 들어선 중대형 사실-상상 복합체들이 있기에, 사실-상상 복합체들이 충돌하고 결합하는 과정에서 드라마가, 거대 서사가 발생한다.

사실-상상 복합체들은 서로 중첩되어 있다. 같은 사실에 양립할 수 없는 상상이 붙어 완전히 다른 모습이 된 사실-상상 복합체들도 있다. 그런 사실-상상 복합체는 총체적 현실에 결합할 기회를 놓고 경쟁을 벌이게 된다. 총체적 현실의 경계 안팎에서는 늘 그런 전투가 벌어진다.

나치즘은 유럽 역사와 사회 구성, 조잡한 전승과 사이비 생물학에서 몇 가지 요소를 맥락 없이 취사선택하고 거기에 기괴한 상상을 보태 만든 사실-상상 복합체였다. 그리고 총체적 현실과 끝내 결합하지 못했다. 사실과 들어맞지 않는 부분도 많았고, 내부 모순점도 수두룩했다. 민주주의나 인권 같은 다른 사실-상상 복합체들과도 도저히 이어질 수 없었다.

사실-상상 복합체인 인간이 자신의 핵심 정체성을 지키기 위해 다른 사실-상상 복합체와 싸우기도 한다. 그런데 그 핵심이 사실이 아닌 상상의 영역에 주로 있는 경우, 계몽주의 사회는 그 사건을 제대로 이해하지 못한다.

2000년 8월 2일 아침, 신촌 뤼미에르 빌딩 1305호에서 민소림은 나의 핵심을 공격했다. 나는 무너지지 않기 위해 칼을 손에 집어 들었다.

신계몽주의 사회는 인간의 육체적 생명이 아닌 사실-상상 복합체의 생명을 중심으로 형사사법체계를 다시 짜야 한다. 그리고 사실-상상 복합체들 간의 경쟁과 충돌을 우주의 기본 조건으로 받아들여야 한다.

나는 그런 새로운 시스템에서 재판을 받아야 한다.

96.

"제가 하는 이야기를 형사님이 들어봐야 할 거 같다고 했다고요? 그렇게 뻥을 쳤어요?"

김상은은 기막혀했다. 김상은은 그녀 잘못이 아닌데도 연지혜에게 "정말 미안하다"고 연거푸 사과했고, 정색을 하고 구현승에게 다시는 그러지 말라고 경고했다. 공권력을 이렇게 우습게 보는 일에 대해 무슨 처벌을 내릴 수는 없느냐고 농담과 진담을 섞어 말하기도 했다.

구현승은 배시시 웃으며 연지혜에게 맥주를 권했다. 개구쟁이 같기도 하고, 산전수전 다 겪은 시장 상인 같아 보이기도 했다. 윤종빈 감독이 영화 〈용서받지 못한 자〉를 찍을 때 국방부에 가짜 시나리오를 제출했다는 소리를 지껄이다가 옆에서 참다못한 김상은이 "그게 이거랑 무슨 상관이야!" 하고 빽 소리를 지른 뒤에 풀이 좀 죽은 것 같기는 했다.

사실 김상은이 그렇게 대신 호통을 쳐준 덕에 연지혜의 기분도 풀렸다. 택시를 타고 믿음공방에 도착하고 나서 30분 동안은 얼굴이 내내 굳어 있었다. 구현승은 연지혜에게 말할 기회도 주지 않고 떠들었다. 자신이 더 많은 정보를 쏟아낼수록 상대가 더 납득을 하리라 믿는 것처럼. 돌이켜보면 그게 그녀의 영화 〈흰손 청년단〉의 결점이기도 했다.

"연 형사님이 보고 싶어서 제가 거짓말을 했지 뭐예요. 갓 잡은 문어를 선물로 받았는데 꼭 연 형사님이랑 먹고 싶었어요. 제가 오늘 고속터미널에 가서 받아 온 문어예요. 형사님, 싱싱한 문어 먹기가 얼마나 힘든지 아세요? 이렇게 싱싱한 문어를, 이렇게 여유 있게 드셔본 적이 있으세요? 미식가들은 이렇게 동해 서해 남해의 아는 어촌계에서 그날 잡은 방어니 돌돔이니 홍합이니 하는 생선들을 받아서 먹는대요. 아, 홍합은 생선이 아니지. 아무튼 고속터미널에 갔더니 이렇게 생선 받으러 온 사람들이 많더라니까요. 연예인 매니저도 있고 기업 비서실에서 나오는 사람도 있대요. 이게 4킬로그램이나 되는데 같이 먹어요!"

공방 사무실 책상 위에는 문어를 담은 접시가 세 개, 김을 담은 접시 세 개, 간장 종지 세 개, 초장과 와사비를 담은 작은 플라스틱 통이 세 개, 쌈 채소를 담은 바구니 하나와 맥주병과 유리잔이 있었다. 안주는 문어와 김뿐인 셈이었다. 김상은은 우아하게 젓가락질을 하는 반면 구현승은 포크로 문어를 대충 찍고, 손으로 김을 집어 먹었다.

문어를 보낸 사람은 구현승의 한예종 동기인 영화감독이라고 했다. 전직 영화감독이라고 해야 할지도 몰랐다. 영화판을 떠난다고 선언하고 속초로 갔기 때문이다. 속초에서 카페를 열었다고 들었는데 장사가 잘되는 것 같지는 않았다.

전직 영화감독은 그날 낮 항구에서 갓 잡은 대문어 한 마리를 사서 사진을 찍어 구현승에게 보냈다. 머리를 잡고 들어 올린 대문어는 외계인처럼 보였다. 빨판이 달린 다리 길이가 1미터는 확실히 넘었다. 전직 영화감독이 그런 사진을 보낸 데에는 '나 이렇게 잘 살고 있다'고 과시하기 위한 목적도 있는 듯했다.

구현승은 다소 울적해져서 장단을 맞춰주었다. 그러자 전직 영화감독은 자기도 8킬로그램짜리 문어 한 마리를 다 먹을 수는 없다며, 절반을 잘라서 보내주겠다고 했다. 손질하고 데치고 잘라서 아이스박스에 넣어주겠다고. 그도 실은 울적했던 것 같았다. 구현승은 몇 시간 뒤 아이스박스를 고속터미널에서 받아서 곧바로 믿음공방으로 왔다.

"그런데 주민음 이 자식이 공방에 없는 거예요. 가는 날이 장날이라고, 진짜."

구현승이 맥주를 들이키며 투덜댔다.

"그러니까 미리 연락을 하고 왔어야지." 김상은이 말했다.

"깜짝 놀라게 하고 싶었단 말이야. 너희들도 다 한데 부르고."

구현승은 요즘 영화판 사람들을 잘 만나지 않는다고 했다. 만나면 우울한 얘기밖에 안 한다고, 다들 자격지심과 피해의식이 심하고 신경정신과 약을 매일 한 움큼씩 먹는 인종들이라고.

구현승은 믿음공방의 문이 닫힌 걸 보고 주민음에게 전화를 걸었다. 주민음은 강원도에 있다고 했다. 구현승은 그래서 김상은에게 전화를 걸었다. 믿음공방의 출입문에는 지문 인식 장치가 있었는데, 김상은의 지문이 등록돼 있었다.

김상은이 오기를 기다리면서 구현승은 연지혜에게 전화를 걸었다. 김상은은 고창에서 받은 재래김 한 박스를 들고 공방으로 왔다. 그 이야기를 듣고 나서 연지혜는 왜 테이블에 김이 있는지 이해했다.

"그리고 영화쟁이들이랑 있으면 내가 너무 나이 든 거 같은 기분이 들어. 삼십대 감독에, 이십대 애인들까지 오거든. 그런 애들이랑 있으면 말도 안 통하고, 도대체 이 나이 될 때까지 내가 뭘 했나 싶어져. 너희들이랑 있으면 아직도 젊은 거 같은 기분이야."

옛 도스토옙스키 독서 토론 모임 회원들을 다시 묶어준 게 그녀라는 말에 연지혜는 조금 놀랐다.

"저희가 평소에 서로 그렇게 자주 연락하거나 모이지는 않았거든요. 그런데 형사님이랑 만나고 난 다음에 여러 번 모여서 얘기도 하고, 맥주도 마시고, 그랬네요." 김상은이 설명했다.

"도대체 우리는 22년 동안 뭘 한 건가, 하는 상념에도 젖고. 그 시절에 우리 다 이상주의자였는데." 구현승이 말했다.

"다들 중년 위기를 맞을 때, 딱 맞게 형사님이 찾아오신 거 같아요. 이런 말 하면 좀 이상한가?" 김상은이 말했다.

뭐가 이상해, 하고 구현승이 말하며 새 맥주 캔을 땄다. 구현승은 김상은에게 "너도 중년 위기가 왔어?" 하고 물었다. 차분하고 의미 있게 잘 사는 것처럼 보였다며. 김상은은 말없이 고개를 저었다.

그러자 구현승은 넷플릭스에서 문어가 나오는 다큐멘터리를 본 적이 있느냐고 물었다. 구현승과 김상은이 문어를 먹으며 문어 다큐멘터리 이야기하는 것을 듣다가 연지혜가 물었다.

"혹시 제시 한이나 한대일이라는 이름 들어보신 적 있으세요?"

김상은과 구현승은 모두 처음 듣는 이름이라는 표정이었다.

"제시……, 제시……. '비포' 시리즈 남자 주인공이 그런 이름 아니었나?" 구현승이 말했다.

"비포 시리즈요?" 연지혜가 되물었다.

"〈비포 선라이즈〉〈비포 선셋〉〈비포 미드나잇〉이요. 아, 1990년생은 이 영화들도 모르시려나. 거기서 이선 호크 캐릭터 이름이 제시예요. 〈비포 선셋〉에서 줄리 델피가 제시 어쩌고 하는 노래도 불러요." 구현승이 말했다.

"그 영화들은 저도 알아요."

연지혜가 대꾸했다. 하지만 〈비포 선라이즈〉와 〈비포 미드나잇〉은 보지 않았다. 2부에 해당하는 〈비포 선셋〉만 봤다. 그 영화는 분명히 2000년대에 나왔다. 연지혜가 중학생인지, 고등학생인지에 개봉했던 영화였다.

"맞아, 소림이가 〈비포 선라이즈〉 좋아했었어요. 걔가 별로 안 좋아 할 영화라고 생각했는데. 너무 말랑말랑하잖아요."

김상은이 말했다. 민소림은 〈비포 선라이즈〉의 속편이 나오는지도 모르는 채 생을 마감했다.

"한대일이라는 이름도 모르시는 거죠?"

연지혜가 물었다. 김상은과 구현승은 모두 고개를 저었다.

"제시 한이나 한대일이라는 사람이 지금 용의선상에 올랐나요? 재미 교포인가요?"

김상은이 물었다. 오타 모반 안에서 그녀의 눈이 반짝이는 것 같았다.

"정말? 그 사람이 범인이에요?"

구현승도 흥분했다. 연지혜는 전혀 아니라고, 그냥 이름을 알게 된 사 람에 불과하다고 손을 저어야 했다. 그러면서도 한 번 더 물어보았다.

"혹시 민소림 씨가 재미 교포하고도 사귀었나요? 아니면 영어 학원 강사나?"

"글쎄요, 워낙 예뻤으니까……. 민소림이 누구를 만나는지 저희는 잘 몰랐어요."

구현승이 고개를 갸웃했다. 김상은은 눈을 가늘게 뜨고 쓸쓸하게 미 소를 지었다. 도움이 못 되어 미안하다는 의미였으나, 꼭 윙크를 던지 는 것처럼 보였다.

옛 도스토옙스키 독서 토론 모임 멤버들이, 그들이 쫓아냈던 이기언에게 연락해 만났다는 이야기를 듣고 연지혜는 꽤 놀랐다.

"글쎄요, 이기언…… 저는 기언이 오빠, 이런 말은 이제 못 쓰겠네요. 이기언 대표라고 할까요? 아니면 그냥 이기언 씨? 그래요, 이기언 대표에 대해 저만 죄책감을 느끼고 있던 게 아니더라고요. 제가 이기언 대표에게 미안한 마음이 있다고 하니까 주민음이 자기도 그렇다고 했고, 그러자 구현승이 그러면 이기언 대표를 부르자고 했어요." 김상은이 말했다.

"민소림이 저지른 잘못을 저희가 바로잡은 거죠."

구현승이 말했다. 표정을 보아 하니 김상은은 그 말에 동의하는 것 같지 않았다.

"그런데 그렇게 다시 모인 자리에서 또 설전을 벌였더랬죠. 22년 전처럼."

구현승이 덧붙였다. 연지혜는 그 말에 흥미를 느꼈고, 좀 더 설명해달라고 부탁했다. 그러면서 연지혜도 맥주 캔을 새로 땄다. 세 캔째였다.

"저는 이기언 씨라고 할게요. 같이 늙어가는 처지인데 별로 친하지는 않으니까. 하여튼 그렇게 모인 자리에서 이기언 씨가, 우리를 상대로 간이 사업설명회를 여는 거 아니겠어요. 자기가 하는 사업에 참여하라고, 회원권을 분양받으라고. 이열치열도 아니고, 뭘 해도 어색한 사람이 어색하기 짝이 없는 분위기의 만남에서 뚱딴지같은 화제를 꺼내니까, 그건 또 그렇게까지 어색하지는 않더라고요." 구현승이 말했다.

"이기언 대표가 무슨 사업을 설명했는데요?" 연지혜가 물었다.

"경기도 어디에 공유 마을을 짓는다는 거예요. 여주라고 했던가, 양주라고 했던가? 남양주였나? 그 마을은 뭐든지 공유한대요. 자동차도 공유하고 사무실도 공유하고 주방도 공유하고 주방 도구도 공유하고 텃밭도 공유하고 농기계도 공유하고 농약도 당연히 공유하겠죠? 잠자는 방도 공유한다고 했던가? 그런데 이걸 엄청 고급스럽게 짓는다는 거예요. 원래 공유 경제라는 건 주머니가 가벼운 젊은 애들이 이용하는 거 아니에요? 그런데 스타트업 기업가들이나 대학교수들, 예술가, 지식인들을 상대로 아주 비싸게 시설을 임대해주는 사업을 벌이겠대요. 이게 잘될 거 같으세요, 형사님?" 구현승이 물었다.

"저는 사업은 문외한이어서…… 잘 모르겠는데요." 연지혜가 말했다.

"경기도랑 에어비앤비인지 어디인지의 투자를 받는다고 하더라고요. 받았다, 가 아니라 받는다, 예요. 아직 안 받았다는 거죠. 그게 될지 안 될지는 모르겠어요. 그런데 그걸 설명하는 투가 재수가 없었어요. 저는 공유 마을인지 뭔지가 기껏 해봐야 힙스터들 네트워킹 하는 장소 정도 될 거라고 생각해요. 그런데 우리 이기언 씨는 그걸 무슨 현대문명을 구원할 해법인 것처럼 이야기하더라고요. 하부구조가 상부구조를 결정한다 운운하면서." 구현승이 말했다.

"실리콘밸리에서 건너온 전염병이에요. 스타트업 창업자들이 잘 걸리는. 자기들이 정치인이나 사상가들보다 더 뛰어나다고 진심으로 믿어요. 사회문제를 IT 기술로 해결할 수 있다고 여기죠." 김상은이 말했다.

도스토옙스키 독서 토론 모임에서 추방된 이기언과 그를 추방한 나머지 멤버들이 22년 만에 재회한 곳도 믿음공방이었다. 이기언이 사업계획서를 담은 아이패드를 올려놓은 테이블은 얼마 뒤 김상은과 구현승과 연지혜가 데친 문어를 담은 접시를 올려놓을 그 테이블이었다.

이기언의 설명을 듣고 구현승이 이리저리 투덜거렸지만 진정 강력한 한 방은 김상은이 던졌다.

"미안한데, 이 마을은 도대체 목표가 뭐예요? 물자랑 에너지를 아끼자는 거예요? 그러면 아예 이 마을을 짓지 않는 게 더 좋은 거 아니에요? 마을 안에서 에너지를 덜 쓰는 게 무슨 의미가 있어요. 서울에서 여기로 왔다 갔다 하며 길바닥에서 탄소를 엄청 발생시킬 텐데."

단순히 한 마을을 저에너지, 저탄소 기반으로 건립하는 문제가 아니라고 이기언은 설명했다. 이런 마을을 전국적으로 만들 수 있다고, 그게 도시 과밀과 지방 소멸 문제의 한 대안이 되어줄 거라고. 김상은은 콧방귀를 뀌었다.

"마을 운영은 누가, 어떻게 하는 거예요? 저는 이 공유 마을이 도대체 어떻게 굴러갈지 상상이 안 가요."

"어떻게 굴러갈지는 우리도 모르지. 그냥 내버려둘 거야. 그게 핵심이고." 이기언이 대답했다. 구체적인 운영 계획 따위는 만들지 않는다, 다만 작은 규칙들을 세운다, 그게 사람들의 행동을 결정한다. 그러면 질서가 창발(創發)할 것이다.

"마르크스 이전에 낭만적인 사회주의자들이 건설했던 공동체들 같아요. 그 시절에는 협동마을이라고 불렀던 거. 다 실패했죠. 구체적인 계획이 없어서." 김상은이 말했다.

"마르크스-레닌주의는 구체적인 계획 때문에 망한 거야. 인간은 예상할 수 있는 존재가 결코 아니거든. 인간에게 거대한 계획을 강제하는 시스템은 필연적으로 실패하지. 그리고 잔인해져." 이기언이 말했다.

"세상을 바꾸는 것은 작은 규칙들 따위가 아니라 새로운 사상이에요. 그 공유 마을에는 아무런 사상이 없어요." 김상은이 말했다.

"사상, 사상, 사상! 그거 우리 다 1990년대에 극복한 거 아니야? 소셜미디어를 보라고. 거기에 무슨 사상이 있어? 하지만 세상을 바꿨잖아.

사람들을 더 잘 연결한다는 게 사상이야? 그건 사상이 아니라 작은 규칙이야. 내가 올린 게시물을 어떤 사람에게는 보여주고 어떤 사람에게는 보여주지 않는지, 남이 올린 게시물을 내가 퍼 나르는 건 어떻게 하는지, 이런 작은 규칙들을 정해주면 사람들이 적응하고, 이용하고, 새로운 질서를 만들어낸다고. 이게 2022년이야."

"그래서 2022년이 공허한 거예요. 그리고 여전히 2022년의 가장 강력한 힘은 민주주의나 자본주의 같은 시스템이고요. 그건 다 250년 전에 사상가들이 고민에 고민을 거듭해서 만들어낸 정교한 개념들이에요." 김상은이 말했다.

그날 논쟁에서는 김상은이 판정승을 거둔 듯 보였다. 하지만 아무 의견도 내지 않은 채 자리를 지켰던 주민음은 얼마 뒤 이기언의 손을 들어주었다. 공유 마을 사업에 참여하기로 한 것이다.

"지금도 이기언이랑 있어요. 같이 땅 보러 갔어요. 부지 절반은 아직 마늘밭이고, 나머지 절반은 고추밭이래요. 건물 비슷한 거라고는 컨테이너만 덜렁 몇 개 있대요." 구현승이 말했다.

"마을 건축물을 전부 목조로 하겠다는 구상에 혹한 거 같아요. 나무 건물 안에 가구들도 웬만하면 나무로 하겠대요. 나무로 집을 짓거나 가구를 만들면 그만큼 탄소가 저장되는 셈이어서, 지원금을 받기도 유리하고 홍보에도 좋다고 하더라고요. 지금 우리나라에서 제일 높은 목조 건물이 5층인데, 이 공유 마을에도 5층짜리 공유 아파트를 나무로 짓겠대요. 더 높게. 외국에는 24층짜리 목조 빌딩도 있대요. 나무로도 그렇게 높은 건물을 세울 수 있는 줄 몰랐죠. 요즘은 기술이 좋아져서 뭐든지 가능한 시대인 거 같아요." 김상은이 말했다.

"아직 구상 단계니까 아무 말이나 하는 거지. 나도 영화 투자받으러 돌아다닐 때에는 아무 말이나 막 해. 어차피 다 뒤바뀌거든."

구현승이 맥주 캔 뚜껑을 따며 투덜거렸다. 김상은은 이제 배가 부르지 않으냐며, 나가서 음악을 듣자고 했다. 그들은 그때까지 적당히 편안한 재즈를 비교적 작은 볼륨으로 틀고 사무실에서 듣고 있었다. 구현승은 배가 너무 부르다며, 문어가 그다지 자기 입맛에 맞지 않는 것 같다고 말했다가 잠시 뒤 정정했다.

"맛은 있었는데, 속이 안 좋아. 해산물이 나랑 안 맞나 봐."

"너무 많이 먹어서 그런 거 아냐?" 김상은이 핀잔을 줬다.

연지혜가 테이블을 정리하려고 하자 김상은이 자신이 나중에 다 정리하겠다며, 그러지 말라고 말렸다. 그들은 문어 두 접시를 들고 작업장으로 나갔다. 구현승은 그러는 동안에도 끊임없이 이기언과 그의 사업을 비판했다.

"그렇게 유망하다면서, 우리한테 참여하라고 하는 게 말이 돼요, 엉? 그게 그렇게 전망이 좋은 사업이었으면 이미 우리 말고 더 좋은 투자자를 구했겠죠. 셀럽들도 확보했을 거고. 우리한테 와서 그런 소리를 한다는 거 자체가 잘 안 되고 있다는 뜻인 거예요. 지금 하고 있다는 블록체인 어쩌고 하는 사업도 마찬가지예요."

"진정하시고 술이나 드셔."

김상은이 웃으며 말했다. 그녀는 들고 있던 문어 접시를 작업대 위에 올려두었다. 작업대는 아래 바퀴가 달려 있기는 했지만 크고 육중해서 고정된 거나 마찬가지였다. 위에는 문어 두 접시 외에도 전동 그릴과 쇠자, 공구통, 그리고 기름때와 톱밥이 덕지덕지 묻은 걸레가 하나 있었다.

그래도 지난번에 믿음공방 왔을 때에 비하면 상당히 정돈된 상태였다. 그때 작업대 위에 페인트 통과 커터 칼, 나사못 따위가 어지럽게 놓여 있던 게 기억났다. 주민음이 공방을 청소하고 출장을 간 모양이었다. 작업장 바닥에 톱밥도 거의 없었다.

세 여성은 사무실에서 의자를 가져와 작업대 앞에 놓았다. 하지만 모두 배가 부른 듯, 문어를 더 먹으려는 사람은 없었다. 연지혜는 이기언의 블록체인 기반 미술품 거래시장 사업이 잘 안 되느냐고 물었다.

"제가 영화 투자받으려고 찾아갔었잖아요, 이기언 씨 사무실에. 그때 이기언 씨 인터뷰도 이런저런 매체에 난 다음이었거든요. 그랬더니 자기 돈 없다면서, 그 사업이 속 빈 강정이라고 하더라고요."

"왜요?" 연지혜가 물었다.

"그냥 블록체인 업계가 다 속 빈 강정이래요. 그리고 자기가 그 회사의 대표이기는 한데, 권한이 없대요. 제 제안 거절하려고 한 말인지도 모르겠지만. 자기들이 투자를 잘못 받았다는 거예요. 자산운용사가 자기들 주식 가치를 몇 배로 인정해주겠다고 해서 덥석 투자 제안을 받아들였는데 나중에 보니까 최대 주주가 그 사모펀드가 되었다나. 우리 이기언 씨는 어느새 회사 오너가 아니라 벤처캐피털의 한 계열사 사장이 된 거예요. 지분 좀 갖고 있는. 뭘 하려면 하나하나 허락을 받아야 한대요. 게다가 그 사모펀드는 이제 이기언 씨 사업을 유망하게 보지도 않는대요. 그래서 도움은 끊은 지 오래고, 다른 스타트업을 띄우는 용도 정도로 써먹고 있대요. 야, 다른 회사 VIP 고객들 보낼 테니까 너희 미술관 밤에 문 열어서 접대하고 투어 시켜드려, 그런 식으로요."

구현승의 말에 정작 길게 한숨을 내쉰 것은 김상은이었다. 그런 줄 몰랐다고, 그게 뭐냐고, 이게 바로 21세기인 것 같다고 김상은은 말했다. 아이디어도, 노력도, 열정도, 모두 자본이 흡수해버린다.

구현승이 공방의 오디오 세트를 조작해 음악을 틀었는데, 차일디시 감비노라는 미국 힙합 뮤지션이라고 했다. 구현승은 공방의 조명을 끄지는 않았다. 대신 김상은에게 춤을 춰달라고 했는데 김상은은 "춤은 무슨 춤"이라며 딱 잘라 거절했다. 그러자 구현승은 자신이 일어나 뻣뻣하게 몸을 움직였다.

"이 음악 뮤직비디오가 엄청난 화제를 모았거든. 거기서 차일디시 감비노가 이런 춤을 춰."

하지만 연지혜의 눈에 구현승의 '춤'은 지난번 라디오헤드의 곡을 들으며 몸을 뒤틀었던 때의 모습과 별반 다르지 않았다. 그때 그로테스크하면서도 매력적인 막춤을 추었던 김상은은 잠자코 맥주를 마셨다.

얼마 뒤 구현승은 역시 록을 들어야겠다며 음악을 바꾸었다. 이번에 나온 음악에는 김상은도 앉은 채로 목과 어깨를 흔들며 호응을 해주었다. 노래 가사도 거의 다 외우고 있는 것 같았다. 데이브 그롤이 이끄는 록 밴드 푸 파이터스였다. "난 이 밴드가 좋아요" 하고 구현승이 설명하기 시작했다.

"솔직히 데이브 그롤이 너바나의 드러머였을 때 이 양반을 주목한 사람은 아무도 없었잖아요. 너바나는 문자 그대로 커트 코베인의 밴드였죠. 커트가 노래하고 기타 치고 곡도 만들고 가사도 쓰고 북 치고 장구 치고 다 했잖아. 얼굴도 제일 잘생겼고. 마약 하고 우울증 걸리고 얼마나 멋있어. 그리고 스물일곱살에 자살해서는, 산 사람은 이제 도저히 따라갈 수 없는 존재가 되어버렸어요."

"신화가 됐지."

김상은이 눈을 감은 채 끼어들었다.

"그렇지. 커트는 신화가 됐어요. 그런 상태에서 너바나의 드러머가 새로운 록 밴드를 결성했을 때 기대한 사람은 많지 않았다고요. 너바나 팬들 상대로 추억 팔이 하면서 추하게 늙어갈 거 같았다고요. 그런데! 푸 파이터스 좋잖아. 음악 좋아. 난 너바나보다 푸 파이터스 곡이 더 좋아. 커트 코베인 살아 있을 때에는 데이브 그롤이 이렇게 천재인 줄 아무도 몰랐는데. 데이브 그롤도 곡 만들고 가사 쓰고 기타도 치고 베이스도 치고 키보드도 치고 드럼도 잘 친다고. 그리고 나이 들면서 좀 중후한 멋이 생기는 타입이더라고. 앨범도 1000만 장 넘게 팔고 로큰롤 명예의 전당에도 올라갔어요. 지금도 계속 활동하고 새 음악 발표하고. 내가 마흔 살, 아니 서른 살 이후에 푸 파이터스 음악 들으면서 생각하는 게 이거예요. 인생 데이브 그롤처럼 살아야 한다고. 커트 코베인처럼 살지 말고. 젊어서 마약 하고 빨리 죽는 건 하나도 멋있지 않다고."

구현승이 서서 열변을 토하는 동안 연지혜는 잠자코 듣기만 했다. 연지혜는 커트 코베인이나 너바나, 혹은 데이브 그롤과 푸 파이터스, 혹은 록에 대해 별로 아는 바가 없었다. 마약이나 빠른 죽음에 대해서도 낭만적인 감상이라고는 조금도 없었다.

차분한 김상은과 연지혜를 보고 구현승도 민망해졌는지 자리에 앉았다. 그러더니 김상은더러 음악을 고르라고 성화를 부렸다.

"너 민소림이랑 음악 취향 비슷했잖아. 독서 취향도 비슷하고. 둘이 음악 같은 거 들었잖아. 도스토옙스키 5대 소설 다 읽었다는 사람도 너희들밖에 없었잖아." 구현승이 말했다.

"아닌데. 민소림 걔는 마릴린 맨슨 같은 거 좋아했는데." 김상은이 말했다.

"'주다스 오어 사바스'에서 한동안 너희들이 계속 되풀이해서 무슨 앨범 듣지 않았어? 명반이라고 극찬하면서, 나머지 사람들도 강제로 같이 듣게 했다고. 그래서 유재진이 나중에 그 앨범을 인터넷으로 검색해서 영어로 된 해외 음악평론가들 글을 읽었는데 평이 되게 안 좋았어. 우리가 그걸로 너희들 놀렸었는데. 허세꾼들이라고."

"아아, 기억난다. 나인 인치 네일스.《더 프래질》. 그건 명반 맞아. 발표 당시에 혹평을 들었을 뿐이지. 지금은 평가가 완전히 바뀌었다고."

김상은의 얼굴에 갑자기 화색이 돌았다. 그녀는 자리에서 일어나 오디오 세트로 갔고, 잠시 뒤 푸 파이터스보다 훨씬 더 사납고 불길한 인더스트리얼 록 음악이 공방에 울려퍼졌다.

"형사님, 이런 음악 괜찮으세요?"

김상은이 미안한 얼굴로 물었다. 연지혜의 친구들이 연지혜표 미소라고 부르는 부드럽고 겸손한 표정을 김상은이 짓고 있었다. 연지혜는 황급히 괜찮다고 대답했다. 그녀는 조금 전에 구현승이 한 말 중 어떤 부분이 자기 마음을 건드렸는지를 곰곰 생각하는 중이었다.

"그래, 이거야. 우리나라는 마약을 구하기가 어려우니까 이런 음악이라도 들어야 돼. 좋은 스피커로."

구현승이 의자 등받이에 몸을 밀어붙이며 말했다. 연지혜가 며칠 전 대마사범 부부를 체포해서 신문하다가 왔다는 사실은 전혀 모르는 채로.

하지만 구현승은 음악을 오래 듣지 않았다. 그녀는 이내 주의력을 잃었고, 산만하게 자기 주머니를 뒤지더니 담뱃갑과 라이터를 꺼냈다. 그 자리에서 담배를 한 대 피우려는 듯했으나 작업대 위의 기름때 묻은 걸레와 김상은을 번갈아 보더니 어깨를 으쓱했다.

"인생 커트 코베인처럼 살면 안 되지. 형사님, 같이 담배 한 대 피우실래요?"

구현승이 연지혜에게 물었다. 연지혜는 구현승을 따라 공방을 나가

1층으로 올라가다가 계단 한가운데서, 자신이 몇 분 전에 무엇 때문에 마음이 불편했는지 비로소 깨달았다. 조금 전 구현승이 한 말은 명동 유네스코회관의 옥상에 있는 카페에서 김상은이 한 진술과 달랐다. 사소하지만 의미심장한 모순점이 있었다.

"돌아가신 유재진 씨는 책을 많이 읽었나요?"

공방이 있는 건물 1층 후문에서 담배를 피우며 연지혜가 구현승에게 물었다. 연지혜도 구현승처럼 궐련을 물고 있었다. 그녀가 전자담배를 피우려고 하자 구현승이 "이거 피워요, 그냥"이라고 하며 억지로 말보로 미디엄 한 대를 권했다. 구현승은 살짝 취한 것 같았고, 연지혜는 언쟁을 벌이고 싶지 않았다. 연지혜는 구현승에게서 라이터를 빌려 담배에 불을 붙였다.

"유재진이요? 어…… 많이 읽었죠. 많이 읽었고 책 좋아하니까 도스토옙스키 독서 모임 같은 거 만들고 그랬겠죠."

구현승은 난데없이 그런 걸 왜 물어보냐는 듯한 말투였다.

"유재진 씨는 어떤 책을 읽었나요?"

"어…… 갑자기 물어보시니까 생각이 잘 안 나는데, 되게 어려운 책을 끼고 살았어요. 어려우면서 있어 보이는 책들이요. 그래, 쇼펜하우어의 《의지와 표상으로서의 세계》를 한참 들고 다녔던 게 기억나요. 하도 오래 들고 다녀서 제가 걔한테 '너 이거 읽는 거 아니지? 그냥 보여주려고 들고 다니는 거지?' 하고 물었어요. 하이데거의 《존재와 시간》도요. 사르트르 책도 읽었고, 하루키야 그 시절 다 읽는 거였고, 무라카미 류랑 유미리도 조금 끼적대는 거 같았고……. 그런데 하루키 빼고 다른 일본 소설들을 그다지 좋아하지는 않았던 거 같아요."

"유재진 씨가《백치》도 읽었나요?"

"그건 모르겠는데요."

"아까 도스토옙스키 5대 장편소설 다 읽었다는 사람이 민소림 씨랑 김상은 선생님뿐이었다고 하셔서요."

"아, 그건 기억나요. 저희 중에 그 5대 장편을 다 읽은 사람은 분명히 민소림이랑 김상은뿐이었어요. 5대 장편이 뭐더라?《죄와 벌》《악령》《카라마조프 씨네 형제들》《백치》그리고……."

"《미성년》이요."

"흠, 지금 유재진이《백치》를 읽었는지 아닌지가 궁금하신 거죠?"

"네."

"그건 잘 모르겠네요. 하여튼 유재진이 그 5대 장편을 다 읽지 않았던 건 분명해요. 민소림이 자기가 그 다섯 소설을 다 읽은 걸 얼마나 뻐겼는데요. 아닌 척하면서 은근히 잘난 척했다니까요. 김상은 없었으면 눈꼴셔서 어떻게 참았을까 싶었어요. 민소림을 빼고 그 책들을 다 읽은 건 김상은뿐이었어요. 글쎄, 그러니까 유재진이 5대 장편을 다 읽지 않은 건 확실한데, 어떤 책을 읽지 않았는지는 모르겠네요.《백치》일지,《미성년》일지. 3대 장편은 우리랑 같이 읽었고."

유네스코회관 옥상에서 김상은은 '민소림이 죽었을 때 저는《백치》를 읽지 않은 상태였어요'라고 말했다. 자신이《백치》를 읽은 것은 민소림이 죽고 난 다음이며, 책을 읽고 나서 도스토옙스키 독서 토론 모임 멤버 중 한 사람이 민소림을 죽인 게 아닌가 하는 생각이 들었다고. 유재진을 의심했다고.

"한 가지만 더요. 민소림 씨가 혹시 고등학생 때 뚱뚱했다는 이야기 들어보신 적 있으세요? 수능 시험을 친 다음에 살을 빼고 쌍꺼풀 수술을 했다는?"

연지혜가 물었다. 민소림이 고등학교 전까지 몸이 뚱뚱한 편이었으며, 수능을 친 다음에 몸무게를 15킬로그램 이상 줄이고 쌍꺼풀 수술을 했다고 고백했다고 김상은은 말했다. 하지만 부산외국어대학교 교수실에서 유연희는 '민소림은 태어나서 죽을 때까지 한 번도 몸이 통통했던 적이 없었고, 쌍꺼풀도 어릴 때부터 있었다'고 말했다. 유연희의 말을 들을 때에는 민소림이 김상은에게 거짓말을 한 것이었나 하고 여겼다.

"아니, 누가 그래요? 민소림은 고등학교 시절부터 예뻐서 유명했던 애예요. 진주 고등학생 중에 남학생이고 여학생이고 민소림 모르는 애가 없었다는 얘기를 듣고 제가 얼마나 황당했는데요. 진주시도 그래도 인구가 몇십만 명은 되는 도시일 텐데, 그게 말이 되나 싶어서요."

구현승이 말했다. 그녀는 끝을 손가락으로 쳐서 불꽃을 내며 담배를 끈 뒤 주위를 둘러보고는 꽁초를 그냥 바닥에 던져버렸다.

"나 이걸로 잡아가지 않을 거죠?"

구현승이 물었다. 아이고, 하고 연지혜가 웃자 구현승은 취기가 도는 듯 잠시 건물 기둥에 기대 눈을 감았다.

"형사님, 먼저 내려가세요. 저는 화장실 좀 갔다 갈게요. 문어가 나랑 안 맞나 봐. 속을 좀 비우면 정신 차릴 거 같은데, 오바이트를 해야 하는지, 똥을 싸야 하는지 모르겠어요. 나 한동안 안 내려가도 찾지 마요." 구현승이 말했다.

계단을 내려가며 연지혜는 김상은이 했던 말들에 대해 생각했다.

처음 전화를 걸었을 때 22년 전 민소림 살해 사건을 수사하고 있다고 말하자 김상은은 한참 침묵했다. 그러더니 새로운 증거가 나왔는지 물었다. 새로운 증거가 없다고 하자 자신이 범인을 안다고 했다. 그녀가 범인으로 지목한 사람은 죽은 사람이었다.

죽은 사람이 했다는 이야기는 검증할 수 없다. 민소림과 자신이 도스토옙스키 독서 토론 모임 안에서도 각별한 사이였다는 김상은의 이야기는 검증할 수 없다. 자신이 미시킨인 줄 알았는데 로고진이었다는 말을 과연 유재진이 실제로 했는지 아닌지 검증할 수 없다.

주요 용의자가 사망하면 경찰도 수사를 종결하지 않느냐고, 그걸 '공소권 없음'이라고 부르지 않느냐고 김상은은 물었다. 유재진의 혈액형을 지금도 파악할 수 있느냐고 물었고, 조사 결과를 확인하기도 했다. 범인과 유재진의 혈액형이 다른 것으로 나타났다고, 연지혜가 바보처럼 털어놓자 김상은은 눈물을 흘렸다.

김상은은 민소림을 좋아하기도 했지만 미워하기도 했다고 말했다.

김상은은 경찰이 최면 수사를 하는지 걱정스러워했다.

김상은은 제시 한이 경찰의 용의선상에 오른 인물이냐고 물었다.

의심스럽게 보니까 의심스러워 보이는 걸까?

공방 뒷문은 열려 있는 채였다. 연지혜는 문을 열고 안으로 들어갔다. 김상은은 눈을 감은 채 한 손에 맥주 캔을 들고 나인 인치 네일스의 음악을 듣고 있었다. 뒤에서 딸깍, 하며 공방 문이 닫히고 잠금장치가 작동하는 소리가 들렸다.

"어우, 담배 냄새."

연지혜가 옆에 서자 김상은은 실눈을 뜨고 미소를 지으며 말했다. 이번에도 김상은이 짓는 연지혜표 미소였다.

"저 하나 궁금한 게 있는데요." 연지혜가 말했다.

"네, 말씀하세요." 김상은이 말했다.

"제가 책을 끝까지 못 읽어서요,《백치》에서 나스타샤의 죽음과 민소림 씨의 죽음이 너무 비슷하다고 하셨잖아요. 그래서 유재진 씨가 '나는 로고진이었다'고 했을 때 무슨 뜻인지 바로 아셨다고요."

"그랬죠."

"나스타샤의 살해 현장과 민소림 씨의 살해 현장에서 유사한 점이 어떤 것들이죠?" 연지혜가 물었다.

"음……. 일단 피해자가 젊은 여성인데, 미모가 뛰어나서 남자들한테 인기가 많았다는 점?"

김상은은 그렇게 말하며 장난스럽게 연지혜를 바라보았다. 연지혜도 슬쩍 웃었다.

"그렇죠. 그게 제일 큰 공통점이죠."

"그리고……. 갑자기 물어보시니까 생각이 잘 안 나는데, 이거 중요한 질문이에요?"

"그렇게 대단한 질문은 아니고요."

"제가 휴대폰에《백치》전자책이 있어요. 그거 보면서 말씀드릴까요? 가만, 휴대폰을 저 안에 놔두고 왔네. 잠깐만 기다려요. 맥주도 한 캔 더 가져올게요. 형사님은 맥주 더 드실 거예요?"

"아니요. 저는 이제 그만 마시려고요."

연지혜가 말했다. 공방 사무실의 벽에는 커다란 창문이 있었다. 제시한이 신문을 받는 다기능 조사실과 조금 비슷했다. 김상은이 창문 너머에서 테이블 위를 한참 뒤적거리는 모습을 연지혜는 주의 깊게 살폈다. 김상은은 테이블 아래를 한번 보더니 냉장고로 갔다.

김상은은 버드와이저 한 캔을 손에 들고 걸어왔다.

"휴대폰을 어디에 뒀는지 모르겠어요. 못 찾겠네. 그냥 기억나는 대로 설명해도 되죠?"

맥주 뚜껑을 따면서 김상은이 물었다. "당연하죠" 하고 연지혜는 내답했다.

"민소림과 나스타샤는 둘 다 젊고 예쁜 여성이었고, 둘 다 젊은 남자한테 가슴을 칼에 찔려 사망했어요. 그 장소는 침대가 있는 방이었는데, 살해 순간에는 칼에 찔리는 여자와 칼로 찌르는 남자 두 사람만 거기에 있었죠."

김상은이 홀짝홀짝 맥주를 마시며 설명했다. 연지혜는 고개를 끄덕였다.

"살인자는 시신을 침대에 눕히고 그 위에 물이 통하지 않는 천을 씌웠어요. 냄새가 나지 않게 하려고요. 로고진은 방수포를 사용했고, 민소림 살인범은 비옷을 썼어요. 그 위에 또 시트를 덮었어요. 두 장소 모두 창문에 커튼이 있었는데 당연히 그걸 쳤죠. 밖에서 보면 안 되니까."
김상은이 말했다.

"살인범이 민소림 씨의 시신에 비옷을 덮었다는 건 어떻게 아시죠?"
연지혜가 물었다.

"언론 기사로 봤는데요."

"그게 기사에 났나요?"

"저는 기사로 읽었는데요."

"저는 비옷 얘기가 나오는 기사를 못 본 거 같아서요. 제가 2000년 당시의 기사 열심히 찾아 읽었는데." 연지혜가 말했다.

"저는 최근에도 봤는데요? 형사님 만나고 난 다음에 민소림 살인사건 검색해봤거든요. 한국일보였나, 일요신문이었나. 무슨 미제 사건 다루는 시리즈에서 본 거 같아요."

김상은이 말했다. 그럴 수도 있겠다고 연지혜는 생각했다. 시신이 비옷과 이불로 덮여 있었다는 사실이 2000년 당시에 수사팀의 보안 사항이었는지 아닌지 연지혜는 잘 알지 못했다. 하지만 설사 그것이 대외비였다 하더라도, 그 사실을 안 수사 관계자가 수백 명은 되었으리라. 22년이나 시간이 지나는 동안 기밀이 지켜지지는 않았을 것이다.

"제가 기사 찾아드릴게요. 형사님 휴대폰 좀 빌려주실래요?"

김상은이 말했다. 연지혜는 자기 휴대폰의 화면 잠금을 풀어서 김상은에게 넘겼다. 김상은이 그 휴대폰을 조물조물 만지더니 "여기요" 하고 화면을 연지혜의 얼굴 아래 들이댔다. 연지혜의 오른쪽에 붙어 선 자세였다. 김상은은 왼손으로 휴대폰을 들었다. 연지혜는 그 휴대폰 화면을 보려고 고개를 숙였다.

김상은이 찾은 기사는 엉뚱한 내용이었다. 한국일보의 '완전범죄는 없다' 시리즈였는데, 경기 포천 암매장 살인사건의 범인을 잡은 형사의 인터뷰 기사가 실려 있었다.

"지금 다른 사건을 찾아주신 것 같은……."

김상은은 아주 부드럽게, 하지만 빠르게, 수갑을 연지혜의 손목에 채웠다. 연지혜가 그 사실을 미처 깨닫기도 전에 김상은은 수갑의 다른 쪽을 육중한 공방 작업대에 붙은 테이블 바이스의 바에 채웠다. 그리고 들고 있던 연지혜의 휴대폰을 뒤로 던졌다.

휴대폰이 둔탁한 소리를 내며 바닥으로 떨어질 때까지, 시간이 아주 오래 흐른 것 같았다.

연지혜가 손을 수갑에서 빼내려고 헛된 시도를 하는 동안 김상은이 몇 걸음을 뒷걸음질쳤다. 김상은은 믿음공방의 구조를 잘 파악하고 있었다. 그녀는 보지도 않은 채 왼손을 들어 오디오의 볼륨을 엄청나게 높

재수사 2 347

였다. 나인 인치 네일스의 음악이 귀를 찢을 듯이 공방 내부를 가득 메웠다.

김상은이 오른손을 올리자 거기에는 공방의 조명 스위치가 있었다. 공방의 전등이 연지혜의 뒤에서부터 앞으로, 한 줄씩 꺼졌다. 머리 위 전등의 불이 나갈 때 연지혜는 수갑에 묶인 손을 있는 힘껏 잡아당겼다. 손목 살갗이 까졌고 작업대가 둔탁하게 흔들렸다. 그뿐이었다.

창문 하나 없는 지하 공방은 곧 완전한 암흑 상태가 되었다.

마지막 조명이 꺼질 때 김상은은 연지혜에게 윙크를 하는 것 같았다.

97.

그래. 나는 젊은 여형사에게 거짓말을 많이 했다.

유재진이 자살하기 전에 '주다스 오어 사바스'에서 살았던 것은 사실
이다. 손님을 다 보내고 나서 나와 술을 마셨던 적도 몇 번 있다. 하지만
우리 둘 사이에 연애 감정은 싹트지 않았다. 나는 유재진과 자고 싶었으
나, 유재진은 나를 여자로 보지 않았다.

유재진은 자신이 미시킨인 줄 알았는데 로고진이었다는 말을 한 적
이 없다. 자기가 무슨 짓을 했는지 알면 놀랄 거라는 얘기도 한 적이 없
다. 유재진을 범인으로 몰아가기 위해 내가 지어낸 소리다. 유재진이
《백치》를 읽었는지도 모르겠다.

도스토옙스키 독서 모임에 가입하기 전부터 민소림과 내가 서로 존
재를 알고 있었던 것은 사실이다. 우리 둘 다 눈길을 끄는 외모였으니
까. 민소림과 내 취향이 꽤 겹쳤던 것도 사실이다. 하지만 우리 사이의
공통점은 그 정도였다.

민소림은 여신이었고 나는 저주받은 존재였다. 민소림은 제 소유의
원룸에서 혼자 사는 부자였고 나는 고시원 비용을 아끼려 자취하는 친

구의 집에 얹혀사는 처지였다. 내 형편을 아는 친구는 하숙비를 내지 않아도 된다고 했고, 나는 청소를 포함해 그 집의 궂은일을 맡아 했다. 친구도 그런 나를 굳이 말리진 않았다.

민소림이 도서관에서 내게 연락해 자기가 있는 열람실로 와달라고, 집까지 같이 가달라고 부탁한 적은 있다. 그렇게 해서 나는 민소림이 뤼미에르 빌딩에 산다는 사실을 알게 되었다. 하지만 민소림은 나와 친해지지 않았다.

세수를 하고 면봉으로 귀를 파다가 면봉 머리가 귓구멍 속에서 부러져 고생한 사람은 민소림이 아니라 나였다. 2000년 8월 2일 아침이었다. 하필 룸메이트가 고향에 내려간 날이었다. 룸메이트는 8월 말에나 서울로 돌아올 예정이었다.

아무리 해도 귓속에 박힌 면봉 머리가 빠지지 않았다. 단순히 소리가 잘 들리지 않는 정도를 넘어 몸의 오른쪽 절반이 물에 잠긴 기분이었다. 이게 가만히 놔두면 저절로 빠질까? 안에서 썩으면서 염증을 일으키는 건 아닐까? 병원에 가야 하나? 하지만 병원비조차 아까웠다. 사람은 가난하면 옹졸해진다.

내가 빌붙어 살던 반지하 자취방은 뤼미에르 빌딩에서 멀지 않았다. 나는 MSN 메신저로 민소림에게 연락했다. 혹시 집에 있느냐고. 내가 지금 귀에 면봉이 박혀서 그러는데 찾아가면 도와줄 수 있느냐고.

민소림은 오라고 했다. 뭘 사오라는 말은 없었다. 정작 내가 그 집에 들어가자 남의 집에 오면서 과자나 음료수도 사 오지 않았느냐며 나를 나무랐다. 나는 면봉 머리가 막지 않은 왼쪽 귀로 그 타박을 들었다.

그러면서 나와 친구가 함께 쓰는 자취방의 두 배는 될 것 같은 원룸을 흘끔흘끔 구경했다. 침대는 정리되지 않은 채였는데, 아무래도 전날 남자가 와서 자고 간 것 같았다. 민소림은 머리도 헝클어져 있었는데, 그런 그녀의 모습은 처음 보았다.

내가 온다고 긴장한 구석은 전혀 없었다. 나는 민소림에게 신경을 쓰고 그 앞에서 예의를 차려야 하는 존재가 아니었다. 하지만 나는 민소림의 비위를 맞추려 애썼다. 창밖으로 보이는 창천동 풍경을 칭찬하고, 한강이 보인다고 어색하게 호들갑을 떨었다.

그런 내 모습을 보고 민소림은 피식 웃었다.

너 나중에 부동산 중개업소 하면 잘하겠다. 그녀는 그렇게 말했다.

여기 누워봐. 어쩔 줄 모르는 내게 그녀는 그렇게 말했다.

아니, 거기 말고 여기. 그냥 내 무릎 위에 머리를 올려. 그녀는 그렇게 말했다.

민소림은 족집게를 가져와 내 귀에서 면봉 머리를 뽑았다.

자, 내가 네 골칫거리를 해결해줬으니 너도 내 골칫거리를 해결해줘. 저기 설거지 좀 해주고 가. 그녀는 그렇게 말했다. 나는 하녀처럼 그 지시에 따랐다.

나는 얼굴에 퍼런 점이 있는 부엌데기였다. 친구 집에서는 먹고 자는 식모였고, 민소림의 집에서는 출장 온 파출부였다.

잠깐 동안 나는 민소림이 내 친구가 되려고, 일부러 그렇게 무례하게 나를 대하는 거라고 오해했다. 설거지를 하는 내 옆에 와서 나를 도와주려고 했기 때문이다. 하지만 민소림은 내 손에서 수세미를 뺏으며 해서는 안 될 말을 했다.

점박이. 그녀는 그렇게 말했다.

아무리 나를 무시하는 사람도 그런 말을 내 앞에서 내뱉은 적은 없었다.

내 안에서 무언가가 무너져내렸다. 그날 상처 받은 부위가 사실-상상 복합체의 핵심에 해당하는 영역임은 나중에 알게 되었다.

나는 잠시 얼어붙어 있다가 가까스로 정신을 차리고 되물었다.

뭐?

점박이. 민소림이 다시 말했다.

나는 칼을 집어 들었고, 그녀와 격투를 벌였다.

그렇게 나는 콤플렉스가 심한 오타 모반 환자에서 기괴한 철학을 지닌 살인자가 되었다.

뒷수습은 그럭저럭 했지만 살인 자체가 계획에 없었던 일이라 여러 가지 실수를 저질렀을 거다. 내가 아는 지식이라고는 범죄소설이나 영화를 보며 주워들은 정도가 전부였다. 지문과 피를 닦고, 내 머리카락을 줍고, 시신 온도 측정을 방해할 수 있을까 해서 에어컨디셔너를 틀고, 부패 속도에 영향을 미칠 수 있을까 싶어 죽은 몸 위에 비옷을 덮고, 그 위에 또 이불을 덮고…….

민소림의 바지와 속옷을 벗긴 채 침대에 누인 건 성폭행범의 짓으로 보이지 않을까 하는 계산에서였다. 하지만 상의에는 손대지 못했다. 티셔츠를 벗기고 브래지어를 풀려면 민소림의 손과 팔, 머리를 만져야 했는데 그럴 용기가 없었다. 말도 안 되는 상상이지만 민소림의 시신이 눈을 번쩍 뜨고 나를 물 것 같았다.

민소림의 가슴에서는 이상할 정도로 피가 적게 나오기는 했지만 그 피조차 내 손에 묻히고 싶지 않았다. 민소림의 몸에 비옷을 덮은 데에는 그 피와 그녀의 얼굴을 가리고 싶다는 이유도 있었다.

남자친구가 의심을 받겠구나. 뤼미에르 빌딩 계단을 내려가는 중에 그런 생각을 했다. 그 '남자친구'에 대해 미안하다는 마음 없이, 덤덤하게 그렇게 생각했다. 조금 전에 내 손으로 한 사람의 생명을 끝냈다는 사실에 압도되어 다른 감정을 느낄 여유가 없었다. 당연히 민소림에게 남자친구가 있고, 경찰이 그를 금방 찾아낼 거라 믿었다.

세상을, 타인을 마주할 자신이 없었다. 그래서 엘리베이터를 이용하지 않고 계단으로 1층으로 내려갔다. 신촌 거리에 나와서도 고개를 푹 숙이고 걸었다. 반지하 자취방까지 바닥만 내려다보고 갔다.

아스팔트에서 올라오던 열기가 기억난다. 누군가의 토사물을 보며 저것이 바로 나의 상황이라고 느꼈던 것이 기억난다. 악마가 나타나 한 시간 전 과거로 보내주겠다며 그걸 다 핥아 먹으라고 한다면 주저하지 않겠다고 생각한 것도 기억난다. 그렇게 아래를 보고 걷다가 내 바지에 핏방울이 묻어 있는 것을 알아차리고 소스라치게 놀랐던 것도 기억난다.

당시에는 내가 금방 경찰에 붙잡힐 거라 생각했다. 자수도, 자살도 생각해봤다. 형사가 찾아오면 어떻게 할지도 궁리해봤다.

그런데 기묘하게 운이 따랐다. 나는 경찰의 용의자 명단에 오르지 않았다. 경찰은 민소림의 남자친구조차 찾아내지 못했다. 엘리베이터 CCTV에 찍힌 남자의 영상만 언론에 배포하고 수배 전단으로 만들었을 뿐이었다. 경찰은 그 남자의 이름도 몰랐다. 어떻게 그렇게 무능할 수 있는지, 이해가 안 갔다.

나는 뤼미에르 빌딩 엘리베이터에 CCTV가 설치돼 있는지도 몰랐다. 1305호에서 나왔을 때는 몰라도 그리 올라갈 때 내 모습이 왜 CCTV에 찍히지 않았는지는 끝내 알 수 없었다. 내 안의 로쟈는 그 가능성을 깊이 두려워했다. 설마 홀수층이 아니라 짝수층에 서는 승강기를 이용했기 때문일까? 살인범이 14층에서 엘리베이터에서 나와 13층으로 한 층 걸어 내려갔을 가능성을 경찰이 몰랐다는 게 말이 되나?

민소림이 가슴에 칼이 두 번 찔린 것이나, 내가 민소림의 시신 위에 비옷과 이불을 덮은 것이《백치》의 마지막 장면과 흡사하다는 사실은 며칠이 지나서야 깨달았다. 그게 우연인지, 아니면 내가 무의식중에 민소림에 대해 품고 있던 감정이 현실화된 결과인지는 나 자신도 알지 못한다. 민소림이 자신을《백치》의 여주인공으로 여기고 있었는지는 확신할 수 없다. 다만 나는 민소림을 나스타샤와 동일시했던 것 같다. 어쩌면 그녀에게 걸맞은 결말을 속으로 늘 그리고 있었는지도 모른다.

이제 22년 만에 또 사람을 죽여야 한다.

그것도 두 사람이나.

한 사람은 경찰이고, 다른 한 사람은 옛 친구고.

하지만 이번에는 계획이 있다.

그 계획은 여태까지는 잘 돌아갔다.

98.

김상은은 잠시 뒤 믿음공방 천장에 달린 꼬마전구들을 켰다. 이제 앞이 어둑하게 보였다. 그럼에도 김상은에게 절대적으로 유리한 상황이었다. 김상은은 이 공방의 조명 스위치나 오디오 세트가 어디에 있는지 보지 않고도 안다.

김상은은 주민음이 수갑을 어디에 숨겨놨는지 안다. 사무실에서 자신이 수갑을 찾는 모습이 작업장에서 어떻게 보일지 안다. 김상은은 연지혜의 손목을 수갑에 채운 뒤 수갑 다른 쪽을 어디에 걸어야 할지도 안다.

하지만 연지혜에게는 여전히 낯선 공간이다.

나인 인치 네일스가 1999년에 만든 인더스트리얼 록 음악 소리가 하도 커서 귀가 먹먹했다. 눈앞에 보이는 광경도 커졌다 작아졌다 하며 왜곡되는 것 같았다. 어쩌면 그건 음악 소리가 아니라 연지혜의 몸에서 솟구치고 있는 아드레날린 때문인지도 몰랐다. 어쩌면 꼬마전구가 반짝이기 때문에 생기는 착시인지도 몰랐다. 어쩌면 정말로 지구가 지금 확대되고 수축되기를 반복하는 중인지도 몰랐다.

"…… 않을 건가?"

김상은이 2미터쯤 떨어진 곳에서 뭐라고 소리쳤으나 내용은 거의 들리지 않았다. 아마도 연지혜를 비웃는 말인 듯했다. 연지혜가 반응하지 않자 김상은은 뭐라고 더 중얼거리는 것 같았다. 이번에도 말소리는 잘 들리지 않았다. 처음부터 자기 자신에게 하는 말들이었는지도 몰랐다. 어차피 다른 사람 목소리가 들릴 상황이 아니었다.

다만 꼬마전구들 덕분에 김상은의 표정은 어느 정도 읽을 수 있었다. 김상은은 굳은 얼굴이었고 차분해 보였다. 아주 잠시 동안, 그녀는 그 순간에조차 조금 슬프고 우아해 보였다. 하지만 그녀가 몸을 돌려 빛을 받는 각도를 조금 바꾸자 같은 얼굴인데도 섬뜩하고 냉혹해 보였다. 달빛 아래서 고귀한 사냥을 준비하는 아르테미스 같아 보였다.

그때까지도 연지혜의 뇌는 '왜?'라는 질문에 사로잡혀 있었다. 김상은은 민소림을 왜 죽인 걸까. 질투심 때문이었나. 분노나 좌절 때문이었을까. 민소림이 김상은에게 부당한 일을 시켰던 걸까. 김상은이 연모하던 남자를 가로챘을까. 민소림에게 빚을 졌던 걸까. 그냥 살인 행위를 즐겼던 걸까. 설마 독서 토론을 하다가 앙금이 생긴 건 아니겠지.

김상은은 왜 민소림의 집에서 와인 잔을 씻고 나간 걸까. 자기 타액이 묻어 있었나. 왜 민소림의 속옷을 아래로 내리고 그 위에 비옷을 덮은 걸까. 언제, 어떻게 민소림의 집에 들어갔을까. 어떻게 CCTV에 찍히지 않고 들어갈 수 있었을까. 민소림의 노트북은 왜 가져갔을까.

하지만 그 모든 '왜'와 과거의 사건에 대한 '어떻게'는 지금 중요하지 않은 문제였다. 연지혜는 그 사실을, 김상은이 벽으로 걸어갈 때 알았다. 주민웅에게 연지혜가 "이건 T자인가요?"라고 물었던, 연지혜가 직접 벽에 걸었던 그 길고 묵직한 금속 도구 중 하나를 이제 김상은이 손에 쥐고 있었다.

퀵그립 클램프. 크기별로 있다는, 목공 작업 중에 대상을 고정해야 할 때 쓰는 도구. 물론 사람을 때리는 둔기로도 쓸 수 있고.

김상은은 여러 개의 클램프 중 두 번째로 큰 것을 벽에 걸린 고리에서 내려 들었다가 내려놓았다. 그리고 그보다 몇 치수 작은 클램프를 잡았다. 김상은이 그렇게 클램프를 고르는 모습은 도살자, 혹은 연쇄살인마가 칼을 고르는 모습과 달라 보이지 않았다. 연지혜는 몸에 소름이 돋는 걸 느꼈다.

김상은은 꼭 그 모든 작업을 여러 번 연습한 것처럼 보였다. 자신이 무슨 일을 어떤 순서로 해야 하는지 정확히 알고 있었다.

연지혜도 김상은이 무슨 일을 어떤 순서로 벌이려는지 깨달았다. 김상은은 이대로 도망치지 않을 것이었다. 김상은은 시간을 확실히 확보하고자 한다. 다음날 낮, 주민음이 믿음공방으로 돌아오거나 서울경찰청 형사들이 연지혜가 왜 출근하지 않는지 궁금해할 때까지 최대한 멀리 달아나고 싶은 것이다. 어쩌면 그녀는 도주와 잠적에 대해서도 오랫동안 궁리하고 훈련을 했을지 모른다.

'김상은은 나를 죽이려 한다.' 연지혜의 몸이 그 사실을 먼저 알았고, 피부 아래 근육을 긴장시키고 털을 곤두세웠다. 연지혜의 뇌는 몸보다 느렸다. 연지혜의 뇌는 이제서야 그 모든 과거의 '왜'를 몰아내고 바로 이 순간의 '어떻게'에 집중해야 한다고, 정신 차려야 한다고 뒤늦은 비명을 지르고 있었다.

어떻게. 어떻게. 어떻게.

어떻게 싸울 것인가.

연지혜는 수갑에서 손을 빼내거나, 수갑이 채워진 목공용 바이스를 작업대에서 떼어낼 수 없다는 사실을 받아들였다. 수갑은 단단히 채워져 있었고, 테이블 바이스도 튼튼하게 작업대에 고정되어 있었다. 작업대 위에 있는 전동 드릴이 꽤 묵직해 보이긴 했지만 그걸로 내리쳐도 바이스가 부서지지는 않을 것 같았다.

연지혜는 손바닥에 체중을 실어 작업대를 밀어보았다. 작업대가 인더스트리얼 록 음악 속에서도 삐걱 소리를 내더니 10센티미터 정도 뒤로 밀렸다. 작업대 무게는 20킬로그램 정도 되는 듯했다. 연지혜는 이번에는 발바닥에 힘을 주고 허벅지와 허리 근육을 사용해 작업대를 밀었다. 작업대는 몹시 듣기 싫은 소리를 내며 이번에는 30센티미터 정도 밀렸다.

그와 동시에 오른쪽 발목이 찢어지는 것처럼 엄청나게 아팠다. 잠시 숨이 막힐 정도였다. 발목 인대인지 근육인지에 확실히 문제가 있었다. 빌어먹을, 하필 이런 때……. 연지혜는 입술을 질끈 깨물었다. 욕을 해서 해결될 문제라면 고래고래 소리를 치며 하늘에 대고 욕을 퍼붓고 싶었다.

그러는 사이 김상은은 연지혜에게서 몇 걸음 떨어진 채 두 손으로 클램프를 잡고 타격 연습을 하는 야구 선수처럼 크게 휘둘렀다. 시끄러운 음악 때문에 소리가 들리지는 않았다. 그러나 바람은 휙 불어왔다. 불길한 진동도 느껴졌다. 퀵그립 클램프는 긴 금속 막대에 금속 덩어리가 달린 구조였다. 휘두르면 철퇴나 다름없었다.

김상은은 스윙에 익숙해지려는지 클램프를 두 번 더 휘둘렀다. 그녀는 서두르지 않았다. 어설프게 클램프를 휘두르다 적에게 뺏기거나 반격을 당하고 싶지 않은 것이다. 초조함과 조바심과 두려움을 통제할 수 있는 것이다. 유네스코회관 옥상에서 그녀는 모든 게 통제력의 문제라고, 자기 힘을 통제하지 못하는 존재는 화를 입게 된다고 말했었다.

민소림을 살해할 때도 저렇게 침착했을까. 그래서 급소를 그렇게 정확히 찌를 수 있었던 걸까. 도대체 왜……. 아니, 아니야. 지금 이 순간에 집중하자.

연지혜는 희미한 꼬마전구 불빛 아래에서 무기가 될 만한 물건을 찾았다. 테이블의 공구통 안에는 드라이버와 끌이 있었다. 드라이버를 상대의 목이나 가슴에 꽂을 수 있을까? 하지만 김상은이 가까이 오지 않는다면 소용이 없다. 그런데 저 망할 년은 절대 내 근처로 오지 않을 거야……. 내 근처에 오지 않으려고 저 빌어먹을 클램프를 집어든 거야.

전동 드릴 역시 무기로 쓰기에는 적절치 않았다. 어지간히 가까운 거리가 아니면 그걸 휘둘러서 상대에게 치명상을 입히기 어려울 터였다. 게다가 그 쇳덩어리는 상당히 묵직해 보였는데, 한 손으로, 그것도 왼손으로 원하는 만큼 빠르고 정확하게 휘두를 수는 없을 것 같았다. 하지만 김상은이 철퇴처럼 클램프를 내리칠 때 그걸 막아내는 방어 용도로는 괜찮을 성싶었다.

연지혜는 전동 드릴을 집어 들었다. 김상은은 무표정했지만, 연지혜가 전동 드릴을 집어 든 이유는 바로 알아차린 것 같았다. 김상은은 예고 없이 클램프를 치켜들고 달려들었다. 이렇게 갑자기? 연지혜는 철퇴 같은 클램프가 긋게 될 경로를 예상하며 전동 드릴을 머리 위로 올렸다.

하지만 아무 일도 일어나지 않았다. 연지혜는 얼굴이 화끈 달아올랐다. 김상은은 클램프를 치켜올리고 달려들 것처럼 상반신을 들이댔지만 허리 아래는 전혀 움직이지 않았다. 어두워서 잘 보이지 않았을 뿐. 아주 단순한 페이크 모션이었고, 연지혜는 거기에 어린아이처럼 속았다.

어린아이처럼…….

백치처럼.

김상은은 딱히 연지혜를 비웃는 모습도 아니었다. 놀랍게도 김상은은 조금 전에 했던 행동을 한 번 더 반복했다. 이번에도 클램프를 치켜 올리고 달려들 것 같은 포즈를 취했지만 허벅지와 무릎은 그대로였다. 이번에도 클램프를 내려치는 척하다가 머리 위에서 멈췄다. 그리고 연지혜를 똑바로 쳐다보았다.

연지혜는 반사적으로 전동 드릴을 머리 위로 치켜들었다. 하지만 조금 전처럼 놀라지는 않았고, 전동 드릴도 이마 즈음까지만 들어올렸다. 그녀 역시 상대를 관찰했다. 김상은은 연지혜가 어떤 식으로 전동 드릴을 사용하는지, 어떤 각도로 얼마만큼 들어올릴 수 있는지 관찰하려 한 것 같았다.

어쩌면 이런 식으로 연지혜의 힘을 빼놓으려는 걸까? 전동 드릴은 생김새나 무게 면에서 덤벨과 다를 바 없었다. 몇 번 더 이렇게 머리 위로 들어올리다 보면 팔 근육이 피로해져서 못 쓰게 될 것이다. 김상은은 그걸 기다리고 있는 걸까? 작은 초식동물을 사냥할 때에도 부상의 위험을 피해 최대한 조심하고 시간을 들이는 늙고 노련한 늑대처럼?

김상은이 자신에게 다가오는 게 아니라 몇 걸음 물러났기 때문에 연지혜는 오히려 긴장했다. 김상은이 다시 한번 퀵그립 클램프를 높이 들어올렸을 때에도 무엇을 하려는지 몰랐다. 연지혜의 등에서 땀방울이 한 줄기 주르륵 흘렀다. 김상은은 이번에는 클램프를 휘두르는 동작을 중간에 멈추지 않았다. 다만 연지혜를 겨냥한 것은 아니었다.

김상은이 힘껏 클램프를 내리치자 바닥에서 손바닥보다 작은 무언가가 두 쪽으로 부서졌다. 작은 불꽃이 멋없게 일었고, 파편이 튀어 연지혜의 얼굴 근처까지 날아왔다. 화공약품 같은 것이 탄 냄새가 났다. 숙련된 광부가 곡괭이를 휘두르듯이 김상은은 바닥에 있는 연지혜의 휴대폰을 클램프로 정확히 찍었고, 가볍게 박살 냈다.

이제 연지혜는 김상은에 대해 두 가지 사실을 알았다. 첫째, 김상은은 밤눈이 좋다. 연지혜보다 앞을 더 잘 본다. 연지혜는 바닥에 떨어진 물건이 자기 휴대폰인지 알지 못했다. 그 물건과의 거리도 정확히 재기 어려웠다.

둘째, 김상은은 클램프를 잘 다룬다. 적절한 힘으로 휘둘러, 팔 근육을 필요 이상으로 쓰지 않고 끝을 꽂는 느낌으로 내리찍었다. 권투 선수들이 펀치를 설명하며 '팔을 내지르는 게 아니라 주먹을 던지는 느낌'이라는 표현을 쓰는데, 김상은도 클램프를 그렇게 다룬다. 간격과 타점을 정확히 계산했는데, 검도를 배운 게 아닐까 하는 생각이 들 정도다.

이제 김상은과 연지혜는 각자 어울리지 않는 목공 도구를 들고, 서로를 노려보고 있었다. 연지혜는 상대가 치고 들어올 때 왼손으로 전동 드릴을 올려 공격을 막으면서 엉덩이로 작업대를 뒤로 미는 게 가능할지 고민했다. 아예 확 주저앉으면서 작업대를 방패처럼 쓸 수는 없을까. 그리고 전동 드릴로 상대의 발등을 찍을 수 있다면.

그때 뒤쪽에서 문을 쾅쾅 두드리는 소리가 들렸다. 누군가 공방 후문을 밖에서 걷어차고 있었다. 1층 화장실로 올라가는 계단이 있는 쪽 뒷문. 구현승이 볼일을 마치고 믿음공방 안으로 들어오려고 하는 중이었다.

"오지 마! 오지 마!"

연지혜가 목이 터져라 소리를 질렀다. 하지만 그 외침이 문밖으로 전해질 것 같지 않았다. 음악 소리가 너무 컸고, 뒷문은 멀었고, 구현승은 술에 취해 있을 터였다. 밖에 서 있는 사람은 계속해서 문을 두드렸다.

김상은이 클램프를 손에 쥔 채 연지혜가 묶여 있는 작업대를 피해 천천히 뒷문 쪽으로 걸어갔다.

연지혜는 바보 같은 짓을 저질렀다. 작업대 위에 있던 끌을 김상은을 향해 던진 것이다. 왼손으로 던진 것 치고는 꽤 정확한 방향으로 날아갔다. 그러나 김상은을 맞히지는 못했다. 자기 코앞으로 끌이 날아가 벽에 부딪히는 걸 보고 김상은은 잠시 걸음을 멈추었고, 고개를 돌려 연지혜를 무표정하게 바라보았다. 그게 전부였다.

드라이버를 던져선 안 된다, 연지혜는 생각했다. 김상은과 격투를 벌이게 될 때 그녀를 제압할 수 있는 비장의 무기가 될 수 있으니까. 전동 드릴을 던질 수는 없었다. 클램프를 막을 수 있는 도구인 데다, 너무 무거워 김상은이 있는 곳까지 위협적인 속도로 날릴 수 없었다.

그래서 연지혜는 김상은이 뒷문을 열 때 그저 고함을 치는 수밖에 없었다.

"오지 마! 오지 마!"

공방 뒷문 근처에는 꼬마전구의 빛이 닿지 않았다. 뒷문에 달린 창문으로 밖에서 약한 빛이 새어 들어올 뿐이었다. 김상은의 모습은 이제 검은 실루엣으로만 보였다. 김상은은 사뿐사뿐 걷고 있었다. 김상은은 문을 지나쳐 어둠 속으로 사라졌다. 거기서 몸을 벽에 붙인 채 팔을 길게 뻗어 문을 열려는 듯했다.

들어오는 사람을 뒤에서 공격하기 위해서.

김상은은 구현승도 그대로 둘 생각이 없는 거다. 연지혜의 뇌가 조금 전에 했던 생각을 반복했다. 김상은은 이대로 도망치지 않을 것이었다. 김상은은 시간을 확실히 벌고자 한다. 다음날 낮, 주믿음이 믿음공방으로 돌아오거나 서울경찰청 형사들이 연지혜가 왜 출근하지 않는지 궁금해할 때까지 최대한 멀리……. 빌어먹을! 김상은은 연지혜와 구현승을 모두 죽이려 한다. 한나절만큼 시간을 벌기 위해서.

공방 뒷문이 열렸다. 10분쯤 전에 연지혜가 구현승과 담배를 피우러 나가며 열었던 문이었다. 연지혜는 자신이 바보같이 느껴져 견딜 수가 없었다. 저 문을 열고 나갈 때 이미 그녀는 김상은을 수상쩍게 보고 있었다. 딴에는 김상은을 옭아맬 질문을 궁리하기까지 했다. 하지만 김상은은 연지혜가 예상한 것보다 훨씬 더 똑똑했고, 몇 수 앞을 내다봤다.

문이 열리면서 희미한 빛의 사각형이 생겼다. 문밖의 사람이 구현승이 아니라 다른 인물, 예를 들어 음악을 왜 이렇게 크게 트느냐고 항의하러 온 인근 주민이기를 바랐던 연지혜의 희망은 사라졌다. 만약 이웃에 사는 거주자가 여기에 들어왔다가 김상은의 공격을 받는다면, 그를 찾아 다른 사람이 오게 될 수도 있을 터였다. 하지만 희미한 빛의 사각형 속에 보이는 실루엣은 구현승 정도의 몸집에 구현승 같은 두상을 한 여인이었다.

"조심해! 조심해!"

연지혜는 마지막으로 있는 힘을 다해 외쳤다.

구현승이 멈칫하며 어리둥절해한 시간은 고작 1, 2초 정도였다. 그녀는 고개를 두리번거리며 공방 안으로 들어왔고, 곧바로 뒤에서 날아온 퀵그립 클램프에 얻어맞고 앞으로 엎어졌다. 그 직전에 요란한 베이스와 드럼 연주가 시작되어서, 구현승의 머리가 부서지거나 바닥에 부딪히는 소리는 들리지 않았다.

이제 빛의 사각형 안에는 김상은의 실루엣이 보였다. 김상은은 클램프로 아래를 더듬어 목표점을 찾았다. 그리고 그 둔기를 머리 위로 똑바로 들었다가 내리쳤다. 클램프의 금속 뭉치 부분은 완벽한 반원을 그리며 타점을 향해 깨끗하게 떨어졌다. 이번에는 록 음악 비트 속에서 뭔가가 부서지는 소리가 들린 것 같기도 했다.

김상은은 클램프 끝을 바닥에 댄 채로 한동안 그대로 서 있었다. 죄책감 때문은 아닌 것 같았고, 구현승에게 반격의 기미가 있는지, 조금이라도 꿈틀거리는지 확인하기 위해서인 듯했다. 잠시 뒤 김상은은 천천히 클램프를 거두어 올렸다. 공방 뒷문도 비슷한 속도로 천천히 닫혔다. 그녀는 멈추지도, 서두르지도 않았다.

김상은은 갑자기 공격해왔다. 그녀는 성큼성큼 걸어와서 바로 클램프를 내리쳤다. 연지혜는 전동 드릴로 간신히 클램프를 막아냈다. 쩽그렁, 하고 괴상한 소리가 났다. 클램프에서 나는 소리는 우스웠지만 힘을 실은 일격이었다. 연지혜는 하마터면 전동 드릴 손잡이를 놓칠 뻔했다.

김상은은 일부러 뒷문 근처에 서 있었을 때와 다른 호흡으로 걷는 것 같았다. 그녀가 어느 위치에 있는지 예상하는 게 쉽지 않았다. 김상은은 연지혜가 자신보다 밤눈이 어둡다는 사실을 눈치챈 듯했다.

김상은은 조금 전과는 전혀 다른 각도에서, 뒷문이 아니라 사무실이 있는 방향에서, 두 번째로 연지혜를 향해 클램프를 내리쳤다. 이번에 연지혜는 대응이 조금 느렸다. 그래서 팔을 오히려 필요 이상으로 높이 들었다. 정확한 위치로 들지도 못했다.

연지혜는 클램프를 막아내기는 했으나 완전히 막아내지는 못했다. 클램프 끝이 전동 드릴 손잡이를 잡고 있던 왼손 엄지손가락 일부를 찧었다. 연지혜는 보지 않고도 살점이 떨어져 나갔음을 알았다. 얼얼한 감각과 함께 손이 뭉개지지 않아서 다행이라는 생각이 먼저 들었다. 아드레날린 때문에 버티기는 하겠지만, 시간이 지나면 엄청 아프겠지. 그런데 과연 내게 시간이 있기는 있는 걸까.

나인 인치 네일스의 음악 한 곡이 끝나고 잠시 침묵이 흘렀다. 연지혜는 그사이에 김상은을 설득하거나 위협할 수 있는 말이 뭐가 있을지 머리를 쥐어짰다. 하지만 완력으로도, 언어로도 상대를 멈추게 할 수 없다는 전망만이 점점 명확해졌다. 무슨 이야기가 영향력이 있겠는가? 당신이 범인인 걸 알고 있다는 말? 공방 주변을 경찰 병력이 포위하고 있다는 허풍? 지금이라도 자수하면 자신이 도울 수 있다는 개소리?

김상은은 연지혜에게 아무 말도 하지 않았다.

잠깐의 침묵이 끝나고 22년 전 김상은과 민소림이 함께 들었다는 시끄러운 록 음악이 다시 울려 퍼졌다. 김상은은 공격 패턴을 바꿨다. 조금 전과 달리 허리를 향해 수평으로 호를 그리며 날아드는 클램프를 연지혜는 간신히 막았다. 다시 한번 더 듣기 싫은 쩽그렁 소리가 났고, 전동 드릴을 든 손이 충격으로 덜덜 떨렸다.

연지혜는 몇 가지 사실을 순식간에 깨달았다. 그녀가 의지해야 하는 유일한 조명인 꼬마전구가 천장에 달려있기 때문에, 아래로 휘두르는 클램프는 잘 보이지 않는다는 사실. 클램프를 이렇게 옆으로 휘두르면 김상은에게 힘이 훨씬 덜 든다는 사실. 방금 전 김상은이 클램프에 그렇게 힘을 주지 않고 대충 휘둘렀다는 사실.

김상은이 다시 퀵그립 클램프를 휘둘렀다. 이번에는 더 낮았다. 연지혜는 어림짐작으로 전동 드릴을 들어 올려 공격을 막았지만 차라리 그러지 않는 편이 나을 뻔했다. 그대로 뒀다면 클램프는 연지혜의 허벅지 근육을 때렸을 터였다. 그러나 클램프의 금속 뭉치는 전동 드릴 끝부분에 어설프게 맞고 그리던 궤적의 각도가 틀어졌다. 그 바람에 연지혜의 정강이뼈를 쳤다.

통증으로 입이 떡 벌어졌다. 무릎은 불에 덴 듯했고, 머리는 찬물을 한 양동이 뒤집어쓴 느낌이었다. 두 손으로 무릎을 감싸고 바닥에 주저앉고 싶은 욕구를 연지혜는 꾹 참았다. 다리가 후들후들 떨렸다.

김상은이 다시 퀵그립 클램프를 휘둘렀다. 아까와 비슷하게, 연지혜의 허벅지를 겨냥한 각도였다. 허벅지는 좋은 표적이다. 면적이 넓어서 대충 휘둘러도 맞는다. 반동을 걱정할 필요도 없다. 김상은은 연지혜의 허벅지를 열 번이고 스무 번이고 때려서 허리 아래를 완전히 못 쓰게 만들 참인 듯했다. 그리고 나서야 가까이 와서 치명타를 가할 것이었다.

연지혜는 자신에게 승산이 없다는 사실을 깨달았다.

연지혜는 날아오는 클램프를 간신히 막아냈다. 그러나 동시에 전동 드릴도 놓치고 말았다. 전동 드릴이 땅에 떨어질 때 바닥이 잠시 울렸다.

연지혜는 전동 드릴을 주워 올리지 않았다. 상대에게 절대로 치명상을 입히지 못할 무기였다. 이제 치명상을 입히지 못할 무기는 필요 없었다. 방어 도구도 필요 없었다. 팔 하나, 다리 하나를 못 쓰게 되어도 괜찮다. 죽는 것보다는 그게 낫다.

책상에는 드라이버와 걸레가 있었고, 연지혜는 걸레를 택했다. 그녀는 왼손에 걸레를 단단히 감았다.

김상은이 다시 클램프를 휘두를 때 연지혜는 다리와 발에 온 힘을 주고 상대를 향해 달려들었다. 정강이뼈가 폭발하는 것 같았고, 발목에서는 수십만 볼트 전압의 전류가 흐르는 것 같았다. 어찌나 사력을 다했던지 작업대가 잠깐 동안 드드득거리며 끌려오다가 공중에 조금 떴다.

퀵그립 클램프는 연지혜의 어깨 아래를 때렸다. 연지혜가 노린 첫 번째 목표는 클램프를 든 김상은의 오른팔이 아니라 비어 있는 왼팔이었다. 연지혜는 수갑이 채워진 오른손으로 김상은의 왼팔 재킷 소매를 붙잡았다. 그렇게 상대의 옷 끝을 움켜쥔 손을 놓지 않은 채 몸을 더 앞으로 날렸다.

상대와 원하는 만큼 가까워지지는 못했다. 연지혜가 원한 것은 무에타이식 클린치 상황이었다. 김상은의 뒤통수를 붙잡고 무릎으로 차거나 먼저 넘어뜨린 뒤 관절기나 조르기 같은 그래플링 기술을 쓰는 것. 그러나 연지혜의 왼손은 김상은의 뺨과 귀를 거칠게 긁었을 뿐이었다.

연지혜는 간신히 김상은의 멱살을 잡았다. 그들은 그 상태로 한참 실랑이를 벌였다. 연지혜는 김상은에게서 떨어지지 않으려고, 김상은은 연지혜를 떨쳐 내려고 안간힘을 썼다. 김상은은 클램프를 놓친 뒤 그걸 잡았던 손으로 연지혜의 얼굴을 밀어냈다. 연지혜는 김상은의 옷을 놓치지 않았는데 그 옷이 아래로 죽 찢어졌다.

김상은은 뒤로 엉덩방아를 찧었다. 연지혜의 손에 감았던 걸레에 비벼진 통에 얼굴 피부가 번들번들하게 꼬마전구 불빛을 반사했다. 그 와중에도 김상은은 냉철했다. 바닥에 떨어진 클램프에 연지혜보다 먼저 눈길을 돌렸다. 김상은은 엉덩이를 땅에 붙인 상태로 연지혜 쪽으로 재빨리 접근해서는 클램프를 옆으로 걸어찼다.

다시 음악이 끝나고 주변이 조용해졌다.

김상은은 무릎을 털면서 일어났다. 그녀는 연지혜를 주시하면서 뒷걸음질 치며 벽 쪽으로 가서 새 클램프를 잡았다. 그렇게 몇 분 전에 벌어졌던 일이 다시 반복되려 했다. 연지혜는 이를 악물며 무릎과 발목 통증을 참고 있었다. 연지혜는 손에 감았던 걸레를 풀었다. 김상은이 방금 전까지 들었던 것보다 한 치수 더 작은 클램프를 들고 어둠 속에서 걸어왔다. 단추가 뜯어져 셔츠 앞이 풀어헤쳐진 채였다.

다시 시끄러운 음악이 시작됐다.

김상은이 목표한 거리까지 걸어왔을 때 연지혜는 오른쪽 주머니에 있던 물건을 꺼냈다. 담배를 피우며 구현승에게 빌린 라이터였다. 연지혜는 그걸로 걸레에 불을 붙여 김상은이 있는 방향으로 던졌다. 기름때가 잔뜩 묻은 걸레는 날아가면서 확 불타올랐다. 불길에 김상은이 깜짝 놀라는 표정이 보였다.

하지만 불덩어리가 된 걸레가 날아가는 속도는 그다지 빠르지 않았다. 김상은은 황급히 뒤로 물러났고 불붙은 기름걸레는 그녀의 허리 아래로 떨어졌다.

그게 연지혜가 노렸던 바였다. 김상은은 톱밥 집진기 옆에 서 있었다. 위로는 공기를 빨아들이는 흡입 장치가, 아래에는 고운 톱밥 가루가 반쯤 찬 커다란 비닐 봉투가 있는.

불붙은 기름걸레가 비닐 봉투에 닿자 잠시 뒤 그 안에 있던 톱밥 가루가 분진 폭발을 일으켰다. 기름이 묻은 채 풀어헤쳐진 김상은의 셔츠 아래 불이 붙었고 이내 위로 치솟는 불길이 됐다. 열대의 뱀이 민첩하게 나무를 타고 올라가듯이 불길은 김상은의 셔츠를 타고 김상은의 뺨으로, 귀로 올라갔다.

곧 김상은의 머리카락 전체에 불이 붙었다.

아침에 헤어스프레이를 잔뜩 뿌린 그 머리에.

톱밥에서는 검은 연기가 자욱하게 일었다. 연지혜는 그 검은 연기 속에서 불붙은 김상은의 머리가 원령처럼 이리저리 흔들리는 모습을 보았다. 연지혜는 자신 역시 살인자가 되어가고 있음을, 앞으로 절대로 이전처럼 살 수는 없음을 느꼈다. 어떤 표식이 그녀의 영혼에 새겨지는 중이었다.

공방 천장에 설치된 스프링클러에서 물줄기가 쏟아졌다. 수압이 상당히 셌다. 톱밥에 붙은 불길은 금세 세력이 약해졌으나 연기의 양은 반대로 엄청나게 늘어났다. 불붙은 머리는 그 순간까지 검은 구름 속에서 좌우로, 위아래로 흔들리고 있었다. 끔찍한 춤을 추는 것처럼.

스프링클러에서 쏟아진 물이 연지혜의 머리카락도 푹 적셨다. 타다 만 톱밥에서 나오는 매운 연기와 이마에서 흘러내리는 물로 눈을 뜨고 있기 어려웠다. 숯과 재의 냄새 사이로 머리카락이 타면서 나는 노린내와 고기를 구울 때 화로에서 나는 냄새가 났다. 하지만 코를 막을 수 없었다. 두 손에 모두 힘을 실어 작업대를 뒷문 쪽으로 밀고 가야 했기 때문이다.

연지혜는 하늘을 향해 비명을 지르며 작업대를 밀었다.

다시는 고기를 불판에 구워 먹지 못할 것 같았다.

물은 멈추지 않고 쏟아졌고, 집진기 아래 불도 결국 꺼졌다. 김상은의 머리도 이제 보이지 않았다. 꼬마전구도 전선이 타버린 듯 모두 꺼진 채였다. 뒷문 유리창에는 그을음이 묻은 듯했다. 사방이 칠흑처럼 캄캄했다. 놀랍게도 그 순간까지 음악 소리는 크게 울려 퍼지고 있었다.

작업대 바퀴가 무언가 물컹한 것에 닿았다. 연지혜는 제 몸을 축으로 삼아 작업대를 돌리고 몸을 굽혀 그 물컹한 것에 손을 댔다. 구현승의 깨진 머리와 그사이에 벌써 끈적끈적해진 피가 느껴졌다. 연지혜는 구현승의 몸을 뒤집고 손을 더듬어 상대의 목에 갖다 댔다. 맥박이 약하게 뛰는 것 같았다.

연지혜는 한숨을 내쉬고 구현승의 옷을 뒤졌다. 바지 주머니에 휴대폰이 있었다. 컴컴한 어둠 속에서 휴대전화 액정 화면이 현실감 없이 빛났다. 액정 위로 물방울이 툭툭 튀었다. 전화기에는 암호가 걸려 있었다. 연지혜는 긴급전화 버튼을 누르고 112에 전화를 걸었다.

어둠과 고통과 죄악 속에서, 자신이 기절하지 않는다는 사실이 신기했다.

99.

나는 어둠 속에서 깨어난다.

나는 고통 속에서 깨어난다.

나는 기절하고 깨어나고 다시 기절하고 또 깨어난다.

내가 전신 화상을 입은 채 병원 중환자실에 있음을 순전히 추론으로 알아낸다.

나는 앞으로 죽음을 맞이할 때까지 무언가를 보지도, 듣지도, 만지지도, 먹지도 못한다. 글을 쓰지도 못한다.

내가 할 수 있는 일: 고통을 받는 것. 생각하는 것.

혹은 이미 나는 죽었을까? 이곳이 지옥일까?

그렇다면 한 가지 역설적인 위안은 얻는다. 내세가 존재함을 이제 알게 된 셈이니.

지옥에 있는 사람은 지옥을 두려워하지 않아도 된다.

고통을 받는 사람은 고통을 두려워하지 않아도 된다.

내 안의 인격들이 통합되어간다.

고통을 두려워하던 로쟈와, 고통에서 도망치려고 계획을 세우던 지하인이 사라진다. 하지만 스타브로긴은 신음하며 남는다.

나는 이 육신의 고통을 피할 도리가 없다. 소리를 내거나 몸을 움직여 의료진에게 진통제를 달라고 의사 표시를 할 수 없다.

예심판사 포르피리가 속삭인다:

'당신은 용기 있는 사람이니 안락함 따위를 추구하지는 않겠지요?'

나는 내가 쓴 글들을, 신계몽주의의 기본 스케치를 생각한다. 형사들이 그 글들을 발견할까? 깊숙이 숨기지는 않았는데.

형사들이 금고는 찾아낼 것 같다. 그러나 노트북에 걸린 암호는 풀지 못할지도 모른다. 젊은 여자 형사에게 귀띔은 해줬는데.

형사들이 원고를 발견한다 한들, 그걸 적절히 발표해줄까? 그럴 가능성은 현실적으로 얼마 없지 않을까.

평생토록 써온 원고가 사라지게 된다고 생각하자 견딜 수가 없어진다. 한동안 육체의 고통을 잊을 수 있을 정도다.

예심판사 포르피리가 속삭인다:

'그러니 고난은, 로지온 로마노비치, 위대한 것입니다.'

하지만 나의 사상에 따르면, 형사들이 원고를 발견하지 못한다 하더라도 내 인생에 의미는 있다.

평생 비둘기를 바라보며 시를 썼던 내 상상 속의 여인처럼.

우리는 사실-상상 복합체 속을 살아가는 사실-상상 복합체이고, 나는 다음 세상에 대해 생각하며 '나'라는 사실-상상 복합체를 확장했기 때문이다.

예심판사 포르피리가 속삭인다:

'고난 속에는 사상이 있습니다.'

지금 이 순간의 이 고통에도 의미가 있을까?

왜 우리는 이렇게 어마어마한 고통의 순간에도 생각만으로는 숨을 끊을 수 없는 걸까?

그것이야말로 신이 존재한다는 증거 아닐까?

세계를 창조했으되 그것을 사랑하지 않는, 사악한 신 말이다.

100.

형사님, 몸은 좀 어떠세요? 괜찮으세요? 저는 괜찮아요. 두개골이 부서졌는데 뇌는 멀쩡하대요. 두개골이 두개골의 역할을 충실히 수행한 거죠. 그리고 제 두개골이 단단한가 봐요. 옛날부터 알고 있기는 했지만. 저 초등학교 다닐 때 (우리 때는 국민학교라고 부르기는 했는데 아무튼), 마음에 안 드는 남자애들을 박치기로 제압했거든요. 그래서 한때 별명이 돌머리였어요.

후유증이 겁이 나긴 하는데. 의사도 뭐라 말 못 한다고 하네요. 후유증이 있을지 없을지. 사람 뇌에 대해 아직 우리가 모르는 게 많대요. 나 쉰 살이 돼서 갑자기 손 떨리고 옛날 일 기억 못 하고 그러는 건가? 제가 뭐라도 성취를 이루면 그때 그런 일이 찾아올 거 같아요. 제 인생이 좀 그런 식이거든요.

두부 외상, 두개골 함몰, 두개골 골절로 검색 엄청 했어요. 부작용이 뭐가 있는지 알아보려고. 두개골 함몰 골절로 간질에 걸리는 사람도 있다고 하더군요. 《백치》의 미시킨 공작이 간질 환자예요. 그런데 미시킨은 자신의 병을 싫어하지 않죠. 그 반대죠. 간질을 설명할 때 공작은 환희, 희망, 눈부신 광휘, 신성한 평온 같은 말을 동원해요.

두개골 골절 부작용을 겪어야만 한다면 간질이 좋을 것 같아요. 환희, 신성한 평온 같은 걸 저도 얻고 싶으니까. 그런 감정을 느껴본 적이…… 21세기 들어서는 없었던 거 같아요. 그런 경험을 하고 나면 사람이 달라질까요? 이후의 일상이 조금이라도 다르게 보일까요? 아니면 아무 영향이 없을까요?

김상은이 제 두개골을 부쉈다는 게 믿어지지가 않아요. 김상은이 민소림을 죽였다는 이야기는, 듣고 나니까 말이 되는 거 같아요. 동기가 뭐였는지는 여전히 궁금하지만……. (나중에 아시게 되면 가르쳐주실래요? 정말 너무 너무 너무 궁금해요.) 걔네들은 어딘지 닮은 데랄지 겹치는 데가 있었거든요. 상호작용을 해야 할 거 같은데 하지 않는 게 이상해 보일 정도로. (그런데 그 상호작용의 결과물이 엄청나게 폭발적이었나 봐요.)

그리고 칼이라는 도구도 김상은이랑 어울려요. 김상은에 대해서 저는 옛날부터 사무라이 같다고 생각했어요. 우아하고, 간결하고, 어딘지 냉혹한 면도 있고. 일본도가 아니라 과도를 휘두를 줄은 몰랐지만. 칼이라는 도구는 민소림이랑도 어울리죠. 칼에 찔려 죽는 거 말이에요. 우리 중에서 '격렬한 죽음'을 가장 소망했을 애고, 늘 피 냄새 비슷한 걸 풍기고 다녔죠. (비유적인 의미에서요. 아시죠?)

그런데 김상은이 나를? 김상은이 구현승의 골통을 박살내서 죽이려 했다? 그건 너무 말이 안 되는 거 같아요. 김상은한테도 저한테도 도무지 어울리지가 않아요. 저랑 김상은은 닮지는 않았어도 겹치는 데가 있다고 여겼는데, 저만의 생각이었던 걸까요. 저희는 좋은 친구였죠. 술도 자주 마셨고. 그런데 그 이상으로 저희가 공유하는 뭔가가 있었어요.

김상은이 저를 좋아한 이유도 그것 때문이었고, 제가 김상은을 좋아한 이유도 그것 때문이었어요. (이제 와서는 김상은이 과연 저를 좋아했는지 아닌지 확신할 수가 없긴 해요.) 민소림이나 유재진에게는 '그게' 부족했죠. 그 아이들은 대신 다른 매력을 뿌렸죠. 주믿음은 저희보다 더 냉소적이고, 소극적이기도 했고. 이기언은 허황됐고.

글쎄요, 그걸 뭐라고 불러야 할지 모르겠네요. 나 벌써 두개골 골절 후유 증 온 건가. 지금 제 머릿속에 떠오르는 단어 중에 제일 근접한 말은 '성실함' 이에요. 지루하고 비루한 과정을 참고 견디는 자세죠. 거대하지만 실체가 있는, 실제적인 목표를 향한. 그 목표에 가는 길이 느리게 꾸역꾸역 조금씩 다가가는 방법밖에 없음을 인정하고 그 길을 걷는.

저는 그게 인생을 의미 있게 사는 유일한 방법이라고 생각해요. 타임머 신을 타고 22년 전으로 돌아가 민소림이나 유재진을 다시 만난다면 그렇게 말해주고 싶어요. 공유 마을인지 뭔지를 세우겠다는 이기언과 주믿음에게 도 말하고 싶어요. 자기가 하는 게 뭔지 모르면서 그게 될 것 같다는 이유로 일을 한다면 과연 의미를 얻을 수 있을까요. 대체 그런 작업에서는 뭐가 성 공의 기준이 되는 거죠? 시리즈C 투자 유치? 기업공개?

(이기언과 주믿음이 그런 자세를 갖게 된 이유를 저는 너무나 잘 알아요. 페이스북이 나 우버 같은 회사들이 너무나 거대하게 성공했고, 그 성공 스토리가 칭송받는 시대이 기 때문이에요. 그 창업자들은 자신들이 뭘 만들고 있는지, 혹은 뭘 부수고 있는지 정확 히 모르면서 '아무려면 어때'라는 태도로 뭔가를 만들었죠. 그 사상을 굳이 설명하자면 '사람들이 원하는 걸 준다' 정도일까요? 그렇게 젊은 나이에 큰돈을 번 기업가들은 주목 을 받고, 세상을 바꿨다는 칭송까지 들어요. 진짜 중요한 문제는 그래서 세상이 어떻게 바뀌었느냐인데, 그건 어렵고 지루한 화제라서 사람들이 잘 이야기하지 않죠.)

제 경우에는 제 목표가 뭔지 다들 알았죠. 제가 말했으니까. 제2의 봉준 호, 한국의 구로사와 아키라, 리들리 스콧과 프랜시스 포드 코폴라와 스티 븐 스필버그를 합친 영화감독 겸 제작자가 되겠다고. 부와 명예와 걸작을 모두 거머쥐겠다고. 저는 제가 그 방향으로 난 길을 걷는다는 사실을 숨길 수 없었어요.

그런 목표를 다른 사람들이 비웃는다는 거 잘 알았죠. 그래서 더 그렇게 떠들고 다녔어요. 그게 현재 위치에서 꿈과 자존심 양쪽을 모두 최대한 다치지 않게 보호할 수 있는 유일한 방법이라고 생각했어요. 몸과 마음이 뻣뻣해서 춤을 못 추고 상황을 주도하기는커녕 거기에 녹아들지도 못하는 사람이 간신히 찾아낸 비법이랍니다.

가끔은 상처를 입기도 하고 때로는 그게 죽을 것처럼 아프기도 했지만, 몇 번 흔들렸던 것도 사실이지만, 여전히 무섭지만, 힘들지만, 우울증 약을 먹고 점을 보러 다니고 진지하게 개명도 고려하고 있지만, 술을 자주 많이 마시고 금방 취하고 친하지도 않은 사람을 전화로 불러서 만나자고 조르지만, 정말로 중심은 잃은 적은 없어요.

저는 제가 분열된 존재가 아니라고 생각해요. 저는 이 자리에 오기까지 과거에 의도적으로 몇 가지 결단을 내렸고, 여전히 희미하게나마 제 미래와 연결이 되어 있어요. 현대인 중에 그런 사람 드물죠. 많은 사람들이 과거와 현재, 현재와 미래가 분리되어 있어요. 지금 하는 일이 수십 년 뒤에 하고 싶거나 해야 할 일과 별 상관이 없는 거예요. 우연히 연결되면 좋다, 그런 확률을 높이도록 이런저런 경험을 쌓자, 그 정도예요.

상당수 현대인은 장소에 따라서도 정체성을 바꿔야 하죠. 게다가 옛날 사람들에 비해 워낙 이곳저곳 많이 돌아다니게 되잖아요? 온라인이라는 세계도 하나 새로 생겼고. 하지만 저한테는, 언제 어디서나 너는 누구냐, 너는 뭘 할 거냐, 너는 왜 그 지경이냐 같은 질문에 대한 답이 늘 같아요. 저는 안 풀리는, 하지만 꿈은 거창한 영화감독이죠. 저 같은 사람이 성공할 수 있을지 없을지는 몰라요. 그런데 최소한, 잘 부서지지는 않아요. 어느 순간 그 사실을 깨닫게 되더라고요.

지루하고 비루한 일을 잘 참고 견디며 성공 전망은 낮지만 그렇다고 잘 부서지지도 않는 사람으로서, 저는 제가 같은 부류를 알아볼 수 있다고 믿었어요. 그중 한 사람이 김상은이었고, 또 한 사람이 형사님이었죠. 저는 형사님도 저랑 같은 사람이라고 생각해요. (딱히 근거는 대지 않을게요.)

저는 김상은도 뭔가 거대하지만 실체가 있는, 실제적인 목표를 추구하고 있다고 추측했어요. 그 목표에 느리게 꾸역꾸역 조금씩 다가가려 하고 있다고. 하지만 저와는 달리 남몰래 말이죠. 그리고 그 목표는 걔가 다니는 유네스코인지 유네스코 비슷한 유엔 무슨 국제기구인지 안에 있지는 않다고 느꼈어요. 그런 점에서는 형사님과 저와는 달랐죠.

저는 오랫동안 김상은이 소설을 쓰고 있다고 생각했어요. 자기 다이어리에 무슨 글을 쓰고 있는 걸 제가 본 적이 있거든요. 쓰던 걸 황급히 감추더군요. 뭘 썼느냐고 물어보니까 정색하면서 아무것도 아니라고 말하고. 얼굴이 빨개졌을 정도예요. 걔가 그러는 걸 전에는 본 적이 없었고, 정말 중요한 걸 쓰고 있나 보다 싶었어요.

제가 다 틀린 건가요?

김상은에 대해서, 저에 대해서? 형사님에 대해서? 인간에 대해서?

알고 싶어요.

제가 아무것도 기억을 못하기 때문에 더.

저, 그날 일은 물론이고 그 전날, 전전날도 기억이 하나도 안 나요. 드문 일은 아니라고 하더라고요. 그러다가 갑자기 기억이 돌아오는 경우도 있고, 영영 그 3일간의 기억을 잃어버린 채로 살 수도 있대요. 얼마나 잘 회복하느냐와는 상관없고, 그냥 운이라고 하더라고요.

카카오톡 메시지랑 통화 기록, 그리고 신문 기사들을 보고 무슨 일이 일어났던 건지 이런저런 짐작만 해요. 제가 한예종 동기랑 잡담하다가 막 잡은 문어를 반 마리 얻게 됐고, 그걸 들고 믿음공방에 갔던 거죠. 그런데 주믿음이 없었고, 제가 김상은을 불렀어요. 그다음에 형사님에게 전화를 걸었어요.

혹시 제가 김상은에게서 무슨 말을 듣고 수상해서 형사님에게 연락한 건가요?

제가 김상은을 밀고한 건가요? 그래서 김상은이 저를 공격한 건가요? 아니면 주믿음이나 이기언이 중요한 단서를 제공했나요?

제가 김상은을 화나게 했나요? 그래서 김상은이 격분했고, 그러다가 자기가 민소림도 죽였다는 사실을 드러낸 건가요?

김상은이 민소림 살인사건의 범인인 걸 형사님은 어떻게 아시게 되었나요? 신문에는 당시 사건 관계자들을 다시 샅샅이 만났다고만 나와 있던데, 그게 저희들 이야기인가요?

나중에라도 꼭 말씀해주시면 좋겠어요.

구현승 올림.

아주 오래 전, 인도 남부의 어느 작은 왕국에서 한 사나이가 반평생 동안 원주율을 계산했다.

그는 기름을 파는 상인의 아들로 태어났는데, 어릴 때부터 글과 셈에 뛰어났다. 글과 셈 중에서 사내가 좀 더 관심을 보이고 재능이 있었던 분야는 셈이었다. 그는 수의 추상성과 몇몇 신비한 성질에 마음이 끌렸고, 다양한 계산을 하거나 수열의 규칙을 파악하는 일에 싫증을 낼 줄 몰랐다.

사내의 아버지는 자기 아들이 학문을 갈고 닦아 왕궁 관리가 되거나, 그게 어렵다면 귀족 자제의 과외 교사, 그마저 안 된다면 학자가 되기를 바랐다. 그 왕국에서 학자의 수입은 그다지 높지 않았으나 아버지는 사내를 통해 가문의 위상이 한 단계 높아지기를 바랐다. 하지만 사내의 자질은 아버지의 꿈과는 미묘하게 어긋났다.

사내는 왕궁 관리가 되기에는 지나치게 우직한 데다 세상 물정을 몰랐고, 귀족 자제의 과외 교사가 되기에는 성격이 비타협적이고 사교술이 없었다. 그는 천성적으로 남의 비위를 맞추지 못했다. 그렇다고 학문적 성취를 기대할 정도로 심오하고 추상적인 생각을 전개해나가지도 못했다.

사내에게는 독창성이 없었다. 엄밀히 말해 그의 재주는 지치지 않고 오랜 시간에 걸쳐 꾸준히 숫자를 더하고 빼고 곱하고 나누고 제곱근을 구할 줄 안다는 것이었다. 글에 있어서도, 글씨를 아름답게 쓰기는 했지만 좋은 문장을 만들어내지는 못했다. 그는 시인이나 산문 작가가 아니라 괜찮은 수준의 필경사였다. 수학에 있어서도 마찬가지였다.

게다가 사내에게는 태어날 때부터 얼굴에 크고 진한 반점이 있었다. 한쪽 뺨과 눈이 먹물을 뿌린 것처럼 검었다. 사내가 아주 어릴 때부터 사람들은 그를 보고 놀라 몸을 주춤거리거나 말을 멈췄다. 사내가 철이 들기 전부터 혼자 방에 틀어박혀 글씨 연습을 하고 삼각형이나 원의 면적을 계산하는 일에 몰두했던 것은 그 탓도 있었으리라.

향유와 기름을 파는 상인인 아버지는 자기 아들이 왕의 관리나 귀족의 교사, 대학의 학자가 되지 못하는 이유가 얼굴의 반점 때문이라고 여겼다. 글과 셈을 좋아하는 소년은 아버지가 그렇게 생각하도록 놔두었다. 소년은 자기 자신을 그보다 훨씬 더 잘 알았다. 자신의 능력뿐 아니라 성격에 대해서도. 한계는 그의 몸 밖이 아니라 안에 있었다.

사내는 아버지와 논쟁하지 않았다. 어느 날 아버지는 유명한 무당을 데려왔는데, 그 무당은 소년 얼굴의 반점이 가문에 깃든 저주 때문이라고 주장했다. 사내는 내심 코웃음을 쳤으나 무당이 굿을 하도록 내버려 두었다. 돌팔이 약장수가 이상한 약을 건넸을 때에는 집에서 키우는 개에게 먼저 먹여 안전을 확인한 뒤 들이켰다.

사내의 얼굴 반점은 날이 갈수록 점점 진해지기만 했다. 사내의 아버지는 기름 창고에서 미끄러져 머리가 깨지는 바람에 죽을 때까지도 자기 아들이 관리로 성공하지 못한 이유는 반점 때문이라고, 그리고 그 반점은 선조의 잘못 때문이라고 믿었다. 그는 창고 바닥에서 피를 흘리며 몇 시간 동안 헐떡대다 죽어갔다.

고장의 관례에 따라 사내의 가족은 아버지의 장례를 치르는 기간 동안 집 밖에 움막을 치고 지냈는데, 그 기간은 엄청나게 무더웠다. 어머니는 남편의 장례를 치르고 집에 돌아와 열병에 걸렸고, 시름시름 앓다 숨졌다. 사내에게는 누나와 여동생이 각각 한 사람씩 있었는데, 여동생은 이웃 왕국에서 넓은 올리브밭을 보유한 지주의 둘째 아들과 결혼했다.

사내의 누나는 사업에 자질이 있었다. 글과 셈 분야에 있어서 사내가 가진 재주나 기호와 다른, 진짜 재능이었다. 여동생을 이웃 왕국으로 시집보내 올리브밭을 운영하는 가문과 혼맥을 쌓은 것도 맏딸인 그녀가 추진한 일이었다. 누나는 사내에게 창고에 있는 기름 항아리를 포함해 모든 부동산을 양보할 테니 아버지의 사업권을 자신에게 달라고 요청했다.

사내는 누나에게 자신은 부동산도 사업권도 필요 없다고 대답했다. 누나가 유능한 사업가라는 사실은 사내도 알았다. 아버지가 그들에게 남겨준 것은 무엇이든 누나가 다 가져도 좋다고, 그렇게 해서 재산을 불릴 수 있으면 더 바랄 게 없다고, 얼굴에 진한 반점이 있는 사내는 말했다. 몇 가지 자신의 요구만 들어준다면.

조용한 독채 한 채. 요리와 청소, 잔심부름을 해줄 하인 한 명. 그리고 필요한 책과 필기도구, 양초를 살 수 있는 정기적인 용돈. 장차 왕국 최고의 거상이 될 누나는 계약서를 작성하자고 했다. 누나는 사내에게 방이 세 개 있는 집과 하인 두 명을 줬고, 사돈 집안에서 정기적으로 받아오는 올리브로 만든 기름의 판매 수입이 남동생에게 가도록 했다.

그렇게 해서 사내는 경제적으로 고민할 일이 없게 되었다. 그는 그때부터 집에 틀어박혀 좋아하는 책을 읽고, 이런저런 계산을 하면서 시간을 보냈다. 그 외에는 가끔 필경을 해달라며 찾아오는 사람들을 상대로 소소한 부수입을 올리는 정도였다. 하지만 사내는 거기에 시간을 지나치게 뺏기지 않으려 주의했다. 그런 가욋일을 하지 않더라도 생활은 상당히 풍족했다. 사내는 다른 향락을 탐하지 않았다. 산책조차 거의 하지 않았다.

그는 숫자를 다루는 서적을 탐독했고, 그즈음부터 원주율 계산에 매달렸다. 원은 가장 완전한 도형이며, 크기가 어떠하든 둘레와 지름의 비율은 늘 일정하다. 그런데 그 비율은 비율임에도 분수로 표현할 수 없다. 원주율은 다항식의 해가 아닌 끝없는 숫자이며, 그 숫자들은 규칙이나 반복 없이 이어진다.

원주율은 가장 작은 원으로도 표시할 수 있지만, 그 숫자를 적어내려가기 시작하면 우주를 다 채워도 공간이 부족하다. 원주율은 우주의 기본적인 성질 가운데 하나이고, 거기에 이르는 방법도 퍽 단순하지만, 어떤 인간도 결코 그것을 붙잡을 수 없다. 무한히 가까워질 수 있을 뿐. 사내는 그런 생각들에 매료되었다.

사내가 사는 마을에서 사람들이 실용적인 용도로 원주율을 쓸 때 사용하는 숫자는 3이었다. 지식인들 사이에서는 3.14 혹은 3.16이라는 숫자가 알려져 있었고, 사내는 책에 적혀 있는 수식을 직접 풀어 3.16이라는 수는 틀렸음을 알아냈다. 어떤 책에는 현재까지 계산된 원주율은 소수점 아래 12자리라고 적혀 있었고, 어떤 책에는 17자리라고 적혀 있었다.

사내는 원주율을 계산하는 작업에 착수했다. 원주율을 계산하는 방법은 여러 가지가 있는데, 사내가 사용한 방법은 훗날 라이프니츠의 공식으로 불리게 되는 계산법이었다. 1에서 3분의 1을 빼고, 5분의 1을 더하고, 7분의 1을 빼고, 9분의 1을 더하고, 11분의 1을 빼고, 13분의 1을 더하고…… 그 계산을 어느 시점에서 멈추고 4를 곱하는 것.

이 계산은 원주율을 정확하게 구하려 할수록 점점 더 힘들어진다. 사내는 1년 만에 소수점 아래 12자리까지 원주율을 계산했다 (3.141592653589). 소수점 아래 17자리까지 계산하는 데에는 꼬박 1년이 더 걸렸다(3.14159265358979323). 그해 여름에 자기 계산에 오류가 있었음을 알고 몇 달치 작업을 처음부터 다시 하기도 했다.

그때까지만 해도 사내는 젊었고, 불가능한 것에 대한 기대를 완전히 버리지 못한 상태였다. 예를 들어 원주율의 소수점 아래 숫자들에서 특별한 규칙을 발견한다는 것. 모든 수학책이 그런 건 존재할 수 없다고 말하고 있음에도 불구하고. 혹은 세계에서 원주율을 가장 정확하게 포착한 계산가로서 명성을 얻는 것. 어떤 사람도 그런 작업에 관심이 없다는 사실을 잘 알고 있음에도 불구하고.

그중 후자의 욕망은 원주율을 소수점 아래 20자리까지 계산했을 때 완전히 버릴 수 있었다. 소수점 아래 20자리 숫자가 6이라는 것을 알아낸 다음날 사내는 누나와 저녁을 먹었다. 하인들이 인도 전통 디저트인 구지야를 내왔을 때 사내는 누나에게 자신이 원주율을 소수점 아래

20자리까지 계산했으며, 아마 세상에서 원주율을 가장 정확하게 아는 사람일 거라고 말했다.

누나는 그것 참 대단하구나, 하고 덕담을 해주었다. 그리고 아무렇지도 않게 연이어, 그런데 그게 무슨 의미가 있는 거니, 하고 물었다. 잠시 불편한 침묵이 흘렀다. 딱히 의미는 없어요. 사내가 대답했다. 그냥 소일거리예요. 누나가 대꾸할 말을 찾는 동안 사내가 덧붙였다. 그렇구나. 누나가 당황한 표정으로 말했다. 나는 네가 뭔가 대단한 연구를 하는 줄 알았어.

누나의 지적대로 원주율을 소수점 아래 20자리까지 정확히 안다는 것에는 실용적인 의의는 아무것도 없었다. 제아무리 깐깐한 세리와 목수라 하더라도 땅의 넓이를 계산하거나 수레바퀴의 지름을 정할 때 3.1 혹은 3.14로 충분하다고 여겼다. 적도의 길이와 지구의 직경을 구할 때조차 3.14159 정도의 값이면 대수로운 오차가 나지 않을 터였다.

그럼에도 사내는 원주율 계산에 매달렸다. 사내는 서른 살이 되었지만 여자를 사귈 생각도, 가족을 만들 마음도 없었다. 원주율을 소수점 이하 25자리까지 계산했을 무렵, 사내는 누구도 원주율을 정확하게 계산할 수 없고 그 규칙을 파악할 수 없다는 사실 자체에 심오한 의미가 담겨 있는 것 아닌가 생각하게 되었다.

원주율의 숫자는 무한히 이어지며, 어떤 규칙도 따르지 않는다. 즉 어떤 숫자이 배열을 상상하든 그 조합은 원주율 안에 이미 포함되어 있다. 원주율을 꾸준히 계산하다 보면 반드시 그 조합을 만나게 된다. 그 사건이 어느 시점에 일어날지 알 수는 없지만, 그것은 틀림없이 예정된 일이다. 아무리 괴상한 숫자의 조합이라 하더라도, 예를 들어 11111111이나 987654321 같은 배열이라 하더라도, 원주율 안에 들어 있다.

사내는 암호학 서적을 몇 권 읽었기에, 문자를 숫자로 표기하는 방법이 여러 가지 있음을 알았다. 어떤 숫자의 배열이든 원주율 안에 이미 포함되어 있다는 말은, 어떤 문자의 배열이든 원주율에 들어 있다는 얘기와 같다. 어떤 책에 들어 있는 모든 글자를 숫자로 바꾸면, 그 숫자 덩어리는 원주율 어느 지점에 통째로 들어 있다.

다시 말해 세상의 모든 책은, 쓰인 책이건 아직 쓰이지 않은 책이건, 원주율 안에 이미 들어 있다. 이 우주가 탄생할 때부터 그랬다. 우리 우주에 법칙이 있고 그 법칙과 그에 대한 설명을 책으로 쓸 수 있다면, 그것은 이미 원주율 속에 있다. 사실 다른 우주의 법칙조차 우리 우주의 원주율 속에 있다. 다른 우주의 모든 책들도.

원주율을 소수점 아래 40자리까지 계산했을 무렵 사내에게 그 작업은 신성한 구도 행위와 같아졌다. 실제로 한동안 사내를 기인이나 광인 취급하던 마을 사람들의 태도도 어느새 슬쩍 변한 상태였다. 이제 사내는 다른 사람들에게 깊은 학식을 지니고 비밀스러운 수행을 행하는 수도자로 여겨지고 있었다.

어차피 보리수 아래에서, 혹은 동굴에서 벽을 보며 깨달음을 얻으려 하는 구도자들이 어떤 기대를 품고 마음으로 무슨 작업을 수행하는지에 대해서도 우리는 잘 모른다. 그들의 목표는 원대하지만 성공할 가능성은 매우 낮고, 그들이 걷는 길은 부조리해 보인다.

사내의 외모도 수도승과 비슷해졌다. 오랜 계산 작업으로 생긴 이마의 주름이나 형형한 눈빛, 아무렇게나 기른 수염 때문이었다. 사내는 이제 겨우 사십대였는데 운동을 하지 않고 몸을 구부린 채 계산에 매달리는 바람에 등이 굽어서 실제보다 훨씬 나이 들어 보였다. 얼굴의 반점은 이제 범인은 가늠하지 못할 신비로운 능력의 상징이 되었다.

원주율을 소수점 아래 43자리까지 계산했을 무렵 사내에게는 원주율을 계산하다 보면 신의 메시지를 발견하게 될 거라는 생각이 떠올랐다. 우리 우주에 신의 메시지가 존재한다면, 그것은 원주율 안에 들어 있을 수밖에 없다. 그 생각은 사내의 마음에 잔잔하게 파문을 일으켰다. 그의 표정은 철학자처럼 엄숙하면서도 온건해졌다.

원주율을 소수점 아래 44자리까지 계산했을 때 사내에게는 원주율을 계산하다 보면 악마의 메시지 역시 발견하게 될 거라는 생각이 떠올랐다. 신이 원주율 안에 자기 메시지를 숨겨놓았다면, 악마 역시 그렇게 하지 않겠는가? 그렇다면 그것을 어떻게 구분할 수 있을까? 숫자가 된 신의 메시지는 악마의 메시지와 어떤 면에서 다를까?

심란해진 그는 소수점 아래 45자리를 목표로 계산을 하다 두 번이나 실수를 저지르고 말았다. 그해는 그렇게 흘러갔다. 원주율에는 신과 악마의 메시지를 구분하는 법이나, 원주율의 의미, 더 나아가 사내 자신의 인생의 의미 역시 들어 있을 터였다. 하지만 사내의 생명은 유한했고, 그 의미에 이를 수 있다는 보장은 어디에도 없었다.

원주율을 소수점 아래 46자리까지 계산했을 때 사내는 인도 북부에 있는 작은 왕국에서 젊은 천재 수학자가 나왔다는 소문을 들었다. 천재 수학자는 복잡한 계산을 번개 같은 속도로 해치우고, 작도로 모든 도형을 그릴 줄 알며, 수백 년 동안 풀리지 않았던 문제를 며칠 만에 해결했다고 했다. 사내는 젊은 수학자를 만나야겠다고 생각했다.

얼굴에 반점이 있는 사내는 여행을 준비했다. 북부 왕국을 가려면 험한 바위산을 몇 번 넘어야 하는데, 노새를 타고 한 달가량 걸린다고 했다. 사내는 노새 세 마리를 준비하고 왕복 70일어치의 물과 식량을 챙겼다. 그는 격식을 갖춘 옷을 여러 벌 준비했고, 수학자에게 줄 고급 향유와 다른 선물도 챙겼다.

사내가 하인과 함께 노새를 타고 젊은 수학자의 집으로 기는 데에는 꼬박 31일이 걸렸다. 사내에게는 그 역시 의미심장한 수치로 느껴졌다. 공교롭게도 사내가 젊은 수학자의 집 응접실에서 상대가 집에 돌아오기를 기다린 시간은 네 시간 정도였다. 젊은 수학자가 저녁에 돌아와 사내와 인사하고 선물을 받은 뒤, 옷을 갈아입고 오겠다며 방에 들어갔다 나올 때까지는 15분이 걸렸다. 3.1415……. 얼굴에 진한 반점이 있는 사내는 흥분을 가라앉히려 애썼다.

그러나 이후의 대화는 사내가 꿈꿨던 바와는 완전히 달랐다. 정확한 원주율 값을 아느냐는 사내의 질문에 젊은 수학자는 조금도 망설이지 않고, 그럼요, 하고 대답했다. 쾌활한 목소리였다. 젊은 수학자의 얼굴에는 어린아이로부터 쉽고 하찮은 질문을 받았을 때 친척 어른들이 보이곤 하는 장난기가 감돌았다. 수학자는 찬장에서 포도주를 꺼내 얼굴에 반점이 있는 사내에게 권하기까지 했다.

그렇다면 원주율의 정확한 값이 뭡니까? 그건 숫자로 어떻게 표시됩니까? 곤혹스러운 표정으로 사내가 물었다.

그것은 '타우'입니다. 수학자가 말했다.

수학자는 설명했다. 그가 몇 년 전에 타우라는 숫자를 만들었음을. 타우는 원주율의 정확한 값을 의미하는 숫자임을.

타우는 훗날 라이프니츠 공식으로 불리게 되는 계산법으로 원주율을 소수점 아래 46자리, 혹은 소수점 아래 4만 6000번째 자리까지 계산해서 얻은 숫자보다 더 정확한 수치임을. 왜냐하면 그것이 타우의 본질이니까. 타우는 근사치 따위가 아니니까.

그게 숫자인가요? 그건…… 그건 숫자가 아니라 개념이오. 원주율이라는 말을 기호로 다시 적은 것에 지나지 않소. 얼굴에 반점이 있는 사내는 충격을 받아 말을 더듬었다.

모든 숫자가 개념입니다. 원주율이라는 말을 기호로 적으면 숫자가 되지요. 0이라는 숫자 역시 누군가 발명한 것 아니던가요? 저는 타우라는 숫자를 발명했습니다. 수학자가 포도주를 한 잔 비우고 싱긋 웃으며 대꾸했다.

하지만 타우는 유용하지 않소. 그걸 일상생활에서 어떻게 써먹을 수 있단 말이오? 얼굴에 반점이 있는 사내가 헐떡이며 항변했다.

타우는 아주 유용합니다. 수학자는 포도주를 한 잔 더 마셨다. 타우 덕분에 이전까지 불가능했던, 엄청나게 복잡한 계산들이 가능해졌습니다. 일상생활에서의 쓰임새라고요? 땅의 넓이를 계산하거나 수레바퀴의 지름을 정할 때 쓰는 용도 말인가요? 그건 3.1이나 3.14 정도면 충분하지요.

하지만 원주율을 우리가 알고 있는 숫자로 옮기는 작업도 의미가 있지 않겠소? 무한한 숫자의 나열 속에서 어떤 의미를 발견할 수 있을지도 모르오. 얼굴에 반점이 있는 사내는 자기 말이 이제 미친 소리처럼 들린다는 걸 알았다. 그러나 그는 말을 멈출 수가 없었다. 끝까지 가보자는 마음이 들었다. 그래서 사내는 원주율 속에 우주의 서사가 숨겨져 있을 가능성에 대해, 신과 악마의 메시지와 그것을 해석하는 방법에 대해 떠들었다.

젊은 수학자는 얼굴에 반점이 있는 사내를 미친 사람으로 취급하지 않았다. 그보다는 참신한 공상을 펼치는 이야기꾼으로 받아들였다. 숫자를 소재로 한 이야기 중에 제일 재미있는걸요! 수학자가 말했다. 어린이 반을 담당하는 제 제자들에게도 이야기해줘야겠어요. 무한이라는 개념에 흥미를 품게 될 거 같습니다. 괜찮죠?

물, 물론, 괜찮소. 얼굴에 반점이 있는 사내가 말을 더듬었다. 그런데 내 가설에는 그 이상의 가치는 없는 거요?

글쎄요? 그런데 선생님 말씀대로 규칙 없이 무한히 늘어나는 숫자의 조합에 신의 메시지가 들어 있다면 그게 굳이 원주율일 필요가 있습니까? 그냥 원숭이들한테 0부터 9까지 적힌 주사위를 던져서 아무 숫자나 나오게 하는 일을 끝없이 시키는 방법으로도 신의 메시지와 우주의 규칙을 언젠가는 얻을 수 있는 거 아닌가요?

수학자의 말을 듣는 순간 얼굴에 반점이 있는 사내는 그 말이 옳음을 깨달았다. 그러면…… 그렇다면…… 사내는 계속 말을 더듬었고, 이제는 땀까지 뻘뻘 흘렸다. 만약 어떤 사람이 원주율을 40자리나 50자리까지 계산을 한다면 선생께서는 뭐라고 말씀하시겠습니까? 사내가 물었다.

글쎄요, 일단 그런 사람이 있을 것 같지가 않군요. 젊은 수학자가 재미있다는 듯이 웃으며 말했다. 그런 계산을 하려면 10년은 넘게 걸릴 것 같은데요. 그런 힘들고 지루한 일에 그만한 시간을 바칠 사람이 어디 있겠습니까. 수학자는 그렇게 말하며 포도주를 또 한 잔 들이켰다. 이제 그의 눈에서는 처음의 총기가 상당히 사라진 상태였다.

만약 어느 제자가 그런 작업에 착수한다면 선생께서는 뭐라고 하시겠습니까. 얼굴에 반점이 있는 사내가 절박한 목소리로 물었다.

말립니다, 당연히. 수학자가 대답했다. 그럴 가치가 없는 일이에요. 수학자가 자리에서 일어나 포도주를 잔에 따랐다. 그는 알코올중독자, 적어도 포도주 탐닉가임이 틀림없었다. 그런 짓을 왜 한단 말입니까? 정말 어리석은 일이죠, 그건. 인생의 낭비라고요. 수학자는 투덜거렸다. 유용하지도 않고, 건강에도 좋을 게 없어요.

수학자는 거기서 말을 멈췄다. 포도주 잔을 든 그의 눈이 조금 커졌다. 어……, 설마 그런 일을 하신 건 아니죠? 그의 말투에는 당혹스러움이 묻어 있었다. 한편으로는 매미가 허물을 벗는 장면이나 개가 교미하는 모습을 보고 징그럽다면서 재미있어 하는 어린아이의 즐거움, 장난기도 섞여 있었다. 얼굴에 반점이 있는 사내를 바라보는 수학자의 흐리멍덩한 눈에는 미묘한 조롱의 기색이 엿보였다.

얼굴에 반점이 있는 사내의 마을에서는 여행용 정장에 길고 굵은 허리띠를 매는 것이 관습이었다. 그 띠에 단도가 있는 칼집을 묶어두는 것도 관습이었다. 사내는 그 칼을 제대로 손에 쥐어본 일이 한 번도 없었다. 여행 중에 언젠가 칼을 쓰게 된다 하더라도, 바위산에서 활동하는 산적들을 상대로 제 몸을 지키기 위한 용도일 거라고만 막연히 상상했다. 사내는 사실 자신이 그런 목적으로도 제대로 칼을 휘두를 수 있을 거라고 믿지 않았다.

수학자의 가슴을 찌르는 그 순간에조차.

첫 공격에 대해서는 그 순간 자신이 제정신이 아니었다고, 미쳤었다고 변명할 수 있을지도 몰랐다. 하지만 수학자의 가슴에 두 번째로 칼을 꽂을 때, 사내는 자신이 무엇을 하고 있는지, 그 결과가 어떻게 될지, 명확히 알고 있었다. 그는 수학자를 죽이는 중이었다. 그리고 그 일을 숙련된 암살자만큼이나 매끄럽게 해냈다.

수학자는 죽었고, 얼굴에 반점이 있는 사내는 체포되었다. 모든 정황과 증거가 명백했으므로 재판은 오래 걸리지 않았다. 판사가 궁금해한 것은 범행 동기였으나 사내는 끝끝내 입을 열지 않았다. 그럼에도 그는 사형이 아니라 종신형을 선고받았는데, 이는 남쪽 왕국 제일의 부자가 된 누나가 백방으로 애를 쓴 덕분이었다.

무기수가 된 사내는 감옥에서 아주 오래 살았다. 그는 감옥 안에서도 원주율에 대해 끊임없이 생각했다. 간수들이 종이와 펜을 허락하지 않았기 때문에 사내는 원주율을 계산하지는 못했으며, 도구가 있더라도 그럴 마음이 있는지는 그 자신도 확신할 수 없었다. 그는 이제 원주율을 이루는 숫자들이 아니라 그 의미에 대해 숙고했다.

사람들은 젊은 수학자가 뜻밖의 이른 죽음을 맞이하는 바람에 이루지 못한 성취에 대해 떠들어댔다. 얼굴에 반점이 있는 사내는 그에 대해서는 아쉬워하지 않았다. 유한한 숫자의 조합이 원주율에 예고되어 있듯이, 수학적 발견들 역시 예정되어 있다. 그 수학자가 아니더라도 다른 수학자가 결국에는 같은 내용을 찾아내게 된다. 그것이 수학이라는 학문의 운명이다.

그래서 사내는 영국의 수학자가 '파이'라는 숫자를 만들어내고, 그것이 원주율임을 선언했을 때에도 놀라지 않았다. 파이는 타우의 다른 명칭에 불과했다. 이름이 어떻게 되었건, 언젠가는 누군가 그것을 발견할 운명이었던 것이다. 원주율에 다가가고자 했던 사내의 노력은 의미 없이 물거품이 될 예정이었다, 처음부터.

얼굴에 반점이 있는 사내는 젊은 수학자가 이뤘을지도 모를 학문적 성취가 아닌, 그 수학자의 삶을 채울 수도 있었던 다른 의미들에 대해 생각했다. 수학자가 죽었기 때문에 완전히 사라져버린 의미만이, 애초에 추구할 가치가 있는 의미였다. 모든 사람의 삶에 똑같이 적용되는 말이었다. 의미는 모든 사람의 삶에 보장되는 것이 아니며, 그렇기에 가치가 있다. 그러므로 완전히 무의미한 인생이 존재할 수도 있다.

사내는 감옥에서 오래 살았다. 그는 자신에게 판결을 내린 판사보다도, 인도 전체에서 가장 영향력 있는 상인이 된 누나보다도, 수학자의 죽음을 애통해한 수학자의 가족들보다도 더 오래 살았다. 그는 기이할 정도로 오래 살아서, 컴퓨터가 발명됐다는 소식도 들었다. 컴퓨터는 발명되자마자 원주율을 소수점 아래 수백 자리까지 계산했다. 하지만 사내는 컴퓨터를 증오하지 않았고, 모멸을 당했다고 느끼지도 않았다.

21세기가 되자 가정용 컴퓨터로도 원주율을 소수점 아래 수억 자리까지 계산할 수 있게 되었다. 2010년에는 일본의 회사원이 원주율을 소수점 아래 5조 자리까지 계산했다. 2019년에는 구글의 한 과학자가 클라우드 기술을 사용해 원주율을 소수점 아래 31조 자리까지 계산했다. 2021년에는 스위스의 연구팀이 슈퍼컴퓨터를 사용해 소수점 아래 62조 자리라는 기록을 세웠다.

원주율을 계산한 사나이를 소재로 한 엽편소설은 김상은의 금고 안에 들어 있었다. 아마도 김상은이 쓴 유일한 픽션인 듯했다.

제목은 없었지만 김상은이 그 글을 각별하게 여겼음은 분명했다. 다른 원고들과 달리 그 글만 유일하게 A4 용지에 출력되어 있었다. 마지막 문단으로 보아 적어도 최종 개정은 2021년 이후일 터였다. 형사들은 실제로 2021년에 스위스 연구팀이 원주율을 소수점 아래 62조 자리까지 계산했는지도 확인했다.

엽편소설에는 김상은의 삶이나 민소림의 죽음과 겹치는 요소가 무시할 수 없을 정도로 많았다. 얼굴에 있는 커다란 반점. 눈부신 재능으로 주목받는 젊은이의 갑작스러운 죽음. 가슴을 깊게 두 번 찌른 칼. 살인자의 고독. 하지만 그 글을 증거로 채택할 수는 없었다.

김상은의 집에는 책이 엄청나게 많았다. 도스토옙스키의 주요 작품은 같은 책이 두 권씩 있었다. 열린책들이 2000년에 낸 25권짜리 전집과 2021년에 출간한 도스토옙스키 탄생 200주년 기념판 양장본 세트였다. 작은 냉장고처럼 생긴 가정용 인테리어 금고는 책장 시이에, 엄밀히 말하면 책장들 속에 있었다. 무게가 72킬로그램이었다.

김상은은 천장까지 닿는 맞춤 책장을 짜서 그 책장으로 일종의 벽을 세워 마루 안에 방과 같은 공간을 하나 만들었다. 책장 하나를 옆으로 밀면 그 공간에 들어갈 수 있었다. 그 공간 안에 금고가 있었다.

딱히 금고를 숨기려고 비밀의 방을 만들었다기보다는 상징적인 의미를 부여했다는 느낌이었다. 책장은 보나 마나 믿음공방에서 제작한 물건일 터였다. 금고 앞에는 요가 매트가 깔려 있었다.

금고 전문가가 김상은의 집에 와서 보고는 "이건 여는 데 최소한 세 시간은 걸린다, 소리도 엄청나게 시끄러울 것"이라고 말했다. 형사들은 낑낑대며 금고를 형사 순찰차 뒷좌석에 싣고 서울경찰청으로 들고 왔다. 금고 전문가는 드릴로 자물쇠를 뚫었다. 소음도 소음이었지만 진동도 대단했다고 박태웅이 전해주었다.

금고에서는 엽편소설 원고 외에 칼 한 자루와 노트북 두 대, USB 메모리스틱 하나가 나왔다. 과도에서 혈흔은 검출되지 않았다. 하지만 제조된 지 20년은 넘은 물건이었고, 칼날의 길이와 폭은 민소림의 가슴에 있는 자상(刺傷)과 일치했다. 칼날은 여전히 날카로웠다. 주기적으로 칼날을 닦은 모양이었다.

노트북 두 대 중 한 대는 연보라색 소니 바이오였다. 정식 제품명은 PCG-C1. 1998년 일본에서 판매하기 시작한 모델이라고 했다. 2022년 기준으로도 얇고 예쁘고 눈길을 끄는 물건이었다. 이 노트북도 겉이 깨끗하게 닦여 있었다. 하지만 작동하지는 않았고, 하드디스크의 기록도 복원하기 어렵다고 했다.

그래도 국립과학수사연구원에서는 이 노트북 자판 아래서 머리카락을 한 가닥 발견했고, 거기서 DNA를 채취했다. 민소림의 DNA였다. 그게 가장 확실한 증거가 되었다. 2000년 신촌 여대생 살인사건의 범인은 같은 학교에서 독서 모임을 함께했던 동갑내기 여학생 김상은이었다.

다른 노트북 한 대는 그보다는 외관이 덜 놀라운 물건이었다. 휴렛팩커드에서 2020년에 나온 비즈니스 노트북으로, 색상은 회색이었고 얇지만 예쁘다기보다는 평범한 느낌의 디자인이었다. 정식 제품명은 HP 프로북 에어로 635 G7. 하드디스크가 아니라 플래시메모리를 썼는데 일단 전원은 제대로 켜졌다. 다만 암호가 걸려 있었다. USB 메모리스틱에도 암호가 걸려 있었다.

연지혜는 박태웅에게 '2882'를 입력해보라고 제안했다. '주다스 오어 사바스' 출입문의 비밀번호. 민소림이 썼던 휴대전화 번호의 마지막 네 자리 숫자들. 검사 결과가 나올 때까지 기다려봐야 한다는 의사들을 상대로 퇴원하겠다고 고집을 부리던 중이었다.

연지혜는 목이 좀 까끌하고 몇 군데 멍이 든 게 전부라고, 자신은 수사 중인 사건이 있다고 목소리를 높였다가 간호사에게 크게 야단을 맞았다. 여기서는 경찰청장도 검찰총장도 환자일 뿐이라고, 주제 파악을 하라고, 간호사는 연지혜의 눈을 똑바로 보면서 말했다.

박태웅은 김상은의 휴렛팩커드 노트북과 USB 메모리스틱 암호가 똑같이 2882였다고 답장을 보내왔다. 두 기기 양쪽에 문서 폴더가 하나 있었고, 그 안에는 200자 원고지로 1만 매가 넘는 분량의 글이 있었다. 일종의 회고록이기도 했고 긴 철학 에세이 같아 보이기도 했다.

그 원고는 전문(傳聞)증거로 인정받을 만했다. 검증에 들어갈 테지만 내용은 무척 사실적으로 보였고, 디지털 기록이기는 했어도 김상은이 썼음이 분명했다. 민소림을 죽인 과정에 대한 묘사, 범행 동기가 자세히 적혀 있었다.

하지만 원고 대부분은 장황한 변명이었다. 계몽주의니 도스토옙스키니 하는 거창한 단어들이 들어 있기는 했다. 하지만 머리 나쁜 미결수들이 구치소에서 매일 한 장씩 써대는 뻔한 반성문과 본질적으로 다르지 않았다. 나도 잘못한 건 있지만, 상대도 잘못했다. 그놈, 혹은 그년이 그렇게 내 화를 돋우지 않았다면, 나를 유혹하지 않았다면, 내 요청에 순순히 응했다면, 이런 일은 없었을 거다. 나도 피해자다.

"제대로 미쳤던데."

연지혜가 병원에 입원해 있는 동안 먼저 김상은의 글들을 읽은 박태웅은 그렇게 말했다. 범죄행동분석관들의 결론 역시 그와 크게 다르지 않을 거라고 연지혜는 짐작했다. 자기애성 성격장애 성향. 자기 능력과 비전에 대한 터무니없이 높은 평가. 인정과 존경에 대한 거대한 열망. 위대한 업적에 대한 집념과 특권 의식. 타인에 대한 공감 능력 부족. 수치심과 허무함, 열등감에 자주 사로잡힘. 필요한 경우 놀랄 정도로 냉혹해짐.

연지혜는 김상은의 글을 높이 평가하지 않았다. 다만 원주율을 계산한 사나이에 대한 엽편소설만큼은, 읽는 동안 묘한 감동을 받았다. 정확한 원주율이 명쾌한 정의(正義)라는 개념과 겹쳐 보였다. 그녀를 비롯한 모든 형사사법시스템 종사자들이, 그저 끝없이 무한급수 수식을 푸는 중인 건 아닐까. 어떤 구원과 안식에 대한 기대도 품지 못하며.

김상은의 의도와 관계없이, 그녀의 원고를 읽으며 한 부분에서 가슴이 안 좋은 쪽으로 울렁이기는 했다. 민소림이 '점박이'라고 자신을 부르는 걸 듣는 순간 이성이 나가는 듯했고, 그대로 칼을 잡아 상대의 가슴을 찔렀다는 대목이었다.

김상은은 민소림이 그 말을 한 이유를 오해했을 가능성이 컸다. 2000년 이후로 그 진실에 가장 가까이 간 사람은 연지혜였다.

한은수는, 적어도 2000년 7월까지는 민소림이 자신을 '점박이'라고 부르는 것을 좋아했다. 민소림은 한은수가 어려운 문제를 제대로 풀었을 때 "와, 점박이 대단한데? 오, 점박이 한 건 했는데?"라고 칭찬했다. 그때 점박이라는 단어는 민소림이 그를 동정하지 않으며, 얼굴의 반점을 가벼운 개성으로 여기고 있다는 의미였다. 그 단어를 들으며 한은수는 자신이 반점 이상의 존재임을 확인했다.

민소림은 누군가가 자기보다 지적으로 못하다고 판단하면 그 사람을 철저히 무시했다고 유연희가 전했다. 사촌은 물론이고 삼촌이나 고모들한테도 아주 가차 없었다고, 경멸감을 감추는 기색이 전혀 없었다고.

하지만 민소림이 김상은을 무시했다고 묘사한 사람은 아무도 없었다. 구현승은 민소림과 김상은이 음악 취향도 비슷하고 독서 취향도 비슷했으며, 오히려 김상은이 없었다면 민소림이 다른 독서 모임 멤버들을 깔봤을 거라고 말했다. '걔네들은 어딘지 닮은 데랄지 겹치는 데가 있었다'고, '상호작용을 해야 할 거 같은데 하지 않는 게 이상해 보였다'고 구현승은 썼다.

민소림은 자신이 나중에 뭐가 되든 장애인운동은 꼭 할거라고, 사람이 외적인 이유로 차별을 받는 건 너무 끔찍하다고 말했다고 유연희는 전했다.

민소림은 김상은에게 다가갈 방법을 궁리하고 있었던 것 아닐까. "하고 싶은 마음이 들면 언제든 자신은 김상은에게, 그녀 얼굴의 반점에 대해 이야기할 수 있다"고 민소림이 말했다고 주민음은 전했다. 김상은을 점박이라고 불러서, 단박에 격의 없이 친해지려고 했던 것 아닐까. 그게 목표를 향해 성실하고 느리게 꾸역꾸역 조금씩 가까이 가는 걸 싫어했던 대담하고 직관적인 청년이 택했던 방법 아니었을까.

파국으로 끝난.

부슬부슬 봄비가 내렸다. 내일이면 나무들의 모습이 달라져 있겠네. 흙에서 싹이 트겠네. 연지혜는 팔굽혀펴기를 하며 무심히 생각했다.

나무에서 잎이 돋고 땅이 녹색 옷으로 덮일 때 연지혜는 감찰담당관실에서 조사를 받을 예정이었다. 흔히 경찰 밖에 있는 사람들이 내사과로 잘못 부르는 부서다. 그곳에서 살인사건 용의자의 몸에 불을 지른 것은 과잉 검거 아니냐, 다른 방법은 없었느냐는 질문에 대답해야 한다.

"우리가 피의자 신문할 때랑 똑같아. 허점이 있다 싶은 대목을 되풀이해서 물어보지. 그러니까 아주 구체적으로 이야기를 준비해가서, 같은 내용으로 반복해. 자꾸 설명을 보태지 말고. 안 그러면 상대 페이스에 말리게 돼. 그놈들도 베테랑이야."

박태웅은 그렇게 조언했다. 자신이 어떤 상황에서 감찰관을 만났는지는 말하지 않았다.

"뭐, 범인이 어떤 상황인지에 대해서는 자세한 묘사가 언론에 나간 적이 없으니까 그렇게까지 걱정은 하지 않아도 될 거야. 지금 이 건을 크게 만들고 싶어 하는 사람은 아무도 없다고. 그렇다고 마음 놓으면 안 되고, 뭐, 너무 겁먹을 필요는 없다는 거야."

정철희는 그렇게 조언했다. 정철희 역시 그가 어떤 상황에서 감찰을 받았는지는 이야기하지 않았다. 감찰관만큼 경찰들이 싫어하는 존재는 없었다. 5년 전에는 충북의 한 경찰관이 음해성 투서로 감찰을 받다

자살을 하는 사건도 있었다. 감찰관이 자백을 강요했다고 했다.

연지혜는 질문 답변 시나리오까지 준비하지는 않았다. 뭐라고 진술할지, 어떤 톤으로 말할지만 대강 정리했다. 김상은의 머리에 불이 붙던 모습을 자꾸 떠올리고 싶지 않았다.

한편으로는 연지혜가 보기에 김상은의 살의는 명백했다. 한쪽 손이 수갑으로 묶이고 상대가 쇳덩어리를 휘두르는 상황에서 자신이 달리할 수 있는 일도 없었다. 김상은 스스로 '반드시 두 번째 살인을 저질러야 한다'고 원고에 적지 않았던가. 구현승은 두개골이 부서지지 않았나.

5년 전 충북 경찰관이 스스로 목숨을 끊었을 때에는 분개한 동료들이 감찰 담당자들을 직권남용 혐의로 고발했었다. 자신도 무리한 답변을 강요받으면 그렇게 해야겠다고 연지혜는 다짐했다. 청와대 게시판에도, 네이버 카페와 네이트 판에도 글을 올려야지. 너희들이 감당 못할 정도로 크게 터뜨려주마. 그다음에 어디로 좌천당하든 말든 그건 내알 바 아니고. 그렇게 생각하자 마음이 가벼워졌다.

아무리 궁지에 몰린다 해도 극단적인 선택을 하거나 사표를 쓸 마음은 없었다. 어느 정도는 전신 화상을 입고 병원에서 죽음을 기다리는 김상은 때문이기도 했다. 의사는 김상은이 아직까지 살아 있는 게 기적이라고 했다.

김상은에게 지고 싶지 않았다.

스쿼트와 푸시업을 20회씩 끊어서 100회 하고, 플랭크를 1분씩 세번 하는 게 연지혜의 운동 패턴이었다. 스쿼트와 푸시업을 할 때에는 한세트를 마치면 1분을 쉬었다. 푸시업을 80회 하고 나서 다음 세트를 준비할 때 연지혜는 불쑥 '1990년대 가요 명곡 모음'이라는 키워드를 유튜브에 검색해 음악을 들었다. 민소림, 구현승, 김상은, 주민웅이 젊었을 때 거리에 울려 퍼졌을 노래들을 들어보고 싶었다.

1990년대 가요들을 그다지 좋아하지는 않았기에 볼륨을 높이지는 않았다. 음악 소리가 빗소리에 섞였다. 그래서 실제보다 더 옛날 노래처럼 들렸다. 가는 비여서 지붕과 아스팔트 바닥과 풀과 담장 위로 떨어지는 빗방울 소리가 구분되지는 않았다.

한 세대 전 가수들은 공통적으로 요즘 뮤지션보다 노래를 못 불렀다. 그사이 음악업계가 경쟁이 치열해져 보컬의 실력이 상향평준화되었든지, 음악 녹음과 편집 기술이 굉장히 발전했든지, 아니면 창법이 완전히 달라진 모양이었다.

노래들은 어딘가 들뜨고 낙천적인 느낌이었다. 진심으로 자신은 부모들과 다른 존재라고, 세상을 다 알고 있다고, 지금 당장은 아니더라도 머지않아 그걸 자기들이 원하는 대로 바꾸게 될 거라고 믿는 사람들이 부르고 즐길 만한 멜로디와 가사였다. 그 서툶과 해맑음이 우습기도 하고 부럽기도 했다.

플랭크를 하는 중에 포크 밴드 '자전거 탄 풍경'의 곡 〈너에게 난 나에게 넌〉이 나왔다. 연쇄성폭행범을 만나러 여주 희망교도소에 박태웅과 갔을 때 교도소 스피커에서 흘러나오던 곡이다. 연지혜는 이제 이 노래의 제목을 알았고, 이 곡이 1990년대가 아니라 2001년에 나왔음도 알았다. 민소림은 이 멜로디를 들어본 적이 없었다.

연쇄성폭행범은 끝내 박태웅과 연지혜에게 아무 연락도 하지 않았다. 연지혜는 무심결에 "아이고……" 하고 중얼거렸다.

플랭크를 마치고 몸을 스트레칭한 연지혜는 도킹 스피커에서 휴대폰을 뽑아 음악을 바꿨다. 1990년대 가요는 충분히 들은 것 같았다. 연지혜는 휴대폰 내부 저장소에 들어 있는 음원을 골랐다. 게리 무어의 〈구세주가 다시 올 거예요(The Messiah Will Come Again)〉. 로이 뷰캐넌의 노래를 리메이크한 곡이었다. 뷰캐넌의 원곡보다 더 길고, 더 좋았다.

스피커에서 게리 무어의 쓸쓸하고 아름다운 긴 기타 전주가 흘러나올 때 연지혜는 냉장고에 가서 맥주를 가져왔다. 캔 뚜껑을 따고, 맥주를 홀짝홀짝 마시며 연지혜는 휴대폰의 배경화면 사진을 바꿨다. 자신만만하게 웃고 있는 민소림의 생전 모습을 지우고, 휴대폰 제조사에서 제공하는 평범한 기하학적인 이미지를 선택했다.

하지만 민소림은 그렇게 쉽게 떠날 마음이 없는 듯했다. 조금 뒤 연지혜의 휴대폰이 저절로 꺼지더니 다시 시작되었다. 그 바람에 음악도 멎었다. 김상은이 믿음공방에서 퀵그립 클램프로 박살 낸 휴대폰은 아예 다시 켜지지도 않았다. 다행히 유심카드는 멀쩡했다. 연지혜는 당근마켓에서 휴대폰 공기계를 구했는데, 이런저런 최신 기능에도 불구하고 간혹 저절로 꺼지곤 한다는 치명적인 결함이 있었다.

연지혜는 휴대폰이 완전히 켜지기를 기다리지 않고 맥주 캔을 들고 툇마루에 앉았다.

고양이 무탈이는 내려오지 않았다.

빗방울 소리만 조용히 들렸다.

유령은 이번에도 거실의 빛 너머, 마당의 어둠 속에서 그녀를 바라보고 있었다. 연지혜는 국립과학수사연구원에 제시 한의 콘돔을 가져다준 날보다는 신경을 덜 곤두세우고 부슬비 속 기운을 대했다. 형사들은 제시 한과 그 아내를 기소의견으로 검찰에 송치한 상태였다. 마약류 관리에 관한 법률 위반.

"잘 가."

연지혜는 맥주를 마시며 어둠을 향해 말했다.

형체가 뚜렷하지 않은 존재는 서서히 기운이 약해지더니 어느 순간 갑자기 확 꺼져버리듯 사라졌다. 다정한 인사라기보다는 오만한 퇴장처럼 느껴졌다. 연지혜는 신경 쓰지 않으려 했다. 존재하는 것과 존재하지 않는 것, 삶과 죽음 사이의 어스름한 경계에 있는 무언가와는 여전히 깊은 인연을 맺고 싶은 마음이 없었다.

그녀가 관심을 갖는 것은 차라리 그것이 있던 빈자리였다. 그 공허가 진짜 적이었다. 연지혜는 천천히 맥주를 마시며 어둠을, 허무를, 빈 공간을 오래도록 노려보았다. ■

작가의 말

 이 소설을 쓸 때 두 가지 목표가 있었습니다. 첫째, 현실적인 경찰 소설을 쓰자. 한국 형사들이 수사하는 과정을, 과장된 액션이나 초능력 같은 도구 없이 사실적으로 그려보자. 둘째, 2022년 한국 사회의 풍경을 담고, 그 기원을 쫓아보자.

 그 과정에서 많은 분들의 도움을 받았습니다. 먼저 서울경찰청 강력범죄수사대에서 일하셨거나 지금도 그곳에서 범인을 쫓고 계시는 현직 형사님들이 아무런 대가 없이 선뜻 인터뷰에 응해주셨습니다. 어떤 분의 이름을 앞세워야 할지 몰라 그냥 가나다순으로 씁니다. 곽동규 형사님, 김웅희 형사님, 박정훈 형사님, 박충호 형사님, 최광몰 형사님, 감사드립니다. 다섯 분의 도움이 없었다면 《재수사》를 절대 쓰지 못했을 겁니다.

 곽동규 형사님, 김웅희 형사님, 박정훈 형사님, 박충호 형사님, 최광몰 형사님은 부분적으로 이 소설 속 형사들의 모델이기도 합니다. 하지만 소설 캐릭터와 실제 이들 형사님들은 닮은 점보다 다른 점이 더 많습니다. 제가 소설을 쓰면서 이런저런 특징을 지어냈기 때문입니다. 픽션 캐릭터 연지혜와 정지윤 형사님의 관계도 마찬가지입니다. 연지혜 형사의 첫 범인 검거 에피소드는 정지윤 형사님의 일화와 뼈대가 흡사한데, 세부사항은 제가 조금 고쳤습니다. 정지윤 형사님, 감사드립니다.

조광현 종로경찰서 수사과장님은 소설의 방향을 잡는 데 큰 조언을 주셨습니다. 김샛별 서울경찰청 15기동대장님, 한우철 광진경찰서 교통조사팀장님의 말씀을 들으며 경찰 조직을 좀 더 이해하게 되었고, 소설의 묘사도 풍성해졌습니다. 서울대 의대 법의학교실 유성호 교수님, 한남대 경찰학과 박미랑 교수님께도 감사 말씀 올립니다.

공방 운영, 연세대의 학부제 도입 과정과 여파, 국제기구 근무, 미술품 시장과 블록체인 기술, 마트의 감사 업무 등에 대해서는 친구와 후배들, 또 동생의 도움을 받았습니다. 김성근, 장혜조, 이미영, 김찬우, 모두 정말 고마워! 동아일보 신광영 기자님, 민아라 님, 트레바리에서 만난 남서진 님께도 감사드립니다. 이름을 밝히지 말아달라고 요청한 취재원들께도 같은 마음입니다.

사실적인 경찰 소설을 쓰고 싶다고 마음먹었지만, 픽션으로서의 재미와 사실이 배치될 때에는 사실을 무시하고 허구를 택했습니다. 그게 '사실적'이라는 말의 의미라고 이해합니다. 독자들이 이해하기 어려운 현실의 배경과 맥락은 줄이거나 뺐습니다. 이 소설에는 형사님들이 보시면 말도 안 된다며 웃으실 장면도 많습니다.

지명이나 기관명을 쓸 때에도 그런 기준을 적용했습니다. 연세대나 서울경찰청 강력범죄수사대와 같은 조직, 신촌이나 서촌과 같은 지역 이름은 그대로 썼습니다. 이 이름들은 한국 독자들에게 너무 익숙해서 다른 명칭으로 바꾸거나 영문 이니셜로 표기하면 위화감이 들 것 같았습니다. 이들 기관이나 지역에 계시는 분들께 폐를 끼치는 글이 되지 않기를 바랍니다. 소설가의 욕심을 부디 너그러이 양해해주시기를 빌 뿐입니다.

이들 지역이나 기관과 관련된 서술과 실제 모습은 매우 다릅니다. 제가 작품에서 묘사한 것과 같은 살인사건은 2000년 신촌이 아니라 어디에서도 일어난 적이 없습니다. 서울경찰청 강력범죄수사대는 2020년 서울 종로구에서 마포구 통합청사로 사무실을 옮겼고, 이듬해 이름을 광역수사대에서 현재의 명칭으로 바꿨습니다. 그러나 이 소설에서는 강력범죄수사대라는 이름의 조직이 종로구에 있는 것으로 나옵니다.

뤼미에르 빌딩, 엘리시움시티, 희망교도소, 에너지관리원 같은 명칭은 저의 창작입니다. 더러 현실에서 그와 비슷한 위치에 있거나 흡사한 역할을 하는 건물 혹은 장소가 있는 경우에도 세부사항은 아주 다릅니다. 일례로 소설에 등장하는 민영교도소인 희망교도소의 모델은 소망교도소인데, 이곳에는 전과 2범 이하만 입소할 수 있습니다. 따라서 소설에 나오는 범죄자가 소망교도소에 들어갈 수는 없습니다.

2020년대 한국 사회의 가장 깊은 문제를 두 단어로 설명하라고 한다면 저는 '공허'와 '불안'을 꼽겠습니다. 저는 그 공허와 불안의 기원이 이 사회의 시스템에 내재되어 있다고 봅니다. 다시 말해 이렇게 설계된 사회에서는 누구도 공허와 불안의 함정으로부터 완전하게 벗어날 수 없다고 생각합니다.

불안에 대해서 원인을 파악하기가 좀 더 쉽습니다. 우리의 불안은 추락에 대한 공포를 개별적으로 감당해야 하는 데서 옵니다. 한국 사회에서 그 불안이 가시화된 것은 1990년대 말이고, 가장 상징적인 사건은

1997년 외환위기입니다. 이후 개인들은 흩어졌고, 불안은 한국인의 일상이 되었습니다.

공허에 대해 저는 그 기원을 계몽주의로까지 거슬러 올라갔습니다. 이 모든 일의 배후에 객관적 가치의 붕괴, 혹은 '신의 죽음'이 있는 것은 아닐까 싶었습니다. 무신론이라는 키워드로 현대 철학과 예술, 정치운동의 특성을 읽어낸 피터 왓슨의 책《무신론자의 시대》(책과함께)가 많은 참고가 되었습니다.

자본주의, 마르크스주의, 진화론, 미국식 민주주의가 현대를 이루는 주요 사상이라는 분석은 스콧 L. 몽고메리와 대니얼 치롯의《현대의 탄생》(책세상)에서 가져왔습니다. 이중 마르크스주의만이 방향성이 있다는 주장은 제 생각입니다. 마르크스주의와 종교의 유사성은 유발 하라리의《호모 데우스》(김영사)에 상세히 설명이 나옵니다.

삶의 객관적 의미와 주관적 의미, 사실과 의미의 관계에 대해서는 철학자 존 메설리가 쓴《인생의 모든 의미》(필로소픽)를 참고했습니다. 비둘기를 관찰하며 인생을 보낸 남녀의 이야기는 수전 울프의《삶이란 무엇인가》(엘도라도)에서 제시하는 사례를 변형하고 제 의견을 보탠 것입니다. '옳은 선택을 하는 사람은 그 순간 자유가 없는 것처럼 보인다'는 주장은 줄리언 바지니의《자유의지》(스윙밴드)에 나오는 이야기입니다.

트롤리 딜레마에 대해서는 데이비드 에드먼즈의《저 뚱뚱한 남자를 죽이겠습니까?》(이마)와 토머스 캐스카트의《누구를 구할 것인가?》(문학동네)를 참고했습니다. 석영중 교수님의《도스토예프스키, 돈을 위해 펜을 들다》(예담)와《매핑 도스토옙스키》(열린책들)는 소설을 쓰는 내내 수시로 들쳐봤습니다.

계몽주의를 보완한다는 아이디어는 조지프 히스의《계몽주의 2.0》

(이마)에서 얻었습니다. 소설 속 범인의 주장이 보다 더 대담하기는 합니다. 저는 《효율적 이타주의자》(21세기북스), 《더 나은 세상》(예문아카이브), 《동물과 인간이 공존해야 하는 합당한 이유들》(시대의창), 《마르크스》(교유서가) 같은 피터 싱어의 저작을 좋아하며, 그의 견해에 상당히 일리가 있다고 보는 편입니다.

이 소설에 나오는 공리주의와 계몽주의에 대한 비판, 신계몽주의, 비극의 의미에 대한 해석의 변천, 도덕적 책임의 원근법, 사실–상상 복합체 같은 아이디어는 제가 지어낸 것입니다.

계속 늦어지는 원고를 참을성 있게 기다려주시고 격려해주신 은행나무 출판사의 주연선 대표님, 이진희 주간님께 감사드립니다. 꼼꼼하게 원고를 살펴준 박연빈 편집자님께도 감사 말씀 전합니다. 이 책 원고는 강원도와 원주시의 후원을 받아 토지문화관에서 썼습니다.

무엇보다 이 글을 쓰며 헤매는 동안 저를 지켜주고 응원해준 제 아내, 김혜정 그믐 대표에게 고맙고 사랑한다는 말을 전하고 싶습니다.

2022년 여름, 수원에서
장강명

재수사 2

1판 1쇄 발행 2022년 8월 22일
1판 4쇄 발행 2023년 1월 6일

지은이 · 장강명
펴낸이 · 주연선

㈜은행나무
04035 서울특별시 마포구 양화로11길 54
전화 · 02)3143-0651~3 | 팩스 · 02)3143-0654
신고번호 · 제1997-000168호(1997. 12. 12)
www.ehbook.co.kr
ehbook@ehbook.co.kr

ISBN 979-11-6737-202-4 (04810)
        979-11-6737-200-0 (세트)